KLEINE REIHE
HANSER

Über dieses Buch: Chase Andrews stirbt, und die Bewohner der ruhigen Küstenstadt Barkley Cove sind sich einig: Schuld ist das Marschmädchen. Kya Clark lebt isoliert im Marschland mit seinen Salzwiesen und Sandbänken. Sie kennt jeden Stein und Seevogel, jede Muschel und Pflanze. Als zwei junge Männer auf die wilde Schöne aufmerksam werden, öffnet Kya sich einem neuen Leben – mit dramatischen Folgen.

Delia Owens, geboren in Georgia, lebt in North Carolina. Über zwanzig Jahre forschte die Zoologin in verschiedenen Ländern Afrikas. Ihr Roman *Der Gesang der Flusskrebse* ist eines der erfolgreichsten amerikanischen Debüts aller Zeiten.

Ulrike Wasel und Klaus Timmermann übersetzen zusammen seit vielen Jahren englische und amerikanische Literatur von Autoren wie Harper Lee, Dave Eggers, Jodi Picoult und Zadie Smith.

www.hanser.de

Delia Owens

DER GESANG DER FLUSSKREBSE

Roman

Aus dem Englischen
von Ulrike Wasel und
Klaus Timmermann

KLEINE REIHE
HANSER

Die amerikanische Originalausgabe erschien 2018 unter dem Titel *Where The Crawdads Sing* bei G. P. Putnam's Sons, einem Verlag von Penguin Random House LLC in New York.

2. Auflage 2026

ISBN 978-3-446-28292-6

Das Hörbuch erschien 2019 bei Hörbuch Hamburg,
gelesen von Luise Helm.

Umschlag: ZERO Werbeagentur, München
Motiv: © Fotosearch/Xuanyu Han/Getty Images, © PixxWerk®
unter Verwendung von Motiven von Shutterstock.com
Satz: Sandra Hacke, Dachau
Druck und Bindung: CPI books GmbH, Leck
Printed in Germany

FSC
www.fsc.org
MIX
Papier | Fördert
gute Waldnutzung
FSC® C083411

Für Amanda, Margret
und Barbara

Auf dich
Hätt ich dich nie geseh'n
Hätt ich dich nie gekannt.
Ich hab dich geseh'n
Und dich gekannt
Und dich geliebt
Für immer.

I

DAS MARSCHLAND

PROLOG

1969

Marschland ist nicht gleich Sumpf. Marschland ist ein Ort des Lichts, wo Gras in Wasser wächst und Wasser in den Himmel fließt. Träge Bäche mäandern, tragen die Sonnenkugel mit sich zum Meer, und langbeinige Vögel erheben sich mit unerwarteter Anmut – als wären sie nicht fürs Fliegen geschaffen – vor dem Getöse Tausender Schneegänse.

Doch auch im Marschland schleicht sich hier und da echter Sumpf in tief liegende Moore, verborgen in feuchtkalten Wäldern. Sumpfwasser ist still und dunkel, hat das Licht mit seinem schlammigen Schlund verschluckt. Selbst nachtaktive Regenwürmer kriechen in diesem Refugium tagsüber umher. Es gibt Geräusche, natürlich, aber verglichen mit der Marsch ist der Sumpf still, denn Verwesung ist ein zelluläres Geschäft. Leben zerfällt und stinkt und wird erneut zu Humus; ein elender Schlamm des Todes, der Leben erzeugt.

Am Morgen des 30. Oktober 1969 lag die Leiche von Chase Andrews in dem Sumpf, der sie sich bald lautlos, gelassen einverleibt hätte. Für alle Zeiten verborgen. Ein Sumpf weiß alles über den Tod und versteht ihn nicht notwendigerweise als Tragödie, ganz sicher nicht als Sünde. Doch an diesem Morgen radelten zwei Jungs aus dem Dorf hinaus zu dem alten Feuerwachturm, und als sie auf dem dritten Treppenabsatz ankamen, entdeckten sie seine Jeansjacke.

1

MA

1952

Es war ein sengend heißer Augustmorgen, und der feuchte Atem der Marsch verhängte die Eichen und Kiefern mit Nebel. Eine ungewöhnliche Stille herrschte zwischen den Palmettopalmen, nur durchbrochen vom leisen, bedächtigen Flügelschlag des Fischreihers, der sich aus der Lagune erhob. Und dann hörte Kya, gerade mal sechs Jahre alt, die Fliegengittertür knallen. Sie stand auf einem Hocker und war dabei, Maisgrieß aus dem Topf zu kratzen, den sie nun in das lauwarme Spülwasser sinken ließ. Nichts war mehr zu hören außer ihrem eigenen Atmen. Wer hatte die Hütte verlassen? Bestimmt nicht Ma. Sie ließ die Tür niemals zuschlagen.

Aber als Kya zur Veranda rannte, sah sie ihre Mutter in einem langen braunen Rock, die Gehfalten schwangen ihr um die Knöchel, auf hochhackigen Schuhen den Sandweg hinunterstöckeln. Die Schuhe mit der abgeflachten Spitze waren aus künstlichem Krokodilleder. Die trug sie nur, wenn sie ausging. Kya wollte ihr hinterherrufen, aber sie hatte Angst, Pa zu wecken, deshalb öffnete sie nur die Tür und trat auf die wackeligen Holzstufen. Von dort konnte sie den blauen Koffer sehen, den Ma in der Hand trug. Normalerweise wusste Kya mit dem Vertrauen eines jungen Hundes, dass ihre Mutter zurückkommen würde, mit einem Stück Fleisch, in fettiges braunes Packpapier eingeschlagen, oder mit einem Hühnchen, dessen Kopf nach unten baumelte. Aber sie trug nie die Krokoschuhe, nahm nie einen Koffer mit.

An der Stelle, wo der Fußweg auf die Straße traf, drehte Ma sich immer um, reckte einen Arm in die Luft und schwenkte eine bleiche Hand, ehe sie den Pfad nahm, der sich durch Moorwald und Schilflagunen schlängelte und schließlich – falls die Gezeiten es zuließen – in die Stadt führte. Heute jedoch ging sie weiter, stolperte über die tiefen Furchen. Durch die Lücken zwischen den Bäumen war ihre hohe Gestalt immer wieder zu sehen, bis nur noch gelegentlich das weiße Kopftuch im Laub aufblitzte. Kya rannte zu der Stelle, sie wusste, von dort war der Weg zu sehen; bestimmt würde Ma von dahinten aus winken, aber als sie ankam, sah Kya nur noch den blauen Koffer – die Farbe im Wald so fehl am Platz – verschwinden. Eine Schwere, so zäh wie schwarzer Baumwollschlamm, verengte ihr die Brust, als sie zu den Verandastufen zurückkehrte, um zu warten.

Kya war das jüngste von fünf Kindern, die Geschwister deutlich älter, obwohl sie sich später nicht mehr an deren Alter erinnern konnte. Sie wohnten mit

Ma und Pa zusammengepfercht wie Stallhasen in der grob zusammengezimmerten Hütte, deren mit Fliegendraht umschlossene Veranda wie ein großes Auge unter den Eichen hervorstarrte.

Jodie, der Bruder, der Kya am nächsten war, aber immerhin sieben Jahre älter, kam aus dem Haus und blieb hinter ihr stehen. Er hatte die gleichen dunklen Augen, das gleiche schwarze Haar wie sie, und er hatte ihr beigebracht, wie die verschiedenen Vögel sangen, wie die Sterne hießen, wie man das Boot durch Sägegras steuerte.

»Ma kommt wieder«, sagte er.

»Weiß nich. Sie hat die Krokoschuhe an.«

»'ne Ma lässt ihre Kinder nich allein. So was kann die gar nich.«

»Du hast mir erzählt, die Fuchs-Mama hat ihre Babys allein gelassen.«

»Schon, aber die hatte ja auch ein aufgerissenes Bein. Wenn sie versucht hätte, sich und ihre Jungen durchzubringen, wär sie verhungert. Da war's besser, dass sie die Kleinen allein lässt, gesund wird und später wieder welche wirft, die sie dann auch großziehen kann. Ma is nich am Verhungern, die kommt wieder.« Jodie war nicht annähernd so zuversichtlich, wie er klang, aber er sagte es Kya zuliebe.

Den Hals wie zugeschnürt, flüsterte sie: »Aber Ma hat den blauen Koffer dabei, als hättse was Großes vor.«

Die Hütte lag etwas entfernt von den Palmettopalmen, die sich über Sandwatt bis zu einer Perlenschnur von grünen Lagunen erstreckten, und dahinter, in der Ferne, kam die weite Marsch. Meilenweit widerstandsfähiges Riedgras, das sogar in Salzwasser wuchs, nur unterbrochen von Bäumen, die der Wind nach seinem Belieben gekrümmt hatte. Eichenwald umringte die Hütte auf den anderen Seiten und schützte die nächstgelegene Lagune, deren Oberfläche vor Leben schäumte. Salzluft und Möwengeschrei drangen vom Meer durch die Bäume herüber.

Die Landnahme hatte sich seit dem sechzehnten Jahrhundert kaum verändert. Die Grenzen der weit verstreuten Besitzungen im Marschland waren nicht juristisch festgelegt, sondern wurden durch natürliche Markierungen abgesteckt – ein Bachlauf hier, eine abgestorbene Eiche dort –, und zwar von Gesetzlosen. Kein Mensch baut sich einen Palmetto-Unterstand in einem Sumpf, wenn er nicht vor jemandem auf der Flucht ist oder am Ende seines eigenen Weges.

Das Marschland wurde von einer zerfaserten Küstenlinie bewacht, die frühe Entdecker als »Friedhof des Atlantiks« bezeichneten, weil heftige Strömungen, gefährliche Winde und Untiefen entlang dessen, was die Küste North Carolinas werden sollte, Schiffe wie Kinderspielzeug zerschellen ließen. Ein Seemann schrieb in sein Tagebuch: »Fuhren die Küste ab … konnten aber keinen Zugang entdecken … ein gewaltiger Sturm überkam uns … zwang uns zurück auf See, um uns und das Schiff zu retten, und die Schnelligkeit einer starken Strömung riss uns mit …«

»Das Land … ist morastig und von Sümpfen bedeckt, daher kehrten wir zu unserem Schiff zurück … Abschreckung für alle, die hiernach in diese Gegend kommen, um zu siedeln.«

Wer nach bebaubarem Land suchte, zog weiter, und diese verrufene Marsch wurde gleichsam zu einem Netz, das ein Sammelsurium von meuternden Seeleuten einfing, von Ausgestoßenen, Schuldnern und Menschen auf der Flucht vor Kriegen, Steuern oder Gesetzen, die ihnen nicht passten. Diejenigen, die nicht an Malaria starben oder vom Sumpf verschluckt wurden, bildeten ein wettergegerbtes Stammesgemisch aus etlichen Rassen und vielerlei Kulturen, und jeder von ihnen konnte einen kleinen Wald mit der Axt fällen oder einen erlegten Hirsch meilenweit schleppen. Wie Biberratten hatte jeder sein eigenes Territorium, musste sich aber an dessen Grenzen halten, wenn er nicht eines Tages einfach im Sumpf verschwinden wollte. Zweihundert Jahre später stießen entlaufene Sklaven dazu, die in die Marsch entkommen waren und »Maroons« genannt wurden, und noch später kamen befreite Sklaven, bitterarm und entkräftet, die sich aus Mangel an Möglichkeiten in diesem Land des Wassers zerstreuten.

Es mochte ja ein hartes Land sein, aber es war

keineswegs karg. Vielschichtiges Leben – wuselige Strandkrabben, schlammstakende Sumpfkrebse, Wasservögel, Fische, Garnelen, Austern, fette Hirsche und dicke Gänse – tummelte sich an Land oder im Wasser. Ein Mann, dem es nichts ausmachte, sich um sein Abendessen zu bemühen, würde niemals Hunger leiden.

Inzwischen schrieb man das Jahr 1952, und somit waren einige Gebiete über vier Jahrhunderte hinweg von Menschen bewohnt worden, die nichts mit anderen zu schaffen hatten und über die es keinerlei Aufzeichnungen gab. Die meisten waren schon vor dem Bürgerkrieg gekommen, andere hatten sich erst in jüngerer Zeit niedergelassen, vor allem nach den Weltkriegen, als gebrochene, mittellose Männer zurückkehrten. Die Marsch engte sie nicht ein, sondern gab ihnen Halt und bewahrte ihre Geheimnisse, wie jeder heilige Boden. Niemanden interessierte es, dass sie das Land in Besitz nahmen, weil es sonst keiner haben wollte. Die Marsch war schließlich nur ein öder Sumpf.

So, wie die Marschbewohner ihren eigenen Whiskey brannten, machten sie auch ihre eigenen Gesetze – nicht wie die in Steintafeln gemeißelten oder auf Pergament geschriebenen, sondern tiefer gehende, eingestanzt in ihre Gene. Uralt und natürlich, wie die der Falken und Tauben. Ein Mensch, der in die Enge getrieben wird, verzweifelt oder isoliert ist, greift auf die Überlebensinstinkte zurück. Schnell und gerecht. Diese Instinkte werden immer Trumpfkarten sein, weil sie häufiger von einer Generation an die nächste weitergegeben werden als die sanfteren Gene. Das hat nichts mit Moral zu tun, sondern schlicht mit Mathematik. Tauben kämpfen untereinander ebenso oft wie Falken.

Ma kam an jenem Tag nicht zurück. Niemand sprach darüber. Pa schon gar nicht. Er stank nach Fisch und Fusel, als er scheppernd Topfdeckel anhob. »Was gibt's zu essen?«

Die Geschwister zuckten mit gesenktem Blick die Achseln. Pa fluchte, torkelte dann wieder nach draußen, in den Wald. Es hatte früher schon Streit gegeben. Ma war sogar ein paarmal abgehauen, aber sie war immer zurückgekommen und hatte das erstbeste Kind, das sich kuscheln ließ, in die Arme geschlossen.

Die beiden älteren Schwestern bereiteten rote Bohnen mit Maisbrot zu, aber niemand setzte sich zum gemeinsamen Abendessen an den Tisch, wie sie es getan hätten, wäre Ma da gewesen. Sie schaufelten sich nur Bohnen auf einen Teller, legten Maisbrot darauf und gingen damit zu ihren jeweiligen Matratzen auf dem Boden oder zu dem verschlissenen Sofa.

Kya bekam keinen Bissen herunter. Sie saß auf den Verandastufen und starrte auf den Fußweg. Sie war groß für ihr Alter, spindeldürr, und sie hatte tief gebräunte Haut und glattes Haar, schwarz und dicht wie Krähenflügel.

Die Dunkelheit bereitete ihrer Wache ein Ende. Das Quaken der Frösche würde eventuelle Schritte übertönen. Dennoch lag sie in ihrem Bett auf der Veranda und lauschte. Noch am Morgen war sie zu brutzelndem Speck in der Eisenpfanne und dem Duft von im Holzofen bräunenden Brötchen aufgewacht. Sie hatte rasch ihre Latzhose angezogen und war in die Küche gelaufen, um den Tisch zu decken. Die Käfer aus dem Maisgrieß zu klauben. Meistens lächelte Ma sie strahlend an und umarmte sie – »Guten Morgen, meine Kleine« –, und dann erledigten sie ihre jeweiligen Arbeiten wie in einem einstudierten Tanz. Manchmal sang Ma alte Lieder oder sagte Kinderverse auf: »Dies kleine Schweinchen ging zum Markt.« Oder sie tanzte einen Jitterbug mit Kya, mit auf dem Sperrholzboden polternden Füßen, bis die Musik aus dem Kofferradio den Geist aufgab und so klang, als tönte sie tief unten aus einem leeren Fass. An anderen Morgen sprach Ma über Erwachsenendinge, die Kya nicht verstand, aber sie dachte sich, Mas Worte bräuchten einen Ort, wo sie hinkonnten, deshalb nahm sie sie durch die Haut auf, während sie immer mehr Holz in den Ofen schob. Nickte, als wüsste sie Bescheid.

Dann die Hetzerei, alle wach und satt zu bekommen. Pa nicht da. Bei ihm gab es nur zwei Zustände: Entweder er schwieg, oder er brüllte. Deshalb hatte keiner was dagegen, wenn er den Tag verschlief oder gar nicht erst nach Hause kam.

Aber an diesem Morgen war Ma still gewesen, ihr Lächeln verschwunden, ihre Augen rot. Sie hatte sich ein weißes Kopftuch piratenmäßig umgebunden, tief um die Stirn, aber die lila und gelblichen Ränder eines Blutergusses krochen darunter hervor. Gleich nach dem Frühstück, sogar noch vor dem Abwasch, hatte Ma ein paar Sachen in den blauen Koffer gepackt und war zur Straße gegangen.

Am nächsten Morgen nahm Kya wieder ihren Posten auf den Stufen ein. Ihre dunklen Augen starrten den Weg hinunter wie im Tunnel beim Warten auf den Zug. Die Marsch war in Nebel gehüllt, so tief, dass der federleichte Hintern auf dem Boden saß. Kya war barfuß. Sie trommelte mit den Zehen, stupste Kugelasseln mit Grashalmen an, aber eine Sechsjährige kann nicht lange still sitzen, und so bummelte sie hinaus ins Watt, wo der Schlamm gurgelnd an ihren Zehen sog. Am Rand des klaren Wassers ging sie in die Hocke und sah zu, wie Fischchen zwischen Sonnenflecken und Schatten hin und her huschten.

Sie hörte Jodie, der zwischen den Palmettos ihren Namen rief. Sie blickte hinüber. Vielleicht hatte er Neuigkeiten. Aber als er durch die spitzen Wedel kam, sah sie an der Art, wie er sich bewegte, lässig, dass Ma nicht wieder zu Hause war.

»Lust, Entdecker zu spielen?«, fragte er.

»Du hast gesagt, dafür bist du zu alt.«

»Nee, hab ich nich so gemeint. Dafür bin ich nie zu alt. Wer zuerst da is!«

Sie stürmten über die Niederung, dann durch den Wald zum Strand. Kya kreischte, als er sie überholte, und lachte, bis sie bei der großen Eiche anlangten, die ihre gewaltigen Arme über den Sand reckte. Jodie und ihr älterer Bruder Murph hatten ein paar Bretter quer über die Äste gehämmert, als Wachturm und Baumhaus. Jetzt waren sie größtenteils lose, hingen an rostigen Nägeln.

Wenn Kya überhaupt mitspielen durfte, dann meistens nur als Sklavenmädchen, das ihren Brüdern warme Brötchen brachte, die sie aus Mas Ofen stibitzte.

Aber heute sagte Jodie: »Du darfst Captain sein.«

Kya hob den rechten Arm zum Angriff. »Schlagt die Spanier zurück!« Sie brachen sich Stöcke als Schwerter ab und tobten durchs Gestrüpp, schrien und schlugen auf den Feind ein.

Dann – mühelos wieder zurück in der Wirklichkeit – ging sie zu einem bemoosten Baumstamm und setzte sich. Er gesellte sich wortlos zu ihr. Jodie wollte irgendwas sagen, um sie von Ma abzulenken, aber ihm fiel nichts ein, also betrachteten sie die schwimmenden Schatten der Wasserläufer.

Später kehrte Kya auf die Verandastufen zurück

und wartete lange Zeit, aber sie weinte kein einziges Mal, während sie den Weg im Blick behielt. Ihr Gesicht war still, ihr Mund eine dünne Linie unter suchenden Augen. Aber Ma kam auch an diesem Tag nicht wieder.

2

JODIE

1952

Nach Mas Fortgang machten sich im Laufe der folgenden Wochen auch Kyas ältester Bruder und ihre beiden Schwestern davon, als folgten sie dem Beispiel ihrer Mutter. Sie hatten Pas zornglühende Wutanfälle ertragen, die mit lautem Geschrei begannen, dann zu Fausthieben oder brutalen Schlägen eskalierten, bis sie einer nach dem anderen verschwanden. Sie waren ohnehin schon fast erwachsen. Und später konnte sich Kya weder an ihr Alter noch an ihre richtigen Namen erinnern, nur dass sie Missy, Murph und Mandy genannt worden waren. Auf ihrer Verandamatratze fand Kya einen kleinen Berg Socken, den ihre Schwestern ihr dagelassen hatten.

An dem Morgen, als von allen Geschwistern nur noch Jodie geblieben war, nahm Kya beim Aufwachen lautes Geschepper und heißen Fettgeruch wahr, als würde Frühstück gemacht. Sie flitzte in die Küche, weil sie dachte, Ma wäre zurück und würde Maisküchlein und Pfannkuchen braten. Aber es war Jodie, der am Holzofen stand und im Grießtopf rührte.

Sie lächelte, um die Enttäuschung zu überspielen,

und er tätschelte ihr den Kopf, sagte dann sanft, sie solle leise sein: Wenn sie Pa nicht aufweckten, könnten sie allein essen. Jodie wusste nicht, wie man Brötchen backte, und es gab keinen Speck, also kochte er Grieß und briet Rühreier in Schmalz, und sie setzten sich an den Tisch, wechselten stumm Blicke und lächelten einander an.

Sie spülten rasch das Geschirr ab, liefen dann nach draußen, er vorneweg. Sie wollten Richtung Marsch, doch genau in dem Moment rief Pa ihre Namen und kam auf sie zugehumpelt. Er war unwahrscheinlich mager, und sein ganzer Körper schien schwankend mit der Schwerkraft zu kämpfen. Seine Zähne so gelb wie die eines alten Hundes.

Kya sah zu Jodie hoch. »Lass uns weglaufen. Uns auf der Mooslichtung verstecken.«

»Is okay. Is schon okay«, sagte er.

Später, kurz vor Sonnenuntergang, kam Jodie zu Kya an den Strand, wo sie aufs Meer hinausblickte. Als er neben sie trat, schaute sie nicht zu ihm hoch, sondern hielt die Augen auf die gischtenden Wellen gerichtet.

»Ich muss weg, Kya. Kann hier nich mehr bleiben.«

Fast hätte sie sich zu ihm umgedreht, tat es aber nicht. Sie wollte ihn anflehen, sie nicht mit Pa allein zu lassen, aber die Worte blieben ihr im Halse stecken.

»Wenn du alt genug bist, wirst du's verstehen«, sagte er. Kya wollte losschreien, dass sie zwar klein war, aber nicht blöd. Sie wusste, dass Pa der Grund war, warum alle weggingen. Was sie nicht verstand, war, warum keiner sie mitnahm. Sie hatte überlegt, auch abzuhauen, wusste aber nicht, wohin, und außerdem hatte sie kein Geld für den Bus.

»Kya, sei vorsichtig, hörst du? Wenn irgendwer kommt, bleib weg vom Haus. Da können sie dich kriegen. Lauf tief in die Marsch, versteck dich in den Büschen. Und verwisch immer deine Spuren. Ich hab's dir beigebracht. Und da kannste dich auch vor Pa verstecken.« Als sie weiter schwieg, sagte er Auf Wiedersehen und ging über den Strand Richtung Wald. Kurz bevor er die Bäume erreichte, wandte sie sich endlich um und sah ihm nach.

»Dies kleine Schweinchen blieb zu Haus«, sagte sie zu den Wellen.

Sie schüttelte sich aus ihrer Erstarrung und rannte zur Hütte. Rief seinen Namen im Flur, aber Jodies Sachen waren schon weg, sein Bett auf dem Boden abgezogen.

Sie sank auf seine Matratze, sah den Rest des Tages die Wand hinabgleiten. Das Licht hielt auch nach Sonnenuntergang noch eine Weile an, wie es das immer tut, und etwas davon sammelte sich in dem Zimmer, sodass die schäbigen Betten und Kleiderhaufen für einen kurzen Moment mehr Gestalt und Farbe annahmen als die Bäume draußen.

Ein nagender Hunger – so etwas Banales – überraschte sie. Sie ging zur Küche und blieb in der Tür stehen. Ihr ganzes Leben lang war dieser Raum von Brot im Ofen, kochenden Limabohnen oder blubberndem Fischeintopf erwärmt worden. Jetzt war er muffig, still und dunkel. »Wer soll denn jetzt kochen?«, fragte sie laut. Sie hätte auch fragen können: *Wer soll denn jetzt tanzen?*

Sie zündete eine Kerze an, stocherte in der Glut im Holzofen und legte Anmachholz hinein. Pumpte den Blasebalg, bis eine Flamme züngelte, gab noch mehr Holz dazu. Der Eisschrank diente als normaler Schrank, weil die Hütte weit weg von jeglichem Stromanschluss lag. Um den Schimmel in Schach zu halten, klemmte in der Tür eine Fliegenklatsche und hielt sie offen. Trotzdem wuchs grünlich schwarzer Schimmel in allen Ritzen.

Als sie die Reste vom Frühstück herausnahm, sagte sie: »Ich tu den Grieß in Schmalz und mach alles warm«, was sie auch tat. Dann aß sie aus der Pfanne, während sie durchs Fenster nach Pa Ausschau hielt. Aber er kam nicht.

Als das Licht der Mondsichel endlich auf die Hütte fiel, kroch Kya in ihr Verandabett – eine durchgelegene Matratze auf dem Boden, aber mit richtiger Bettwäsche, die mit kleinen blauen Rosen bedruckt war und die Ma auf einem Garagenflohmarkt gekauft hatte –, und zum ersten Mal in ihrem Leben war sie nachts allein.

Zuerst setzte sie sich alle paar Minuten auf und spähte durchs Fliegengitter. Lauschte auf Schritte im Wald. Sie kannte die Formen aller Bäume, doch jetzt schienen manche hin und her zu springen, sich mit dem Mond zu bewegen. Eine Zeit lang konnte sie nicht mal schlucken, weil sie so steif war, doch wie aufs Stichwort erfüllte der vertraute Gesang von Baumfröschen und Heuschrecken die Nacht. Tröstlicher als jedes Schlaflied. Die Dunkelheit barg einen süßlichen Geruch, den erdigen Atem von Fröschen und Salamandern, die wieder einen brütend heißen Tag überstanden hatten. Dann schmiegte sich die Marsch mit einem Bodennebel an, und Kya schlief ein.

Pa ließ sich drei Tage lang nicht blicken, und Kya kochte sich Rübstiel aus Mas Garten zum Frühstück, Mittag- und Abendessen. Sie war zum Hühnerstall gegangen, um Eier einzusammeln, fand ihn jedoch verlassen vor. Nirgendwo ein Huhn oder Ei zu finden.

»Ihr Scheißhühner! Ihr seid bloß blöde Scheißhühner!« Sie hatte sich eigentlich um sie kümmern wollen, seit Ma fort war, aber im Grunde nicht viel gemacht. Jetzt waren sie allesamt ausgebüxt, gackerten irgendwo tief im Wald. Sie würde Mais verstreuen müssen, um sie hoffentlich in der Nähe zu halten.

Am Abend des vierten Tages tauchte Pa mit einer Flasche in der Hand auf und ließ sich auf sein Bett fallen.

Als er am nächsten Morgen in die Küche kam, brüllte er: »Wo sind denn alle?«

»Weiß nich«, sagte sie, ohne ihn anzusehen.

»Jeder Straßenköter weiß mehr wie du. Überflüssig wie ein Kropf.«

Kya schlüpfte leise durch die Fliegengittertür und lief zum Strand, um nach Muscheln zu suchen. Doch dann roch sie Rauch. Sie blickte auf und sah dort, wo die Hütte lag, Qualm aufsteigen. So schnell sie konnte, rannte sie zurück, und als sie zwischen den Bäumen hervorstürmte, loderte vor der Hütte ein großes Lagerfeuer. Pa war dabei, Mas Gemälde, Kleider und Bücher in die Flammen zu werfen.

»Nein!«, schrie Kya. Er sah sie nicht an, sondern warf das alte Kofferradio ins Feuer. Ihr brannten Gesicht und Arme, als sie nach den Bildern griff, und die Hitze trieb sie zurück.

Sie hastete zur Tür, um Pa daran zu hindern, noch mehr aus der Hütte zu holen, sah ihm in die Augen. Pa hob die Hand zum Schlag, doch sie wich nicht zurück. Plötzlich wandte er sich ab und schlurfte in Richtung seines Boots.

Kya sank auf die Verandastufen und sah zu, wie Mas Aquarelle von der Marsch zu Asche verbrannten. Sie blieb dort sitzen, bis die Sonne unterging, bis alle Knöpfe wie Funken glühten und die Erinnerungen an den Jitterbug-Tanz mit Ma in den Flammen zerschmolzen.

Im Laufe der folgenden Tage lernte Kya aus den Fehlern der anderen und vielleicht noch mehr von den Fischchen, wie sie mit Pa leben musste. Immer aus dem Weg gehen, nie auffallen, von Sonnenflecken zu Schatten huschen. Sie stand auf und verließ die Hütte, bevor er wach wurde, lebte in den Wäldern und am Wasser, schlich dann zurück, um in ihrem Bett auf der Veranda zu schlafen, so nah an der Marsch, wie sie nur konnte.

Pa hatte im Zweiten Weltkrieg gegen die Deutschen gekämpft. Sein linker Oberschenkelknochen war von einem Granatsplitter zertrümmert worden, das Einzige, worauf sie noch stolz waren. Sein wöchentlicher Kriegsversehrtenscheck ihre einzige Einnahmequelle. Eine Woche nach Jodies Verschwinden war der Eisschrank leer, und im Garten war kaum noch Rübstiel übrig. Als Kya an diesem Montagmorgen in die Küche kam, zeigte Pa auf den Tisch, wo ein zerknitterter Dollarschein und ein paar lose Münzen lagen.

»Damit kriegst du Essen für 'ne Woche. Almosen gibt's nich«, sagte er. »Alles hat 'nen Preis, und für das Geld hältst du das Haus in Ordnung, sammelst Feuerholz und machst die Wäsche.«

Zum allerersten Mal machte sich Kya allein auf den Weg nach Barkley Cove, um Lebensmittel zu kaufen – *dies kleine Schweinchen ging zum Markt.* Sie stapfte vier Meilen weit durch tiefen Sand oder dunklen

Matsch, bis die Bucht vor ihr glitzerte mit dem Ort am Ufer.

Sumpfige Niederungen umgaben Barkley Cove, mischten ihren salzigen Dunst mit dem des Ozeans, der bei Flut auf der anderen Seite der Main Street anschwoll. Gemeinsam trennten Marschland und Meer den Ort vom Rest der Welt. Die einzige Verbindung bildete die einspurige Landstraße, die über rissigen Zement und Schlaglöcher in das Städtchen holperte.

Es gab zwei Straßen: Die Main Street verlief am Meer entlang und hatte eine Reihe von Geschäften aufzuweisen. An einem Ende war der Lebensmittelladen Piggly Wiggly, am anderen Ende das Geschäft Western Auto und in der Mitte der Diner. Dazwischen lagen ein Kress' Five and Dime, ein Penney's (auch Katalogbestellung), die Bäckerei Parker's und ein Schuhladen der Marke Buster Brown. Gleich neben dem Piggly war die Dog-Gone Beer Hall, eine Kneipe, in der man außer gebratenen Hotdogs und einem scharfen Chili auch frittierte Garnelen essen konnte, die in gefalteten Pappschiffchen serviert wurden. Weder Ladys noch Kinder setzten je einen Fuß hinein, weil das Lokal nicht den besten Ruf hatte, aber sie konnten an einem Verkaufsfenster zur Straße hin Hotdogs und Nehi-Cola bestellen. Schwarze* durften weder die Tür noch das Fenster benutzen.

Die andere Straße, Broad Street, verlief von der alten Landstraße geradewegs Richtung Ozean und mündete in die Main Street. An der einzigen Kreuzung im Ort trafen sich folglich Main Street, Broad Street und der Atlantik. Die Läden und Geschäfte lagen nicht wie in den meisten Kleinstädten direkt nebeneinander, sondern waren durch unbebaute Grundstücke getrennt, auf denen Strandhafer und Palmettos wuchsen, als hätte sich über Nacht die Marsch herangeschoben. Im Verlauf von über zweihundert Jahren hatten die Zedernschindeln der Hausfassaden kräftigen, salzigen Winden widerstanden und allmählich die Farbe von Rost angenommen, während der größtenteils blaue oder weiße Anstrich der Fensterrahmen Risse bekommen hatte und abblätterte. Alles in allem schien der Ort des Kampfes mit den Elementen müde zu sein und sich ihnen einfach zu ergeben.

Der städtische Pier, garniert mit ausgefransten Tauen und alten Pelikanen, ragte in die kleine Bucht, deren Wasser, wenn es ruhig war, das Rot und Gelb von Krabbenkuttern spiegelte. Zu beiden Seiten der Geschäfte wanden sich unbefestigte Straßen, die von kleinen Häusern aus Zedernholz gesäumt wurden, durch die Bäume, um Lagunen herum und am Ozean entlang. Barkley Cove war buchstäblich ein Provinznest mit seinen verstreuten Teilen zwischen Mündungsarmen und Reet, wie ein windgeschütteltes Reihernest.

Barfuß und in einer zu kurzen Latzhose blieb Kya an der Stelle stehen, wo der Pfad durch die Marsch auf die Straße traf. Sie biss sich auf die Lippe, wollte nach

Hause rennen. Sie hatte keine Ahnung, was sie zu den Leuten sagen, wie sie das mit dem Bezahlen hinkriegen sollte. Aber der Hunger trieb sie weiter, also ging sie mit gesenktem Kopf über einen bröckeligen Bürgersteig, der gelegentlich zwischen Grasbüscheln auftauchte, die Main Street entlang zu dem Lebensmittelladen. Als sie kurz vor dem Five and Dime war, hörte sie laute Stimmen hinter sich und sprang just in dem Moment zur Seite, als drei Jungs, ein paar Jahre älter als sie, auf Fahrrädern an ihr vorbeisausten. Der Anführer drehte sich zu ihr um, lachte über den Beinaheunfall, und stieß dann fast mit einer Frau zusammen, die gerade aus dem Laden trat.

»CHASE ANDREWS, komm auf der Stelle wieder her! Ihr alle drei!« Sie radelten noch ein paar Meter weiter, überlegten es sich dann anders und kehrten um zu der Frau, Miss Pansy Price, Verkäuferin von Stoffen und Kurzwaren. Ihrer Familie hatte einmal die größte Farm am Rande der Marsch gehört, und obwohl sie Haus und Hof schon vor langer Zeit hatten verkaufen müssen, blieb Miss Pansy ihrer Rolle als vornehme Landbesitzerin treu. Was kein Leichtes war, wenn man in einer winzigen Wohnung über dem Diner wohnte. Miss Pansy trug für gewöhnlich Hüte, die aussahen wie seidene Turbane, und an diesem Morgen war ihre Kopfbedeckung rosa, was den roten Lippenstift und das kräftige Rouge auf ihren Wangen betonte.

Sie schimpfte die Jungen aus. »Ich hätte nicht übel Lust, das euren Mamas zu erzählen. Oder besser noch, euren Papas. Auf dem Bürgersteig so zu rasen! Ihr hättet mich um ein Haar überfahren. Was hast du zu deiner Entschuldigung zu sagen, Chase?«

Er hatte das schönste Fahrrad – roter Sattel und hoch aufragender Lenker aus Chrom. »Entschuldigen Sie, Miss Pansy, wir haben Sie nich gesehen, weil das Mädchen dahinten uns auf einmal im Weg war.« Chase, sonnengebräunt mit dunklem Haar, zeigte auf Kya, die zurückgewichen war und halb in einem Myrtenbusch stand.

»Kümmert euch nicht um die. Es gehört sich nicht, die eigenen Sünden auf andere abzuwälzen, nicht mal auf Sumpfgesindel. Ihr Jungs macht das gefälligst wieder gut. Da drüben geht Miss Arial mit ihren Einkäufen. Los, helft ihr, die Sachen zu ihrem Pick-up zu tragen. Und steckt eure Hemden ordentlich in die Hose.«

»Jawohl, Ma'am«, sagten die Jungen, während sie schon zu Miss Arial hinüberfuhren, die sie alle in der zweiten Klasse unterrichtet hatte.

Kya wusste, dass die Eltern des dunkelhaarigen Jungen das Geschäft Western Auto besaßen. Deshalb fuhr er auch das schickste Fahrrad. Sie hatte ihn gesehen, wie er große Kartons mit Waren vom Lastwagen in den Laden trug, aber sie hatte noch nie ein Wort mit ihm oder den anderen geredet.

Sie wartete ein paar Minuten, dann ging sie mit gesenktem Kopf weiter zum Lebensmittelladen. Im Piggly Wiggly angekommen, studierte Kya die Auswahl an Maisgrieß und entschied sich für die Ein-Pfund-Packung grob gemahlenen gelben Grieß, weil daran ein rotes Etikett hing – *Sonderangebot der Woche*. Wie Ma es ihr beigebracht hatte. Sie drückte sich im Gang herum, bis keine anderen Kunden mehr an der Kasse warteten, dann ging sie hin und sah die Kassiererin, Mrs Singletary, an, die sie fragte: »Wo steckt denn deine Mama?« Mrs Singletarys Haare waren kurz geschnitten, dicht gekringelt und so lila gefärbt wie eine Iris im Sonnenlicht.

»Muss Hausarbeit erledigen, Ma'am.«

»Na, du hast aber Geld für den Grieß dabei, oder?«

»Jawohl, Ma'am.« Weil sie den genauen Betrag nicht abzählen konnte, legte sie den Dollarschein hin.

Mrs Singletary fragte sich, ob das Kind die verschiedenen Münzen überhaupt kannte, deshalb legte sie das Wechselgeld in Kyas offene Hand und zählte langsam mit: »Fünfundzwanzig, fünfzig, sechzig, siebzig, achtzig, fünfundachtzig und drei Pennys. Der Grieß kostet nämlich zwölf Cent.«

Kya wurde fast schlecht. Musste sie jetzt wieder was zurückgeben? Sie starrte auf die rätselhaften Münzen in ihrer Hand.

Mrs Singletary schien sich zu erbarmen. »Na dann. Raus mit dir.«

Kya flitzte aus dem Laden und ging, so schnell sie konnte, zurück zu dem Fußpfad in die Marsch. Viele Male hatte Ma ihr eingeschärft: »Im Ort darfst du niemals rennen, sonst denken die Leute, du hättest was gestohlen.« Doch sobald sie den Sandweg erreicht hatte, spurtete sie eine gute halbe Meile. Den Rest legte sie mit schnellen Schritten zurück.

Wieder daheim, schüttete sie eine Portion Grieß in kochendes Wasser, weil sie meinte, Ma habe das immer so gemacht, aber er bildete im Nu einen großen dicken Klumpen, der unten anbrannte und in der Mitte roh blieb. So pampig, dass sie nur ein paar Bissen herunterbekam, also suchte sie erneut den Garten ab und fand noch etwas Rübstiel zwischen den Goldruten. Den kochte sie und aß alles auf, schlürfte sogar noch den Sud aus dem Topf.

Innerhalb weniger Tage lernte sie, wie man Grieß zubereitete, doch so kräftig sie auch rührte, ein paar Klumpen blieben immer. Die Woche darauf kaufte sie Rippchen – mit dem roten Etikett dran – und garte sie in einem schmackhaften Brei aus Grieß und Blattkohl.

Kya hatte oft zusammen mit Ma die Wäsche gemacht, daher wusste sie, wie man Kleidung unter dem Wasserhahn im Hof auf dem Waschbrett mit Kernseife schrubbte. Pas Latzhosen wurden, wenn sie nass waren, so schwer, dass sie sie mit ihren kleinen Händen nicht auswringen konnte, und da sie noch nicht an die Wäscheleine rankam, legte sie die tropfnassen Hosen über die Wedel der Palmettopalmen am Waldrand.

So lebten sie und Pa wie im Two-Step, in derselben Hütte, aber getrennt, und manchmal sahen sie sich tagelang nicht. Sie sprachen kaum miteinander. Kya räumte ihre und seine Sachen auf, wie eine richtige kleine Hausfrau. Sie konnte nicht annähernd gut genug kochen, um für ihn Mahlzeiten zuzubereiten – meistens war er ohnehin nicht da –, aber sie machte sein Bett, putzte, fegte und erledigte meistens den Abwasch. Nicht, weil er es ihr befohlen hatte, sondern weil das die einzige Möglichkeit war, die Hütte in ordentlichem Zustand für Mas Rückkehr zu halten.

Ma hatte immer gesagt, dass an Kyas Geburtstag der Herbstmond aufgegangen war. Und als der Mond sich eines Abends dick und golden aus der Lagune erhob, sagte sich Kya deshalb, obwohl sie sich nicht an das Datum ihrer Geburt erinnern konnte: »Ich schätze, jetzt bin ich sieben.« Pa erwähnte nichts davon, und einen Kuchen gab es schon gar nicht. Er sagte auch nichts darüber, dass sie nun zur Schule gehen müsste, und sie, die keine genaue Vorstellung davon hatte, traute sich nicht, es anzusprechen.

Bestimmt würde Ma zu ihrem Geburtstag zurückkommen, also zog Kya am Morgen nach dem Erntemond ihr Kattunkleid an und behielt den Weg im

Auge. Sie wünschte sich sehnlich, dass Ma auf sie zukam, noch immer in ihren Krokoschuhen und dem langen Rock. Als nichts passierte, nahm sie den Topf mit Grieß und ging durch den Wald an den Strand. Die Hände um den Mund gewölbt, legte sie den Kopf in den Nacken und schrie: »*Kii-au, kii-au, kii-au.*« Silberne Flecken tauchten im Himmel auf, von überall am Strand, von oberhalb der Brandung.

»Da sind sie. Ich kann gar nich so weit zählen, wie's hier Möwen gibt«, sagte sie.

Schreiend und kreischend umkreisten die Vögel sie, stießen herab, verharrten flügelschlagend vor ihrem Gesicht und landeten, als sie ihnen Grießbröckchen hinwarf. Schließlich beruhigten sie sich, begannen, ihr Gefieder zu putzen, und Kya setzte sich auf den Sand, die Beine seitlich angewinkelt. Eine große Möwe ließ sich neben ihr nieder.

»Ich hab heute Geburtstag«, sagte Kya zu dem Vogel.

3
CHASE

1969

Die verrotteten Stützpfeiler des alten verlassenen Feuerwachturms spreizten sich über dem Sumpf, der seine eigenen Nebelschwaden aufsteigen ließ. Bis auf das Krächzen von Krähen war der Wald still und schien förmlich den Atem anzuhalten, als die beiden zehnjährigen Jungen Benji Mason und Steve Long am Morgen des 30. Oktober 1969 die feuchte Treppe hinaufstiegen.

»Viel zu heiß für Herbst«, rief Steve Benji über die Schulter zu.

»Stimmt, und bis auf die Krähen is alles so still.«

Steve spähte zwischen den Stufen hindurch und sagte: »Oha! Was is'n das da?«

»Wo?«

»Da unten. Blaue Klamotten, als würd da einer im Matsch liegen.«

Benji rief: »He, du! Was machst'n da?«

»Ich seh ein Gesicht, aber das rührt sich nich.«

Mit rudernden Armen rannten sie wieder nach unten und stapften zur anderen Seite des Turms. Grünlicher Matsch blieb an ihren Stiefeln kleben. Da lag ein

Mann, flach auf dem Rücken, das linke Bein ab Kniehöhe grotesk nach vorne verdreht. Augen und Mund weit aufgerissen.

»Ach du Schande!«, sagte Benji.

»Großer Gott, das is Chase Andrews.«

»Lass uns den Sheriff holen.«

»Aber wir dürfen doch eigentlich gar nich hier draußen sein.«

»Is jetzt egal. Und bestimmt wollen die Krähen sich gleich auf ihn stürzen.«

Sie starrten entsetzt in die Richtung, aus der das Krächzen kam, und Steve sagte: »Ich glaub, einer von uns muss hierbleiben und die Biester von ihm fernhalten.«

»Glaub mal bloß nich, dass ich allein hierbleib. Und ich wette 'nen Nickel, du traust dich das auch nich.«

Und schon schwangen sie sich auf ihre Räder, strampelten über sirupartige Sandwege zurück zur Main Street, durch den Ort und rannten in das flache Gebäude, wo Sheriff Ed Jackson in einem von nackten Glühbirnen erhellten Büro an seinem Schreibtisch saß. Er war kräftig und mittelgroß, hatte rotblondes Haar, und seine Arme waren mit blassen Sommersprossen übersät. Er blätterte gerade in einer Jagdzeitschrift.

Die Jungs kamen, ohne anzuklopfen, durch die offene Tür gestürmt.

»Sheriff …«

»Hey, Steve, Benji. Wo brennt's denn, Jungs?«

»Chase Andrews liegt draußen im Sumpf unter dem Feuerwachturm. Sieht mausetot aus. Rührt sich kein bisschen.«

Seit Barkley Cove 1751 gegründet worden war, hatte kein Gesetzesvertreter sich je für irgendwas zuständig gefühlt, das außerhalb der Ortsgrenzen passierte. In den 1940ern und '50ern hatten manche Sheriffs gelegentlich Häftlinge aus dem Inland, die in die Marsch entkommen waren, mit Hunden verfolgt, und nur für alle Fälle standen dem Sheriff auch heute noch Hunde zur Verfügung. Aber Jackson kümmerte sich praktisch nie um Straftaten in den Sümpfen. Warum Ratten dabei stören, wie sie sich gegenseitig umbrachten?

Aber jetzt ging es um Chase. Der Sheriff stand auf und nahm seinen Hut vom Haken. »Zeigt's mir.«

Eichenäste und Stechpalmen schrammten am Pick-up des Sheriffs entlang, als er ihn über den Sandweg manövrierte. Neben ihm saß Dr. Vern Murphy, schlank und fit, mit grau meliertem Haar, der einzige Arzt im Ort. Beide Männer schwankten im Rhythmus der tiefen Furchen, und Verns Kopf knallte beinahe gegen das Seitenfenster. Sie waren schon lange befreundet, ungefähr im selben Alter, gingen gern gemeinsam angeln und mussten oft bei Fällen zusammenarbeiten. Beide schwiegen jetzt in Aussicht auf Bestätigung, wessen Leiche da im Sumpf lag.

Steve und Benji saßen mit ihren Fahrrädern auf der Ladefläche, bis der Wagen anhielt.

»Er is da drüben, Mr Jackson. Hinter den Büschen.«

Ed stieg aus. »Ihr Jungs bleibt hier.« Dann wateten er und Dr. Murphy durch den Schlamm zu der Stelle, wo Chase lag. Die Krähen waren aufgeflogen, als der Pick-up ankam, aber andere Vögel und Insekten umschwirrten ihn. Leben, das ungerührt weiter pulsierte.

»Es ist tatsächlich Chase. Sam und Patti Love werden das nicht überleben.« Jede Zündkerze, die die Andrews bestellt hatten, jede geschriebene Rechnung, jedes aufgestellte Preisschild bei Western Auto war für ihr einziges Kind Chase gewesen.

Vern ging neben dem Körper in die Hocke, lauschte mit seinem Stethoskop auf einen Herzschlag und erklärte Chase dann für tot.

»Was schätzt du, wie lange schon?«, fragte Ed.

»Ich würde sagen, mindestens zehn Stunden. Der Gerichtsmediziner kann das genauer bestimmen.«

»Dann muss er letzte Nacht da hochgestiegen und von oben runtergefallen sein.«

Vern untersuchte Chase kurz, ohne ihn zu bewegen, dann trat er neben Ed. Beide Männer starrten in Chases Augen, die noch immer aus dem aufgedunsenen Gesicht gen Himmel blickten, sahen dann auf seinen klaffenden Mund.

»Wie oft hab ich den Leuten schon gesagt, dass so was mal passieren wird«, klagte der Sheriff.

Sie hatten Chase schon seit seiner Geburt gekannt.

Hatten mitbekommen, wie er sich vom goldigen Kind zum charmanten Teenager entwickelte, dann zum bewunderten Quarterback und Frauenschwarm wurde und ins Geschäft seiner Eltern einstieg. Schließlich: der gut aussehende Mann, der das hübscheste Mädchen heiratete. Jetzt lag er allein da, weniger würdevoll als das Schlammloch. Wie immer hatte die Grausamkeit des Todes die Oberhand gewonnen.

Ed durchbrach das Schweigen: »Also, was ich nicht versteh, ist, wieso die anderen keine Hilfe geholt haben. Die kommen immer zu mehreren her oder wenigstens in Paaren, um rumzuknutschen.« Sheriff und Arzt nickten sich kurz, aber vielsagend zu, wohl wissend, dass Chase, obwohl er verheiratet war, möglicherweise eine andere Frau mit zum Turm genommen hatte. »Wir sollten ein Stück zurückgehen. Uns alles genau anschauen«, sagte Ed und hob einen Fuß nach dem anderen an, machte weitere Schritte als notwendig. »Ihr Jungs bleibt, wo ihr seid, macht bloß nicht noch mehr Spuren.«

Ed zeigte auf Fußabdrücke, die von der Treppe weg durch den Schlamm führten und gut zwei Meter von Chase entfernt endeten. »Sind das eure Abdrücke von heute Morgen?«

»Ja, Sir, bis dahin sind wir gegangen«, sagte Benji. »Als wir gesehen haben, dass es Chase is, sind wir rückwärtsgegangen. Da, seh'n Sie? Da sind wir rückwärtsgegangen.«

»Okay.« Ed drehte sich um. »Vern, irgendwas stimmt hier nicht. In der Nähe der Leiche sind keine Fußspuren. Wenn er mit seinen Freunden oder wem auch immer hier war und runtergefallen ist, wären die doch nach unten gerannt und zu ihm gelaufen, hätten sich neben ihn gekniet. Um festzustellen, ob er noch lebt. Sieh dir an, wie tief unsere Spuren hier im Schlamm sind, aber sonst gibt es keine frischen Abdrücke. Keine, die zu der Treppe führen oder von ihr weg, keine ringsum die Leiche.«

»Dann war er vielleicht doch allein. Das würde alles erklären.«

»Tja, aber weißt du, was das nicht erklärt? Wo sind *seine* Fußspuren? Wie ist Chase Andrews den Weg entlanggegangen, dann durch den Matsch hier zur Treppe, um nach oben zu steigen, ohne selbst Fußspuren zu hinterlassen?«

4
SCHULE

1952

Wenige Tage nach ihrem Geburtstag war Kya barfuß allein im Schlick unterwegs und beugte sich vor, um eine Kaulquappe zu betrachten, die schon ihre Froschbeine bekam. Plötzlich richtete sie sich auf. Ein Auto kämpfte sich durch den tiefen Sand am Ende des Weges zur Hütte. Niemand kam je mit dem Auto zu ihnen heraus. Dann drangen leise Stimmen durch die Bäume – ein Mann und eine Frau. Kya rannte rasch ins Gebüsch, weil sie von dort sehen konnte, wer da kam, aber immer noch einen Fluchtweg hatte. Genau, wie Jodie es ihr beigebracht hatte.

Eine große Frau stieg aus dem Auto und stöckelte auf hohen Absätzen den Sandweg entlang, genau, wie Ma das getan hatte. Das mussten die Waisenhausleute sein, die sie holen wollten.

Der kann ich leicht davonlaufen. In den Schuhen fällt sie glatt auf die Nase. Kya blieb, wo sie war, und sah zu, wie die Frau an die Fliegengittertür zur Veranda trat.

»Jemand zu Hause? Ich bin die Schulinspektorin. Ich möchte Catherine Clark zur Schule abholen.«

Na so was. Kya blieb stumm hocken. Sie war sich ziemlich sicher, dass sie mit sechs in die Schule gemusst hätte. Und die kamen erst jetzt. Ein Jahr zu spät.

Sie hatte keine Ahnung, wie sie mit anderen Kindern reden sollte oder gar mit einer Lehrerin, aber sie wollte lesen lernen und was nach neunundzwanzig kam.

»Catherine, Liebes, falls du mich hörst, bitte komm raus. Du musst in die Schule gehen, Schätzchen, das schreibt das Gesetz vor. Außerdem gefällt's dir da ganz bestimmt. Du bekommst jeden Tag ein warmes Mittagessen. Ich glaube, heute gibt's Hühnerpastete mit Teigkruste.«

Das änderte die Sache. Kya war sehr hungrig. Zum Frühstück hatte sie Grieß gekocht und Salzcracker untergerührt, weil sie sonst kein Salz hatte. Wenn sie schon etwas über das Leben wusste, dann, dass man Grieß nicht ohne Salz essen kann. Hühnerpastete hatte sie erst ein paarmal in ihrem Leben gegessen, aber sie hatte noch immer den goldbraunen Teigmantel vor Augen, außen knusprig, innen weich. Sie konnte den satten Geschmack der Füllung fühlen, als wäre er rund. Ihr Magen tat, was er wollte, und brachte Kya dazu, aus ihrem Versteck zwischen den Palmettowedeln hervorzutreten.

»Hallo, Liebes, ich bin Mrs Culpepper. Du bist ja schon richtig groß und willst in die Schule gehen, nicht wahr?«

»Ja, Ma'am«, sagte Kya mit gesenktem Kopf.

»Sehr schön, du kannst ruhig barfuß gehen, machen andere Kinder auch, aber weil du ein kleines Mädchen bist, musst du einen Rock tragen. Hast du ein Kleid oder einen Rock, Schätzchen?«

»Ja, Ma'am.«

»Okay, dann wollen wir dich mal hübsch machen.«

Mrs Culpepper folgte Kya durch die Verandatür und musste dabei über eine Reihe Vogelnester steigen, die Kya auf dem Boden aufgereiht hatte. Im Schlafzimmer zog Kya das einzige Kleid an, das ihr passte, ein karierter Trägerrock, an dem eine Schlaufe von einer Sicherheitsnadel zusammengehalten wurde.

»Sehr gut, Liebes, damit kannst du dich sehen lassen.«

Mrs Culpepper streckte ihr die Hand entgegen. Kya starrte darauf. Sie hatte seit Wochen keinen anderen Menschen mehr berührt, hatte in ihrem ganzen Leben noch keine fremde Person berührt. Aber sie schob ihre kleine Hand in die von Mrs Culpepper und wurde den Weg hinunter zu dem Ford Crestliner geführt, an dessen Steuer ein stiller Mann mit einem grauen Filzhut saß. Kya setzte sich auf die Rückbank, ohne zu lächeln, und fühlte sich nicht wie ein Küken unter dem Flügel seiner Mutter.

Barkley Cove hatte eine Schule für Weiße. Die erste bis zwölfte Klasse waren in einem zweistöckigen Backsteinbau an dem der Polizeiwache gegenüberliegenden Ende der Main Street untergebracht. Die schwarzen Kinder hatten eine eigene Schule, ein flacher Betonklotz knapp außerhalb der Schwarzensiedlung.

Als Kya ins Schulbüro geführt wurde, fand man dort zwar ihren Namen, aber kein Geburtsdatum im Geburtsregister des County, also steckte man sie in die zweite Klasse, obwohl sie noch nie eine Schule von innen gesehen hatte. Die erste Klasse, so meinten sie, war schon zu voll, und bei den Kindern aus dem Sumpf, die manchmal nur ein paar Monate zur Schule kamen und sich dann nicht mehr blicken ließen, war es ja ohnehin egal. Als der Direktor mit ihr den breiten Korridor entlangging, der ihre Schritte widerhallen ließ, perlte ihr Schweiß auf der Stirn. Er öffnete die Tür zu einem Klassenzimmer und gab ihr einen leichten Stups.

Karierte Blusen, Tellerröcke, Schuhe, jede Menge Schuhe, einige nackte Füße – und Augen, die sie allesamt anstarrten. Sie hatte noch nie so viele Menschen gesehen. Bestimmt ein Dutzend. Die Lehrerin, dieselbe Mrs Arial, der die Jungs geholfen hatten, brachte Kya zu einem Tisch am hinteren Ende. Sie könne ihre Sachen in das Fach legen, wurde ihr gesagt, aber Kya hatte keine Sachen.

Die Lehrerin ging wieder nach vorne und sagte: »Catherine, bitte steh auf und sag der Klasse, wie du heißt.«

Ihr Magen zog sich zusammen.

»Nun komm schon, Liebes, sei nicht schüchtern.«

Kya stand auf. »Miss Catherine Danielle Clark«, sagte sie, weil Ma mal gesagt hatte, das wäre ihr voller Name.

»Kannst du für uns *Hund* buchstabieren?«

Kya starrte zu Boden und sagte nichts. Jodie und Ma hatten ihr ein paar Buchstaben beigebracht. Aber sie hatte noch nie für irgendwen ein Wort laut buchstabiert.

Ihr war schlecht vor Aufregung, aber sie versuchte es trotzdem: »*M-u-n-d*.«

Lautes Gelächter brach aus.

»Psst! Ruhe!«, rief Mrs Arial. »Wir lachen uns nie gegenseitig aus, habt ihr verstanden? Niemals. Das solltet ihr eigentlich wissen.«

Kya setzte sich schnell wieder auf ihren Platz hinten in der Klasse, wollte unsichtbar werden wie ein Borkenkäfer, der mit dem furchigen Stamm einer Eiche verschmolz. Doch so nervös sie auch war, als die Lehrerin mit dem Unterricht fortfuhr, beugte sie sich vor, weil sie unbedingt lernen wollte, was nach neunundzwanzig kam. Aber Miss Arial redete erst mal nur über etwas, das sich Lautbildung nannte, und die Schüler sprachen ihr mit o-förmigen Mündern *a*, *i*, *o* und *u* nach und hörten sich an wie gurrende Tauben.

Gegen elf Uhr zog der warmbuttrige Duft von Hefebrötchen und Pastetenteig durch die Flure und drang in den Klassenraum. Kyas Magen rumorte und knurrte, und als die Klasse sich endlich in einer Reihe aufstellte und in die Cafeteria marschierte, lief ihr das Wasser im Munde zusammen. Sie machte nach, was die anderen taten, nahm sich ein Tablett, einen grünen Plastikteller und Besteck. Ein großes Fenster mit Theke davor gewährte einen Blick in die Küche, und sie sah eine riesige Emaille-Pfanne voll mit Hühnerpastete. Zwischen den dicken knusprigen Teigstreifen, die kreuzweise darauf angeordnet waren, blubberte heiße Bratensoße. Eine große schwarze Frau, die lächelte und manche Kinder mit Namen ansprach, klatschte ihr eine große Portion Pastete auf den Teller, dann einen Löffel Sommererbsen in Butter und ein Hefebrötchen. Außerdem bekam sie Bananenpudding und eine eigene kleine rot-weiße Packung Milch mit auf das Tablett.

Sie wandte sich dem Essbereich zu, wo die meisten Tische schon mit lachenden, plaudernden Kindern besetzt waren. Sie bemerkte Chase Andrews und seine Freunde, die sie mit ihren Fahrrädern fast vom Bürgersteig gerempelt hätten, deshalb sah sie weg und setzte sich an einen leeren Tisch. Mehrmals rasch hintereinander verrieten ihre Augen sie und schielten hinüber zu den Jungs, die einzigen Gesichter, die sie kannte. Aber die achteten gar nicht auf sie, genau wie alle anderen.

Kya starrte die Pastete an, die mit Hühnchen, Möhren, Kartoffeln und kleinen Erbsen gefüllt war. Goldbrauner Teig obendrauf. Etliche Mädchen in Tellerröcken, die mit Petticoats aufgebauscht waren, kamen auf sie zu. Eine war groß, dünn und blond, eine andere eher rund mit Pausbacken. Kya fragte sich, wie diese Mädchen mit solchen Röcken auf Bäume klettern oder auch nur in ein Boot steigen konnten. Durch Wasser waten, um Frösche zu fangen, war damit jedenfalls unmöglich. Die konnten ja nicht mal ihre eigenen Füße sehen.

Als sie näher kamen, starrte Kya auf ihren Teller. Was sollte sie sagen, wenn die Mädchen sich neben sie setzten? Aber sie gingen vorbei, zwitschernd wie Vögel, und gesellten sich zu ihren Freundinnen an einem anderen Tisch. Obwohl Kya einen Riesenhunger im Bauch hatte, war ihr Mund so trocken, dass sie kaum schlucken konnte. Deshalb aß sie nur ein paar Bissen, trank die ganze Milch aus und stopfte möglichst unauffällig so viel Pastete, wie sie konnte, in die leere Milchtüte, die sie dann zusammen mit dem Brötchen in ihre Serviette wickelte.

Den Rest des Tages machte sie kein einziges Mal den Mund auf. Selbst als die Lehrerin ihr eine Frage stellte, blieb sie stumm. Kya fand, sie sollte was von den anderen lernen, nicht umgekehrt. *Wieso riskieren, dass die mich auslachen?*, dachte sie.

Nach dem letzten Klingeln erklärte man ihr, der Bus würde sie drei Meilen vor dem Weg zu ihrer Hütte absetzen, weil der Pfad ab da zu sandig war, und dass sie jeden Morgen zu Fuß zum Bus gehen müsse. Auf dem Heimweg, während der Bus durch tiefe Furchen schaukelte und an weiten Flächen mit Schlickgras vorbeifuhr, begann vorne ein Sprechchor: »MISS Catherine Danielle Clark!« Großdünnblond und Rundpausbacke, die Mädchen vom Mittagessen, riefen: »Was denn nun, Sumpfhuhn? Wo ist dein Sack, Sumpfpack?«

Endlich hielt der Bus an einer nicht markierten Kreuzung von verschlungenen Wegen mitten im Wald. Der Fahrer drückte die Tür auf, und Kya flitzte hinaus, rannte fast eine halbe Meile, so schnell sie konnte, rang nach Luft und trabte dann bis zur Hütte. Aber sie ging nicht hinein, sondern lief weiter durch die Palmettos zur Lagune und dann den Pfad entlang, der durch dichte schützende Eichen zum Ozean führte. Als sie auf den leeren Strand stürmte, breitete das Meer weit die Arme aus, und der Wind löste ihr geflochtenes Haar, als sie an der Flutlinie stehen blieb. Sie war den Tränen nahe wie schon den ganzen Tag.

Über das Tosen der Brandung hinweg rief Kya die Vögel herbei. Der Ozean sang Bass, die Möwen sangen Sopran. Kreischend und schreiend kreisten sie über der Marsch und über dem Sand, während Kya zerbröselte Teigkruste und Brötchenstücke auf den Strand warf. Sie landeten mit hängenden Beinen und sich windenden Köpfen.

Einige Vögel pickten behutsam zwischen Kyas Zehen, und sie lachte, weil das kitzelte, bis ihr Tränen über die Wangen strömten, und schließlich brachen laute, würgende Schluchzer aus der engen Stelle unter ihre Kehle hervor. Als die Milchtüte leer war, dachte sie, sie würde den Schmerz nicht ertragen, voller Angst, die Vögel würden sie ebenso verlassen wie alle anderen. Doch die Möwen ließen sich um sie herum am Strand nieder und machten sich daran, ihre grauen ausgestreckten Flügel zu putzen. Also setzte sie sich auch hin und wünschte, sie könnte sie einsammeln und zum Schlafen mit auf die Veranda nehmen. Sie stellte sich vor, wie sie alle in ihrem Bett lagen, ein flauschiger Berg aus warmen, gefiederten Körpern mit ihr zusammen unter der Decke.

Zwei Tage später hörte sie den Ford Crestliner durch den Sand rumpeln und flüchtete in die Marsch, stapfte schwer über Sandbänke, machte unübersehbare Fußspuren, ging dann auf Zehenspitzen ins Wasser, wo sie keine Abdrücke hinterließ, und stahl sich in umgekehrter Richtung davon. Auf schlammigem Untergrund rannte sie im Kreis, um eine verwirrende Vielfalt von Fährten zu legen. Und dann, als sie wieder festen Boden erreichte, lief sie federleicht darüber hinweg, sprang von Grasbüscheln auf herumliegende Äste, hinterließ keine Spur.

Sie kamen noch einige Wochen lang alle zwei oder drei Tage. Der Mann mit dem Filzhut übernahm die Suche nach ihr, gelangte aber nicht mal in ihre Nähe.

Und dann ließ sich eine ganze Woche lang niemand mehr blicken. Nur das Krächzen von Krähen war zu hören. Kya ließ die Hände zu beiden Seiten hängen, starrte auf den leeren Sandweg.

Sie ging in ihrem ganzen Leben nie wieder auch nur einen einzigen Tag zur Schule. Sie widmete sich wieder dem Beobachten von Reihern und dem Sammeln von Muscheln, weil sie fand, dass sie dabei etwas lernen konnte. »Ich kann schon gurren wie eine Taube«, sagte sie sich. »Und viel besser als die. Auch wenn sie noch so schöne Schuhe haben.«

Eines Morgens, etliche Wochen nach ihrem Tag in der Schule, brannte die Sonne weißglühend, als Kya in die Baumfestung ihrer Brüder am Strand kletterte und nach Segelschiffen mit Totenkopfflagge Ausschau hielt. Wie zum Beweis, dass Fantasie auch auf einsamstem Boden gedeiht, schrie sie: »Piraten in Sicht!« Sie schwang ihr Schwert und sprang vom Baum, um anzugreifen. Plötzlich schoss ein stechender Schmerz in ihren rechten Fuß und jagte wie Feuer das ganze Bein hoch. Die Knie knickten ihr weg, und sie fiel mit einem Schrei auf die Seite. Sie sah einen langen rostigen Nagel tief in ihrer Fußsohle stecken. »Pa!«, schrie sie. Sie versuchte sich zu erinnern, ob er letzte Nacht nach Hause gekommen war. »HILFE, Pa, hilf mir«, rief sie, aber es kam keine Antwort. Mit einer jähen Bewegung griff sie nach unten, riss den Nagel heraus, kreischte dabei laut, um den Schmerz zu überdecken.

Wimmernd bewegte sie die Arme ziellos durch den Sand. Schließlich setzte sie sich auf und inspizierte ihren Fuß. Da war bloß die winzige Öffnung einer kleinen, tiefen Wunde, die kaum blutete. Sogleich packte sie die Angst vor Wundstarrkrampf. Ihr Magen zog sich zusammen, und ihr wurde kalt. Jodie hatte ihr von einem Jungen erzählt, der auf einen rostigen Nagel getreten war und keine Tetanusspritze bekommen hatte. Seine Kaumuskeln hatten sich so fest verkrampft, dass er den Mund nicht mehr aufmachen konnte. Dann hatte sich sein Rückgrat nach hinten gekrümmt wie ein gespannter Bogen, aber keiner konnte irgendwas tun, außer dabeistehen und zusehen, wie er an den Verrenkungen starb.

Eines hatte Jodie klipp und klar gesagt: Du musstest die Spritze bekommen, und zwar spätestens zwei Tage, nachdem du in einen Nagel getreten warst, sonst warst du verloren. Kya hatte keine Ahnung, wie sie an so eine Spritze kommen sollte.

»Ich muss irgendwas machen. Wenn ich auf Pa warte, krieg ich todsicher den Krampf.« Schweißperlen rollten ihr übers Gesicht, als sie über den Strand humpelte und schließlich die kühleren Eichen um die Hütte erreichte.

Ma hatte Verletzungen immer in Salzwasser eingeweicht und dann mit Schlamm mit allen möglichen

Mittelchen drin bestrichen. In der Küche war kein Salz, also humpelte Kya in den Wald zu einem Brackwassertümpel, der bei Ebbe so salzig war, dass an seinen Rändern strahlend weiße Kristalle glitzerten. Sie setzte sich auf den Boden, tauchte den Fuß in das Salzwasser der Marsch und bewegte dabei ununterbrochen den Mund: auf, zu, auf, zu, tat so, als würde sie gähnen, kauen, alles, damit er sich nicht versteifte. Nach fast einer Stunde war das Wasser so weit zurückgegangen, dass sie mit den Fingern ein Loch in den schwarzen Schlamm graben und den Fuß behutsam in die weiche Erde schieben konnte. Die Luft war hier kühl, und die Schreie der Adler gaben ihr Halt.

Am späten Nachmittag wurde sie sehr hungrig und kehrte zur Hütte zurück. Pas Zimmer war noch immer leer, und er würde wahrscheinlich noch stundenlang nicht nach Hause kommen. Poker und Whiskey hielten einen Mann bis tief in die Nacht beschäftigt. Es war kein Grieß mehr da, aber nach kurzer Suche fand sie eine alte Dose mit Crisco-Backfett. Sie löffelte ein bisschen von der weißen Masse heraus und strich sie auf einen Salzcracker. Knabberte ihn versuchsweise, aß dann noch fünf weitere.

Sie legte sich vorsichtig in ihr Bett auf der Veranda, horchte auf Pas Boot. Die aufziehende Nacht war voller Geräusche und Bewegung, und Kya schreckte immer wieder hoch, aber in den frühen Morgenstunden musste sie wohl doch eingeschlafen sein, denn als sie erwachte, schien ihr die Sonne mitten ins Gesicht. Rasch öffnete sie weit den Mund; es ging noch. Sie schleppte sich zwischen dem Brackwassertümpel und der Hütte hin und her, bis sie schließlich anhand des Sonnenlaufs wusste, dass zwei Tage vergangen waren. Sie öffnete und schloss den Mund. Vielleicht hatte sie es geschafft.

Als sie sich am Abend unter die Decke ihrer Matratze auf dem Boden legte, den schlammverkrusteten Fuß mit einem Lappen umwickelt, fragte sie sich, ob sie tot aufwachen würde. Nein, fiel ihr wieder ein, so leicht würde es nicht werden: Ihr Rücken würde sich nach hinten biegen, ihre Gliedmaßen würden sich verdrehen.

Kurze Zeit später spürte sie ein Zucken tief im Rücken und setzte sich auf. »Oh nein, oh nein, Ma, Ma.« Das Gefühl im Rücken kam erneut und ließ sie verstummen. »Juckt bloß ein bisschen«, murmelte sie. Schließlich schlief sie völlig erschöpft ein und schlug die Augen erst wieder auf, als Tauben in den Eichen gurrten.

Eine Woche lang ging sie zweimal am Tag zu dem Tümpel, lebte von Crackern und Backfett, und Pa kam die ganze Zeit nicht nach Hause. Am achten Tag konnte sie den Fuß schon locker kreisen lassen, und der Schmerz beschränkte sich auf die Oberfläche. Sie machte ein Freudentänzchen, ohne den Fuß zu sehr zu belasten, und jubelte: »Ich hab's geschafft, ich hab's geschafft.«

Am nächsten Morgen machte sie sich zum Strand auf, um wieder Piraten aufzuspüren.

»Als Erstes befehl ich meiner Mannschaft, alle Nägel aufzusammeln.«

Jeden Morgen erwachte sie früh und lauschte noch immer auf das geschäftige Pfannengeklapper von Ma in der Küche. Mas Lieblingsfrühstück bestand aus Omelett mit Eiern von ihren eigenen Hühnern, dazu reife Tomaten in Scheiben geschnitten und Maisküchlein. Die bereitete sie zu, indem sie eine Mischung aus Maismehl, Wasser und Salz in so heißes Fett goss, dass der Teig Blasen warf und die Ränder eine knusprige Kruste bekamen. Ma sagte immer, dass man nichts richtig briet, solange man es im Nebenzimmer nicht brutzeln hörte, und ihr ganzes Leben lang hatte Kya beim Aufwachen diese in Fett knisternden Maisküchlein gehört. Hatte den bläulichen heißen Maisqualm gerochen. Aber jetzt war die Küche still, kalt, und Kya schlüpfte aus dem Bett und schlich von der Veranda zur Lagune.

Monate vergingen, der Winter hielt leise Einkehr, wie die Winter im Süden das tun. Die Sonne, warm wie eine Decke, umhüllte Kyas Schultern, lockte sie tiefer in die Marsch. Manchmal hörte sie nachts Geräusche, die sie nicht kannte, oder sie erschrak sich, wenn Gewitterblitze zu nah waren, doch wenn sie stolperte, war da immer das Land, das sie auffing. Bis irgendwann, in einem unbemerkten Moment, der Herzschmerz versickerte wie Wasser in Sand. Noch immer da, aber tief unten. Kya legte ihre Hand auf die atmende nasse Erde, und die Marsch wurde ihr zur Mutter.

5
ERMITTLUNG

1969

In den Bäumen kreischten Zikaden gegen die sengende Sonne an. Alle anderen Lebensformen duckten sich unter der Hitze, ließen nur ein träges Summen aus dem Unterholz vernehmen.

Sheriff Jackson wischte sich über die Stirn. »Vern, hier ist noch einiges zu tun«, sagte er, »aber mir ist nicht wohl dabei. Chases Frau und seine Eltern wissen nicht, dass er tot ist.«

»Ich fahr hin und sag's ihnen, Ed«, erwiderte Dr. Vern Murphy.

»Da wär ich dir sehr dankbar. Nimm meinen Pick-up. Schick einen Krankenwagen raus, um Chase abzuholen, und Joe soll mit dem Pick-up herkommen. Aber sag ansonsten keiner Menschenseele was davon. Ich will nicht, dass die halbe Stadt herkommt, und genau das wird passieren, wenn du es irgendwem erzählst.«

Ehe Vern abfuhr, blieb er noch einen langen Moment stehen und blickte auf Chase, als hätte er irgendetwas übersehen. Er war Arzt, er sollte das in Ordnung bringen. Drückende Sumpfluft stand hinter ihnen, wartete geduldig ab, bis sie wieder übernehmen konnte.

Ed wandte sich an die Jungs. »Ihr bleibt schön hier. Ich will nicht, dass jemand die Sache hier in der ganzen Stadt rumerzählt, und fasst nichts an und macht keine Spuren mehr im Schlamm.«

»Klar, Sir«, sagte Benji. »Sie denken, irgendwer hat Chase umgebracht, nicht? Weil's keine Fußspuren gibt. Hat ihn vielleicht von da oben runtergeschubst, oder?«

»Davon hab ich kein Wort gesagt. Das ist alles bloß polizeiliche Routine. So, nun stört mich nicht weiter und erzählt keinem, was ihr hier draußen hört.«

Deputy Joe Purdue, ein kleiner Mann mit buschigen Koteletten, traf keine fünfzehn Minuten später mit dem Pick-up ein.

»Ich komm nicht drüber weg. Chase tot. Er war der beste Quarterback, den die Stadt je hatte. Ist echt nicht zu fassen.«

»Das kannst du laut sagen. Also, machen wir uns an die Arbeit.«

»Was haben wir bis jetzt?«

Ed zog ihn ein Stück von den Jungen weg. »Tja, auf den ersten Blick sieht es natürlich wie ein Unfall aus: tödlicher Sturz vom Turm. Aber bis jetzt hab ich weder Fußspuren von ihm Richtung Treppe gefunden noch irgendwelche anderen. Lass uns mal nachsehen, ob wir vielleicht Hinweise darauf finden, dass jemand die Spuren verwischt hat.«

Die beiden Sheriffs suchten das Gebiet ganze zehn Minuten lang ab. »Hast recht«, sagte Joe, »hier sind bloß die Abdrücke von den Jungs.«

»Ja, und keinerlei Anzeichen dafür, dass jemand Spuren beseitigt hat«, sagte Ed.

Sie machten Fotos von der Leiche, von ihrer Position im Verhältnis zur Treppe, Nahaufnahmen von der Kopfwunde, dem grotesk abgewinkelten Bein. Joe machte Notizen, während Ed diktierte. Als sie dabei waren, die Distanz zwischen Körper und Pfad zu messen, hörten sie den Krankenwagen, dessen Seitenwände kratzend an den dichten Büschen entlangschrammten, die den Sandweg säumten. Der Fahrer, ein alter Schwarzer, der die Verletzten, Kranken, Sterbenden und Toten schon seit Jahrzehnten transportierte, senkte pietätvoll den Kopf und überlegte im Flüsterton: »Mal seh'n, die Arme von ihm krieg ich nich richtig angedrückt, heißt also, ich krieg ihn nich auf die Trage gerollt. Muss ihn hochheben, und der is schwer; Sheriff, Sir, Sie nehmen den Kopf von Mr Chase. So is gut. Meine Güte.« Am späten Vormittag hatten sie ihn schließlich hinten in den Wagen verfrachtet und mit ihm den ganzen Matsch, der noch an ihm klebte.

Da Dr. Murphy inzwischen Chases Eltern die Todesnachricht überbracht hatte, schickte Ed die Jungs nach Hause, und er und Joe erklommen die Treppe, die sich in Kehren nach oben wand und mit jedem Absatz schmaler wurde. Je höher sie kamen, desto weiter entfernte sich der Horizont, und der üppige, satte Wald und die vom Wasser beherrschte Marschlandschaft erstreckten sich bis zum äußersten Rand der Welt.

Als sie die letzte Stufe erreichten, griff Jackson nach oben und öffnete eine eiserne Gitterluke. Nachdem sie auf die Plattform geklettert waren, ließ er das Gitter wieder herunter, weil es zum Teil den Boden bildete. Die Mitte der Plattform war mit rissigen, grau verwitterten Holzplanken ausgelegt, doch am Rand bestand der Boden umlaufend aus einer Reihe von quadratischen Gittern, durch die man hindurchsehen konnte und die sich hochklappen ließen. Im geschlossenen Zustand waren sie sicher begehbar, doch falls eines dieser Gitter offen gelassen wurde, konnte man fast zwanzig Meter in die Tiefe stürzen.

»He, sieh dir das an.« Ed zeigte auf den gegenüberliegenden Rand der Plattform, wo eine Gitterluke offen stand.

»Was zum Teufel?«, sagte Joe, als sie an die Öffnung herantraten. Sie spähten nach unten und sahen die deutlich erkennbaren Umrisse von Chases verunstaltetem Körper im Schlamm eingedrückt. Gelblicher Matsch und Entengrütze waren seitlich weggeschwappt wie bei einem Spritzgemälde.

»Das ergibt keinen Sinn«, sagte Ed. »Manche vergessen, das Gitter über der Treppe zu schließen, wenn sie wieder runtersteigen. Haben wir ja schon ein paarmal festgestellt, aber die anderen werden so gut wie nie offen gelassen.«

»Warum hätte Chase das hier aufmachen sollen? Oder überhaupt irgendwer?«

»Es sei denn, jemand hatte vor, irgendwen in den Tod zu stürzen«, sagte Ed.

»Und warum hat dieser Jemand das Gitter hinterher nicht wieder geschlossen?«

»Weil Chase es nicht wieder hätte schließen können, nachdem er hier runtergefallen ist. Es musste offen bleiben, damit es wie ein Unfall aussieht.«

»Guck mal der Querbalken da unter dem Loch. Siehst du die Delle mit den Splittern?«

»Ja, seh ich. Da muss Chase beim Sturz mit dem Kopf gegengeschlagen sein.«

»Ich kletter da runter und such nach Blut und Haarproben. Sammle ein paar Splitter ein.«

»Danke, Joe. Und mach ein paar Nahaufnahmen. Ich hol ein Seil, um dich zu sichern. Zwei Leichen an einem Tag da unten in dem Schlamm können wir nun weiß Gott nicht gebrauchen. Und wir müssen das Gitter hier nach Fingerabdrücken absuchen, außerdem die Luke über der Treppe, das Geländer, die Brüstung. Alles, was jemand angefasst haben könnte. Und falls wir Haare und Fasern finden, müssen wir die auch sichern.«

Über zwei Stunden später reckten die Männer sich, weil ihnen vom vielen Bücken und Kauern der Rücken wehtat. Ed sagte: »Ich will nicht behaupten, dass hier Fremdeinwirkung vorliegt. Dafür ist es noch viel zu früh. Außerdem wüsste ich niemanden, der Chase hätte umbringen wollen.«

»Na ja, ich würde sagen, da fällt mir eine ganze Liste ein«, widersprach der Deputy.

»Wer denn zum Beispiel? Was willst du damit sagen?«

»Ach, komm schon, Ed. Du weißt doch selbst, wie Chase war. Zig Frauengeschichten, brünstig wie ein Bulle frisch aus dem Stall. Vor seiner Heirat, nach seiner Heirat, mit unverheirateten Frauen, mit verheirateten Frauen. Da würden sich geile Rüden bei läufigen Weibchen besser benehmen.«

»Na, so schlimm war er nun auch nicht. Klar, er war bekannt als Frauenheld. Aber ich kann mir nicht vorstellen, dass jemand in dieser Stadt deshalb zum Mörder wird.«

»Ich sag ja bloß, es gibt Leute, die ihn nicht abkonnten. Vielleicht ein eifersüchtiger Ehemann. Es müsste jemand gewesen sein, den er kannte. Mit einem Fremden wäre Chase wahrscheinlich nicht hier hochgestiegen«, sagte Joe.

»Es sei denn, er war bei irgendwem von auswärts bis über beide Ohren verschuldet. Vielleicht gibt's da irgendwas, wovon wir nichts wissen. Und einen Mann, der stark genug ist, Chase Andrews einen so kräftigen Stoß zu verpassen. Keine leichte Aufgabe.«

Joe sagte: »Da fallen mir auf Anhieb ein paar Kerle ein, denen ich das zutrauen würde.«

6
EIN BOOT UND EIN JUNGE

1952

Eines Morgens kam Pa frisch rasiert und in einem zerknitterten Button-down-Hemd in die Küche und erklärte, dass er mit dem Bus nach Asheville fahren würde, um ein paar Sachen mit der Army zu klären. Er meinte, ihm stünde mehr Kriegsversehrtengeld zu, er wolle sich darum kümmern und würde drei oder vier Tage fort sein. Er hatte Kya nie erzählt, was er machte, wohin er wollte oder wann er zurückkommen würde, deshalb stand sie jetzt in ihrer zu kurzen Latzhose da und starrte ihn nur stumm an.

»Ich glaub, du kapierst auch gar nix«, sagte er und ließ die Verandatür hinter sich zuknallen.

Kya sah ihm nach, wie er den Weg entlanghinkte, das linke Bein immer erst zur Seite und dann nach vorne schwang. Ihre Finger verkrampften sich. Vielleicht würden sie alle so weggehen, einer nach dem anderen den Weg runter, sie allein zurücklassen. Als er die Straße erreichte und sich unerwartet umdrehte, riss sie die Hand hoch und winkte heftig. Ein Versuch, ihn festzuhalten. Pa hob den Arm zu einem raschen, nachlässigen Gruß. Aber es war immerhin etwas. Es war mehr, als Ma getan hatte.

Danach ging sie zur Lagune, wo Morgenlicht auf Hunderten Libellenflügeln schimmerte. Eichen und dichte Büsche umstanden das Wasser, verdunkelten es höhlenartig, und Kya blieb stehen, als sie Pas Boot erblickte, das da an der Leine dümpelte. Wenn sie damit in die Marsch fuhr und er dahinterkam, würde er sie mit seinem Gürtel verdreschen. Oder mit dem Paddel, das griffbereit neben der Verandatür stand; »Pas Willkommensknüppel«, hatte Jodie es genannt.

Vielleicht zog sie die Sehnsucht, weiter in die Welt vorzudringen, zu dem verbeulten Flachbodenboot aus Metall, das Pa zum Angeln benutzte. Sie war schon oft darin rausgefahren, meistens mit Jodie. Manchmal hatte er sie steuern lassen. Sie kannte sogar den Weg durch einige der verschlungenen Kanäle und Flussarme, die einen Flickenteppich aus Wasser und Land, Land und Wasser durchzogen, bis sie schließlich das Meer erreichten. Denn obwohl der Ozean gleich hinter den Bäumen lag, die rings um die Hütte standen, konnte man ihn per Boot nur erreichen, indem man in die entgegengesetzte Richtung, also landeinwärts fuhr und meilenweit durch das Labyrinth von Wasserwegen steuerte, die dann irgendwann wieder zum Meer führten.

Aber da sie erst sieben und noch dazu ein Mädchen war, hatte sie das Boot nie allein manövriert. Es lag da, nur mit einem Strick an einen Baumstamm vertäut. Grauer Dreck, ausgefranstes Angelzeug und zerdrückte Bierdosen bedeckten den Bootsboden. Als sie hineinkletterte, sagte sie laut: »Erst gucken, wie viel Benzin drin is, wie Jodie gesagt hat, damit Pa nich mitkriegt, dass ich damit gefahren bin.« Sie schob ein abgebrochenes Schilfrohr in den verrosteten Tank. »Ich schätze, das reicht für 'ne kurze Fahrt.«

Wie jeder gute Räuber sah sie sich noch einmal um, ehe sie die Leine von dem Baumstamm löste und mit dem einzigen Paddel losstakte. Die lautlose Libellenwolke teilte sich vor ihr.

Unfähig, dem Drang zu widerstehen, zog sie die Anlasserschnur und schreckte zurück, als der Motor auf Anhieb ansprang, knatternd weißen Qualm ausspie. Sie packte die Pinne, gab aber zu viel Gas, sodass der Motor aufjaulte und das Boot sich jäh in die Kurve legte. Sie ließ den Gashebel los, riss die Hände hoch, und das Boot wurde langsamer, bis es schließlich nur leise schnurrend schaukelte.

Wenn's schwierig wird, loslassen und einfach in den Leerlauf gehen.

Sie beschleunigte jetzt sachter, steuerte um die alte umgestürzte Zypresse herum, *tucktucktuck*, an dem Ästeberg des Biberbaus vorbei. Dann nahm sie mit angehaltenem Atem Kurs auf die Laguneneinfahrt, die fast von Gestrüpp verdeckt wurde. Sie duckte sich unter den tief hängenden Ästen riesiger Bäume hindurch und glitt langsam über hundert Meter weit durch Dickicht, wo entspannte Schildkröten von umgekippten Baumstämmen glitten. Ein Teppich aus Entengrütze trieb auf dem Wasser und färbte es ebenso grün wie das Laubdach, wodurch ein smaragdener Tunnel entstand. Schließlich öffneten sich die Bäume, und sie gelangte an einen Ort mit weitem Himmel und hohen Gräsern und dem Krächzen von Vögeln. Der Ausblick eines Kükens, dachte sie, wenn es endlich seine Schale durchbricht.

Kya fuhr dahin, ein winziger Klecks von einem Mädchen in einem Boot, lenkte mal hierhin, mal dorthin, während endlose Wasserläufe sich vor ihr gabelten und verzweigten. *Beim Rausfahren immer links halten*, hatte Jodie gesagt. Sie fasste den Gashebel kaum an, ließ das Boot vorsichtig durch die Strömung gleiten, mit möglichst leise tuckerndem Motor. Als sie um einen Schilfgürtel herumkam, stand da eine Weißwedelhirschkuh, die zusammen mit ihrem Kälbchen vom Frühjahr trank. Ihre Köpfe schnellten hoch, schleuderten Tropfen durch die Luft. Kya hielt nicht an, weil sie dann fliehen würden, eine Lektion, die sie beim Beobachten von wilden Truthühnern gelernt hatte: Wenn du dich wie ein Raubtier verhältst, verhalten sie sich wie Beutetiere. Man musste sie einfach ignorieren, langsam weiterfahren. Sie trieb vorbei, und die Hirschkuh blieb reglos wie eine Kiefer stehen, bis Kya hinter dem Schlickgras verschwand.

Sie kam in ein Gebiet mit dunklen Lagunen unter Eichen und erinnerte sich an einen Kanal weiter hinten, der zu einem riesigen Mündungslauf floss. Mehrmals geriet sie in Sackgassen, musste zurück und einen anderen Weg nehmen. Prägte sich alle Orientierungspunkte genau ein, damit sie den Rückweg finden würde. Endlich breitete sich der Mündungslauf vor ihr aus, die Wasserfläche so weit, dass sich der ganze Himmel und alle Wolken darin spiegelten.

Die Ebbe hatte eingesetzt, das sah Kya an den Wasserlinien am Ufer. Wenn der Pegel tief genug gefallen wäre, was nicht mehr allzu lange dauern würde, könnten manche Kanäle so seicht werden, dass Kya mit dem Boot auf Grund laufen, stranden würde. Sie musste unbedingt vorher wieder zurück.

Als sie eine hohe Grasinsel umkurvte, starrte ihr plötzlich das Gesicht des Ozeans entgegen – grau, finster und pulsierend. Wellen peitschten einander, überspült von ihrem eigenen weißen Speichel, brachen am Strand mit lautem Getöse auseinander – wilde Kraft, die gegen das Land anrannte. Dann verflachten sie sich zu stillen Schaumzungen, warteten auf den nächsten Ansturm.

Die Brandung lockte sie, forderte sie heraus, die Wellen zu durchstoßen und aufs Meer zu fahren, aber ohne Jodie fehlte ihr der Mut. Es war ohnehin Zeit umzukehren. Gewitterwolken brauten sich am westlichen Himmel zusammen, formten gewaltige graue Pilze, die sich immer höher auftürmten.

Sie hatte keine anderen Menschen gesehen, nicht mal Boote in der Ferne, deshalb war es eine Überraschung, als sie wieder in den großen Mündungslauf kam und ein Junge nicht weit vom Sumpfgras von einem Boot aus angelte, das genauso ramponiert war wie ihres. Ihr Kurs würde sie nur knapp sechs Meter an ihm vorbeiführen. Mittlerweile sah sie wahrhaftig wie ein Sumpfkind aus – Haare vom Wind zerzaust, staubige Wangen von Windtränen durchzogen.

Weder zu wenig Benzin noch das drohende Unwetter lösten bei ihr dasselbe mulmige Gefühl aus wie der Anblick eines anderen Menschen, besonders eines Jungen. Ma hatte Kyas ältere Schwestern immer ermahnt, sich vor Jungs in Acht zu nehmen; wenn du verführerisch aussiehst, werden aus Männern Raubtiere. Sie presste die Lippen zusammen, dachte: *Was soll ich machen? Ich muss direkt an ihm vorbei.*

Aus dem Augenwinkel sah sie, dass er dünn war, goldgelbe Locken unter eine rote Baseballkappe gestopft. Viel älter als sie, elf oder vielleicht zwölf. Ihr Gesicht war grimmig, als sie auf ihn zufuhr, aber er lächelte sie an, warm und offen, und tippte an den Schirm seiner Mütze wie ein Gentleman, der eine feine Dame in Abendkleid und Haube grüßte. Sie nickte knapp, blickte dann geradeaus, gab mehr Gas und rauschte an ihm vorbei.

Sie wollte jetzt nur noch zurück in vertrautes Terrain, aber irgendwo musste sie falsch abgebogen sein, denn als sie die zweite Kette von Lagunen erreichte, konnte sie den Kanal, der nach Hause führte, nirgends entdecken. Sie fuhr suchend im Kreis, an krummen Eichen und Myrtensträuchern vorbei. Allmählich machte sich Panik in ihr breit. Die grasigen Ufer, Sandbänke und Biegungen sahen jetzt alle gleich aus. Sie drosselte den Motor, stellte sich breitbeinig mitten ins Boot und versuchte, über das Schilf hinwegzusehen, aber vergeblich. Sie setzte sich. Verirrt. Kaum noch Benzin im Tank. Und ein Unwetter zog auf.

Sie benutzte Pas Worte, als sie ihren Bruder verfluchte, weil er sie verlassen hatte: »Verdammt, Jodie! Ich scheiß auf dich. Ehrlich, ich scheiß auf dich.«

Sie wimmerte einmal kurz, während das Boot in der sanften Strömung schaukelte. Wolken setzten sich gegen die Sonne durch, schoben sich schwer, aber lautlos über Kya hinweg, eroberten den Himmel und zogen Schatten über das klare Wasser. Jeden Moment könnte ein Sturm losbrechen. Aber noch schlimmer war: Wenn sie weiter so rumtuckerte, würde Pa merken, dass sie das Boot genommen hatte. Sie fuhr langsam zurück; vielleicht konnte sie ja diesen Jungen finden.

Nach einigen weiteren Minuten auf dem Wasser kam sie um eine Biegung, und vor ihr lag wieder der breite Mündungslauf, und auf der anderen Seite der

Junge in seinem Boot. Silberreiher flogen auf, eine Schnur aus weißen Fahnen vor den anschwellenden grauen Wolken. Sie fixierte ihn angestrengt mit den Augen. Voller Angst, zu ihm zu fahren, voller Angst, es nicht zu tun. Schließlich querte sie die Wasserfläche.

Als sie näher kam, sah er auf.

»Hey«, sagte er.

»Hey.« Sie blickte über seine Schulter ins Schilf.

»In welche Richtung willst du eigentlich?«, fragte er. »Hoffentlich nicht raus. Wir kriegen Sturm.«

»Nein«, sagte sie, sah nach unten aufs Wasser.

»Alles klar mit dir?«

Ihr Hals schnürte sich gegen ein Schluchzen zusammen. Sie nickte, konnte aber nicht sprechen.

»Hast du dich verirrt?«

Wieder neigte sie den Kopf. Sie würde nicht losheulen wie ein Mädchen.

»Nicht schlimm. Ich verirr mich andauernd«, sagte er und lächelte. »Hey, ich kenn dich. Du bist die Schwester von Jodie Clark.«

»War ich mal. Er is weg.«

»Dann bist du trotzdem noch seine …« Aber er sprach den Satz nicht zu Ende.

»Woher kennst du mich?« Sie wagte einen kurzen direkten Blick in seine Augen.

»Na ja, ich bin früher oft mit Jodie angeln gewesen. Da hab ich dich ein paarmal gesehen. Als du noch ganz klein warst. Du bist Kya, nicht?«

Jemand kannte ihren Namen. Sie war verblüfft. Fühlte sich mit etwas verankert, von etwas anderem befreit.

»Ja. Weißt du, wie ich nach Hause komme? Von hier?«

»Glaub schon. Wird sowieso allmählich Zeit.« Er deutete mit dem Kinn Richtung Wolken. »Fahr mir nach.« Er holte seine Schnur ein, packte das Angelzeug in eine Kiste und warf seinen Außenbordmotor an. Als er losfuhr, winkte er, und sie folgte ihm. Er tuckerte gemächlich über den Mündungsarm und direkt in den rechten Kanal, schaute nach hinten, um sich zu vergewissern, dass sie noch hinter ihm war, und fuhr dann weiter. Er machte das jedes Mal, bevor er abbog, bis zu den Eichenlagunen. Als er in den dunklen Wasserweg lenkte, der zu ihr nach Hause führte, erkannte sie, wo sie sich vertan hatte, und würde diesen Fehler nie wieder machen.

Er lotste sie – selbst nachdem sie ihm mit einem Wink signalisiert hatte, dass sie nun allein zurechtkam – über ihre Lagune bis zu dem Ufer, wo die Hütte im Wald stand. Sie steuerte die alte Kiefer im Wasser an und vertäute das Boot. Er trieb ein Stück zurück, schaukelte in ihren gegenläufigen Heckwellen.

»Kommst du jetzt klar?«

»Ja.«

»Okay, der Sturm kommt. Ich muss los.«

Sie nickte, erinnerte sich dann daran, was Ma ihr beigebracht hatte. »Danke.«

»Na denn. Ich heiß übrigens Tate, falls du mich mal wiedersiehst.«

Sie antwortete nicht, deshalb sagte er: »Bis dann.«

Als er davonfuhr, klatschten die ersten Regentropfen auf die Lagune, und Kya sagte: »Gleich regnet's Ochsenfrösche. Der Junge wird klitschnass.«

Sie beugte sich über den Tank und steckte ihren Schilf-Messstab hinein. Dabei legte sie die Hände um den Rand, damit kein Regen hineinfiel. Sie konnte zwar keine Münzen zählen, aber sie wusste ganz genau, dass kein Wasser ins Benzin kommen darf.

Viel zu niedrig. Pa wird's merken. Ich muss mit 'nem Kanister zu Sing Oil, bevor Pa wieder da ist.

Sie wusste, dass der Inhaber, Mr Johnny Lane, ihre Familie immer bloß als Sumpfgesindel bezeichnete, aber mit ihm fertigzuwerden, die Stürme und Gezeiten wären es wert, denn jetzt konnte sie nur daran denken, wieder an diesen Ort aus Gras und Himmel und Wasser zurückzukehren. Allein hatte sie Angst gehabt, aber die schlug bereits in eine sonderbar prickelnde Begeisterung um. Und da war noch etwas. Die Ruhe dieses Jungen. Sie hatte noch keinen Menschen gekannt, der sich so gelassen bewegte, so gelassen redete. Sicher und entspannt. Schon in seiner Nähe zu sein und nicht mal richtig nah, hatte ihre Anspannung gelöst. Zum ersten Mal seit Ma und Jodie fort waren, atmete sie ohne Schmerz. Sie empfand etwas anderes als den Verlust. Sie brauchte dieses Boot und diesen Jungen.

Am selben Nachmittag schob Tate Walker gemächlich sein Fahrrad durch den Ort, nickte Miss Pansy im Five and Dime zu und ging an Western Auto vorbei bis zur Spitze des Piers. Er suchte das Meer nach dem Krabbenkutter seines Vaters ab, der *Cherry Pie*, und entdeckte ihren hellroten Anstrich weit draußen. Ihre breiten Netzausleger schaukelten in der Dünung. Als das Schiff näher kam, eskortiert von einem Möwenschwarm, winkte er, und sein Vater, ein großer Mann mit massigen Schultern, einem dichten roten Haarschopf und Bart, reckte die Hände in die Luft. Scupper, wie jeder im Dorf ihn nannte, warf Tate die Leine zu, der sie festband und dann an Bord sprang, um der Crew beim Ausladen des Fangs zu helfen.

Scupper wuschelte Tate durchs Haar. »Wie geht's dir, Junge? Danke, dass du hergekommen bist.«

Tate lächelte, nickte. »Klar.« Gemeinsam mit der Crew machten sie sich an die Arbeit, luden Krabben in Kisten, die sie auf den Pier schleppten, redeten darüber, noch ein Bier im Dog-Gone trinken zu gehen, und der eine oder andere erkundigte sich bei Tate nach der Schule. Scupper, der eine Handbreit größer war als die anderen Männer, nahm sich immer drei Kisten auf einmal, trug sie über den Steg und ging zurück, um die nächsten zu holen. Seine Fäuste waren Pranken, die Knöchel wund und rissig. Keine vierzig Minuten später war das Deck mit einem Schlauch abgespritzt, die Netze eingeholt, die Leinen gesichert.

Er erklärte der Crew, dass er ein anderes Mal auf ein Bier mitkäme. Er müsste noch ein bisschen am Motor schrauben, bevor er nach Hause ging. Im Ruderhaus legte Scupper eine alte Schallplatte mit Miliza Korjus auf den ans Armaturenbrett geschnallten Plattenspieler und drehte die Lautstärke auf. Er und Tate gingen nach unten und quetschten sich in den Maschinenraum, wo Tate seinem Dad alles anreichte, was der brauchte, um im Licht einer trüben Glühbirne Teile zu ölen und Schrauben festzuziehen. Die ganze Zeit stieg die erhebende, schöne Opernmusik höher und höher in den Himmel.

Scuppers Ururgroßvater war in den 1760ern aus Schottland emigriert und hatte als Einziger den Untergang des Schiffes vor der Küste von North Carolina überlebt. Er schaffte es schwimmend bis zu den Outer Banks, wo er sich niederließ, heiratete und dreizehn Kinder zeugte. Viele konnten ihre Wurzeln zu diesem einen Mr Walker zurückverfolgen, doch Scupper und Tate blieben meist unter sich. Sie nahmen nur selten an den großen Sonntagspicknicks der Verwandtschaft teil, mit Geflügelsalat und Russischen Eiern, längst nicht so oft wie früher, als Tates Mutter und Schwester noch lebten.

Schließlich, als es schon dämmerte, schlug Scupper seinem Sohn auf die Schulter. »Fertig. Gehen wir nach Hause und machen uns was zum Abendessen.«

Sie liefen den Pier entlang, die Main Street hinunter und dann über eine gewundene Straße zu ihrem Haus, einem zweistöckigen Bau aus dem neunzehnten Jahrhundert mit einer Verkleidung aus verwitterten Zedernschindeln. Die weißen Fensterrahmen waren frisch gestrichen, und der Rasen, der sich fast bis zum Meer erstreckte, war ordentlich gemäht. Aber die Azaleen und Rosenbüsche direkt am Haus erstickten in Unkraut.

Als Scupper seine gelben Gummistiefel im Hauseingang auszog, fragte er: »Hängen dir Burger langsam zum Hals raus?«

»Von Burgern krieg ich nie genug.«

In der Küche nahm Tate eine Portion Gehacktes, formte Fladen daraus und legte sie auf einen Teller. Seine Mutter und Schwester Carianne, beide mit Baseballkappen auf dem Kopf, lachten ihn von einem Bild aus an, das neben dem Fenster hing. Carianne hatte diese Mütze der Atlanta Crackers geliebt und sie ständig getragen.

Er sah weg, fing an, Tomaten zu schneiden, und rührte die Baked Beans um. Wenn er nicht gewesen wäre, wären die beiden jetzt hier. Seine Mutter würde ein Hähnchen braten, Carianne Brötchen aufschneiden.

Wie üblich ließ Scupper die Burger ein bisschen anbrennen, aber sie waren innen saftig und dick wie das Telefonbuch einer Kleinstadt. Da beide hungrig waren, aßen sie eine Weile schweigend, und dann wollte Scupper von Tate wissen, wie es in der Schule lief.

»Biologie ist gut, gefällt mir, aber in Literatur nehmen wir gerade Gedichte durch. Damit kann ich nicht viel anfangen. Jeder von uns muss eins vorlesen. Du hast früher welche aufgesagt, aber die hab ich vergessen.«

»Ich hab das passende Gedicht für dich, mein Junge«, sagte Scupper. »Mein Lieblingsgedicht – ›Die Verbrennung des Sam McGee‹ von Robert Service. Hab ich euch früher oft vorgelesen. War auch das Lieblingsgedicht von deiner Mama. Sie musste jedes Mal lachen, wenn ich's vorgelesen hab, konnte es gar nicht oft genug hören.«

Bei der Erwähnung seiner Mutter blickte Tate nach unten, stocherte in seinen Bohnen auf dem Teller.

Scupper redete weiter. »Denk ja nicht, Gedichte wären bloß was für Memmen. Klar, es gibt kitschige Liebesgedichte, aber es gibt auch lustige, viele über die Natur oder sogar den Krieg. Worauf es ankommt, ist, dass du durch sie etwas fühlst.« Sein Dad hatte ihm oft gesagt, ein echter Mann sei einer, der weint, ohne sich zu schämen, Gedichte mit dem Herzen liest, Opernmusik in der Seele spürt und tut, was notwendig ist, um eine Frau zu beschützen. Scupper ging ins Wohnzimmer und rief über die Schulter. »Ich hab's mal fast auswendig gekonnt, aber jetzt nicht mehr. Ha, da ist es, ich les es dir vor.« Er setzte sich wieder an den Tisch und begann. Bald kam er an die Stelle:

Und da saß Sam, ganz gelassen und zahm,
mitten in feuriger Glut.
Und er lächelte breit, und er lächelte weit und
sprach:
»Schließ bitte die Tür recht gut.
Hier drin ist's behaglich, doch ich fürchte wahr-
lich, die Kälte kennt kein Erbarm'.
Seit ich von Plumtree im Süden nach Yukon
heraufkam,
Ist mir zum ersten Mal warm.«

Scupper und Tate schmunzelten.

»An der Stelle hat deine Mom immer gelacht.«

Sie lächelten, erinnerten sich. Saßen einen Moment still da. Dann sagte Scupper, er würde das Geschirr spülen, während Tate Hausaufgaben machte. Als Tate in seinem Zimmer den Lyrikband durchblätterte, um ein Gedicht auszusuchen, das er in der Schule vorlesen könnte, stieß er auf eines von Thomas Moore:

... fort ist sie, im Sumpf mit dem dunklen See
Und nächtens gleitet sie wie eine Fee
Übers Wasser im weißen Kanu.

Bald werde ich ihren Feenschein seh'n
Und ihr Paddel ich bald werd' vernehmen
Unser Leben wird lang sein und nie vergeh'n
Und ich verberg sie im Wald, wo Zypressen steh'n
Wenn der Tod kommt und will sie mir nehmen.

Bei den Zeilen musste er an Kya denken, Jodies kleine Schwester. Sie hatte so zart und allein gewirkt, in der unendlichen Weite der Marsch. Er stellte sich seine eigene Schwester dort draußen verloren vor. Sein Dad hatte recht – Gedichte ließen dich was fühlen.

7
DIE ANGELSAISON

1952

An dem Abend, nachdem der angelnde Junge sie nach Hause gelotst hatte, saß Kya auf ihrem Verandabett. Dunst von dem Wolkenbruch drang durch das Fliegengitter, befingerte ihr Gesicht. Sie dachte über den Jungen nach. Freundlich und stark zugleich, wie Jodie. Die einzigen Menschen, mit denen sie jetzt noch sprach, waren Pa, dann und wann, und noch seltener die Kassiererin im Piggly Wiggly, Mrs Singletary, die seit Neustem damit angefangen hatte, Kya zu erklären, welche Münzen 25 Cent, 10 Cent und 5 Cent wert waren – Pennys kannte sie schon. Aber Mrs Singletary konnte auch ganz schön neugierig sein.

»Schätzchen, wie heißt du überhaupt? Und wieso kommt deine Mom gar nich mehr? Hab sie nich mehr gesehen, seit es die ersten Rüben gegeben hat.«

»Ma hat viel Arbeit, deshalb schickt sie mich einkaufen.«

»Ja, schon, Liebes, aber du kaufst doch nie genug für die ganze Familie.«

»'tschuldigung, Ma'am, ich muss gehen. Ma braucht den Grieß.«

Wenn möglich, ging Kya Mrs Singletary aus dem Weg und zahlte bei der anderen Kassiererin, die sie in Ruhe ließ und nur manchmal sagte, Kinder sollten nicht barfuß in den Laden kommen. Am liebsten hätte sie der Frau gesagt, sie habe ja nicht vor, Trauben mit den Zehen ins Körbchen zu legen. Überhaupt, wer konnte sich denn schon Trauben leisten?

Mehr und mehr sprach Kya nur noch mit den Möwen. Sie überlegte, ob sie vielleicht mit Pa eine Vereinbarung treffen könnte, dass er ihr erlaubte, das Boot zu benutzen. Draußen in der Marsch könnte sie Federn und Muscheln sammeln und vielleicht manchmal den Jungen sehen. Sie hatte nie einen Freund gehabt, aber sie spürte, dass es schön wäre, sehnte sich danach. Sie könnten zusammen die Wasserwege und Sumpfgebiete erkunden. Wahrscheinlich war sie für ihn bloß ein kleines Mädchen, aber er kannte sich im Marschland aus und könnte ihr einiges beibringen.

Pa hatte kein Auto. Er fuhr mit dem Boot zum Angeln, in die Stadt, manövrierte damit durch den Sumpf zum Swamp Guinea, einer heruntergekommenen Kneipe, in der Poker gespielt wurde und von der aus man über einen wackeligen Plankenweg durch Schilf hindurch auf festen Boden gelangte. Der Schuppen, zusammengezimmert aus ungehobelten Brettern mit einem Blechdach, war im Laufe der Jahre durch etliche Anbauten vergrößert worden, deren Böden jeweils unterschiedlich hoch waren, je nachdem, wie weit die Backsteinsockel aus dem Sumpf ragten. Wenn Pa dorthin oder irgendwo anders hinwollte, nahm er das Boot, ging fast nie zu Fuß, warum also sollte er es ihr leihen?

Aber er hatte ihren Brüdern erlaubt, es zu benutzen, wenn er es nicht brauchte, wahrscheinlich, weil sie dann Fische fürs Abendessen angelten. Sie hatte keine Lust zu angeln, aber vielleicht könnte sie irgendwas anderes machen, um ihn zu erweichen. Kochen vielleicht, das Haus besser in Ordnung halten, bis Ma zurückkam.

Der Regen ließ nach. Nur noch dann und wann schüttelte ein einzelner Tropfen ein Blatt, als würde ein Katzenohr zucken. Kya sprang auf, wischte den Eis-Küchenschrank aus, putzte den verdreckten Sperrholzboden und kratzte die festgebackenen Grützereste der letzten Monate von der Kochplatte des Holzofens. Früh am nächsten Morgen schrubbte sie Pas Bettwäsche, die nach Schweiß und Whiskey stank, auf dem Waschbrett und hängte sie über die Palmettos. Sie ging in das Zimmer ihrer Brüder, kaum größer als ein Schrank, wischte Staub und putzte. Hinten an der Wand türmten sich schmutzige Socken, und vergilbte Comichefte lagen neben den beiden alten Matratzen auf dem Boden verstreut. Sie versuchte, sich die Gesichter der Jungen vorzustellen, die Füße, die zu den Socken gehörten, aber die Einzelheiten verwischten.

Sogar Jodies Gesicht wurde allmählich undeutlich; manchmal sah sie für einen Moment seine Augen, dann glitten sie davon, schlossen sich.

Am nächsten Morgen ging sie mit einem leeren Kanister den Sandweg entlang zum Piggly, kaufte Streichhölzer, Rippchen und Salz und behielt zwei Zehn-Cent-Stücke zurück. »Heute keine Milch, muss Benzin kaufen.«

Danach ging sie weiter zur Tankstelle Sing Oil, die knapp außerhalb von Barkley Cove in einem Kiefernwäldchen lag und von verrosteten Pick-ups und alten Schrottautos auf Zementblöcken umgeben war.

Mr Lane sah Kya kommen. »Verschwinde, du Betteigöre. Elendes Sumpfpack.«

»Ich hab Geld, Mr Lane. Ich brauch Benzin und Öl für Pas Bootsmotor.« Sie hielt ihm zwei Zehn-Cent-Münzen, zwei Fünf-Cent-Münzen und fünf Pennys hin.

»Na ja, für so 'nen Kleckerbetrag lohnt sich die Mühe kaum, aber gib her.« Er griff nach dem verbeulten, viereckigen Kanister.

Sie dankte Mr Lane, der nur mürrisch brummte. Die Einkäufe und das Benzin wurden mit jeder Meile schwerer, und sie brauchte lange, bis sie wieder zu Hause ankam. Schließlich leerte sie im Schatten der Lagune den Kanister in den Tank und schrubbte das Boot mit Lappen und nassem Sand als Scheuermittel, bis die Metallseiten unter dem Dreck zum Vorschein kamen.

Am vierten Tag nach Pas Abfahrt begann sie, nach ihm Ausschau zu halten. Am späten Nachmittag beschlich sie eine kalte Angst, und ihr Atem wurde flacher. So brutal er auch war, ohne ihn würde sie nicht klarkommen. Endlich, am frühen Abend, erblickte sie ihn, wie er den Sandweg entlangging. Sie lief in die Küche und verteilte gekochten Mangold, Rippchen und Grieß auf Schüsseln. Sie wusste nicht, wie man Bratensoße machte, deshalb goss sie den Sud von den Rippchen, in dem weiße Fettbröckchen schwammen, in ein leeres Einmachglas. Die Teller waren gesprungen und passten nicht zusammen, aber Kya hatte die Gabel auf die linke und das Messer auf die rechte Seite gelegt, genau, wie Ma es ihr beigebracht hatte. Dann wartete sie, flach gegen den Eisschrank gedrückt, wie ein überfahrener Storch.

Er stieß die Tür so heftig auf, dass sie gegen die Wand knallte, und ging geradewegs in sein Schlafzimmer, ohne sie zu rufen oder einen Blick in die Küche zu werfen. Das war normal. Sie hörte, wie er seinen Koffer auf den Boden stellte, Schubladen aufzog. Bestimmt würde ihm die frische Bettwäsche auffallen, der saubere Fußboden. Wenn er den Unterschied schon nicht sah, so würde er ihn wenigstens riechen.

Nach ein paar Minuten kam er heraus und direkt in die Küche. Er sah den gedeckten Tisch, die dampfenden Schüsseln mit Essen. Er sah sie am Eisschrank stehen, und sie starrten einander an, als hätten sie sich noch nie zuvor gesehen.

»Menschenskind, Mädchen, was is'n das? Bist du auf einmal erwachsen geworden? 'ne richtige kleine Hausfrau?« Er lächelte nicht, aber sein Gesicht war ruhig. Er war unrasiert, und dunkle fettige Haare hingen ihm über die linke Schläfe. Aber er war nüchtern; sie kannte die Anzeichen.

»Ja, Sir. Hab auch Maisbrot gemacht, das is nix geworden.«

»Na, danke. Bist ein braves Mädchen. Ich bin hundemüde, und mir hängt der Magen in den Kniekehlen.« Er zog einen Stuhl unter dem Tisch hervor und setzte sich, also tat sie das auch. Schweigend füllten sie ihre Teller und zupften zähes Fleisch von mageren Rippchen. Er hob einen Knochen und lutschte ihn aus. Fettiger Saft glänzte auf seinen bärtigen Wangen. Er nagte an den Knochen, bis sie so glatt waren wie Seidenbänder.

»Das is mal was Besseres als Brot mit kalten Kohlblättern drauf«, sagte er.

»Ich wünschte, das Maisbrot wär was geworden. Vielleicht hätt ich mehr Backpulver reintun müssen und weniger Eier.« Kya staunte selbst, dass sie so viel redete, aber sie konnte nicht mehr aufhören. »Ma hat's immer so gut hingekriegt, aber ich hab nich richtig drauf geachtet, wie sie's macht …« Dann fiel ihr ein, dass sie lieber nicht über Ma reden sollte, und sie verstummte.

Pa schob ihr seinen Teller hin. »Reicht's noch für 'nen Nachschlag?«

»Klar, Sir, ist noch jede Menge da.«

»Ach, und gib mir was Maisbrot dazu. Ich hab Lust, den Sud aufzutunken, und ich wette, dein Brot is genau richtig, weich wie Löffelbrot.«

Sie lächelte in sich hinein und füllte seinen Teller. Wer hätte gedacht, dass Maisbrot was sein könnte, bei dem sie sich einig waren.

Aber jetzt, wo sie drüber nachdachte, kamen ihr Bedenken, dass er meinen könnte, sie hätte nur gekocht und sauber gemacht, weil sie ihn bitten wollte, das Boot benutzen zu dürfen, was eigentlich auch stimmte, aber jetzt sah die Sache irgendwie anders aus. Sie fand es schön, mit ihm am Tisch zu sitzen und wie eine Familie zu essen. Ihr Bedürfnis, mit jemandem zu reden, war riesig.

Deshalb sprach sie ihn nicht auf das Boot an, sondern fragte stattdessen: »Kann ich mal mit dir zum Angeln rausfahren?«

Er lachte laut, aber es klang nicht gemein. Sein erstes Lachen, seit Ma und die anderen verschwunden waren. »Du willst also Fische fangen?«

»Ja, Sir.«

»Du bist 'n Mädchen«, sagte er mit Blick auf seinen Teller, an einem Knochen nagend.

»Jawohl, Sir, ich bin deine Tochter.«

»Tja, vielleicht kann ich dich ja irgendwann mal mitnehmen.«

Am nächsten Morgen sauste Kya, die Arme weit ausgebreitet, den Sandweg hinunter und machte Blubbergeräusche mit den Lippen, dass die Spucke flog. Sie hob ab und segelte über die Marsch, hielt Ausschau nach Nestern, dann schwang sie sich höher und flog Flügel an Flügel mit den Adlern. Ihre Finger wurden zu langen Federn, vor dem Himmel gespreizt, getragen von dem Wind unter ihr. Dann wurde sie plötzlich zurück auf die Erde geholt, weil Pa vom Boot aus nach ihr rief. Ihre Flügel fielen in sich zusammen, der Magen sackte ihr weg; bestimmt hatte er gemerkt, dass sie damit rausgefahren war. Sie konnte schon das Paddel auf ihrem Hintern und der Rückseite der Oberschenkel spüren. Sie wusste, wo sie sich verstecken könnte, bis er wieder betrunken war, und er würde sie nie finden. Aber sie war schon zu weit den Weg hinunter, sodass er sie sehen konnte, und er stand da, mit all seinen Angeln und Ruten, winkte sie zu sich. Sie ging zu ihm, still, verängstigt. Das Angelzeug war ausgepackt, eine Feldflasche mit Maiswhiskey unter seinem Sitz verstaut.

»Steig ein«, sagte er bloß. Sie wollte Freude oder Dankbarkeit äußern, doch als sie sein ausdrucksloses

Gesicht sah, hielt sie sich zurück, kletterte in den Bug und setzte sich mit Blick nach vorne auf den Metallsitz. Er warf den Motor an, und sie fuhren den Kanal hoch, duckten sich unter Ästen und hängenden Pflanzen hindurch, während sie die Wasserwege entlangtuckerten. Kya prägte sich umgestürzte Bäume und alte Stümpfe als Wegweiser ein. In einem kleinen Seitenarm drosselte er den Motor und bedeutete ihr, in die Mitte des Bootes zu kommen.

»Na los, kratz ein paar Würmer aus der Dose«, sagte er, eine selbst gedrehte Zigarette in den Mundwinkel geklemmt. Er zeigte ihr, wie man den Köder am Haken befestigte, wie man Schnur auswarf und einholte. Es schien, als würde er seinen Körper seltsam verdrehen, um ja nicht gegen sie zu stoßen. Sie redeten nur über das Angeln, schnitten keine anderen Themen an und lächelten kaum, sondern widmeten sich nur friedlich der gemeinsamen Beschäftigung. Er trank Whiskey, aber dann machte er sich an die Arbeit, ohne einen weiteren Schluck zu nehmen. Als der Tag sich neigte, seufzte die Sonne und verblasste zu der Farbe von Butter, und vielleicht merkten sie es nicht, aber ihre eigenen Schultern sanken endlich herab, und ihre Hälse entspannten sich.

Insgeheim hoffte Kya, dass sie keinen Fisch fangen würde, doch dann spürte sie ein Ziehen, riss an der Leine und hob eine dicke, silbrig blau schimmernde Brasse aus dem Wasser. Pa beugte sich über den Bootsrand und holte sie mit dem Kescher ein, dann setzte er sich wieder und johlte, wie sie es noch nie bei ihm erlebt hatte. Sie grinste breit, und sie sahen sich in die Augen, der Kreis schloss sich.

Ehe Pa die Brasse aufhängte, zappelte sie im Rumpf des Bootes, und Kya musste einen fernen Schwarm Pelikane beobachten, die Wolkenformationen studieren, alles, um bloß nicht in die sterbenden Fischaugen zu sehen, die in eine Welt ohne Wasser starrten, das breite Maul, das nutzlose Luft einsog. Aber was es sie kostete und was es den Fisch kostete, war kein zu hoher Preis für dieses kleine Fitzelchen Familienleben. Vielleicht sah der Fisch das anders, aber dennoch.

Am nächsten Tag fuhren sie wieder gemeinsam raus, und in einer dunklen Lagune erblickte Kya die weichen Brustfedern eines Virginia-Uhus, die auf dem Wasser trieben. Jede bog sich an beiden Enden nach oben, sodass sie aussahen wie winzige orange Boote. Sie fischte sie heraus und steckte sie ein. Später sah sie ein leeres Kolibrinest, verwoben mit einem ausgestreckten Ast, und verstaute es sicher im Bug.

Am Abend briet Pa Fisch in einer Panade aus Maismehl und schwarzem Pfeffer, und dazu gab es Grieß und Gemüse. Als Kya hinterher den Abwasch machte, kam Pa mit seinem alten Soldatenrucksack aus dem Zweiten Weltkrieg in die Küche. Er blieb bei der Tür stehen und warf ihn so achtlos auf einen Stuhl, dass er runterrutschte und mit einem dumpfen Knall auf dem Boden landete. Kya erschrak und wirbelte herum.

»Hab mir gedacht, den kannste für deine Federn und Vogelnester und das ganze andere Zeugs nehmen, was du so sammelst.«

»Oh«, sagte Kya. »Oh, danke.« Aber er war schon durch die Verandatür verschwunden. Sie hob den abgegriffenen Rucksack auf. Er war aus unverwüstlichem Segeltuch, das ewig halten würde, und hatte zahllose Taschen und Geheimfächer. Robuste Reißverschlüsse. Sie starrte aus dem Fenster. Er hatte ihr noch nie irgendwas geschenkt.

An jedem einigermaßen warmen Tag im Winter und an jedem Tag im Frühling fuhren Pa und Kya raus, weit die Küste rauf und runter, und warfen gemeinsam die Angelschnüre aus. Ob im Mündungsarm oder in kleinen Nebengewässern, überall hielt sie Ausschau nach diesem Jungen, Tate, in seinem Boot, hoffte, ihn wiederzusehen. Manchmal dachte sie an ihn, wollte seine Freundin sein, hatte aber keine Ahnung, wie sie das anstellen oder ihn überhaupt finden sollte. Und dann, einfach so, kamen Pa und sie um eine Biegung, und da war er, angelte fast an derselben Stelle, wo sie ihn das erste Mal gesehen hatte. Er grinste prompt und winkte. Ohne nachzudenken, reckte sie den Arm und winkte zurück, lächelte beinahe. Dann ließ sie die

Hand genauso schnell wieder sinken, als Pa sie überrascht ansah.

»Einer von Jodies Freunden von früher«, sagte sie.

»Sei ja vorsichtig mit den Leuten hier«, sagte er. »Im Wald wimmelt's von weißem Gesindel. Hier draußen sind fast alle Halunken.«

Sie nickte. Wollte sich nach dem Jungen umdrehen, tat es aber nicht. Dann bekam sie Angst, dass er sie für unfreundlich halten würde.

Pa kannte die Marsch, wie ein Habicht seine Wiese kennt: Er wusste, wie man jagt, wie man sich versteckt, wie man Eindringlinge abschreckt. Und Kyas staunende Fragen brachten ihn dazu, ihr die Züge der Gänse zu erklären, die Gewohnheiten der Fische, wie man das Wetter an den Wolken ablas und versteckte Strömungen an den Wellen erkannte.

Manchmal packte sie etwas zum Abendessen in den Rucksack, und dann aßen sie krümeliges Maisbrot, das sie inzwischen einigermaßen hinbekam, mit Zwiebelscheiben, während die untergehende Sonne über der Marsch posierte. Gelegentlich vergaß er den Whiskey, und sie tranken Tee aus Marmeladengläsern.

»Meine Eltern sind nich immer arm gewesen«, platzte Pa eines Tages heraus, als sie unter schattigen Eichen saßen und in einer braunen Lagune angelten, über deren Wasserfläche zahllose Insekten schwirrten.

»Die hatten Land, fettes Land, haben Tabak und Baumwolle und so weiter angebaut. Drüben bei Asheville. Deine Oma hat lange Kleider getragen und Hüte groß wie Wagenräder. Wir haben in ’nem Haus gewohnt, das war zwei Stockwerke hoch und hatte ’ne Veranda, die ging einmal ganz rum. Es war schön, richtig schön.«

Eine Oma. Kyas Mund klappte auf. Irgendwo gab es eine Großmutter oder hatte es gegeben. Wo war sie jetzt? Kya hätte furchtbar gern gefragt, was aus alldem geworden war, traute sich aber nicht.

Pa redete auch ungefragt weiter. »Dann is alles den Bach runtergegangen. Ich war da noch klein, deshalb weiß ich nich so genau Bescheid, aber da war die große Krise, der Baumwollkäfer und noch so einiges sonst, und dann war alles futsch. Am Ende gab's bloß noch Schulden, haufenweise Schulden.«

Mit diesen spärlichen Angaben versuchte Kya, sich seine Vergangenheit vorzustellen. Mas Geschichte lag im Dunkeln. Pa war immer gleich wütend geworden, wenn einer von ihnen über ihr Leben vor Kyas Geburt redete. Sie wusste, dass ihre Familie irgendwo weit weg vom Marschland gelebt hatte, in der Nähe von ihren anderen Großeltern, an einem Ort, wo Ma in Geschäften Kleider gekauft hatte, mit kleinen Perlmuttknöpfen, Satinschleifen und Spitzenbesatz. Nachdem sie in die Hütte gezogen waren, bewahrte Ma ihre Kleider in Truhen auf, nahm alle paar Jahre eines raus und nähte es zu einem Arbeitskittel um, weil kein Geld da war, um irgendwas Neues zu kaufen. Jetzt waren diese feinen Sachen zusammen mit Mas Geschichte verschwunden, in dem Lagerfeuer verbrannt, das Pa gemacht hatte, nachdem Jodie fortgegangen war.

Kya und Pa warfen erneut die Angelschnüre über den weichen gelben Pollen aus, die auf dem stillen Wasser trieben, und sie dachte, damit wäre das Thema beendet, doch Pa sagte: »Irgendwann fahr ich mal mit dir nach Asheville, zeig dir das Land, das uns gehört hat, das du hättest kriegen sollen.«

Nach einem Moment riss er an seiner Angel. »Guck mal, Schätzchen, ich hab uns 'nen Großen gefangen, groß wie Alabama.«

Zurück in der Hütte, brieten sie den Fisch und machten Maisklößchen dazu, »dick wie Gänseeier«. Dann sortierte sie ihre Sammlung, steckte Insekten vorsichtig mit Nadeln auf einzelne Stücke Pappe und die Federn in einer sanften, anrührenden Collage an die Wand im hinteren Schlafzimmer. Später lag sie in ihrem Bett auf der Veranda und lauschte den Kiefern. Sie schloss die Augen und riss sie weit wieder auf. Er hatte sie »Schätzchen« genannt.

8
NEGATIVSPUREN

1969

Nachdem Sheriff Ed Jackson und Deputy Joe Purdue ihre morgendliche Ermittlungsarbeit am Feuerwachturm abgeschlossen hatten, begleiteten sie Chases Witwe Pearl und seine Eltern, Patti Love und Sam, zum Krankenhaus, wo er in einem kühlen Labor, das als Leichenhalle diente, unter einem Tuch auf einem Stahltisch lag. Damit sie sich von ihm verabschieden konnten.

Aber es war zu kalt für jede Mutter; unerträglich für jede Ehefrau. Beide mussten gestützt und aus dem Raum geführt werden.

Wieder zurück im Büro des Sheriffs, sagte Joe: »Tja, das war furchtbar …«

»Gott, ja. Ich weiß nicht, wie man so was durchsteht.«

»Sam hat kein Wort gesagt. Er war nie besonders gesprächig, aber das verkraftet er nicht.«

Manche sagen, die Salzwassermarsch kann zum Frühstück einen Zementblock fressen, und nicht mal das bunkerähnliche Büro des Sheriffs konnte sie sich vom Leib halten. Wasserspuren, von Salzkristallen umrissen, wellten sich unten an den Wänden entlang, und schwarzer Schimmel breitete sich wie Adern in Richtung Decke aus. Kleine dunkle Pilze hockten in den Ecken.

Der Sheriff holte eine Flasche aus der untersten Schublade seines Schreibtisches hervor und goss ihnen beiden einen Doppelten in Kaffeebecher. Sie tranken, bis die Sonne, so golden und schlierig wie der Bourbon, ins Meer schlüpfte.

Vier Tage später schwenkte Joe einige Unterlagen, als er in das Büro trat. »Ich hab die ersten Laborberichte.«

»Dann wollen wir mal sehen.«

Sie setzten sich einander gegenüber an den Schreibtisch des Sheriffs und überflogen die Seiten. Dann und wann schlug Joe nach einer einsamen Stubenfliege.

Ed las vor: »Todeszeitpunkt zwischen Mitternacht und zwei Uhr morgens in der Nacht vom 29. auf den 30. Oktober 1969. Genau, wie wir gedacht haben.«

Nachdem er einen Moment weitergelesen hatte, erklärte er: »Was wir hier haben, sind Negativspuren.«

»Stimmt genau. Das bringt uns kein bisschen weiter, Sheriff.«

»Außer von den beiden Jungs, die bis zum dritten Treppenabsatz hochgegangen sind, gibt es keine frischen Fingerabdrücke am Geländer, den Gitterluken, nirgends. Weder von Chase noch von jemand anderem.« Nachmittagsbartstoppeln verdunkelten das ansonsten rötliche Gesicht des Sheriffs.

»Also hat jemand sie weggewischt. Überall. Wenigstens auf dem Geländer und der Luke hätten doch seine Fingerabdrücke sein müssen, oder?«

»Genau. Erst hatten wir keine Fußspuren, jetzt keine Fingerabdrücke. Es gibt überhaupt keinen Beweis dafür, dass er durch den Schlamm zur Treppe gegangen und dann nach oben gestiegen ist oder dass er die beiden Gitterluken geöffnet hat – weder die eine direkt über der Treppe noch die andere, durch die er runtergefallen ist. Oder dass das jemand anders getan hat. Aber Negativdaten sind immer noch Daten. Irgendwer hat richtig gut sauber gemacht oder hat ihn woanders getötet und seine Leiche zum Turm geschafft.«

»Aber wenn seine Leiche zum Turm gebracht worden wäre, müsste es doch Reifenspuren geben.«

»Stimmt, wir müssen noch mal da raus und nach Profilabdrücken außer unseren eigenen und denen vom Krankenwagen suchen. Vielleicht haben wir was übersehen.«

Ed las einen Moment weiter, dann sagte er: »Jedenfalls bin ich mir jetzt sicher, dass es kein Unfall war.«

Joe sagte: »Ganz meine Meinung, und nicht jeder kann Spuren so gut verwischen.«

»Ich hab Hunger. Machen wir noch einen Zwischenstopp im Diner, bevor wir rausfahren.«

»Na, dann mach dich auf was gefasst. Die ganze Stadt ist in Aufruhr. Der Mord an Chase Andrews ist wahrscheinlich der größte Aufreger, der hier je passiert ist. Die Leute reden über nichts anderes mehr.«

»Tja, halt die Ohren offen. Vielleicht kriegen wir ja das eine oder andere Interessante zu hören. Die meisten Blödmänner können ja ihre Klappe nicht halten.«

Eine ganze Reihe von Fenstern, umrahmt von Fensterläden, die bei Sturm geschlossen wurden, erstreckte sich über die Front vom Barkley Cove Diner, der Blick auf den Hafen bot. Nur eine schmale Straße trennte das 1889 errichtete Gebäude von den glitschigen Stufen zum Pier. Ausrangierte Krabbenkörbe und achtlos aufgehäufte Fischernetze säumten die Wand unter den Fenstern, und hier und da lagen Molluskenschalen auf dem Bürgersteig. Überall: Schreie von Seevögeln, Kot von Seevögeln. Der Duft nach Bratensoße, Rübstiel und Brathähnchen überdeckte zum Glück den Gestank der Fischfässer, die aufgereiht am Kai standen.

Dumpfes Stimmengewirr drang heraus, als der Sheriff die Tür öffnete. Jede Sitznische – rot gepolsterte Bänke mit hohen Rückenlehnen – war ebenso besetzt wie die meisten frei stehenden Tische. Joe zeigte auf zwei leere Hocker an der Theke, und die beiden Männer gingen darauf zu.

Auf dem Weg dorthin hörten sie Mr Lane von der Sing-Oil-Tankstelle zu seinem Mechaniker sagen:

»Ich schätze, Lamar Sands war's. Der hat doch seine Frau dabei erwischt, wie sie's mit Chase mitten auf dem Deck von seinem schicken Wasserskiboot getrieben hat. Das nenn ich ein Motiv, und Lamar hat auch sonst schon mit dem Gesetz auf Kriegsfuß gestanden.«

»Wie das?«

»Der war bei der Bande mit dabei, die die Reifen vom Sheriff aufgeschlitzt hat.«

»Damals waren die doch noch Kinder.«

»Da war auch noch irgendwas anderes. Fällt mir aber grade nich ein.«

Hinter der Theke sprang der Diner-Betreiber und Koch Jim Bo Sweeney hin und her, wendete Krebspuffer, rührte das Maispüree in einem Topf auf dem Herd durch und kontrollierte die Hähnchenschenkel in der Fritteuse, um dann wieder von vorn anzufangen. Zwischendurch stellte er Gästen üppig gefüllte Teller hin. Die Leute sagten, er könne mit einer Hand Brötchenteig kneten, während er mit der anderen einen Katzenwels filetierte. Seine berühmte Spezialität – Flunder vom Grill, gefüllt mit Krabben und serviert auf einem Bett aus Maisgrieß mit Kirschpaprika und Käse – bot er nur wenige Tage im Jahr an. Reklame war nicht erforderlich; das sprach sich von allein herum.

Als Sheriff und Deputy sich weiter zwischen den Tischen hindurch zur Theke bewegten, hörten sie

Miss Pansy Price vom Kress' Five and Dime zu einer Freundin sagen: »Vielleicht war's diese Frau, die draußen im Sumpf lebt. Die ist verrückt, gehört eigentlich in die Klapse. Ich sag's dir, der wär so was zuzutrauen …«

»Wie kommst du denn da drauf? Was sollte die denn damit zu tun haben?«

»Na ja, es gab mal 'ne Zeit, da hatte die was mit …«

Als Sheriff und Deputy an die Theke traten, sagte Ed: »Lass uns bloß ein paar Sandwiches mit Fleisch und Krabben zum Mitnehmen bestellen. Dann müssen wir uns dieses ganze Gerede nicht anhören.«

9
JUMPIN'

1953

Kya saß im Bug und spähte in den tief hängenden Nebel, dessen Finger nach ihrem Boot griffen. Zuerst trieben einzelne Schwaden über ihre Köpfe hinweg, dann umhüllte das Grau sie, und nur noch das leise Tuckern des Motors war zu hören. Kurz darauf tauchten kleine unerwartete Farbflecke auf, und die verwitterten Umrisse der Tankstelle, die direkt an dem kleinen Yachthafen lag, glitten in Sicht, als würde sie sich bewegen und nicht das Boot. Pa steuerte darauf zu, und sie legten mit einem sanften Stoß an. Kya war erst ein einziges Mal hier gewesen. Der Betreiber, ein alter Schwarzer, sprang von seinem Stuhl auf, um ihnen zu helfen – der Grund, warum er von allen Jumpin' genannt wurde. Seine weißen Koteletten und die grau melierten Haare umrahmten ein breites, offenes Gesicht mit Eulenaugen. Er war groß und hager und schien unablässig zu reden, zu lächeln oder den Kopf zu seiner ganz eigenen Art von Lachen in den Nacken zu werfen, die Lippen fest geschlossen. Er trug keine Latzhose, wie die meisten Männer hier, sondern ein gebügeltes blaues Button-down-Hemd, eine zu kurze dunkle Hose und Arbeitsstiefel. Selten, an ganz besonders heißen Sommertagen, sah man ihn auch schon mal mit einem ausgefransten Strohhut.

Sein kleines *Gas and Bait*, wo er nicht nur Treibstoff, sondern auch Fischköder verkaufte, stand windschief auf einem eigenen wackeligen Steg. Ein Kabel, das sich von der nächsten Eiche am Ufer zwölf Meter weiter übers Wasser erstreckte, hielt ihn mit aller Macht fest. Jumpin's Urgroßvater hatte den Anleger und die Hütte vor unendlich langer Zeit, irgendwann vor dem Bürgerkrieg, aus Zypressenbrettern gebaut.

Drei Generationen hatten bunte Metallschilder – Nehi Grape Soda, Royal Crown Cola, Camel Filters – und Autonummernschilder von North Carolina aus den letzten zwanzig Jahren an die Hütte genagelt, und deren knallige Farben waren selbst bei dichtem Nebel noch vom Meer aus zu sehen.

»Hallo, Mister Jake. Wie geht's?«

»Ganz gut so weit, bin wenigstens noch nich unter der Erde«, antwortete Pa.

Jumpin' lachte, als hätte er den Spruch noch nie gehört. »Und Sie haben Ihr kleines Mädchen dabei. Das is aber nett.«

Pa nickte. Dann schob er nach: »Ja, das is meine Tochter. Miss Kya Clark.«

»Hallo, Miss Kya, bin mächtig stolz, dich kennenzulernen.«

Kya starrte ihre nackten Zehen an, fand aber auch dort keine Worte.

Jumpin' störte sich nicht daran und redete über den guten Fischfang in letzter Zeit. Dann fragte er Pa: »Einmal volltanken, Mister Jake?«

»Ja, so voll, wie's geht.«

Die Männer unterhielten sich übers Wetter, übers Fischen, dann noch mehr übers Wetter, bis der Tank voll war.

»Dann schönen Tag noch«, sagte Jumpin', als er ihnen die Leine zuwarf.

Pa steuerte das Boot langsam wieder hinaus auf eine helle See. Die Sonne hatte den Nebel schneller weggefressen, als Jumpin' gebraucht hatte, um den Tank zu füllen. Sie fuhren etliche Meilen um eine mit Kiefern bestandene Halbinsel herum nach Barkley Cove, wo Pa an den tief gefurchten Pfosten des städtischen Piers festmachte. Etliche Fischer waren bei der Arbeit, packten Fisch ab, knoteten Taue.

»Ich schlag vor, wir geh'n was futtern«, sagte Pa und führte sie über den Pier zum Barkley Cove Diner. Kya hatte noch nie in einem Lokal gegessen oder auch nur eines betreten. Ihr Herz pochte wie wild, während sie getrockneten Schlamm von ihrer viel zu kurzen Latzhose klopfte und ihr ungekämmtes Haar glatt strich. Als Pa die Tür aufzog, blickten alle Gäste von ihrem Essen auf. Ein paar Männer nickten Pa knapp zu. Die Frauen runzelten die Stirn und sahen weg. Eine zischte: »Tja, wahrscheinlich können die nich lesen, dass da steht: *Zutritt nur mit Hemd und Schuhen.*«

Pa bedeutete ihr, sich an einen kleinen Tisch mit Blick auf den Pier zu setzen. Sie konnte die Speisekarte nicht lesen, aber er erklärte ihr, was draufstand, und sie bestellte Brathähnchen, Kartoffelpüree mit Bratensoße, Kuhbohnen und Brötchen, die so luftig waren wie frisch gepflückte Baumwolle. Er nahm gebratene Garnelen, Maisgrieß mit Käse, frittierte Okraschoten und gebratene grüne Tomaten. Die Kellnerin stellte einen ganzen Teller mit Butterstückchen auf Eiswürfeln, einen Korb mit Maisbrot und Brötchen auf ihren Tisch und mehr süßen Eistee, als sie trinken konnten. Zum Nachtisch gab es Brombeerkuchen mit Eiscreme. Kya war so satt, dass sie schon dachte, sie würde platzen, aber sie fand, dass es das wert wäre.

Als Pa zur Kasse ging, um die Rechnung zu bezahlen, trat Kya auf den Bürgersteig, der durchdringende Geruch der Fischerboote hing über der Bucht. Sie hielt eine fettige Serviette in der Hand, in der sie das restliche Hähnchen und die Brötchen eingewickelt hatte, die sie nicht mehr hatte essen können. Die Taschen ihrer Latzhose waren voll mit abgepackten Salzcrackern, die die Kellnerin ihnen zum Mitnehmen auf den Tisch gelegt hatte.

»Hi.« Kya hörte eine helle Stimme hinter sich, und als sie sich umdrehte, sah sie ein etwa vierjähriges Mädchen mit blonden Ringellöckchen, das zu ihr hochschaute. Die Kleine trug ein hellblaues Kleidchen und streckte die Hand aus. Kya starrte auf die winzige Hand. Sie sah dicklich-weich aus und war vielleicht das Sauberste, was Kya je gesehen hatte. Nie nur mit Kernseife geschrubbt und eindeutig kein Muscheldreck unter den Fingernägeln. Dann sah sie in die Augen des Mädchens, in denen sie sich spiegelte als ein ganz normales anderes Kind.

Kya wechselte die Serviette in die linke Hand und streckte dem Mädchen langsam die rechte entgegen.

»He da, verschwinde!« Mrs Teresa White, Frau des Methodistenpredigers, kam aus der Tür des Schuhgeschäfts gehastet.

Barkley Cove nahm es mit der Religion bitterernst. So klein es auch war, hatte es doch vier Kirchen vorzuweisen, und die waren nur für die Weißen. Die Schwarzen hatten noch drei weitere.

Selbstverständlich genossen die Pastoren und Prediger und ganz besonders deren Ehefrauen hohes Ansehen im Ort und achteten stets darauf, sich entsprechend zu kleiden und zu verhalten. Teresa White trug gern pastellfarbene Röcke und weiße Blusen mit dazu passenden Pumps und einer ebensolchen Handtasche.

Jetzt eilte sie zu ihrer Tochter und hob sie hoch. Nachdem sie ein Stück von Kya weggetreten war, stellte sie die Kleine wieder auf den Bürgersteig und ging vor ihr in die Hocke.

»Meryl Lynn, Herzchen, komm diesem Mädchen nicht zu nahe, hast du verstanden? Die ist schmutzig.«

Kya sah zu, wie die Mutter dem Kind mit den Fingern durch die Locken fuhr. Ihr entging nicht, wie lange die beiden sich in die Augen sahen.

Eine Frau tauchte aus dem Piggly Wiggly auf und kam rasch auf sie zu. »Alles in Ordnung, Teresa? Was war denn los? Hat das Mädchen deine Meryl Lynn geärgert?«

»Ich hab's gerade noch rechtzeitig gesehen. Danke, Jenny. Ich wünschte, diese Leute würden nicht in die Stadt kommen. Schau sie dir an. Verdreckt. Richtig ekelhaft. Im Moment geht so eine Magen-Darm-Grippe um, und ich bin mir sicher, dass die sie mitgebracht haben. Letztes Jahr haben sie die Masern eingeschleppt, und damit ist nicht zu spaßen.« Teresa marschierte davon, ihre Tochter fest an der Hand.

In dem Moment rief Pa, eine braune Papiertüte mit ein paar Flaschen Bier in der Hand, ihren Namen. »Nu komm schon. Wir müssen los. Bald is Ebbe.« Kya drehte sich um und folgte ihm, und während sie zurück in die Marsch fuhren, sah sie die Locken und Augen von Mutter und Kind vor sich.

Pa verschwand noch immer manchmal für mehrere Tage, aber nicht mehr so häufig wie früher. Und wenn er dann zurückkam, fiel er nicht sturzbetrunken auf sein Bett, sondern aß mit ihr und redete ein bisschen. Einmal spielten sie abends Gin Rommé, und er lachte laut, als sie gewann, und sie kicherte hinter vorgehaltener Hand wie ein ganz normales Mädchen.

Immer, wenn Kya von der Veranda trat, spähte sie den Weg hinunter, und obwohl der Spätfrühling die wilden Glyzinien allmählich verblassen ließ und ihre Mutter ein Jahr zuvor im Spätsommer fortgegangen war, dachte sie jedes Mal, dass sie vielleicht Ma sehen würde, wie sie durch den Sand nach Hause kam. Noch immer in ihren Schuhen aus künstlichem Krokodilleder. Jetzt, wo Pa und sie zusammen angelten und miteinander redeten, könnten sie vielleicht noch mal versuchen, eine Familie zu sein. Pa hatte sie alle geschlagen, vor allem, wenn er betrunken war. Oft war er ein paar Tage hintereinander einigermaßen okay gewesen, und sie hatten zusammen Hühnersuppe gegessen und einmal sogar am Strand einen Drachen fliegen lassen. Dann: Trinken, fluchen, schlagen. An einige seiner Wutanfälle konnte sie sich noch glasklar erinnern. Einmal hatte Pa ihre Mutter gegen die Küchenwand gestoßen und auf sie eingeprügelt, bis sie zusammensackte. Kya hatte ihn schluchzend angefleht aufzuhören und am Arm berührt. Er hatte Kya an den Schultern gepackt, sie angebrüllt, sie sollte ihre Jeans und Unterhose runterziehen, und sie dann gegen den Küchentisch gedrückt. In einer einzigen fließenden Bewegung hatte er seinen Gürtel aus den Schlaufen gezogen und sie damit geschlagen. Natürlich erinnerte sie sich an den brennenden Schmerz, der ihr durch den nackten Hintern fuhr, aber seltsamerweise hatte sie die Jeans um ihre mageren Fußknöchel deutlicher in Erinnerung. Und Ma, die in einer Ecke neben dem Herd kauerte und laut schrie. Kya wusste nicht, worum es bei dem Streit gegangen war.

Aber wenn Ma jetzt zurückkäme, wo Pa sich anständig benahm, könnten sie vielleicht neu anfangen. Kya hätte nie gedacht, dass Ma diejenige sein würde, die fortging, und dass Pa bleiben würde. Aber sie wusste genau, dass ihre Mutter sie nicht für immer verlassen würde. Falls sie irgendwo da draußen in der Welt war, würde sie zurückkommen. Kya sah noch immer die vollen roten Lippen, wenn Ma zur Musik im Radio sang, und hörte ihre Ermahnung: »Hör Mr Orson Welles genau zu. Er spricht wie ein echter Gentleman. Und sag nie *nix*, das ist gar kein richtiges Wort.«

Ma hatte die Wasserarme und Sonnenuntergänge gemalt, in so satten Öl- und Wasserfarben, dass es aussah, als wären sie aus der Erde selbst gegraben worden. Sie hatte einiges mitgebracht, was sie zum Malen brauchte, und das ein oder andere kaufte sie im Five and Dime. Manchmal hatte Ma sogar Kya auf braunen Papiertüten vom Piggly Wiggly eigene Bilder malen lassen.

An einem von der Hitze ausgebleichten Nachmittag Anfang September in jenem Angelsommer ging Kya zum Briefkasten am Ende des Weges. Sie blätterte die Reklamesendungen durch und blieb wie angewurzelt stehen, als sie einen blauen Umschlag mit einer Adresse in Mas säuberlicher Handschrift sah. Einige Platanenblätter nahmen allmählich dieselbe gelbliche Färbung an wie damals, als Ma fortgegangen war. Die ganze Zeit ohne die geringste Spur, und jetzt ein Brief. Kya starrte ihn an, hielt ihn gegen das Licht, fuhr mit den Fingern über die leicht geneigten, vollkommenen Buchstaben. Das Herz hämmerte ihr in der Brust.

»Ma ist am Leben. Lebt irgendwo anders. Wieso ist sie nicht nach Hause gekommen?« Sie überlegte, den Brief aufzureißen, aber das einzige Wort, das sie mit Sicherheit lesen konnte, war ihr Name, und der stand nicht auf dem Umschlag.

Sie rannte zur Hütte, aber Pa war mit dem Boot weggefahren. Also lehnte sie den Brief gegen den Salzstreuer auf dem Tisch, wo er ihn gleich sehen würde. Während sie Schwarzaugenbohnen mit Zwiebeln kochte, behielt sie den Brief unablässig im Auge, aus Furcht, er könnte sich in Luft auflösen.

Alle paar Sekunden horchte sie am Küchenfenster auf das Brummen des Bootsmotors. Und dann kam Pa plötzlich die Verandastufen heraufgehinkt. Aller Mut verließ sie, sie flitzte an ihm vorbei nach draußen, rief ihm zu, sie müsste kurz aufs Plumpsklo und das

Essen wäre bald fertig. Sie stand in dem übel riechenden Häuschen und hatte das Gefühl, als würde ihr das Herz in die Hose rutschen. Sie stieg auf die Holzbank und beobachtete die Hütte durch den kleinen, in die Tür geschnittenen Viertelmond, ohne recht zu wissen, worauf sie wartete.

Dann knallte die Verandatür, und sie sah Pa schnell in Richtung Lagune gehen. Er stieg geradewegs ins Boot, Feldflasche in der Hand, warf den Motor an und fuhr davon. Sie rannte zur Hütte, in die Küche, aber der Brief war weg. Sie riss die Schubladen seiner Kommode auf, durchwühlte seinen Schrank, suchte überall. »Der gehört mir auch! Mir genauso wie dir!« Zurück in der Küche, schaute sie in den Mülleimer und entdeckte die Asche des Briefes, noch immer mit blauem Rand. Sie holte sie mit einem Löffel heraus und legte sie auf den Tisch, ein Häufchen aus schwarzen und blauen Überresten. Sie suchte den Müll sorgfältig ab, vielleicht waren ja einige Worte im Eimer ganz nach unten gerutscht. Aber da war nichts außer Aschestaub, der an Zwiebelschalen haftete.

Sie setzte sich an den Tisch und starrte das Häuflein an, während die Bohnen weiter im Topf köchelten. »Ma hat das angefasst. Vielleicht erzählt Pa mir, was sie geschrieben hat. Sei nicht blöd – eher schneit's im Sumpf.«

Sogar die Briefmarke war weg. Jetzt würde sie nie erfahren, wo Ma war. Sie füllte die Asche in ein Töpfchen und verstaute es in einer Zigarrenkiste neben ihrem Bett.

Pa kam an dem Abend nicht nach Hause und auch nicht am nächsten Tag, und als er endlich wieder auftauchte, war er wieder der alte Säufer, der durch die Tür torkelte. Als sie den Mut aufbrachte, ihn nach dem Brief zu fragen, blaffte er: »Geht dich nix an.« Und dann: »Sie kommt nich wieder, also vergiss es.« Mit einer Feldflasche in der Hand schlurfte er zum Boot.

»Das stimmt nich«, rief Kya ihm nach, die Hände zu Fäusten geballt. Sie sah ihn davonfahren, dann schrie sie in die menschenleere Lagune hinaus: »*Nix* is gar kein richtiges Wort!«

Später fragte sie sich oft, ob sie den Brief hätte öffnen, ihn Pa nicht mal hätte zeigen sollen. Dann hätte sie ihn aufbewahrt, bis sie ihn irgendwann hätte lesen können, und ihm wäre es besser ergangen, wenn er nie was davon erfahren hätte.

Pa fuhr nie wieder mit ihr zum Angeln raus. Jene warmen Tage waren bloß ein Intermezzo. Tiefe Wolken, die kurz aufreißen, damit die Sonne ihre Welt bescheint, und sich dann wieder schließen, dunkel und undurchdringlich.

Kya hatte vergessen, wie man betet. Kam es darauf an, wie man die Hände hielt oder wie fest man die Augen zusammendrückte? »Vielleicht kommen Ma und Jodie nach Hause, wenn ich richtig bete. Auch wenn's oft Krach und Streit gegeben hat, war das Leben damals besser als dieser Mist.«

Sie sang Kirchenlieder, an die sie sich von den wenigen Besuchen in der kleinen weißen Kirche mit Ma noch halbwegs erinnerte – »und Er geht an meiner Seite, wenn Tau auf den Rosen liegt«. Das letzte Mal waren sie an dem Ostersonntag da gewesen, bevor Ma fortging, aber viel war Kya von dem Feiertag nicht in Erinnerung geblieben, bloß Geschrei und Blut, und jemand fiel hin, und sie rannte mit Ma weg, deshalb dachte sie lieber überhaupt nicht mehr daran.

Kya blickte durch die Bäume zu Mas Mais- und Rübstielbeet hinüber, längst von Unkraut überwuchert. Und Rosen gab's da nun wirklich nicht.

»Vergiss es. In den Garten kommt kein Gott mehr.«

10

BLOSS GRAS IM WIND

1969

Sand bewahrt Geheimnisse besser als Schlamm. Der Sheriff parkte sein Auto am Anfang des Weges zum Feuerwachturm, damit sie keine Spuren überrollten, die ein Wagen eventuell in der Nacht des mutmaßlichen Mordes hinterlassen hatte. Aber als sie die Strecke abgingen und nach Reifenabdrücken suchten, die nicht von ihrem Fahrzeug stammten, bildeten sich mit jedem ihrer Schritte nichts als formlose Mulden im sandigen Boden.

Als sie dann zu den Schlammlöchern und dem sumpfigen Gelände um den Turm herum kamen, offenbarte sich ihnen eine Fülle von detailreichen Geschichten: Eine Waschbärmama mit ihren vier Jungen war mehrfach durch den Matsch gelaufen; eine Schnecke hatte ein zartes Muster gemalt, das von der Tatze eines Bären zerstört worden war; eine kleine Schildkröte hatte in dem kühlen Schlamm gelegen und mit dem Bauch eine glatte flache Vertiefung hineingedrückt.

»Alles klar und deutlich, aber abgesehen von unseren Reifenabdrücken, keine menschlichen Spuren.«

»Ich weiß nicht«, sagte Joe. »Guck dir diese gerade Kante und das kleine Dreieck da an. Das könnte ein Fußabdruck sein.«

»Nein, ich glaube, das ist eine Truthahnspur, auf die ein Hirsch draufgetreten ist, deshalb sieht das so geometrisch aus.«

Nach einer weiteren Viertelstunde sagte der Sheriff: »Lass uns mal rüber zu der kleinen Bucht laufen. Vielleicht ist ja jemand mit dem Boot hergekommen und nicht mit dem Auto.« Sie bahnten sich einen Weg durch stark duftende Myrtensträucher zu dem kleinen Strand. Der feuchte Sand zeigte Abdrücke von Krebsen, Reihern und Strandläufern, aber nicht von Menschen.

»Aber sieh dir das an.« Joe zeigte auf ein großes Muster aus durcheinandergeratenen Sandkristallen, das einen fast perfekten Halbkreis bildete. »Könnte der Abdruck von einem Boot mit rundem Bug sein, das hier an Land gezogen wurde.«

»Nein. Guck mal, da hat der Wind einen geknickten Grashalm auf dem Sand hin und her geweht und diesen Halbkreis gezeichnet. Das ist bloß Gras im Wind.«

Sie blieben stehen und schauten sich um. Der Rest des kleinen sichelförmigen Strandes war mit einer dicken Schicht aus zerbrochenen Muscheln, verschiedenen Teilen von Schalentieren und Krebsscheren bedeckt. Und Muscheln können Geheimnisse am besten hüten.

11
ZWEI JUTESÄCKE VOLL

1956

Im Winter 1956, als Kya zehn Jahre alt war, kam Pa immer seltener zur Hütte gehinkt. Wochen vergingen ohne Whiskeyflasche auf dem Boden, ohne den schnarchenden Körper auf seinem Bett, ohne Montagsgeld. Immerzu rechnete sie damit, dass er mit seiner Feldflasche zwischen den Bäumen hervorgehumpelt käme. Ein Vollmond und dann noch einer waren vergangen, seit sie ihn zuletzt gesehen hatte.

Platanen und Hickory-Bäume reckten kahles Geäst in den trüben Himmel, und der unerbittliche Wind fegte jegliche Freude hinweg, die die Wintersonne über die Trostlosigkeit gebreitet haben mochte. Ein nutzloser trocknender Wind in einer Meerlandschaft, die nicht trocknen konnte.

Kya saß auf den Verandastufen und dachte nach. Pa könnte in einem Streit beim Pokern zusammengeschlagen und in einer kalten regnerischen Nacht in den Sumpf geworfen worden sein. Oder vielleicht hatte er sich betrunken, war in den Wald getorkelt und kopfüber in irgendeinen Tümpel gestürzt.

»Ich schätze, der kommt nich wieder.«

Sie biss sich auf die Lippen, bis ihr Mund weiß wurde. Es war nicht wie der Schmerz, als Ma fortging – eigentlich empfand sie gar keine Trauer um ihn. Aber völlig allein zu sein, war ein so ungeheuer gewaltiges Gefühl, dass es in ihr hallte, und wenn die Behörden das mitbekamen, würden sie sie abholen. Sie würde so tun müssen, als wäre Pa noch da, selbst Jumpin' gegenüber.

Und es würde kein Montagsgeld mehr geben. Sie hatte die letzten paar Dollar über Wochen gestreckt, sich von Grieß, gekochten Miesmuscheln und dem ein oder anderen zufällig gefundenen Ei von den mageren Hühnern ernährt. Jetzt hatte sie nur noch ein paar Streichhölzer, ein Klümpchen Seife und eine Handvoll Maisgrieß. Mit den wenigen Streichhölzern würde sie nicht über den Winter kommen. Ohne sie konnte sie keinen Grieß für sich selbst, die Möwen und die Hühner kochen.

»Ich weiß nich, wie ich ohne Grieß klarkommen soll.«

Wenigstens war Pa, wohin auch immer er diesmal verschwunden war, zu Fuß gegangen, dachte sie. Kya hatte das Boot.

Natürlich würde sie eine andere Möglichkeit finden müssen, um an Essen zu kommen, aber zunächst mal schob sie den Gedanken beiseite. Nach einem Abendessen aus gekochten Miesmuscheln – inzwischen hatte sie gelernt, die Muscheln zu einer Paste zu zerdrücken und auf Salzcracker zu streichen – blätterte sie Mas geliebte Bücher durch, tat so, als würde sie die Märchen lesen. Auch mit zehn Jahren konnte sie mit Buchstaben immer noch nichts anfangen.

Dann flackerte die Petroleumlampe, wurde schwächer und erlosch. Eben noch eine weiche kreisrunde Welt, dann Dunkelheit. Sie stieß einen erschreckten Laut aus. Pa hatte immer das Petroleum gekauft und die Lampe gefüllt, deshalb hatte sie nicht weiter darüber nachgedacht. Bis es finster wurde.

Sie saß einen Moment da und versuchte, das letzte Glimmen wieder zu entfachen, doch die Lampe war fast völlig leer. Dann nahmen die rundliche Form des Eisschranks und der Fensterrahmen im Dunkeln allmählich Gestalt an, und Kya tastete mit den Fingern über die Küchenplatte, bis sie einen Kerzenstummel fand. Ihn anzuzünden, würde sie ein Streichholz kosten, und sie hatte nur noch fünf übrig. Aber die Dunkelheit war unerträglich.

Zisch. Sie entfachte das Streichholz, zündete die Kerze an, und die Finsternis zog sich in die Ecken zurück. Aber sie hatte genug davon gesehen, um zu wissen, dass sie Licht brauchte, und Petroleum kostete Geld. Sie öffnete den Mund zu einem hohlen Keuchen. »Vielleicht sollte ich in die Stadt gehen und mich bei den Behörden melden. Die geben mir wenigstens zu essen und schicken mich in die Schule.«

Doch nach kurzem Nachdenken sagte sie: »Nee. Ich kann die Möwen nicht verlassen, die Reiher, die Hütte. Die Marsch is die einzige Familie, die ich hab.«

Und als sie da im Licht ihrer letzten Kerze saß, kam ihr eine Idee.

Am nächsten Morgen stand sie früher als sonst auf, um die Ebbe zu erwischen, schlüpfte in ihre Latzhose und zog mit einem Eimer, einem Krallenmesser und einigen leeren Säcken los. Im Schlamm hockend, sammelte sie Muscheln von den Tümpelrändern, wie Ma es ihr beigebracht hatte, und nach vier Stunden Bücken und Knien hatte sie zwei Jutesäcke voll.

Die träge Sonne löste sich langsam vom Meer, als Kya durch dichten Nebel zu Jumpin's Gas and Bait fuhr. Als sie näher kam, stand er auf.

»Hallo, Miss Kya, brauchst du Benzin?«

Sie zog den Kopf ein. Hatte seit ihrem letzten Einkauf im Piggly Wiggly mit niemandem geredet, und ihre Sprache ließ ein bisschen nach. »Vielleicht. Kommt drauf an. Ich hab gehört, du kaufst Muscheln, und ich hab hier welche. Kannst du mir dafür was Geld geben und noch Benzin dazu?« Sie deutete auf die Säcke.

»Jawoll, mach ich. Sind die frisch?«

»Hab ich heute Morgen ausgebuddelt. Grade eben.«

»Na dann. Ich geb dir fünfzig Cent für einen Sack, und für den anderen tank ich dir voll.

Kya lächelte schwach. Echtes, selbst verdientes Geld. »Danke«, sagte sie nur.

Während Jumpin' den Tank füllte, ging Kya zu dem kleinen Lädchen direkt auf dem Pier. Sie hatte nie sonderlich drauf geachtet, weil sie im Piggly einkaufte, aber jetzt sah sie, dass Jumpin' nicht bloß Köder und Tabak verkaufte, sondern auch Streichhölzer, Speck, Seife, Sardinen, Wiener Würstchen, Maisgrieß, Salzcracker, Klopapier und Kerosin. So ziemlich alles, was sie zum Leben brauchte, gab es gleich hier. Auf der Theke standen einige große Gläser mit Süßigkeiten. Zimtbonbons, Lakritz und Dauerlutscher. So viele Süßigkeiten hatte sie noch nie auf einem Haufen gesehen.

Mit ihrem Muschelgeld kaufte sie Streichhölzer, eine Kerze und Grieß. Petroleum und Seife würden auf einen anderen Sack voll Muscheln warten müssen. Sie musste sich schwer beherrschen, nicht einen Lutscher statt der Kerze zu kaufen.

»Wie viele Säcke kaufst du pro Woche?«, fragte sie.

»Na, werden wir jetzt Geschäftspartner?«, fragte er und lachte auf seine typische Art – Mund geschlossen, Kopf in den Nacken geworfen. »Ich kauf rund vierzig Pfund alle zwei, drei Tage. Aber andere bringen mir auch welche. Wenn du zu spät kommst und ich hab schon welche, tja, dann bist du raus. Wer zuerst kommt, mahlt zuerst. Anders geht's nich.«

»Okay. Danke, alles klar. Bis dann, Jumpin'.« Dann

sagte sie noch: »Ach so, übrigens, mein Pa lässt schön grüßen.«

»Wirklich? Na, dann grüß du ihn auch, ja? Auf bald, Miss Kya.« Er lächelte breit, während sie davonfuhr. Fast hätte sie auch gelächelt. Sie hatte selbst Benzin und Lebensmittel gekauft, das hieß ja wohl, dass sie erwachsen war. Als sie später in der Hütte ihre kleine Tüte mit Einkäufen auspackte, sah sie ganz unten drin eine gelb-rote Überraschung liegen. Nicht zu erwachsen für einen Dauerlutscher, den Jumpin' mit eingepackt hatte.

Um vor den anderen Muschelverkäufern bei Jumpin' zu sein, ging Kya bei Kerzen- oder Mondlicht in die Marsch. Ihr Schatten flackerte auf dem glänzenden Sand, wenn sie mitten in der Nacht Muscheln sammelte. Sie erweiterte ihr Angebot um Austern und schlief manchmal unter dem Sternenhimmel am Rand von Gezeitentümpeln, um bei Jumpin' zu sein, sobald der Tag anbrach. Das Muschelgeld war verlässlicher, als das Montagsgeld je gewesen war, und meistens schaffte sie es, die anderen Sammler auszubooten.

Sie ging nicht mehr zu Piggly, wo Mrs Singletary sie jedes Mal fragte, warum sie nicht in der Schule war. Früher oder später würden die sie schnappen und wegbringen. Mit ihren Einkäufen bei Jumpin' kam sie zurecht, und sie hatte mehr Muscheln, als sie essen konnte. In Grieß mitgekocht, bis zur Unkenntlichkeit zermatscht, schmeckten sie gar nicht so übel. Und anders als die Fische hatten sie keine Augen, die sie anstarrten.

12

PENNYS UND GRIESS

1956

In den ersten Wochen nach Pas Verschwinden blickte Kya jedes Mal auf, wenn die Raben krächzten. Vielleicht hatten sie ihn ja gesehen, wie er mit schwingendem linkem Bein durch den Wald hinkte. Bei jedem ungewohnten Geräusch im Wind legte sie den Kopf schief, lauschte, ob da jemand kam. Irgendwer. Selbst eine wilde Flucht vor der Schulinspektorin wäre eine schöne Abwechslung.

Die meiste Zeit hielt sie Ausschau nach dem Jungen. Im Laufe der Jahre hatte sie ihn ein paarmal in der Ferne gesehen, aber sie hatte nicht mit ihm geredet, seit sie sieben war, vor drei Jahren, als er ihr den Weg nach Hause durch das Marschland gezeigt hatte. Außer Jumpin' und ein paar Verkäuferinnen war er der einzige Mensch auf der Welt, den sie kannte. Wann immer sie auf dem Wasser unterwegs war, hoffte sie, ihn zu entdecken.

Eines Morgens bog sie in einen von Schlickgras gesäumten Wasserarm und sah sein Boot, halb im Schilf versteckt. Tate trug eine andere Baseballkappe und war jetzt größer, aber selbst aus über fünfzig Metern

Entfernung erkannte sie die blonden Locken. Kya drosselte den Motor, steuerte leise in das hohe Gras und beobachtete ihn von dort aus. Sie presste die Lippen zusammen, überlegte, zu ihm rüberzufahren und ihn vielleicht zu fragen, ob er schon was gefangen hatte. Das hatte Pa gemacht, und anscheinend tat es auch jeder andere in der Marsch immer, wenn sie jemandem begegneten: »Beißen sie heute? Schon was am Haken gehabt?«

Doch sie starrte nur weiter, rührte sich nicht. Sie fühlte sich stark zu ihm hingezogen, und zugleich wollte sie nichts wie weg, sodass sie auf der Stelle verharrte. Schließlich lenkte sie das Boot mit hämmerndem Herzen vorsichtig nach Hause.

Jedes Mal, wenn sie ihn sah, war es dasselbe: Sie beobachtete ihn, wie sie die Reiher beobachtete.

Noch immer sammelte sie Federn und Muscheln, ließ sie aber allesamt salzig und sandig vor den Verandastufen liegen. Einen Großteil des Tages vertrödelte sie, obwohl sich das schmutzige Geschirr in der Spülschüssel stapelte, und wozu Latzhosen waschen, die sowieso wieder dreckig wurden? Sie trug schon länger die abgelegten Klamotten ihrer verschwundenen Geschwister. Ihre Hemden waren voller Löcher. Schuhe hatte sie gar keine mehr.

Eines Abends nahm Kya das rosa-grün geblümte Sommerkleid, das Ma immer zur Kirche getragen hatte, vom Drahtbügel. Jahrelang hatte sie diese Schönheit befingert – das einzige Kleid, das Pa nicht verbrannt hatte – und die kleinen rosa Blümchen berührt. Auf der Vorderseite waren Flecken, verblasste braune Tupfen unterhalb der Träger, vielleicht Blut. Aber sie waren jetzt kaum noch zu sehen, ausgewaschen wie andere böse Erinnerungen.

Kya streifte sich das Kleid über den Kopf, strich es an ihrem dünnen Körper glatt. Der Saum fiel ihr bis fast auf die Zehen; so ging das nicht. Sie zog es aus und hängte es wieder auf, beschloss, noch ein paar Jahre zu warten. Es wäre zu schade, es abzuschneiden, um es beim Muschelsammeln zu tragen.

Ein paar Tage später fuhr Kya mit dem Boot nach Point Beach, einem weiten weißen Sandstrand etliche Meilen südlich von Jumpin's Laden. Zeit, Wellen und Wind hatten ihn zu einer länglichen Landspitze geformt, wo sich mehr Muscheln ansammelten als auf anderen Stränden, und Kya hatte schon seltene Exemplare dort gefunden. Nachdem sie ihr Boot am Südende vertäut hatte, ging sie langsam suchend gen Norden. Plötzlich trieben ferne Stimmen – schrill und aufgeregt – durch die Luft.

Flugs rannte sie quer über den Strand zum Wald hinüber, wo eine weit ausladende Eiche knietief in tropischen Farnen stand. Hinter dem Baum versteckt, beobachtete Kya, wie mehrere Kinder über den Sand spaziert kamen, dann und wann Gischt spritzend in die Wellen sprangen. Ein Junge lief voraus, ein anderer warf einen Football. Ihre bunt karierten Shorts sahen vor dem weißen Sand aus wie farbenfrohe Vögel, und sie kündeten vom Wechsel der Jahreszeiten. Kya sah den Sommer über den Strand auf sich zukommen.

Als die Kinder in ihre Nähe kamen, drückte sie sich gegen die Eiche und lugte hinter dem Stamm hervor. Fünf Mädchen und vier Jungen, ein bisschen älter als sie, etwa zwölf. Sie erkannte Chase Andrews wieder, der den Jungs, mit denen er immer zusammen war, den Ball zuwarf.

Die Mädchen – Großdünnblond, Pferdeschwanzsommersprossen, Kurzesschwarzeshaar, Nieohneperlen und Rundpausbacke – trödelten plappernd und kichernd hinterdrein. Ihre Stimmen schallten zu Kya herüber wie Glöckchen. Sie war zu jung, um sich groß für die Jungs zu interessieren; ihre Augen richteten sich gebannt auf die kleine Schar Mädchen. Gemeinsam hockten sie sich hin und beobachteten einen Krebs, der seitwärts über den Strand huschte. Lachend lehnten sie sich aneinander, bis sie schließlich alle gleichzeitig auf den Sand plumpsten.

Kya biss sich auf die Unterlippe, während sie ihnen zusah. Die Freude der Mädchen war eine fast sichtbare Aura vor dem dunkler werdenden Himmel. Ma hatte gesagt, Frauen brauchten einander mehr, als sie Männer brauchten, aber sie hatte Kya nie erklärt, wie sie in ein solches Rudel aufgenommen werden könnte. Leichtfüßig schlüpfte sie tiefer in den Wald, versteckte sich hinter riesigen Farnen und beobachtete die Kinder, bis sie den Strand wieder hinunterspazierten und schließlich nur noch kleine Flecken auf dem Sand waren.

Die Morgendämmerung glühte hinter grauen Wolken, als Kya an Jumpin's Steg anlegte. Er trat kopfschüttelnd aus seinem kleinen Laden.

»Tut mir leid wie nur was, Miss Kya«, sagte er. »Aber die anderen sind schneller gewesen. Ich hab genug Muscheln für die Woche, kann keine mehr kaufen.«

Sie stellte den Motor ab, und das Boot stieß gegen einen Stützpfahl. Das war die zweite Woche hintereinander, in der sie zu spät dran war. Ihr Geld war alle, und sie konnte sich rein gar nichts kaufen. Hatte bloß noch Pennys und Grieß.

»Miss Kya, du musst dir noch was anderes überlegen, womit du Geld verdienst. Auf einem Bein kannste nich steh'n.«

Wieder zu Hause, setzte sie sich auf die Verandastufen und grübelte, bis ihr eine neue Idee kam. Sie fischte acht Stunden lang, dann legte sie ihre Beute von zwanzig Fischen über Nacht in Salzlake. Bei Tagesanbruch verteilte sie sie in den Regalen von Pas alter Räucherhütte – nicht größer als ein Klohäuschen und auch genauso gebaut –, machte ein Feuer in der Grube und legte grüne Äste darauf, wie sie das bei ihm gesehen hatte. Blaugrauer Rauch quoll hervor, stieg aus dem Schornstein und aus jeder Ritze in den Wänden. Die ganze Hütte qualmte.

Am nächsten Tag fuhr sie zu Jumpin' und hielt schon vom Boot aus ihren Eimer hoch. Alles in allem war es ein klägliches Ergebnis: kleine Brassen und Karpfen, die fast auseinanderfielen. »Kaufste auch Räucherfisch, Jumpin'? Ich hab hier ein paar.«

»Wahrhaftig, Miss Kya, was sagt man dazu? Vorschlag: Ich nehm die in Kommission. Wenn ich sie verkaufe, kriegst du das Geld; falls nich, kriegst du sie so wieder zurück, wie sie sind. Okay?«

»Okay, danke, Jumpin'.«

Am Abend ging Jumpin' den Sandweg entlang zur Schwarzensiedlung – eine Ansammlung von Hütten und Schuppen und sogar ein paar richtigen Häusern, die sich zwischen Brackwasserarmen und Schlammtümpeln duckten. Das weit verstreute Dorf lag tief im Wald, ein gutes Stück weg vom Meer, ohne den frischen Seewind und »mit mehr Mücken als in ganz Georgia«.

Nach rund drei Meilen roch er den Rauch, der von den Feuerstellen durch die Kiefern trieb, und hörte die plappernden Stimmen von einigen seiner Enkelkinder. In der Schwarzensiedlung gab es keine Straßen, nur Pfade, die kreuz und quer durch den Wald zu den Behausungen der verschiedenen Familien führten. Er wohnte in einem richtigen Haus, das sein Pa und er aus Kiefernholz erbaut hatten, mit einem Zaun aus dünnen Ästen rings um den Hof, dessen festgetretene Erde von Mabel, seiner kräftigen Frau, stets genauso sauber gefegt wurde wie ein Fußboden. Keine Schlange konnte sich den Eingangsstufen auf dreißig Meter nähern, ohne von ihrer Gartenhacke erwischt zu werden.

Sie trat aus der Haustür, um ihn mit einem Lächeln zu begrüßen, wie sie das oft tat, und er reichte ihr den Eimer mit Kyas geräucherten Fischen.

»Was'n das?«, fragte sie. »So was würden ja nich mal die Hunde fressen.«

»Is wieder von dem Mädchen. Miss Kya hat sie mir gebracht. Manchmal is sie nich die Erste, die mir Muscheln bringt, deshalb hat sie angefangen, Fische zu räuchern. Ich soll sie verkaufen.«

»Lieber Gott, irgendwer muss sich doch mal um das Kind kümmern. Die Fische hier kauft kein Mensch. Ich kann 'ne Suppe draus machen. Unsere Kirche könnte was Kleidung und andere Sachen für sie hergeben. Wir erzählen der Kleinen einfach, irgend'ne Familie würde Klamotten gegen Karpfen tauschen. Welche Größe hat sie denn?«

»Woher soll ich das wissen? Dünn. Dünn wie 'ne Zecke an 'nem Fahnenmast. Ich schätze, morgen kommt sie in aller Herrgottsfrühe wieder. Sie hat keinen Penny mehr.«

Nachdem Kya aufgewärmte Miesmuscheln in Grieß zum Frühstück gegessen hatte, fuhr sie zu Jumpin' hinüber, um herauszufinden, ob ihr Räucherfisch Geld eingebracht hatte. In all den Jahren war er immer entweder allein gewesen oder hatte gerade Kunden bedient, aber als sie langsam näher kam, sah sie eine beleibte Schwarze, die den Steg fegte, als wär's ein Küchenboden. Jumpin' saß auf seinem Stuhl, den er gegen die Ladenwand gekippelt hatte, und notierte etwas in seinem Kassenbuch. Als er sie erblickte, sprang er auf und winkte.

»Morgen«, rief sie leise und manövrierte das Boot gekonnt an den Steg.

»Hallo, Miss Kya. Hier is wer, der dich mal kennenlernen will. Das is Mabel, meine Frau.« Mabel trat neben Jumpin' und stand Kya, die aus dem Boot auf den Steg geklettert war, plötzlich dicht gegenüber.

Mabel nahm Kyas Hand, hielt sie sanft fest und sagte: »Is richtig schön, dich mal kennenzulernen, Miss Kya. Jumpin' hat mir erzählt, was für'n feines Mädchen du bist. So ziemlich die beste Austernsammlerin.«

Obwohl Mabel ihren Garten beackerte, den halben Tag lang kochte und für Weiße putzte und stopfte, war ihre Hand weich. Kya ließ ihre Finger in diesem samtigen Handschuh und schwieg, da sie nicht wusste, was sie sagen sollte.

»Also, Miss Kya, wir haben 'ne Familie, die für deinen Räucherfisch Kleidung und andere Sachen, die du brauchst, tauschen will.«

Kya nickte. Lächelte nach unten. Sagte dann: »Was is mit Benzin für mein Boot?«

Mabel sah Jumpin' fragend an.

»Na ja«, sagte er, »heute kriegst du welches, weil ich weiß, dass du knapp bist. Aber bring mir weiter Muscheln und so, wenn du kannst.«

Mabel sagte mit ihrer dröhnenden Stimme: »Gott, Kindchen, lass uns mal nich über die Einzelheiten nachdenken. Jetzt lass dich mal angucken. Ich muss deine Größe messen, damit ich sie den Leuten sagen kann.« Sie führte sie in den kleinen Laden. »Setz dich dahin und erzähl mir, was du so alles brauchst.«

Nachdem sie eine Liste gemacht hatten, malte Mabel Kyas Füße auf einer braunen Papiertüte ab, dann sagte sie: »Gut, komm morgen wieder, dann haben wir hier was für dich.«

»Vielen Dank, Mabel.« Dann sagte sie mit leiser Stimme: »Da is noch was. Ich hab so alte Samentütchen gefunden, aber ich hab keine Ahnung von Gartenarbeit.«

»Also wirklich.« Mabel lehnte sich zurück, und ein Lachen stieg aus den Tiefen ihres üppigen Busens. »Von Gartenarbeit versteh ich was.« Sie erklärte jeden einzelnen Schritt haarklein, griff dann in ein paar Dosen und holte Zucchini-, Tomaten- und Kürbissamen hervor. Sie faltete sie jeweils in ein Stück Papier und malte ein Bild des Gemüses darauf. Kya fragte sich, ob Mabel das tat, weil sie nicht schreiben konnte oder weil sie wusste, dass Kya nicht lesen konnte, jedenfalls kamen sie so beide zurecht.

Sie bedankte sich noch einmal bei beiden, als sie wieder in ihr Boot stieg.

»Freut mich, dir ein bisschen zu helfen, Miss Kya. Komm morgen deine Sachen holen«, sagte Mabel.

Noch am selben Nachmittag machte Kya sich daran, in Mas früherem Garten Pflanzreihen zu ziehen. Die Hacke machte bei jedem Schlag ein dumpfes Geräusch, ließ erdige Gerüche aufsteigen und beförderte rosa Würmer ans Tageslicht. Dann ertönte ein helleres Geräusch, und als Kya sich vorbeugte, entdeckte sie eine von Mas alten Haarspangen aus Metall und Plastik. Sie wischte sie behutsam an ihrer Latzhose ab, bis der letzte Dreck sich löste. Als würden sie sich in dem billigen Gegenstand spiegeln, sah sie Mas roten Mund und ihre dunklen Augen plötzlich so klar vor sich wie schon seit Jahren nicht mehr. Kya schaute sich um; bestimmt kam Ma just in diesem Augenblick den Weg hoch, um ihr beim Umgraben zu helfen. Endlich wieder daheim. So eine Stille war selten; selbst die Krähen schwiegen, und Kya hörte ihren eigenen Atem.

Sie schob ein dickes Büschel Haar nach hinten und steckte die Spange über ihrem linken Ohr fest. Vielleicht würde Ma nie mehr nach Hause kommen. Vielleicht sollten manche Träume einfach in Vergessenheit geraten. Sie hob die Hacke und zertrümmerte einen harten Erdklumpen in tausend Stücke.

Als Kya am nächsten Morgen zu Jumpin's Steg kam, war er allein. Vielleicht war die füllige Gestalt seiner Frau mit den schönen Ideen bloß eine Illusion gewesen. Aber nein, da auf dem Steg standen zwei Kartons mit Sachen, auf die Jumpin' zeigte, ein breites Grinsen im Gesicht.

»Morgen, Miss Kya. Das da is für dich.«

Kya sprang aus dem Boot und starrte die übervollen Kisten an.

»Na los«, sagte Jumpin'. »Gehört alles dir.«

Vorsichtig zog sie Latzhosen, Jeans und richtige Blusen heraus, nicht bloß T-Shirts. Ein paar dunkelblaue Keds-Schuhe und ein Paar zweifarbige Sattelschuhe von Buster Brown, so oft braun und weiß gewienert, dass sie glänzten. Kya hielt eine weiße Bluse mit Spitzenkragen und blauer Satinschleife am Ausschnitt hoch. Ihr Mund öffnete sich leicht.

In der anderen Kiste waren Streichhölzer, Maisgrieß, eine Packung Margarine, getrocknete Bohnen und ein Literbehälter mit hausgemachtem Schmalz. Obendrauf lagen jeweils in Zeitungspapier eingewickelt frischer Rübstiel, Blattkohl, Steckrüben und Okraschoten.

»Jumpin'«, sagte sie leise, »das is viel mehr, als die

Fische gekostet hätten. Dafür müsste ich bestimmt ’nen Monat lang Fisch liefern.«

»Tja, aber was soll’n die Leute mit den alten Sachen machen? Die liegen doch bloß bei denen rum? Wenn die die Sachen übrig haben und du brauchst sie, und wenn du Fisch hast und die welchen brauchen, dann passt das doch. Du musst das Zeug jetzt mitnehmen, ich hab hier nämlich keinen Platz dafür.«

Kya wusste, dass das stimmte. Jumpin’ hatte kaum freie Flächen, deshalb würde sie ihm einen Gefallen tun, wenn sie die Kisten von seinem Steg schaffte.

»Dann nehm ich sie. Aber sag den Leuten, dass ich mich bedanke, ja? Und ich räucher schnell noch mehr Fische und bring sie dir, sobald ich kann.«

»Gut, Miss Kya. Is in Ordnung. Bring Fisch vorbei, wenn du welchen hast.«

Kya tuckerte zurück aufs Meer. Sobald sie um die Halbinsel herum war und Jumpin’ sie nicht mehr sehen konnte, drosselte sie den Motor, griff in die Kiste und holte die Bluse mit dem Spitzenkragen heraus. Sie zog sie einfach über ihre kratzige Latzhose mit den geflickten Knien und band das kleine Satinband an ihrem Hals zu einer Schleife. Dann, eine Hand an der Pinne, die andere am Spitzenkragen, fuhr sie übers Meer und durch die Marsch nach Hause.

13
FEDERN

1960

Hoch aufgeschossen, aber muskulös für eine Vierzehnjährige, stand Kya eines Nachmittags am Strand und warf den Möwen Brotstückchen zu. Sie konnte sie noch immer nicht zählen, konnte noch immer nicht lesen. Sie träumte nicht mehr davon, mit den Adlern zu fliegen. Wenn du dein Abendessen aus dem Schlamm wühlen musst, verflacht die Fantasie vielleicht zu der von Erwachsenen. Mas Sommerkleid saß jetzt gut um ihre Brüste und reichte ihr bis knapp unter die Knie. Sie fand, sie hatte gut aufgeholt und mehr als das. Sie ging zur Hütte zurück, nahm eine Angelrute und lief schnurstracks zu einem Dickicht am hinteren Ende ihrer Lagune.

Gerade als sie die Leine auswarf, knackte ein Ast hinter ihr. Sie riss den Kopf herum, spähte hierhin und dorthin. Ein Schritt im Unterholz. Kein Bär, dessen große Tatzen eher patschten, sondern ein deutliches Auftreten im Gestrüpp. Dann krächzten die Krähen. Krähen können Geheimnisse ebenso schlecht bewahren wie Schlamm. Sobald sie irgendetwas Seltsames im Wald sehen, müssen sie es allen erzählen. Wer auf sie hört, wird belohnt: entweder vor Räubern gewarnt oder auf Essbares aufmerksam gemacht. Kya wusste, irgendwas stimmte nicht.

Sie holte die Leine ein und wickelte sie um die Angelrute, während sie sich schon leise mit den Schultern voran durchs Dickicht schob. Stehen blieb, lauschte. Eine dunkle Lichtung – einer ihrer Lieblingsplätze – breitete sich höhlenartig unter fünf Eichen aus, die so dicht belaubt waren, dass nur hier und da dämmeriges Sonnenlicht durch das Blätterdach drang und üppige Waldlilien und weiße Veilchen beschien. Kyas Augen suchten die Lichtung ab, entdeckten aber niemanden.

Dann schlich eine Gestalt durch das Dickicht dahinter, und ihr Blick schwenkte dorthin. Die Gestalt verharrte. Kyas Herz pochte schneller. Sie duckte sich, schlüpfte gebückt und lautlos in das Unterholz am Rande der Lichtung. Als sie durch die Zweige spähte, sah sie einen älteren Jungen, der schnell durch den Wald ging, dabei unablässig nach rechts und links schaute. Er blieb stehen, als er sie entdeckte.

Kya kauerte sich hinter einen Dornenbusch, zwängte sich dann im Zickzack durch ein Gestrüpp, so dicht wie eine Festungsmauer. Noch immer gebückt, hastete sie weiter, zerkratzte sich die Arme an den stacheligen Büschen. Blieb wieder stehen, lauschte. Versteckte sich dort in der sengenden Hitze, die Kehle wie ausgedörrt. Als sich nach zehn Minuten noch immer niemand blicken ließ, schlich sie zu einer kleinen Quelle im Moos und trank wie ein Tier. Sie fragte sich, wer der Junge war und was er hier wollte. Das war der Nachteil ihrer Besuche bei Jumpin' – sie wurde dort von anderen gesehen. Schutzlos wie der Bauch eines Stachelschweins.

Endlich dann, als die Dämmerung in Dunkelheit überging und die Schatten undeutlich wurden, machte sie sich über die Eichenlichtung auf den Rückweg zur Hütte.

»Bloß weil der sich hier rumtreibt, hab ich keine Fische zum Räuchern gefangen.«

In der Mitte der Lichtung stand ein halb verrotteter Baumstumpf, der so dicht mit Moos überwuchert war, dass er aussah, als würde sich ein alter Mann unter einem Umhang verbergen. Als Kya schon fast daran vorbei war, blieb sie stehen. Eine dünne schwarze Feder, gut zwölf Zentimeter lang, steckte aufrecht darin. Die meisten hätten sie für nichts Besonderes gehalten, vielleicht für die Schwungfeder einer Krähe. Aber Kya wusste, dass sie etwas ganz Außergewöhnliches war, nämlich die »Augenbraue« eines Kanadareihers, die Feder, die sich anmutig von oberhalb des Auges bis hinter den eleganten Kopf wölbt. Eines der erlesensten Fundstücke der Küstenmarsch und dann hier auf ihrer Lichtung. Sie hatte noch nie eine gefunden, wusste aber sofort, was es war, weil sie schon ihr ganzes Leben lang Reiher beobachtete.

Ein Kanadareiher hat die Farbe von grauem Nebel, der sich in blauem Wasser spiegelt. Und genau wie Nebel kann er mit dem Hintergrund verschmelzen, sodass nichts mehr von ihm zu sehen ist außer den konzentrischen Kreisen seiner starren Augen. Er ist ein geduldiger, einsamer Jäger, der allein und still dasteht, bis er sein Opfer packt. Oder aber er bewegt sich, wenn er seine Beute erspäht hat, mit extrem langsamen Schritten darauf zu wie eine räuberische Braut zum Altar. Und doch jagt er gelegentlich auch im Fliegen, schießt durch die Luft und taucht jäh herab, den schwertspitzen Schnabel voraus.

»Wieso steckt die denn so kerzengerade da drin?«, flüsterte Kya und blickte sich um. »Die muss der Junge da hingetan haben. Vielleicht beobachtet der mich jetzt.« Sie stand reglos da, und wieder raste ihr Herz. Dann wich sie zurück, ließ die Feder, wo sie war, und rannte zur Hütte. Sie verriegelte die Fliegengittertür, was sie praktisch nie tat, weil sie ohnehin nur wenig Schutz bot.

Doch sobald das erste Morgenlicht zwischen die Bäume kroch, spürte sie den starken Drang, zu der Feder zurückzukehren, um sie sich wenigstens noch einmal anzusehen. Bei Sonnenaufgang lief sie zur Lichtung. Sie sah sich vorsichtig um, ging dann zu dem Baumstumpf und zog die Feder heraus. Sie war glatt, fast seidig. Wieder zurück in der Hütte, gab sie ihr einen Ehrenplatz in der Mitte ihrer Sammlung –

von winzigen Kolibrifederchen bis zu den großen Schwanzfedern von Adlern –, die sich über die Wand schwang. Sie fragte sich, warum ein Junge ihr eine Feder bringen sollte.

Am nächsten Morgen wollte Kya zu dem Baumstumpf rennen, um nachzusehen, ob wieder eine Feder dort steckte, aber sie zwang sich zu warten. Sie durfte dem Jungen nicht über den Weg laufen. Schließlich, kurz vor Mittag, ging sie zur Lichtung, näherte sich ihr langsam, lauschte. Sie hörte und sah niemanden, also trat sie aus der Deckung, und ein seltenes kurzes Lächeln erhellte ihr Gesicht, als sie eine dünne weiße Feder in dem Stumpf stecken sah. Sie reichte ihr von den Fingerspitzen bis zum Ellbogen, war elegant geschwungen und lief in einer schlanken Spitze aus. Kya nahm sie und lachte laut auf. Die prächtige Schwanzfeder eines Tropikvogels. Sie hatte diese Seevögel noch nie gesehen, weil sie in ihrer Gegend nicht vorkamen, aber hin und wieder wurden sie auf Hurrikanflügeln übers Festland geweht.

Kyas Herz füllte sich mit Staunen, weil jemand offenbar eine so große Sammlung von seltenen Federn besaß, dass er diese hier erübrigen konnte.

Da sie Mas altes Handbuch nicht lesen konnte, wusste sie nicht, wie die meisten Vögel oder Insekten hießen, deshalb dachte sie sich eigene Namen für sie aus. Und obwohl Kya nicht schreiben konnte, hatte sie eine Möglichkeit gefunden, ihre gesammelten Exemplare zu kennzeichnen. Ihr Talent war herangereift, und sie konnte jetzt alles zeichnen, malen und skizzieren. Mit Kreide- oder Wasserfarben aus dem Five and Dime zeichnete sie Vögel, Insekten oder Muscheln auf Einkaufstüten und befestigte sie an ihren Fundstücken.

An diesem Abend war sie verschwenderisch und zündete zwei Kerzen an, die sie in Untertassen auf den Küchentisch stellte, damit sie alle Schattierungen des Weiß sehen und die Feder des Tropikvogels malen konnte.

Über eine Woche lang fand sie keine Feder mehr auf dem Baumstumpf. Sie ging jeden Tag mehrmals hin, spähte vorsichtig zwischen den Farnen hindurch, sah aber nichts. Dann saß sie am helllichten Tag in der Hütte, was so gut wie nie vorkam.

»Hätte Bohnen fürs Abendessen einweichen sollen. Jetzt isses zu spät.« Sie ging in die Küche, durchstöberte den Schrank, trommelte mit den Fingern auf dem Tisch. Überlegte zu malen, tat es aber nicht. Lief wieder zu dem Baumstumpf.

Schon aus der Ferne konnte sie die lange gestreifte Schwanzfeder eines Truthuhns sehen. Schlagartig war sie gerührt. Truthühner hatte sie immer besonders gemocht. Einmal hatte sie gesehen, wie sich sage und schreibe zwölf Küken unter die Flügel ihrer Mutter schmiegten, während die Henne ungerührt weiterstolzierte. Dann und wann purzelten einige heraus und hasteten hinterher, um sie wieder einzuholen.

Aber vor ungefähr einem Jahr hatte sie ein schrilles Kreischen gehört, als sie gerade durch ein Kiefernwäldchen lief. Eine Schar von fünfzehn Truthühnern – überwiegend Hennen, ein paar ausgewachsene und halbwüchsige Männchen – pickte in heller Aufregung an etwas auf dem Boden herum, das aussah wie ein großer ölverschmierter Lappen. Ihre Füße wirbelten Staub auf, der die Bäume umwölkte, nach oben durch die Äste trieb, dort hängen blieb. Als Kya sich näher heranschlich, sah sie auf der Erde eine Henne liegen, die von den Vögeln ihrer eigenen Herde mit Schnäbeln und Krallen traktiert wurde. Irgendwie hatte sie sich so rettungslos mit den Flügeln in Dornengestrüpp verfangen, dass sie nicht mehr fliegen konnte und ihre Federn in seltsamen Winkeln abstanden. Jodie hatte mal gesagt, wenn ein Vogel sich plötzlich von den anderen unterscheidet, weil er entstellt oder verletzt ist, zieht er leichter Raubtiere an, und deshalb töten ihn die eigenen Artgenossen, da das besser ist, als einen Adler anzulocken, der dann vielleicht auch noch einen von ihnen erwischt.

Eine große Henne krallte ihre mächtigen hornigen Füße in das hilflose Tier, presste es dann auf die Erde, während eine andere Henne auf dessen nackten Hals und Kopf einhackte. Der Vogel schrie, starrte mit wilden Augen auf seine eigene Herde, die über ihn herfiel.

Kya rannte auf die Lichtung, schwenkte die Arme. »He, was soll denn das? Haut ab! Hört auf!« Flügelflattern wirbelte noch mehr Staub auf, als die Truthühner in die Büsche stoben und zwei von ihnen schwerfällig in das Geäst einer Eiche flogen. Aber Kya war zu spät. Die Henne lag leblos da, die Augen weit offen. Blut strömte aus ihrem grotesk verbogenen runzeligen Hals.

»Schsch, verschwindet!« Kya scheuchte die letzten Vögel weg, bis sie davonliefen, ihre Arbeit erledigt. Sie kniete sich neben die tote Henne und bedeckte ihr die Augen mit einem Platanenblatt.

Am Abend nach ihrem Erlebnis mit den Truthühnern aß sie übrig gebliebenes Maisbrot mit Bohnen und legte sich dann auf ihr Verandabett, betrachtete den Mond über der Lagune. Plötzlich hörte sie Stimmen im Wald, die sich der Hütte näherten. Sie klangen nervös, schrill. Jungen, keine Männer. Kya setzte sich auf. Es gab keine Hintertür. Sie sollte schleunigst weglaufen, sonst würde sie noch auf dem Bett sitzen, wenn die Jungen ankamen. Wieselflink sprang sie zur Tür, doch da tauchten auch schon Kerzen auf, die auf und ab wippten, ihre Flammen zittrige kleine Lichtkränze. Zu spät, um zu fliehen.

Die Stimmen wurden lauter. »Besuch für dich, Marschmädchen!«

»Juhu – biste da drin? Du Sumpfschlampe?«

»Zeig uns deine Titten! Wir wollen was sehen!« Schallendes Gelächter.

Sie drückte sich tief an die untere Hälfte der Verandawand, als die Schritte näher kamen. Die Kerzenflammen flackerten wild und erloschen dann ganz, als fünf Jungen, etwa dreizehn oder vierzehn Jahre alt, über den Hof gelaufen kamen. Sie verstummten, sprangen in vollem Tempo die Verandastufen hoch und trommelten mit den Händen klatschend gegen die Tür.

Jeder Schlag ein Stoß in das Truthuhnherz.

An die Wand gepresst, musste Kya ein Wimmern unterdrücken. Die Jungen könnten die Tür mit Leichtigkeit aufbrechen. Einmal kräftig daran gerissen, und sie wären drin.

Aber sie zogen sich zurück, die Stufen hinunter und in den Wald, johlend und grölend vor Erleichterung, dass sie das Marschmädchen überlebt hatten, das Wolfskind, das Mädchen, das nicht mal *Hund* buchstabieren konnte. Ihre Stimmen und ihr Lachen drangen noch aus dem Wald zu Kya herüber, während sie in die Nacht verschwanden, zurück in ihre sichere Welt. Sie beobachtete die neu entzündeten Kerzen, die zwischen den Bäumen tanzten. Dann saß sie da und starrte in die totenstille Dunkelheit. Beschämt.

Immer, wenn Kya wilde Truthühner sah, musste

sie an jenen Tag und jene Nacht denken, aber sie freute sich unbändig, als sie die Schwanzfeder auf dem Baumstumpf sah. Einfach weil sie wusste, dass das Spiel weiterging.

14
ROTE FASERN

1969

Gewittrige Hitze trübte den Morgen zu einem Dunst ohne Meer ohne Himmel. Joe trat aus dem Büro des Sheriffs und sah Ed aus dem Streifenwagen steigen. »Komm mal mit, Sheriff, ich hab neue Laborberichte zu Chase Andrews. Aber drinnen ist es heiß wie Wildschweinatem.« Er ging zu einer großen Eiche hinüber, deren uralte Wurzeln wie Fäuste aus dem Boden brachen. Der Sheriff zertrat Eicheln unter seinen Sohlen, als er ihm folgte, und sie blieben im Schatten stehen, hielten die Gesichter in die leichte Meeresbrise.

Joe las vor: »›Großflächige Prellungen und innere Verletzungen, die mit einem Sturz aus großer Höhe übereinstimmen.‹ Er ist tatsächlich mit dem Kopf gegen den Balken geknallt – das Blut und die Haarproben stammen von ihm –, was zur Prellung und Schädigung des Kleinhirns führte, ihn aber nicht tötete.

Na bitte. Er ist da gestorben, wo wir ihn gefunden haben. Er wurde nicht bewegt. Das Blut und die Haare an dem Querbalken sind der Beweis. ›Todesursache: Jähe Gewalteinwirkung auf den Hinterhauptlappen und den Scheitellappen der posterioren Großhirnrinde, Durchtrennung des Rückenmarks‹ – durch den Sturz vom Turm.«

»Dann hat also jemand die Fußspuren und Fingerabdrücke verwischt. Sonst noch was?«

»Hier: Sie haben jede Menge fremde Fasern an seiner Jacke gefunden. Rote Wollfasern, die nicht von seiner Kleidung stammen. Probe beigefügt.« Der Sheriff nahm den kleinen Plastikbeutel.

Beide Männer blickten auf die flaumigen roten Fäden, in der Plastikverpackung platt gedrückt wie ein Spinngewebe.

»Wolle, steht da. Könnte ein Pullover sein, ein Schal oder ein Hut«, sagte Joe.

»Hemd, Rock, Socken, Schultertuch. Könnte praktisch alles sein. Und wir müssen es verdammt noch mal finden.«

15
DAS SPIEL

1960

Am nächsten Morgen näherte sich Kya langsam, fast wie im Gebet dem Baumstumpf, die Hände an den Wangen. Aber da war keine Feder. Sie kniff die Lippen zusammen.

»Ja klar. Ich muss ihm auch was hinlegen.«

Am Morgen hatte sie die Schwanzfeder eines Weißkopfseeadlers gefunden, eines dreijährigen Jungvogels, dessen Kopf sich noch nicht ganz weiß gefärbt hatte, und die zog sie jetzt aus der Tasche. Nur jemand, der viel von Vögeln verstand, würde erkennen, dass diese fleckige, zerfledderte Feder von einem Adler stammte. Nicht so kostbar wie die Schwanzfeder des Tropikvogels, aber dennoch nicht zu verachten. Sie platzierte sie behutsam auf den Stumpf und beschwerte sie zum Schutz gegen den Wind mit einem Stein.

In der Nacht lag sie auf ihrem Verandabett, die Arme unter dem Kopf verschränkt, ein leises Lächeln im Gesicht. Ihre Familie hatte sie allein in einem Sumpf zurückgelassen, aber jetzt war da jemand, der aus freien Stücken zu ihr kam und Geschenke für sie in den Wald legte. Ihre Unsicherheit blieb, aber je länger sie darüber nachdachte, desto wahrscheinlicher schien ihr, dass der Junge nichts Böses im Schilde führte. Sie glaubte, dass jemand, der Vögel mochte, einfach nicht gemein sein konnte.

Am nächsten Morgen sprang sie aus dem Bett und begann voller Elan ein »Großreinemachen«, wie Ma das immer genannt hatte. Als sie zur Frisierkommode ihrer Mutter kam, wollte sie eigentlich nur die Schubladen ausräumen, doch dann nahm sie Mas alte Schere mit dem Messinggriff in die Hand – die Fingerlöcher mit einem verschnörkelten Lilienmuster verziert –, zog plötzlich ihr Haar nach hinten, das seit Mas Fortgang vor über sieben Jahren nicht mehr geschnitten worden war, und kürzte es um gut zwanzig Zentimeter. Jetzt fiel es ihr nur noch bis knapp über die Schultern. Sie betrachtete sich selbst im Spiegel, wackelte ein bisschen mit dem Kopf, lächelte. Säuberte ihre Fingernägel und kämmte sich die Haare, bis sie glänzten.

Sie legte Bürste und Schere beiseite und ging Mas alte Kosmetika durch. Die flüssige Grundierung und das Rouge waren eingetrocknet und rissig, aber Lippenstift war anscheinend jahrzehntelang haltbar, denn als sie die Kappe abzog, sah er ganz frisch aus. Zum ersten Mal, als kleines Mädchen hatte sie sich nie zum Spaß herausgeputzt, malte sie sich etwas davon auf die Lippen. Presste sie aufeinander, lächelte dann in den Spiegel. Fand, dass sie ein bisschen hübsch aussah. Nicht wie Ma, aber ganz nett. Sie kicherte, dann wischte sie die Farbe wieder ab. Kurz bevor sie die Schublade schloss, fiel ihr Blick auf ein eingetrocknetes Fläschchen Revlon-Nagellack – zartrosa.

Kya nahm es aus der Schublade und erinnerte sich daran, wie Ma eines Tages ausgerechnet mit diesem Fläschchen Nagellack aus der Stadt zurückgekommen war. Ma meinte, es würde richtig gut zu ihrem olivfarbenen Teint passen. Sie setzte Kya und ihre beiden großen Schwestern nebeneinander auf das zerschlissene Sofa, sagte, sie sollten ihre nackten Füße ausstrecken, und malte ihnen die Zehen- und auch noch die Fingernägel an. Dann lackierte sie sich selbst die Nägel, und sie lachten und machten sich einen Spaß daraus, im Hof herumzuspazieren und ihre rosa Fingernägel vorzuzeigen. Pa war irgendwo unterwegs, aber das Boot lag in der Lagune vertäut. Ma kam auf die Idee, mit dem Boot rauszufahren, was sie noch nie gemacht hatten.

Sie stiegen alle vier in das alte Metallboot, noch immer so ausgelassen, als wären sie beschwipst. Nach ein paar vergeblichen Versuchen mit der Anlasserschnur sprang der Außenbordmotor schließlich an, und los ging's. Ma steuerte quer über die Lagune auf den schmalen Kanal zu, der in die Marsch führte. Sie sausten die Wasserarme entlang, aber Ma kannte sich nicht gut genug aus, und als sie in eine flache Lagune kamen, blieben sie in klebrigem, zähem Schlamm stecken, dick wie Teer. Sie versuchten, das Boot wieder freizustaken, aber es rührte sich nicht. Es blieb ihnen nichts anderes übrig, als auszusteigen, worauf sie in ihren Röcken prompt bis zu den Knien im Matsch versanken.

Ma rief immerzu: »Passt auf, nicht, dass es kentert, Mädchen, nicht, dass es kentert«, und sie zogen an dem Boot, bis sie es frei bekamen, kreischten vor Lachen über ihre schlammverschmierten Gesichter. Es war gar nicht so leicht, wieder einzusteigen, und sie plumpsten über die Seitenwand wie gestrandete Fische. Und statt sich auf die Bänke zu setzen, blieben sie alle vier nebeneinander im Bootsrumpf liegen, streckten die Füße gen Himmel, wackelten mit den Zehen und bewunderten ihre rosa Nägel, die durch den Matsch schimmerten.

Während sie so dalagen, sagte Ma: »Hört mal alle zu, Mädchen, das ist jetzt eine wichtige Lektion für euer Leben. Ja, wir haben uns festgefahren, aber was haben wir Mädchen gemacht? Wir haben uns einen Spaß draus gemacht, wir haben gelacht. Dafür sind Schwestern und Freundinnen da. Dass wir zusammenhalten, sogar im Schlamm, besonders im Schlamm.«

Ma hatte keinen Nagellackentferner gekauft, und als der Lack allmählich abblätterte, hatten sie alle bleiche, fleckig rosa Finger- und Zehennägel, die sie daran erinnerten, wie viel Spaß sie gehabt hatten, und an diese wichtige Lebenslektion.

Kya starrte auf das alte Fläschchen und versuchte, sich die Gesichter ihrer Schwestern vorzustellen. Dann sagte sie laut: »Wo bist du jetzt, Ma? Warum hast du nich zu mir gehalten?«

Sobald sie am nächsten Nachmittag zu der Eichenlichtung kam, sah Kya leuchtende, unnatürliche Farben vor den matten Grün- und Brauntönen des Waldes. Auf dem Baumstumpf war eine kleine rot-weiße Milchpackung und daneben eine weitere Feder. Der Junge hatte offenbar den Einsatz erhöht. Kya ging hinüber und nahm zuerst die Feder.

Sie war silbern und weich, aus der Haube eines Nachtreihers, eines der schönsten Vögel im Marschland. Dann schaute sie in die Milchpackung. Einige fest zusammengerollte Tütchen mit Samen – Steckrüben, Möhren und grüne Bohnen – und auf dem Boden der Packung, in braunes Papier eingewickelt, eine Zündkerze für ihren Bootsmotor. Sie lächelte wieder und drehte sich einmal im Kreis. Sie hatte gelernt, ohne die meisten Dinge zu leben, aber hin und wieder brauchte sie eine Zündkerze. Jumpin' hatte ihr beigebracht, ein paar kleinere Reparaturen selbst zu erledigen, aber jedes Ersatzteil kostete Geld und bedeutete einen Weg in die Stadt.

Doch jetzt hatte sie eine zusätzliche Zündkerze, die sie verwahren konnte, bis sie sie brauchte. Einen Vorrat. Ihr Herz lief über. Dasselbe Gefühl, wie wenn der

Bootstank randvoll war oder wenn die Sonne vor einem bunt verfärbten Himmel unterging. Kya stand vollkommen still da, versuchte, es zu fassen, zu verstehen, was das bedeutete. Sie hatte männliche Vögel beobachtet, die Weibchen umwarben, indem sie ihnen Geschenke brachten. Aber sie war eigentlich noch zu jung zum Brüten.

Unten in der Milchpackung lag ein Zettel. Sie faltete ihn auseinander und betrachtete die Wörter darauf. Sie waren in einer einfachen klaren Schrift geschrieben, gut leserlich für ein Kind. Kya kannte die Zeiten von Ebbe und Flut auswendig, konnte anhand der Sterne ihren Weg nach Hause finden, kannte jede Feder an einem Adler, aber selbst mit vierzehn konnte sie diese Wörter nicht lesen.

Sie hatte vergessen, irgendwas mitzubringen, was sie dalassen konnte. In den Taschen hatte sie nur durchschnittliche Federn, Muscheln und Samenhülsen, deshalb lief sie schnell zurück zur Hütte und stellte sich vor ihre Feder-Wand wie vor ein Schaufenster. Die elegantesten waren Schwanzfedern eines Pfeifschwans. Sie nahm eine von der Wand, um sie auf den Baumstumpf zu legen, wenn sie das nächste Mal daran vorbeikam.

Als es Abend wurde, nahm sie ihre Decke und schlief draußen, neben einer Wasserrinne voller Mond und Muscheln, und bei Tagesanbruch hatte sie zwei Säcke gefüllt. Benzingeld. Sie waren zu schwer, um sie zu schleppen, deshalb schleifte sie den ersten zurück zur Lagune. Dabei nahm sie einen Umweg in Kauf, um die Feder zu der Eichenlichtung zu bringen. Sie trat, ohne hinzusehen, zwischen die Bäume, und da, an den Baumstumpf gelehnt, war der Federjunge. Sie erkannte, dass es Tate war, der ihr, als sie noch ein kleines Mädchen gewesen war, den Nachhauseweg durch die Marsch gezeigt hatte. Tate, den sie jahrelang aus der Ferne beobachtet hatte, ohne den Mut aufzubringen, sich ihm zu nähern. Natürlich war er jetzt größer und älter, wahrscheinlich achtzehn. Das blonde Haar kringelte sich wild unter seiner Mütze hervor, und sein Gesicht war sonnengebräunt, nett anzuschauen. Er war ruhig, lächelte breit, strahlte übers ganze Gesicht. Aber was sie wirklich fesselte, waren seine Augen: goldbraun mit grünen Einsprengseln und auf sie gerichtet wie Reiheraugen, die ein Fischchen entdeckt haben.

Sie stockte, erschreckt von dem jähen Bruch ihrer ungeschriebenen Regeln. Das war ja das Schöne gewesen, ein Spiel, bei dem sie nicht reden oder auch nur gesehen werden mussten. Hitze stieg ihr ins Gesicht.

»Hey, Kya. Bitte … nicht … weglaufen. Ich bin’s nur … Tate«, sagte er sehr leise, langsam, als wäre sie blöd oder so. Wahrscheinlich erzählten sich das die Leute in der Stadt über sie, dass sie kaum wie ein Mensch sprach.

Tate konnte nicht aufhören, sie anzustarren. Sie musste dreizehn oder vierzehn sein, dachte er. Doch selbst in diesem jungen Alter hatte sie das aparteste Gesicht, das er je gesehen hatte. Mit ihren großen, fast schwarzen Augen und der schmalen Nase über ebenmäßigen Lippen wirkte sie exotisch. Sie war groß und dünn und machte einen zarten, geschmeidigen Eindruck, als wäre sie wild vom Wind geformt worden. Doch zugleich vermittelten die jungen, sehnigen Muskeln eine stille Kraft.

Wie immer wollte sie instinktiv die Flucht ergreifen. Aber da war auch ein anderes Gefühl. Eine Erfüllung, die sie seit Jahren nicht empfunden hatte. Als wäre etwas Warmes in ihr Herz gegossen worden. Sie dachte an die Federn, die Zündkerze und die Samen. Mit alldem könnte es zu Ende sein, wenn sie jetzt davonlief. Wortlos hob sie die Hand und hielt ihm die Schwanenfeder hin. Langsam, als könnte sie wegspringen wie ein erschrecktes Kitz, kam er näher und studierte ihre Hand. Sie schwieg weiter, blickte nur auf die Feder, nicht in sein Gesicht, schon gar nicht in seine Augen.

»Pfeifschwan, nicht wahr? Unglaublich, Kya. Vielen Dank«, sagte er. Er war um einiges größer als sie und beugte sich leicht, als er ihr die Feder aus der Hand nahm. Natürlich wäre das der passende Moment, ihm für seine Geschenke zu danken, doch sie stand nur stumm da, wünschte, er würde gehen, wünschte, sie könnten mit ihrem Spiel so weitermachen wie bisher.

Um das Schweigen zu füllen, redete er weiter. »Alles, was ich über Vögel weiß, hab ich von meinem Dad gelernt.«

Endlich sah sie zu ihm hoch und sagte: »Ich kann deinen Zettel nich lesen.«

»Ja klar, weil du ja nicht zur Schule gehst. Hab ich vergessen. Da stand nur, dass ich dich ein paarmal gesehen hab, wenn ich draußen angeln war, und dass ich mir gedacht hab, du könntest die Samen und die Zündkerze gebrauchen. Ich hatte die übrig, und ich hab gedacht, das erspart dir den Weg in die Stadt. Außerdem hab ich mir gedacht, die Federn würden dir gefallen.«

Kya ließ den Kopf hängen und sagte: »Ja, danke; das war echt nett von dir.«

Tate fiel auf, dass ihr Gesicht und ihr Körper zwar die ersten Ansätze und Rundungen von Weiblichkeit zeigten, dass ihr Verhalten und ihre Ausdrucksweise aber irgendwie kindlich wirkten, ganz anders als die Mädchen in der Stadt, deren Getue – zu viel Make-up, Fluchen und Rauchen – auffälliger war als ihre Rundungen.

»Gern geschehen. Tja, ich muss jetzt los. Wenn du nichts dagegen hast, komm ich dich hin und wieder mal besuchen.«

Kya antwortete nicht. Das Spiel war wohl zu Ende.

Sobald er merkte, dass sie nichts mehr sagen würde, nickte er ihr zu, tippte an seine Baseballkappe und wandte sich zum Gehen. Aber als er gerade den Kopf einzog, um sich ins Unterholz zu bücken, drehte er sich um.

»Weißt du was? Ich könnte dir Lesen beibringen.«

16

LESEN

1960

Tagelang ließ Tate sich nicht blicken, um ihr Unterricht im Lesen zu geben. Vor dem Spiel mit den Federn war Einsamkeit für Kya ein natürlicher Teil von ihr geworden, wie ein Arm. Jetzt schlug sie Wurzeln in ihr und drückte von innen gegen die Brust.

An einem Spätnachmittag fuhr sie mit dem Boot hinaus. »Kann doch nich die ganze Zeit hier rumhocken und warten.«

Anstatt bei Jumpin' anzulegen, wo man sie sehen würde, versteckte sie das Boot in einer kleinen Bucht knapp südlich davon und ging mit einem Jutesack auf dem Rücken den schattigen Fußweg Richtung Schwarzensiedlung. Fast den ganzen Tag hatte es sanft geregnet, und jetzt, da die Sonne sich dem Horizont näherte, bildete der Wald seinen eigenen Nebel, der durch sattgrüne Lichtungen trieb. Sie war noch nie in der Schwarzensiedlung gewesen, wusste aber, wo sie lag, und ging davon aus, dass sie das Haus von Jumpin' und Mabel schon finden würde, wenn sie erst mal da war.

Sie trug Jeans und eine rosa Bluse von Mabel. In dem Jutesack waren zwei große Gläser mit ziemlich flüssiger Brombeermarmelade, die sie selbst gemacht hatte, um sich für die Großzügigkeit der beiden zu bedanken. Das Bedürfnis nach anderen Menschen, die Aussicht, sich mit einer Freundin zu unterhalten, trieb Kya zu ihnen. Falls Jumpin' noch nicht zu Hause war, könnte sie vielleicht ein Weilchen mit Mabel zusammensitzen.

Dann, als sie sich einer Biegung näherte, hörte Kya Stimmen auf sie zukommen. Sie blieb stehen, lauschte aufmerksam. Rasch schlüpfte sie von dem Pfad in den Wald und versteckte sich hinter einem Myrtenstrauch. Eine Minute später kamen zwei weiße Jungs um die Kurve. Sie hatten schäbige Latzhosen an und trugen Angelzeug und eine Leine mit etlichen Katzenwelsen daran, so lang wie Kyas Arm. Sie blieb hinter dem Strauch und wartete ab.

Einer der Jungs zeigte den Pfad hinunter. »Guck mal da.«

»Das nenn ich Schwein. Ein N**** auf dem Weg ins N****dorf.« Kya spähte den Pfad hinunter, und da war Jumpin', auf dem Nachhauseweg nach getaner Arbeit. Er war so nah, dass er die Jungs bestimmt gehört hatte, aber er senkte bloß den Kopf, trat vom Weg, um ihnen Platz zu machen, und ging weiter.

Wass'n los mit ihm, wieso macht er nix?, fragte sich Kya wütend. Sie wusste, dass es ein ganz böses Wort war – das wusste sie, weil Pa es immer als Schimpfwort benutzt hatte. Jumpin' hätte den Jungen eine knallen, ihnen einen Denkzettel verpassen können. Aber er ging schnell weiter.

»Bloß ein alter N****, der hier rumspaziert. Pass auf, alter N****, dass dir nix passiert«, beschimpften sie Jumpin', der den Blick auf seine Schuhe gerichtet hielt. Einer der Jungen hob einen Stein auf und warf ihn Jumpin' in den Rücken. Er traf ihn mit einem dumpfen Schlag knapp unterhalb der Schulter. Jumpin' taumelte kurz und ging weiter. Die Jungen lachten, als er um die Biegung verschwand, hoben dann noch mehr Steine auf und folgten ihm.

Kya hastete durchs Unterholz, bis sie vor den beiden war, behielt zwischen den Ästen hindurch ihre hüpfenden Kappen im Blick. Sie kauerte sich an eine Stelle, wo dichte Büsche gleich neben dem Weg wuchsen und wo die Jungen in wenigen Augenblicken dicht an ihr vorbeikommen mussten. Jumpin' war weiter vorne, außer Sicht. Sie zwirbelte den Stoffsack zusammen und verknotete ihn dicht über den Marmeladengläsern. Als die Jungen auf gleicher Höhe mit den Büschen waren, schwang sie den schweren Sack und erwischte den ersten mit voller Wucht am Hinterkopf. Er kippte nach vorne und fiel aufs Gesicht. Laut brüllend und schreiend, sprang sie auf den zweiten zu, holte schon zum Schlag aus, aber der rannte davon. Kya lief etwa zwanzig Meter in den Wald, ging dort in Deckung und wartete, bis der erste Junge sich aufrappelte und sich fluchend den Kopf rieb.

Dann schulterte sie ihren Sack mit Marmelade, kehrte zum Boot zurück und fuhr nach Hause. Dachte, dass sie wahrscheinlich nie wieder versuchen würde, jemanden zu besuchen.

Am nächsten Tag hörte Kya das Geräusch von Tates Motor vom Kanal her und lief zur Lagune. Sie blieb zwischen den Bäumen stehen und sah zu, wie er aus seinem Boot stieg, einen Rucksack in der Hand. Er schaute sich um, und als er nach ihr rief, trat sie langsam vor. Sie trug eine Jeans, die ihr gut passte, und eine weiße Bluse mit zusammengewürfelten Knöpfen.

»Hallo, Kya. Tut mir leid, dass ich nicht früher kommen konnte. Musste meinem Dad helfen, aber wirst schon sehen, wir bringen dir in null Komma nix Lesen bei.«

»Hallo, Tate.«

»Komm, setzen wir uns hierhin.« Er zeigte auf eine Eichenwurzel im tiefen Schatten der Lagune. Aus dem Rucksack zog er ein dünnes, abgegriffenes Buch mit dem Alphabet und einen linierten Schreibblock hervor. Langsam und sorgfältig schrieb er die Buchstaben *a A* und *b B* zwischen die Linien, forderte sie auf, dasselbe zu tun, und sah dann geduldig zu, wie sie sich mit der Zunge zwischen den Lippen abmühte. Während sie schrieb, sprach er die Buchstaben aus. Leise, bedächtig.

Sie erinnerte sich an ein paar Buchstaben, die ihr

Jodie und Ma beigebracht hatten, aber sie konnte sich überhaupt nicht vorstellen, wie man daraus richtige Wörter machen sollte.

Nach nur wenigen Minuten sagte er: »Siehst du, jetzt kannst du schon ein Wort schreiben.«

»Wieso?«

»*ABC*. Du kannst das Wort ABC schreiben.«

»Was is'n *ABC*?«, fragte sie. Er war so klug, nicht zu lachen.

»Ist nicht schlimm, wenn du das nicht weißt. Machen wir weiter. Dann kannst du bald Wörter schreiben, die du kennst.«

Später sagte er: »Du musst das Alphabet richtig auswendig lernen. Das wird ein Weilchen dauern, aber du kannst jetzt schon ein bisschen lesen. Ich zeig's dir.« Er hatte kein Anfängerlesebuch, deshalb machte sie ihre ersten Versuche mit dem *Sand County Almanac* von Aldo Leopold, den Tate von seinem Vater ausgeliehen hatte. Er zeigte auf den ersten Satz und bat sie, ihn vorzulesen. Das erste Wort war *Manche*, und sie musste wieder im Alphabet nachsehen und den Klang jedes Buchstabens üben, aber er war geduldig, erklärte ihr die besondere Aussprache von *ch*, und als sie es endlich laut las, riss sie die Arme hoch und lachte. Er strahlte sie an.

Langsam enträtselte sie jedes Wort des Satzes: »›Manche Menschen können ohne wilde Dinge leben, und manche können das nicht.‹«

»Oh«, sagte sie. »Oh.«

»Du kannst lesen, Kya. Es wird nie wieder eine Zeit geben, in der du nicht lesen kannst.«

»Das isses nich allein.« Sie flüsterte beinahe. »Ich hab nich gedacht, dass Wörter so viel meinen können. Ich hab nich gewusst, dass ein Satz so voll sein kann.«

Er lächelte. »Das ist aber auch ein sehr guter Satz. Nicht alle Worte sagen so viel.«

In den folgenden Tagen brachte Tate ihr im Schatten auf der Eichenwurzel oder in der Sonne am Strand das Lesen von Wörtern bei, die von den Gänsen und Kranichen sangen, von der Wirklichkeit um sie herum. »Was, wenn es keinen Gesang der Gänse mehr gäbe?«

Wenn Tate nicht seinem Vater half oder mit seinen Freunden Baseball spielte, kam er mehrmals die Woche zu Kyas Lagune, und sie lauschte jetzt stets auf das Geräusch seines Bootes, das den Kanal hochkam, ganz gleich, ob sie im Garten Unkraut jätete, die Hühner fütterte oder nach Muscheln suchte.

Eines Tages am Strand, nachdem sie gelesen hatten, was Meisen zu Mittag essen, fragte sie ihn: »Du lebst mit deiner Familie in Barkley Cove, nich?«

»Ich lebe mit meinem Dad zusammen. Ja, in Barkley.«

Kya fragte nicht, ob er früher noch mehr Familie gehabt hatte. Bestimmt hatte seine Mutter ihn auch verlassen. Etwas in ihr sehnte sich danach, seine Hand zu berühren, ein seltsamer Wunsch, aber ihre Finger weigerten sich. Stattdessen prägte sie sich die bläulichen Adern auf der Innenseite seines Handgelenks ein, so zart wie die gezeichnete Maserung auf den Flügeln von Wespen.

Nachts saß sie am Küchentisch und ging die Lektionen im Licht der Petroleumlampe durch, deren sanfter Schein durch die Hüttenfenster drang und die unteren Äste der Eichen berührte. Das einzige Licht im Umkreis von meilenweiter Dunkelheit, bis auf das sanfte Glimmen der Leuchtkäfer.

Sorgsam schrieb sie jedes Wort und sprach es immer wieder laut aus. Tate hatte gesagt, lange Wörter wären bloß kurze, die aneinandergereiht waren – deshalb hatte sie keine Angst vor ihnen, sondern lernte *Pleistozän* ebenso wie *Tat*. Lesen zu lernen, war die größte Freude, die sie je gehabt hatte. Dennoch konnte sie nicht begreifen, warum Tate angeboten hatte, es jemandem wie ihr beizubringen, wo sie doch zum weißen Pack gehörte, oder warum er überhaupt damit angefangen hatte, ihr diese herrlichen Federn zu schenken. Aber sie fragte ihn nicht, weil sie fürchtete, er könnte es sich dann anders überlegen und nicht mehr kommen.

Jetzt endlich konnte Kya all ihre kostbaren gesammelten Exemplare beschriften. Sie nahm jede Feder, jedes Insekt, jede Muschel oder Blume, sah in Mas

Büchern nach, wie der Name buchstabiert wurde, und schrieb ihn sorgfältig auf ihre gemalten Bilder auf braunen Papiertüten.

»Was kommt nach neunundzwanzig?«, fragte sie Tate eines Tages.

Er sah sie an. Sie wusste mehr über die Gezeiten, über Schneegänse, Adler und Sterne, als die meisten Menschen je wissen würden, konnte aber nicht bis dreißig zählen. Er wollte sie nicht beschämen, deshalb ließ er sich seine Überraschung nicht anmerken. Sie war schrecklich gut darin, Gesichtsausdrücke zu deuten.

»Dreißig«, sagte er nur. »Komm, ich zeig dir die Zahlen, und wir lernen ein bisschen Rechnen. Ist ganz leicht. Ich bring dir ein paar Bücher dazu mit.«

Sie gewöhnte sich an, alles zu lesen – die Kochanleitungen auf der Grießpackung, Tates Zettel und die Geschichten in ihren Märchenbüchern, die sie jahrelang nur zum Schein gelesen hatte. Eines Nachts dann entfuhr ihr ein leises *Oh*, und sie nahm die alte Bibel vom Regal. Nachdem sie sich an den Tisch gesetzt hatte, blätterte sie die dünnen Seiten vorsichtig um, bis sie zu der mit den Namen der Familie kam. Sie entdeckte ihren eigenen ganz unten. Da war er, ihr Geburtstag: *Miss Catherine Danielle Clark, 10. Oktober 1945*. Dann ging sie die Liste nach oben durch und las die richtigen Namen ihrer Geschwister:

Master Jeremy Andrew Clark, 2. Januar 1939. »Jeremy«, sagte sie laut. »Jodie, hätte nie gedacht, dass du ein Master Jeremy bist.«

Miss Amanda Margaret Clark, 17. Mai 1937. Kya berührte den Namen mit ihren Fingern. Wiederholte ihn mehrmals.

Sie las weiter. *Master Napier Murphy Clark, 4. April 1936.* Kya sagte leise: »Murph, du hast Napier geheißen.«

Ganz oben stand die Älteste, *Miss Mary Helen Clark, 19. September 1934.* Wieder fuhr sie mit den Fingerspitzen über die Namen, die für sie die Gesichter heraufbeschworen. Sie waren unscharf, aber Kya konnte sie alle um den Tisch gedrängt sitzen sehen, wie sie Suppe aßen, Maisbrot rumreichten, sogar manchmal lachten. Sie schämte sich, dass sie ihre Namen vergessen hatte, aber jetzt, wo sie diese gefunden hatte, würde sie sie nie wieder loslassen.

Über der Liste mit den Kindern las sie: *Mister Jackson Henry Clark hat sich am 12. Juni 1933 mit Miss Julienne Maria Jacques vermählt.* Bis zu diesem Moment hatte sie die vollen Namen ihrer Eltern nicht gekannt.

Sie saß einige Minuten so da, die Bibel aufgeschlagen auf dem Tisch. Ihre Familie vor ihr.

Die Zeit sorgt dafür, dass Kinder ihre Eltern nie jung erleben. Kya würde nie den gut aussehenden Jake sehen, der Anfang 1930 selbstbewusst eine Eisdiele in Asheville betrat, wo sein Blick auf Maria Jacques fiel, eine Schönheit mit schwarzen Locken und roten Lippen, die aus New Orleans zu Besuch war. Bei einem Milchshake erzählte er ihr, dass seine Familie eine Plantage besaß und dass er nach der Highschool studieren und Anwalt werden und in einer herrschaftlichen Villa leben würde.

Aber als die Wirtschaftskrise sich verschärfte, versteigerte die Bank das Land der Clarks unter deren Füßen weg, und sein Vater nahm Jake von der Schule. Sie zogen in eine kleine Hütte aus Kiefernholz in der Nähe, die früher, und das war noch gar nicht so lange her, von Sklaven bewohnt worden war. Jake arbeitete auf den Tabakfeldern, stapelte Blätter zusammen mit schwarzen Männern und Frauen, die Babys in bunten Tüchern auf den Rücken gebunden hatten.

Zwei Jahre später brach Jake eines Nachts vor Tagesanbruch auf, ohne sich von irgendwem zu verabschieden, und nahm so viele teure Kleidungsstücke und Familienschätze mit, wie er tragen konnte – darunter auch die goldene Taschenuhr seines Urgroßvaters und den Brillantring seiner Großmutter. Er fuhr per Anhalter nach New Orleans, wo Maria mit ihrer Familie in einem eleganten Haus in der Nähe des Hafens lebte. Sie waren Nachfahren eines französischen Kaufmanns, besaßen eine Schuhfabrik.

Jake versetzte die Familienerbstücke und lud Maria in edle Restaurants mit roten Samtvorhängen ein, erzählte ihr, er würde ihr die herrschaftliche Villa kaufen, von der er gesprochen hatte. Als er unter einer Magnolie vor ihr auf die Knie fiel, nahm sie seinen Heiratsantrag an, und 1933 fand in einer kleinen Kirche die Trauung statt, an der ihre Familie stumm teilnahm.

Inzwischen war das Geld aufgebraucht, also nahm er von seinem Schwiegervater einen Job in der Schuhfabrik an. Jake ging davon aus, dass er Geschäftsführer werden würde, doch Mr Jacques, ein Mann, der sich nicht leicht etwas vormachen ließ, bestand darauf, dass Jake das Geschäft von der Pike auf lernte wie jeder andere Angestellte. Also musste Jake erst einmal Sohlen zurechtschneiden.

Er und Maria bewohnten ein kleines Apartment über einer Garage, das mit einigen prächtigen Möbeln aus ihrer Mitgift und mit Tischen und Stühlen vom Flohmarkt eingerichtet war. Er besuchte Abendkurse, um den Highschool-Abschluss nachzuholen, aber meistens schwänzte er den Unterricht, spielte stattdessen lieber Poker und kehrte erst spät nachts und nach Whiskey stinkend zu seiner Angetrauten zurück. Es dauerte nur drei Wochen, dann flog er von der Schule.

Maria flehte ihn an, mit dem Trinken aufzuhören, sich bei der Arbeit anzustrengen, damit ihr Vater ihn beförderte. Doch dann kamen die Babys, und die Trinkerei hörte nicht auf. Zwischen 1934 und 1940 bekamen sie vier Kinder, und Jake wurde nur ein einziges Mal befördert.

Der Krieg mit Deutschland war ein Gleichmacher. In dieselbe Uniformfarbe gesteckt wie alle anderen, konnte er seine Schande verbergen und wieder den Stolzen spielen. Aber als er eines Nachts in einem verschlammten Schützengraben in Frankreich saß, schrie jemand, der Sergeant wäre angeschossen und läge blutend zwanzig Meter entfernt. Jung, wie sie waren, hätten sie eigentlich bei einem Baseballspiel auf der Spielerbank sitzen und nervös darauf warten müssen, endlich zum Einsatz zu kommen. Doch sie kletterten flink aus dem Graben und robbten zu dem Verwundeten hinüber – alle, bis auf einen.

Jake hockte in einer Ecke, zu verängstigt, um sich zu bewegen, doch dann explodierte eine Granate gelbweiß genau neben dem Schützengraben und zertrümmerte die Knochen seines linken Beins. Als die Soldaten zurück in den Graben fielen, den Sergeant hinter sich herschleifend, dachten sie, Jake wäre getroffen worden, während er ihnen half, ihren Kameraden zu retten. Man erklärte ihn zum Helden. Niemand würde je wissen, wie es wirklich gewesen war. Außer Jake.

Er wurde mit einem Orden und einem ärztlichen Entlassungsschein nach Hause geschickt. Entschlossen, nicht wieder in der Schuhfabrik zu schuften, blieb Jake nur wenige Nächte in New Orleans. Maria sah sprachlos zu, wie er ihre schönen Möbel und das Tafelsilber verkaufte, die ganze Familie in einen Zug verfrachtete und mit ihr nach North Carolina zog. Von einem alten Bekannten hatte er erfahren, dass seine Eltern verstorben waren und seinem Plan nicht mehr im Wege standen.

Er hatte Maria davon überzeugt, dass es ein neuer Anfang für sie wäre, in das Häuschen an der Küste von North Carolina zu ziehen, das seinem Vater als Fischerhütte gedient hatte. Sie würden mietfrei wohnen können, und Jake würde endlich den Highschool-Abschluss machen. Er kaufte ein kleines Fischerboot in Barkley Cove, lud seine Familie und all ihre Habseligkeiten ein – einige wenige elegante Hutschachteln obendrauf – und fuhr meilenweit durch die Wasserarme der Marsch. Als sie endlich in die Lagune einbogen, wo die schäbige Hütte mit verrosteten Fliegengittern unter den Eichen hockte, umklammerte Maria ihr jüngstes Kind Jodie und kämpfte mit den Tränen.

Jake beruhigte sie: »Mach dir mal keine Sorgen. Die bring ich flott wieder auf Vordermann.«

Aber Jake reparierte die Hütte nicht, und er machte auch nie seinen Highschool-Abschluss. Schon kurz nach ihrer Ankunft trank er regelmäßig im Swamp Guinea und spielte Poker, versuchte, die Erinnerung an den Schützengraben in einem Whiskeyglas zu ertränken.

Maria tat, was sie konnte, um ihren Kindern ein Zuhause zu bieten. Sie kaufte bei Ramschverkäufen Laken für die Matratzen am Boden und eine frei stehende Zinkbadewanne. Sie wusch die Wäsche unter der Pumpe im Hof und brachte sich selbst bei, wie man einen Garten anlegte und Hühner hielt.

Sobald es ging, zog sie den Kindern ihre besten Sachen an und marschierte mit ihnen nach Barkley Cove, um sie in der Schule anzumelden. Jake hingegen machte sich darüber lustig, dass seine Kinder etwas lernen sollten, und riet Murph und Jodie meistens, die Schule zu schwänzen und lieber Eichhörnchen oder Fische fürs Abendessen zu fangen.

Ein einziges Mal machte er mit Maria einen Bootsausflug im Mondschein, und das Ergebnis war ihr letztes Kind, eine Tochter namens Catherine Danielle, später nur noch Kya genannt, weil sie sagte, dass sie so heiße, als sie das erste Mal nach ihrem Namen gefragt wurde.

Hin und wieder, wenn Jake nüchtern war, träumte er noch immer davon, den Schulabschluss zu machen, für sie alle ein besseres Leben aufzubauen, aber der Schatten des Schützengrabens verschwand nicht aus seinem Kopf. Immer, wenn er, der mal selbstsicher und übermütig, gut aussehend und sportlich gewesen war, den Mann nicht ertragen konnte, der er geworden war, griff er zur Flasche. Sich unter die prügelnden, saufenden, fluchenden Gesetzlosen des Marschlandes zu mischen, fiel Jake am leichtesten.

17
ÜBER DIE SCHWELLE HINWEG

1960

Als sie während des Lesesommers eines Tages mal wieder zu Jumpin' fuhr, sagte er: »Miss Kya, da is noch was. Ein paar Männer haben sich umgehört, nach dir gefragt.«

Sie sah ihn direkt an, statt zur Seite. »Wer, was wollen die?«

»Ich glaub, die sind vom Jugendamt oder so. Haben alles Mögliche gefragt. Is dein Pa noch hier, wo deine Ma is, ob du in die Schule gehst und so. Und wann du so herkommst. Die wollten genau wissen, wann du herkommst.«

»Was hast du denen gesagt, Jumpin'?«

»Tja, ich hab versucht, die abzuwimmeln. Hab gesagt, deinem Pa geht's gut, dass er zum Fischen rausfährt und so.« Er lachte mit in den Nacken geworfenem Kopf. »Dann hab ich gesagt, ich wüsste nie, wann du kommst. Bloß keine Bange, Miss Kya. Wenn die noch mal wiederkommen, schickt Jumpin' die auf eine falsche Fährte.«

»Danke.« Sobald ihr Tank voll war, fuhr Kya auf

schnellstem Weg nach Hause. Sie würde jetzt vorsichtiger sein müssen, sich vielleicht einen Ort in der Marsch suchen, wo sie sich eine Weile verstecken konnte, bis die aufhörten, nach ihr zu suchen.

Später am Nachmittag, als Tates Boot mit leisem Knirschen am Strand auflief, sagte sie: »Können wir uns auch woanders treffen außer hier?«

»Hallo, Kya, schön, dich zu sehen«, begrüßte Tate sie und blieb an der Pinne sitzen.

»Was meinst du?«

»Es heißt, *woanders als* nicht *außer*, und es ist höflich, Leute erst zu begrüßen, bevor man sie um einen Gefallen bittet.«

»Du sagst auch manchmal Sachen, die nich so richtig sind«, sagte sie und musste beinahe lächeln.

»Stimmt, wir hier im tiefsten North Carolina haben's nicht immer leicht mit unserer Sprache, aber wir müssen es versuchen.«

»Guten Tag, Mr Tate«, sagte sie und machte einen kleinen Knicks. Er bekam eine Ahnung von dem kleinen Frechdachs, der sich in ihr verbarg. »Können wir uns jetzt irgendwo anders treffen *als* hier? Bitte.«

»Klar, aber wieso?«

»Jumpin' hat gesagt, dass Leute vom Jugendamt nach mir suchen. Ich hab Angst, die fangen mich ein wie 'ne Forelle und bringen mich bei 'ner wildfremden Familie unter oder so.«

»Tja, dann verstecken wir uns lieber irgendwo

draußen, wo die Krebse singen. Mir tun alle Pflegeeltern leid, die dich aufnehmen würden.« Tate lächelte übers ganze Gesicht.

»Was heißt'n das eigentlich, wo die Flusskrebse singen? Ma hat das auch immer gesagt.« Kya erinnerte sich daran, dass Ma sie dauernd ermutigt hatte, die Marsch zu erkunden: »Geh, so weit du kannst – bis dahin, wo die Flusskrebse singen.«

»Das heißt bloß, weit draußen, wo die Tiere noch wild sind und sich benehmen wie Tiere. Also, hast du irgendeine Idee, wo wir uns treffen könnten?«

»Es gibt da so 'ne halb verfallene Hütte, die ich mal zufällig entdeckt habe. Wenn du weißt, welche Abzweigung du nehmen musst, kannst du mit dem Boot hinkommen. Ich könnte von hier aus laufen.«

»Alles klar, steig ein. Zeig's mir, und nächstes Mal treffen wir uns gleich da.«

»Wenn ich da draußen bin, mach ich einen kleinen Steinhaufen neben dem Stamm, wo ich mein Boot anbinde.« Kya zeigte auf die Stelle am Strand. »Ansonsten lauf ich hier irgendwo rum und komm raus, wenn ich deinen Motor hör.«

Sie tuckerten langsam durch die Marsch, bogen dann nach Süden aufs offene Meer, weg von der Stadt. Kya hielt sich am wippenden Bug fest, Windtränen strömten ihr über die Wangen und kitzelten ihr kalt in den Ohren. Als sie eine kleine Bucht erreichten, dirigierte sie ihn einen schmalen Süßwasserfluss mit tief hängenden Brombeerbüschen hinauf. Mehrmals schien es, als würde der Fluss versiegen, aber Kya bedeutete Tate, dass er ruhig weiterfahren konnte, und sie brachen durch noch mehr Buschwerk.

Endlich tat sich eine weite Wiese vor ihnen auf, unmittelbar am Flussufer stand eine kleine Blockhütte, die auf einer Seite eingefallen war. Die Holzstämme waren eingeknickt und lagen herum wie Mikado-Stäbe. Das Dach klammerte sich an den noch stehenden Teil und hing schräg herunter wie ein schiefer Hut. Tate steuerte das Boot an das schlammige Ufer, und sie gingen schweigend zu der offenen Tür.

Im Innern der Hütte war es dunkel, und es stank nach Rattenurin. »Tja, ich hoffe, du hast nicht vor, hier einzuziehen – das ganze Ding kann jeden Moment zusammenbrechen.« Tate drückte gegen die Wand. Sie kam ihm einigermaßen stabil vor.

»Ist bloß ein Unterschlupf. Ich kann ein bisschen was zu essen hier verstecken, falls ich mal 'ne Weile untertauchen muss.«

Tate wandte sich um und sah sie an, während ihre Augen sich an die Dunkelheit gewöhnten.

»Kya, hast du mal überlegt, einfach wieder zur Schule zu gehen? Es würde dich nicht umbringen, und vielleicht würden sie dich dann in Ruhe lassen.«

»Die müssen gemerkt haben, dass ich allein bin, und wenn ich hingehe, schnappen sie mich und bringen mich irgendwo unter. Außerdem bin ich jetzt sowieso zu alt für die Schule. In welche Klasse sollen die mich denn stecken? Die erste?« Ihre Augen wurden groß, als sie sich vorstellte, auf einem winzigen Stuhl zu sitzen, umgeben von Kindern, die Wörter aussprechen und bis fünfzig zählen konnten.

»Und was sonst? Hast du vor, ewig allein in der Marsch zu leben?«

»Immer noch besser als 'ne Pflegefamilie. Wenn wir nich hören wollten, hat Pa oft gesagt, er würde uns weggeben. Hat gesagt, die wären übel.«

»Nein, sind sie nicht. Nicht immer. Die meisten sind nette Leute, die Kinder mögen«, widersprach er.

»Würdest du etwa lieber bei 'ner Pflegefamilie leben als in der Marsch?«, fragte sie, das Kinn vorgereckt, eine Hand auf der Hüfte.

Er schwieg einen Moment. »Na denn, bring ein paar Decken hier raus, Streichhölzer, falls es kalt wird. Vielleicht ein paar Sardinenbüchsen. Die halten ewig. Aber keine frischen Lebensmittel, die locken die Bären an.«

»Vor Bären hab ich keine Angst, die tun nix.«

»Die tun *nichts.*«

Den Rest des Sommers unterrichtete Tate sie in der baufälligen Blockhütte. Mitte August hatten sie den *Sand County Almanac* von vorne bis hinten durchgearbeitet, und obwohl Kya nicht jedes Wort lesen konnte, verstand sie doch das meiste. Aldo Leopold lehrte sie, dass Überschwemmungsgebiete lebendige Erweiterungen von Flüssen sind, die diese immer wieder in Beschlag nehmen, wenn ihnen danach ist. Alle, die in Überschwemmungsgebieten leben, warten nur darauf. Sie lernte, wo die Gänse überwintern und was ihr Gesang bedeutete. Seine sanften Worte, die fast poetisch klangen, lehrten sie, dass das Erdreich prallvoll mit Leben ist und zu den kostbarsten Reichtümern dieses Planeten gehört. Dass das Trockenlegen von Sumpfgebieten das Land noch über Meilen hinaus ausdörrt und dass zusammen mit dem Wasser auch Pflanzen und Tiere verschwinden. Manche Samenkörner ruhen und warten jahrzehntelang in der trockenen Erde, und wenn das Wasser endlich wieder heimkehrt, brechen sie durch den Boden und entfalten sich. Wunder und lebensnahes Wissen, das sie in der Schule nie gelernt hätte. Wahrheiten, die jeder kennen sollte, die aber scheinbar wie die Samenkörner irgendwie verborgen blieben, obwohl sie überall um sie herum offensichtlich waren.

Sie trafen sich mehrmals pro Woche in der Holzhütte, doch die meisten Nächte schlief sie in ihrem Verandabett oder am Strand mit den Möwen. Sie musste Feuerholz sammeln, bevor der Winter kam, also machte sie sich an die Arbeit, schleppte von nah und fern trockenes Holz herbei und stapelte es einigermaßen ordentlich zwischen zwei Kiefern. Die Steckrüben in ihrem Garten lugten kaum über die Goldruten hinweg, dennoch hatte sie mehr Gemüse, als sie und das Wild essen konnten. Sie erntete das letzte Spätsommergemüse und lagerte Kürbisse und Rüben im kühlen Schatten der Verandastufen.

Die ganze Zeit horchte sie dabei auf das Dröhnen eines Autos, in dem Männer saßen, um sie zu holen. Manchmal war das Lauschen ermüdend und unheimlich. Dann ging sie zu der Blockhütte und verbrachte die Nacht dort auf dem Sandboden, in ihre Ersatzdecke gewickelt. Sie sammelte Muscheln und räucherte Fisch zeitlich so abgestimmt, dass Tate die Waren bei Jumpin' abgeben und ihr frische Vorräte mitbringen konnte. Machte sich weniger angreifbar.

»Weißt du noch, als du deinen ersten Satz gelesen hast? Dass du gesagt hast, manche Worte können so viel meinen?«, fragte Tate eines Tages, als sie am Flussufer saßen.

»Ja, weiß ich noch, wieso?«

»Vor allem Gedichte. Die Wörter in Gedichten sagen nicht nur etwas. Sie wecken Gefühle. Können dich sogar zum Lachen bringen.«

»Ma hat uns früher Gedichte vorgelesen, aber ich kann keins mehr.«

»Hör dir das mal an, das ist von Edward Lear.« Er faltete ein Blatt Papier auseinander und las:

Dann sprangen Opa Langbein
Und Flinke Fliege auf
Sie stürmten hin zum Wasser
In zwölf-beinigem Lauf

Und fanden dort ein kleines Schiff
Mit Segeln grau und rot
Und segelten aufs Meer davon
Im späten Abendrot.

Sie lächelte und sagte: »Das klingt, wie wenn Wellen auf den Strand laufen.«

Danach geriet sie in eine dichterische Phase, ließ sich Gedichte einfallen, während sie durch die Marsch fuhr oder Muscheln suchte – kleine Verse, kurz und albern. »Eine Blauhäher-Mama fliegt hoch in den Baum, ich kann auch fliegen, aber nur im Traum.« Ihre Reime brachten sie zum Lachen, füllten ein paar einsame Minuten eines langen einsamen Tages.

Als sie eines Nachmittags am Küchentisch saß und las, fiel ihr Mas Buch mit Gedichten ein, und sie suchte so lange, bis sie es fand. Der Band war zerfleddert, die Buchdeckel längst abgefallen, die Seiten nur von zwei dünnen Gummibändern zusammengehalten. Kya zog sie behutsam ab und blätterte das Buch durch, las Mas Anmerkungen am Rand. Ganz am Ende entdeckte sie eine Liste mit Seitenzahlen von Mas Lieblingsgedichten.

Kya schlug eines von James Wright auf:

Plötzlich verloren und kalt
Der Hof lag verlassen vor mir.
Ich wollte es fassen und halten
Mein Kind, mein sprechendes Kind
Ob lachend, gezähmt oder wild …

Bäume und Sonne verschwunden
Nur wir im dunkelnden Licht.
Seine Mutter sang im Haus
Und hielt unser Essen warm
Und liebte uns, Gott weiß, wie
Die weite Welt so sehr schwand.

Und eines von Galway Kinnell:

Ich hab mich bemüht …
Ich hab alles gesagt, was ich dachte
In den sanftesten mir möglichen Worten.
Und jetzt …
Ich muss sagen, ich bin froh, dass es vorbei ist.
Am Ende empfand ich nur noch Mitleid
Mit diesem Drang hin zu noch mehr Leben.
… Adieu.

Kya berührte die Wörter, als wären sie eine Botschaft, als hätte Ma sie extra für ihre Tochter unterstrichen, damit diese sie eines Tages im trüben Licht der Petroleumlampe lesen und verstehen würde. Es war nicht viel, kein handgeschriebener Brief tief in einer Sockenschublade versteckt, aber es war immerhin etwas. Sie spürte, dass die Worte eine kraftvolle Bedeutung hatten, konnte sie aber nicht herausschütteln. Falls sie je Dichterin wurde, würde sie die Botschaft klar und deutlich machen.

Als im September Tates letztes Schuljahr begann, konnte er nicht mehr so oft zu Kya kommen wie früher, wenn er sie besuchte, brachte er aber oft ausrangierte Schulbücher für sie mit. Er erwähnte mit keinem Wort, dass die Biologiebücher noch zu schwer für sie seien, also kämpfte sie sich durch Kapitel, die sie in der Schule noch lange nicht durchgenommen hätte. »Keine Bange«, sagte er, »jedes Mal, wenn du das liest, verstehst du ein bisschen mehr.« Und es stimmte auch.

Die Tage wurden allmählich kürzer, und sie trafen sich wieder in der Lagune, weil es zu früh dunkel wurde, um zur Lesehütte zu kommen. Sie hatten immer draußen gelernt, doch als eines Morgens ein stürmischer Wind toste, machte Kya Feuer im Holzofen. Seit Pa vor mehr als vier Jahren verschwunden war, hatte niemand mehr einen Fuß über die Schwelle der Hütte hinweg gesetzt, und es wäre undenkbar, einen Fremden hereinzubitten. Aber Tate war kein Fremder.

»Sollen wir uns an den Ofen in der Küche setzen?«, fragte sie, als er sein Boot auf den Strand der Lagune zog.

»Klar«, sagte er bewusst beiläufig, um keine große Sache aus der Einladung zu machen.

Als er die Veranda betrat, brauchte er erst mal fast zwanzig Minuten, um Kyas Federn und Muscheln und Knochen und Nester zu studieren und zu bewundern. Schließlich setzten sie sich an den Tisch, und sie zog ihren Stuhl so dicht an seinen, dass ihre Arme und Ellbogen sich beinahe berührten. Nur, um ihn ganz nah zu spüren.

Da Tate jetzt die meiste Zeit seinem Dad helfen musste, schleppten sich Kyas eintönige Tage dahin. Eines späten Abends nahm sie ihren ersten Roman, *Rebecca* von Daphne du Maurier, aus Mas Bücherregal, und las über die Liebe. Nach einer Weile schloss sie das Buch und ging zum Schrank. Sie streifte Mas Sommerkleid über und tänzelte darin durch den Raum, schwenkte den Rock hin und her, drehte sich vor dem Spiegel. Sie ließ ihre langen Haare und die Hüften schwingen, stellte sich vor, wie Tate sie zum Tanzen aufforderte. Seine Hand auf ihrer Taille. Als wäre sie Mrs de Winter.

Sie stockte abrupt und beugte sich kichernd vor. Dann blieb sie reglos stehen.

»Komm rauf, Kindchen«, rief Mabel eines Nachmittags. »Ich hab Sachen für dich.« Normalerweise trug Jumpin' die Kisten mit den Geschenken für Kya auf den Steg, aber wenn Mabel auftauchte, war meistens etwas Besonderes dabei.

»Na los, guck's dir an. Ich tank in der Zeit voll«, sagte Jumpin', und Kya sprang aus dem Boot.

»Schau mal, Miss Kya«, sagte Mabel und hielt ein pfirsichfarbenes Kleid mit einer Lage Chiffon auf dem geblümten Rock hoch, das schönste Kleidungsstück, das Kya je gesehen hatte, hübscher als Mas Sommerkleid. »Das Kleid ist genau richtig für 'ne Prinzessin wie dich.« Sie hielt das Kleid vor Kya, die es berührte und lächelte. Dann, mit dem Rücken zu Jumpin', beugte Mabel sich schwerfällig über die Kiste und zog einen weißen Büstenhalter heraus.

Kya spürte, wie ihr ganz heiß wurde.

»Na, na, Miss Kya, nich verlegen werden, Schätzchen. So allmählich brauchst du so einen. Und Kind, wenn's irgendwas gibt, worüber du mit mir reden willst, irgendwas, was du nich verstehst, dann kommst du zur alten Mabel. Ja?«

»Ja, Ma'am. Danke, Mabel.« Kya stopfte den Büstenhalter tief in die Kiste, unter eine Jeans und T-Shirts, einen Sack Schwarzaugenbohnen und ein Glas eingemachte Pfirsiche.

Ein paar Wochen später, als Kya mit dem Boot unterwegs war und jagende Pelikane beobachtete, die über die Wellen glitten, bekam sie plötzlich Krämpfe im Unterleib. Sie war nie seekrank gewesen, und dieser Schmerz fühlte sich anders an als alles, was sie je erlebt hatte. Sie zog ihr Boot am Point Beach an Land und setzte sich auf den Sand, die Beine seitlich angewinkelt wie einen Flügel. Der Schmerz wurde schlimmer, und sie verzog das Gesicht, stöhnte leise. Bestimmt kriegte sie Dünnpfiff.

Plötzlich hörte sie einen Motor brummen und sah Tates Boot durch die weiß schäumende Brandung fahren. Sobald er sie sah, wendete er und steuerte auf den Strand zu. Sie zischte ein paar von Pas Flüchen. Sie freute sich immer, Tate zu sehen, aber nicht, wenn sie drauf und dran war, Durchfall zu kriegen, und jeden Moment in den Wald rennen müsste. Nachdem er sein Boot neben ihrem an Land gezogen hatte, kam er zu ihr und ließ sich in den Sand plumpsen.

»Hallo, Kya. Was machst du hier? Ich wollte gerade zu dir.«

»Hallo, Tate. Schön, dass du da bist.« Sie versuchte, möglichst normal zu klingen, doch ein stechender Schmerz zog ihr durch den Bauch.

»Was hast du?«, fragte er.

»Wieso?«

»Du siehst nicht gut aus. Was hast du?«

»Ich glaub, ich werd' krank. Hab schlimme Krämpfe im Bauch.«

»Oh.« Tate schaute aufs Meer hinaus. Grub seine nackten Zehen in den Sand.

»Vielleicht gehst du lieber«, sagte sie mit hängendem Kopf.

»Vielleicht sollte ich bleiben, bis es dir besser geht. Was, wenn du es nicht allein nach Hause schaffst?«

»Kann sein, dass ich gleich schnell in den Wald muss. Weil mir schlecht wird.«

»Möglich. Aber ich glaub nicht, dass es dir dann besser geht«, sagte er leise.

»Wie meinst du das? Du weißt doch gar nich, was ich hab.«

»Fühlt sich das anders an als andere Bauchschmerzen?«

»Ja.«

»Du bist fast fünfzehn, stimmt's?«

»Ja. Was hat'n das damit zu tun?«

Er schwieg einen Moment. Wackelte mit den Füßen, grub die Zehen tiefer in den Sand. Ohne sie anzusehen, sagte er: »Es könnte das sein, was mit den Mädchen in deinem Alter passiert, weißt du? Ich hab dir doch vor ein paar Monaten so eine Broschüre darüber gebracht. Die war bei den Biologie-Büchern.« Tate schielte kurz zu ihr rüber, knallrot im Gesicht, und sah dann wieder weg.

Kya schlug die Augen nieder, als ihr ganzer Körper errötete. Natürlich war Ma nicht da gewesen, um es ihr zu erklären, aber tatsächlich hatte sie einiges aus einem Schulheftchen gelernt, das Tate ihr mitgebracht hatte. Jetzt war ihre Zeit gekommen, und sie saß hier am Strand und wurde direkt vor der Nase eines Jungen zur Frau. Scham und Panik erfüllten sie. Was sollte sie tun? Was genau würde passieren? Wie viel Blut würde es sein? Sie stellte sich vor, wie es in den Sand um sie herum sickerte. Sie saß stumm da, während ein ziehender Schmerz ihr durch den Leib fuhr.

»Schaffst du es allein nach Hause?«, fragte er, noch immer, ohne sie anzusehen.

»Ich glaub ja.«

»Das wird schon, Kya. Alle Mädchen überstehen das. Fahr nach Hause. Ich folge dir ein gutes Stück entfernt und pass auf, dass du gut ankommst.«

»Musst du nich.«

»Mach ich gern. Dann mal los.« Er stand auf und ging zu seinem Boot, blickte stur geradeaus. Er legte ab und wartete ein gutes Stück draußen auf sie, bis sie die Küste entlang in Richtung ihres Kanals fuhr. Er blieb hinter hier, nur ein Fleck in der Ferne, bis sie ihre Lagune erreicht hatte. Dann stellte sie sich auf die Bootsbank und winkte ihm knapp, das Gesicht gesenkt, seinen Blick meidend.

Genau, wie sie fast alle Dinge gemeistert hatte, meisterte sie jetzt den Übergang vom Mädchen zur Frau – allein. Am nächsten Morgen fuhr sie bei Tagesanbruch zu Jumpin' hinüber. Eine bleiche Sonne schien in dichtem Nebel zu hängen, als sie seinen Steg erreichte und nach Mabel Ausschau hielt, obwohl sie wusste, dass die wohl kaum da sein würde. Tatsächlich kam nur Jumpin' heraus, um sie zu begrüßen.

»Hi, Miss Kya. Schon wieder volltanken?«

Kya blieb im Boot sitzen und antwortete leise. »Ich muss Mabel sprechen.«

»Tut mir echt leid, Kind, Mabel is heute nich da. Kann ich dir helfen?«

Den Kopf tief gesenkt sagte sie: »Ich muss Mabel unbedingt sprechen. So schnell, wie's geht.«

»Na dann.« Jumpin' blickte über die kleine Bucht Richtung Meer und sah keine weiteren Boote reinkommen. Wenn Leute bei ihm tanken wollten, konnten sie darauf zählen, dass Jumpin' zu jeder Tageszeit und an jedem Tag des Jahres einschließlich Weihnachten da war – in fünfzig Jahren hatte er bloß einen einzigen Tag verpasst, als ihr kleiner Engel, ihre Daisy, starb. Er konnte seinen Posten nicht verlassen. »Bleib schön hier, Miss Kya. Ich lauf ein Stückchen den Weg hoch und sag ein paar Kindern Bescheid, dass sie Mabel holen sollen. Falls ein Boot reinkommt, sagst du ihnen, ich bin gleich wieder da.«

»Mach ich. Danke.«

Jumpin' eilte den Steg hoch und verschwand, während Kya wartete, alle paar Sekunden über die Bucht spähte und inständig hoffte, dass kein anderes Boot einlaufen würde. Aber er war im Handumdrehen wieder zurück und sagte, ein paar Kinder seien losgelaufen, um Mabel zu holen, Kya sollte »bloß ein Weilchen warten«.

Jumpin' beschäftigte sich damit, Kautabakpäckchen in Regale einzusortieren und hier und da herumzukramen. Kya blieb im Boot. Endlich kam Mabel über die Planken gehastet, die unter ihren schwungvollen Schritten erbebten, als würde ein kleines Klavier den Steg entlanggeschoben. Sie hatte eine Papiertüte in der Hand und begrüßte Kya nicht schon laut und vernehmlich von Weitem, wie sie das sonst getan hätte, sondern blieb über ihr auf dem Steg stehen und sagte leise: »Morgen, Miss Kya, was is'n los, Kind? Was hast du, Schätzchen?«

Kya ließ den Kopf noch tiefer hängen und murmelte irgendwas, das Mabel nicht verstand.

»Kannst du hochkommen, oder soll ich zu dir runterkommen?«

Kya antwortete nicht, also stieg Mabel, fast zweihundert Pfund Lebendgewicht, erst mit einem Fuß, dann mit dem anderen in das kleine Boot, das aus Protest gegen die Stützpfähle schaukelte. Sie setzte sich auf die mittlere Bank und sah Kya an, die im Heck saß.

»Also, Kindchen, was hast du?«

Die beiden steckten die Köpfe zusammen, Kya flüsterte, und dann zog Mabel sie fest an ihren üppigen Busen, schlang die Arme um sie und wiegte sie hin und her. Kya war zuerst stocksteif, nicht an Umarmungen gewöhnt, aber das schreckte Mabel nicht ab, und schließlich fügte sich Kya und gab sich dem Trost dieser weichen Kissen hin. Nach einer Weile ließ Mabel sie los und öffnete die braune Papiertüte.

»Tja, ich hab mir schon gedacht, was los is, und dir was mitgebracht.« In dem Boot an Jumpin's Steg klärte Mabel Kya darüber auf, was mit ihr los war.

»Also, Miss Kya, das is nix, wofür du dich schämen musst. Und es is auch kein Fluch, wie manche sagen. Damit fängt alles Leben an, und nur Frauen können das. Du bist jetzt eine Frau, Kleines.«

Als Kya am nächsten Nachmittag Tates Boot hörte, versteckte sie sich im Gebüsch und beobachtete ihn. Dass jemand sie überhaupt kannte, war eigentlich schon seltsam genug, aber jetzt wusste er von dem persönlichsten und privatesten Ereignis ihres Lebens. Beim Gedanken daran brannten ihr die Wangen. Sie würde in ihrem Versteck bleiben, bis er wieder fuhr.

Er landete das Boot an, und als er ausstieg, hielt er eine weiße Schachtel mit einer Schleife darum in der Hand. »Hey! Kya, wo steckst du?«, rief er. »Ich hab Kuchen von Parker's mitgebracht.«

So was wie Kuchen hatte Kya seit Jahren nicht mehr gegessen. Als Tate dann auch noch einige Bücher aus dem Boot nahm, konnte sie nicht widerstehen und trat hinter ihm auf den Strand.

»Ach, da bist du. Schau dir das an.« Er öffnete die

Schachtel und zeigte ihr die hübsch sortierten viereckigen Küchlein, jedes nur drei Zentimeter breit, mit Vanilleguss und einer winzigen rosa Rose obendrauf. »Na los, greif zu.«

Kya sah Tate noch immer nicht an, aber sie nahm eines heraus und biss hinein. Dann schob sie den Rest auf einmal in den Mund und leckte sich die Finger.

»Hier.« Tate stellte die Schachtel neben ihre Eiche. »Nimm, so viel du willst. Lass uns anfangen. Ich hab ein neues Buch mitgebracht.« Und das war's. Sie machten mit dem Unterricht weiter und sprachen nie wieder über die andere Sache.

Der Herbst kam. Die immergrünen Pflanzen merkten es vielleicht nicht, die Platanen dagegen schon. Sie ließen Tausende goldene Blätter vor einem schiefergrauen Himmel leuchten. Eines Nachmittags blieb Tate nach dem Unterricht noch länger, obwohl es schon spät war und er eigentlich nach Hause musste. Kya und er saßen auf einem Baumstamm im Wald. Endlich sprach sie die Frage aus, die sie schon seit Monaten hatte stellen wollen. »Tate, ich bin dir dankbar, dass du mir Lesen beibringst und mir so viele Sachen geschenkt hast. Aber warum machst du das? Hast du keine Freundin oder so?«

»Nee – na ja, manchmal schon. Ich hatte eine, aber jetzt nicht mehr. Ich bin gern hier draußen, wo es ruhig ist, und ich find's toll, dass du so viel über die Marsch weißt, Kya. Die meisten Leute kommen doch nur zum Angeln raus. Die finden, die Landschaft ist öde und sollte trockengelegt werden, damit man hier bauen kann. Sie begreifen nicht, wie sehr die meisten Meerestiere – auch die, die sie essen – die Marsch zum Überleben brauchen.«

Er verschwieg, dass sie ihm leidtat, weil sie so allein war, dass er wusste, wie andere Kinder sie über Jahre hinweg behandelt hatten, dass die Menschen im Dorf sie »das Marschmädchen« nannten und Geschichten über sie erfanden. Für Jungs an der Schwelle zum Mann war es eine Tradition geworden, eine Art Initiation, sich nachts im Dunkeln an ihre Hütte anzuschleichen und an die Tür zu trommeln. Was sagte das über junge Männer aus? Einige von ihnen schlossen schon Wetten ab, wer der Erste sein würde, der sie entjungferte. So etwas machte ihn wütend, und er sorgte sich um sie.

Aber das war nicht der Hauptgrund, warum er für Kya Federn auf den Baumstumpf gelegt hatte oder warum er sie weiter besuchte. Was Tate außerdem verschwieg, waren seine Gefühle für sie, die irgendwie eine Mischung aus der wehmütigen Liebe für eine verlorene Schwester und der leidenschaftlichen Liebe für ein Mädchen waren. Er schaffte es nicht mal ansatzweise, dieses Wirrwarr zu entflechten, aber er war nie von einer mächtigeren Welle erfasst worden. Einer

Gewalt von Emotionen, ebenso schmerzlich wie lustvoll.

Kya schob einen Grashalm in ein Ameisenloch und fragte schließlich: »Wo is deine Ma?«

Ein Windhauch strich durch die Bäume, bewegte sacht die Äste. Tate antwortete nicht.

»Du brauchst es mir nicht erzählen«, sagte sie.

»*Zu* erzählen.«

»Du brauchst es mir nicht zu erzählen.«

»Meine Mutter und meine kleine Schwester sind bei einem Autounfall drüben in Asheville gestorben. Meine Schwester hieß Carianne.«

»Oh. Das tut mir leid, Tate. Ich wette, deine Ma war richtig nett und hübsch.«

»Ja. Das waren sie beide.« Während er sprach, blickte er auf den Boden zwischen seinen Knien. »Ich hab noch nie darüber geredet. Mit niemandem.«

Ich auch nicht, dachte Kya. Dann sagte sie: »Meine Ma ist eines Tages einfach gegangen und nie zurückgekommen. Eine Hirschmama kommt immer zurück.«

»Na, du kannst wenigstens hoffen, dass sie irgendwann wiederkommt. Meine kommt ganz sicher nicht zurück.«

Sie schwiegen einen Moment, dann sagte Tate: »Ich glaube …« Aber er sprach nicht weiter und schaute weg.

Kya sah ihn an, doch er starrte zu Boden. Stumm.

Sie sagte: »Was? Was glaubst du? Du kannst mir alles sagen.«

Er schwieg weiter. Mit einer Geduld, die aus Verständnis erwuchs, wartete sie ab.

Schließlich sagte er sehr leise: »Ich glaube, sie sind nach Asheville gefahren, um ein Geburtstagsgeschenk für mich zu kaufen. Ich hab mir ein ganz bestimmtes Fahrrad gewünscht, wollte es unbedingt haben. Bei Western Auto hatten sie das nicht, und ich glaube, sie sind nach Asheville gefahren, um mir das Fahrrad zu kaufen.«

»Deswegen ist es aber nicht deine Schuld«, sagte sie.

»Ich weiß, aber es fühlt sich an, als wär's meine Schuld«, sagte Tate. »Ich weiß nicht mal mehr, was für ein Fahrrad das war.«

Kya beugte sich näher zu ihm, nicht so weit, dass sie ihn berührte, aber sie spürte ein Prickeln – fast so, als hätte sich der Raum zwischen ihnen beiden verwandelt. Sie fragte sich, ob Tate es auch spürte. Sie wollte sich noch ein kleines Stück näher zu ihm lehnen, nur so weit, dass ihre Arme sich sachte streiften. Berührten. Und sie fragte sich, ob Tate es merken würde.

Und genau in dem Moment frischte der Wind auf, und Abertausende gelbe Platanenblätter rissen sich von ihrer Lebensader los und strömten über den Himmel. Herbstblätter fallen nicht, sie fliegen. Sie nehmen sich Zeit und genießen ihre einzige Chance, frei zu sein. Sie blitzten im Sonnenlicht, wirbelten und segelten und flatterten auf den Schwingen des Windes.

Tate sprang vom Stamm auf und rief Kya zu: »Versuch, so viele Blätter zu fangen, wie du kannst, bevor sie landen!« Kya lief los, und die beiden sprangen und hüpften durch den Vorhang aus schwebenden Blättern, reckten die Arme, schnappten sie, bevor sie zur Erde sanken. Lachten. Tate hechtete nach einem Blatt knapp über dem Boden, fing es und rollte sich ab, hielt seine Trophäe in die Luft. Kya riss die Arme hoch, gab alle Blätter, die sie gerettet hatte, dem Wind zurück. Als sie durch sie hindurchrannte, verfingen sie sich wie Gold in ihren Haaren.

Sie drehte sich im Kreis, und plötzlich stieß sie mit Tate zusammen, der aufgestanden war, sie beide erstarrten, sahen sich in die Augen. Sie hörten auf zu lachen. Er fasste sie an den Schultern, zögerte einen Moment, dann küsste er ihre Lippen, während um sie herum Blätter herabregneten und tanzten, lautlos wie Schnee.

Sie wusste nicht, wie man küsste, und hielt ihren Kopf und die Lippen ganz steif. Sie lösten sich voneinander, sahen einander an, wussten nicht, wie es dazu gekommen war und was sie als Nächstes tun sollten. Er zog sachte ein Blatt aus ihren Haaren und ließ es zu Boden fallen. Ihr Herz schlug wie wild. Was auch immer sie an ruppiger Liebe von ihrer gestörten Familie erfahren hatte, nichts hatte sich so angefühlt.

»Bin ich jetzt deine Freundin?«, fragte sie.

Er lächelte. »Möchtest du das denn?«

»Ja.«

»Vielleicht bist du dafür noch zu jung«, sagte er.

»Aber ich kenne mich mit Federn aus. Ich wette, das tun die andern Mädchen nich.«

»Also gut.« Und er küsste sie erneut. Diesmal neigte sie den Kopf zur Seite, und ihre Lippen wurden weich. Und zum ersten Mal in ihrem Leben war ihr Herz voll.

18

DAS WEISSE KANU

1960

Nun begann jedes neue Wort mit einem Freudenschrei, jeder Satz als Wettrennen. Tate, der Kya umfasste, während sie beide durch herbstroten Sauerampfer purzelten, halb kindlich, halb nicht.

»Sei mal kurz ernst«, sagte er. »Das Einmaleins musst du einfach auswendig lernen.« Er schrieb *12 x 12 = 144* in den Sand, aber sie rannte an ihm vorbei, tauchte durch die rauschende Brandung hinunter in ruhiges Wasser und schwamm, bis er ihr dorthin folgte, wo graublaue Lichtstrahlen schräg durch die Stille drangen und ihre Körper beleuchteten. Glatt und glänzend wie Tümmler. Später, sandig und salzig, rollten sie über den Strand, eng umschlungen, als wären sie eins.

Am nächsten Nachmittag kam er in die Lagune gefahren, blieb aber in seinem Boot sitzen, nachdem es auf den Strand aufgelaufen war. Ein großer Korb mit einem rot karierten Tuch darüber stand zu seinen Füßen.

»Was is das? Was hast du mitgebracht?«, fragte sie.

»Eine Überraschung. Komm, steig ein.«

Sie glitten durch die träge dahintreibenden Kanäle hinaus aufs Meer, dann nach Süden zu einer winzigen halbmondförmigen Bucht. Nachdem er rasch eine Decke auf dem Sand ausgebreitet hatte, stellte er den zugedeckten Korb darauf, und als sie sich beide gesetzt hatten, lüftete er das Tuch.

»Herzlichen Glückwunsch zum Geburtstag, Kya«, sagte er. »Du bist jetzt fünfzehn.« Ein zweistöckiger Konditorkuchen, hoch wie eine Hutschachtel und mit Muscheln aus rosa Zuckerguss verziert, thronte in dem Korb. Ihr Name obendrauf. Um den Kuchen herum lagen Geschenke, bunt verpackt und mit Schleifchen dran.

Sie stierte entgeistert, mit offenem Mund. Seit Ma fortgegangen war, hatte ihr niemand mehr zum Geburtstag gratuliert. Niemand hatte je einen richtigen Kuchen mit ihrem Namen drauf für sie gekauft. Sie hatte nie Geschenke in schönem Papier mit Schleifen bekommen.

»Woher hast du gewusst, dass mein Geburtstag is?« Sie besaß keinen Kalender und hatte keine Ahnung gehabt, dass er heute war.

»In deiner Bibel gelesen.«

Sie flehte ihn an, ihren Namen nicht kaputt zu machen, als er große Stücke aus dem Kuchen schnitt und auf Pappteller platschte. Sie sahen sich in die Augen, brachen Bissen ab und stopften sie sich in den Mund. Schmatzten laut. Leckten sich die Finger. Lachten mit zuckergussverschmiertem Grinsen. Aßen den Kuchen so, wie er gegessen werden sollte, wie alle ihn essen wollen.

»Machst du jetzt deine Geschenke auf?«, fragte er lächelnd.

Das erste: eine kleine Lupe. »Damit du die feinen Details der Insektenflügel sehen kannst.« Das zweite: eine Plastikspange, silbern lackiert und mit einer Möwe aus Strasssteinchen verziert. »Für dein Haar.«

Leicht ungeschickt strich sie sich ein paar Strähnen hinters Ohr und klemmte die Spange fest. Sie befingerte sie. Schöner als die von Ma.

Das letzte Geschenk war in einer größeren Schachtel, und als Kya sie öffnete, fand sie darin zehn Tuben mit Ölfarben, Töpfchen mit Wasserfarben und Pinsel in verschiedenen Größen. »Für deine Bilder.«

Kya nahm nacheinander jede Farbe, jeden Pinsel in die Hand. »Ich kann dir noch mehr besorgen, wenn du welche brauchst. Sogar Leinwand, aus Sea Oaks.«

Sie neigte den Kopf. »Danke, Tate.«

»Sachte. Immer schön langsam«, rief Scupper, als Tate, umgeben von Fischernetzen, Ölzeug und sich putzenden Pelikanen die Winde anwarf. Der Bug der *Cherry Pie* wackelte in der Halterung und glitt dann auf die Unterwasserschienen von Petes Bootswerft, die mit ihrem windschiefen Pier und rostigen Bootshaus die einzige Möglichkeit in Barkley Cove war, Schiffe ins Trockene zu holen.

»Okay, gut, sie liegt auf. Zieh sie raus.« Tate gab der Winde mehr Saft, und das Boot kroch die Schienen herauf und ins Trockendock. Sie sicherten es mit Kabeln und machten sich daran, dicke Seepocken von der Außenwand zu kratzen, während kristallklare Arien von Miliza Korjus aus dem Plattenspieler schallten. Sie würden erst eine Grundierung und dann den jährlichen roten Anstrich auftragen müssen. Tates Mutter hatte die Farbe ausgewählt, und Scupper würde sie niemals ändern. Zwischendurch hörte Scupper immer mal wieder auf zu kratzen und schwenkte seine kräftigen Arme zur gewundenen Musik.

Jetzt, zu Beginn des Winters, zahlte Scupper seinem Sohn den Lohn eines Erwachsenen, wenn er ihm nach der Schule und an den Wochenenden half, was aber bedeutete, dass Tate nicht mehr so oft zu Kya hinausfahren konnte. Er sprach nicht mit seinem Dad darüber. Er hatte überhaupt nie mit ihm über Kya gesprochen.

Sie plagten sich mit den Seepocken ab, bis es dunkel wurde, bis selbst Scupper die Arme erlahmten. »Ich bin zu müde, um was zu kochen, und du bestimmt auch. Lass uns auf dem Nachhauseweg im Diner was futtern.«

Dort angekommen, nickten sie allen Gästen zu, unter denen niemand war, den sie nicht kannten, und setzten sich an einen Ecktisch. Beide bestellten sie das Tagesgericht: Rinderkotelett, Kartoffelpüree mit Bratensoße, Rübstiel und Krautsalat. Brötchen. Pekannusskuchen mit Eiscreme. Am Nebentisch fasste sich eine vierköpfige Familie an den Händen und senkte die Köpfe, während der Vater laut ein Gebet sprach. Beim »Amen« spitzten sie die Lippen, drückten einander die Hände und reichten dann das Maisbrot herum.

Scupper sagte: »Hör mal, mein Junge. Ich weiß, die Arbeit lässt dir nicht viel Zeit für andere Sachen. Das ist nun mal so, aber du bist letztes Jahr schon nicht auf den Schulball gegangen, und ich will nicht, dass du das alles verpasst, wo es doch dein letztes Jahr hier ist. Demnächst gibt's ja hier im Pavillon den großen Tanzabend. Hast du schon ein Mädchen eingeladen?«

»Nee. Ich weiß noch nicht, ob ich hingehe. Aber es gibt sowieso keine, die ich fragen möchte.«

»In der ganzen Schule gibt's kein einziges Mädchen, mit dem du da hingehen willst?«

»Nein.«

»Na dann.« Scupper lehnte sich zurück, als ihm die Kellnerin seinen Teller hinstellte. »Danke, Betty. Den habt ihr aber ordentlich vollgemacht.«

Betty ging um den Tisch und stellte Tates Teller hin, auf dem sich das Essen noch höher türmte.

»Alles schön aufessen«, sagte sie. »Wenn es nicht reicht, keine Sorge. Beim Tagesgericht gibt's immer einen Nachschlag.« Sie lächelte Tate an, bevor sie betont die Hüften schwingend zurück in die Küche ging.

Tate sagte: »Die Mädchen in der Schule sind albern. Reden über nichts anderes als über Frisuren und Stöckelschuhe.«

»Na, das machen Mädchen eben. Manchmal musst du die Dinge so nehmen, wie sie sind.«

»Kann sein.«

»Hör mal, mein Junge. Ich achte nicht besonders darauf, was so geredet wird, hab ich nie getan. Aber inzwischen zerreißen sich die Leute regelrecht die Mäuler darüber, dass da was zwischen dir und dem Mädchen aus der Marsch läuft.« Tate riss die Hände hoch. »Nein, warte, warte«, sagte Scupper. »Die ganzen Geschichten über sie glaube ich nicht. Wahrscheinlich ist sie nett. Aber sei vorsichtig, Junge. Pass auf, dass du nicht zu früh eine Familie gründest. Du verstehst doch, was ich meine, oder?«

Tates Stimme war leise und wütend. »Erst sagst du, du glaubst die Geschichten über sie nicht, dann sagst du, ich soll keine Familie gründen, was beweist, für was für eine Art Mädchen du sie hältst. Aber ich kann dir sagen, so ist sie nicht. Sie ist reiner und unschuldiger als irgendeine von denen, die ich zum Tanzen einladen soll, wenn's nach dir ginge. Oh Mann, manche Mädchen in dieser Stadt, tja, sagen wir mal, sie jagen in Rudeln, ohne Rücksicht auf Verluste. Und ja, ich war oft draußen bei Kya. Weißt du, warum? Ich bringe ihr Lesen bei, weil die Menschen in dieser Stadt so gemein zu ihr sind, dass sie nicht mal zur Schule gehen konnte.«

»Das ist schön, Tate. Das ist eine gute Sache. Aber bitte versteh doch, es ist nun mal meine Aufgabe, dir so was zu sagen. So ein Gespräch ist vielleicht nicht gerade angenehm, aber Eltern müssen ihre Kinder nun mal vor manchen Dingen warnen. Also sei nicht gleich beleidigt.«

»Ich weiß«, knurrte Tate, während er Butter auf ein Brötchen strich und sich sehr beleidigt fühlte.

»Na los. Wir bestellen uns noch einen Nachschlag und dann was von dem Pekannusskuchen.«

Als der Kuchen kam, sagte Scupper: »Da wir gerade über Dinge geredet haben, die wir sonst totschweigen, kann ich gleich noch was anderes loswerden, das mich beschäftigt.«

Tate starrte auf seinen Kuchen und verdrehte die Augen.

Scupper ließ sich nicht beirren. »Ich möchte dir sagen, wie stolz ich auf dich bin, mein Junge. Du hast ganz allein die Natur in der Marsch studiert, warst in der Schule immer richtig gut, hast dich am College beworben, um Naturwissenschaft zu studieren. Und bist angenommen worden. Es liegt mir einfach nicht, viel über so was zu reden. Aber ich bin mächtig stolz auf dich, mein Junge. Klar?«

»Okay. Klar.«

Später, allein in seinem Zimmer, murmelte Tate zwei Zeilen aus seinem Lieblingsgedicht:

»Ach, wann werd ich ihn sehen, den dunklen See
Und das weiße Kanu meiner Liebsten?«

Trotz aller Arbeit fuhr Tate, sooft es nur ging, zu Kya hinaus, konnte aber nie lange bleiben. Manchmal war er vierzig Minuten mit dem Boot unterwegs, um dann zehn Minuten mit ihr am Strand spazieren zu gehen und ihre Hand zu halten. Sie viel zu küssen. Keine Minute zu verschwenden. Dann ging es wieder zurück. Er wollte ihre Brüste berühren; hätte Gott weiß was getan, um sie nur anschauen zu dürfen. Wenn er nachts wach lag, dachte er an ihre Schenkel, die bestimmt weich und doch fest waren. Wenn er an noch mehr dachte als an ihre Schenkel, wälzte er sich im Bett hin und her. Aber sie war so jung und schüchtern. Wenn er sich falsch verhielt, könnte ihr das irgendwie schaden, und dann wäre er schlimmer als die Jungs, die nur darüber redeten, sie zu bumsen. Sein Wunsch, sie zu schützen, war ebenso stark wie sein Verlangen. Manchmal.

Immer, wenn Tate zu Kya fuhr, brachte er ihr Schulbücher oder Bücher aus der Bibliothek mit, besonders solche, die sich mit der Tierwelt in der Marsch und mit Biologie im Allgemeinen befassten. Ihre Fortschritte waren erstaunlich. Sie konnte jetzt alles lesen, sagte er, und wer alles lesen kann, kann auch alles lernen. Es kam auf sie selbst an. »Niemand schafft es auch nur ansatzweise, sein Gehirn auszuschöpfen«, sagte er. »Wir sind wie Giraffen, die ihre langen Hälse nicht nutzen, um an die höheren Blätter zu kommen.«

In vielen einsamen Stunden las Kya im Licht der Laterne, wie Pflanzen und Tiere sich im Laufe der Zeit ihrer Umwelt anpassen, die im ständigen Wandel begriffen ist. Wie manche Zellen sich teilen und zu Lungen oder Herzen werden, während andere als Stammzellen unverbindlich bleiben, für den Fall, dass sie später gebraucht werden. Dass Vögel hauptsächlich bei Tagesanbruch singen, weil die kühle, feuchte Morgenluft ihren Gesang und dessen Bedeutung sehr viel weiter trägt. All diese Wunder hatte sie ihr Leben lang auf Augenhöhe beobachtet, deshalb war ihr das Wirken der Natur leicht zugänglich.

Und in allen Bereichen der Biologie suchte sie nach einer Erklärung dafür, warum eine Mutter ihren Nachwuchs verlassen sollte.

An einem kalten Tag, lange nachdem die letzten Platanenblätter gefallen waren, stieg Tate mit einem in rotgrünem Papier eingepackten Geschenk aus seinem Boot.

»Ich hab nichts für dich«, sagte sie, als er ihr das Geschenk hinhielt. »Ich wusste nicht, dass heute Weihnachten ist.«

»Ist es auch nicht.« Er lächelte. »Noch lange nicht«, log er. »Na los, mach auf, ist nur eine Kleinigkeit.«

Behutsam entfernte sie das Papier, und zum Vorschein kam ein gebrauchtes Lexikon. »Oh, Tate, danke.«

»Guck mal rein«, sagte er.

Bei *S* steckte eine Silbermöwenfeder, zwischen zwei Seiten von *V* waren Vergissmeinnichtblüten gepresst, unter *P* fand sie einen getrockneten Pilz. So viele Schätze waren zwischen den Seiten versteckt, dass das Buch sich nicht ganz schließen ließ.

»Ich versuche, am Tag nach Weihnachten wiederzukommen. Vielleicht kann ich was vom Truthahnbraten mitbringen.« Er küsste sie zum Abschied. Als er weg war, fluchte sie laut. Ihre erste Chance seit Mas Verschwinden, jemandem, den sie liebte, etwas zu schenken, und sie hatte sie verpasst.

Einige Tage später wartete sie fröstelnd in dem ärmellosen, pfirsichfarbenen Chiffonkleid am Strand der Lagune auf Tate. Während sie auf und ab ging, hielt sie ihr Geschenk für ihn – die Federhaube eines Rotkardinals – fest in der Hand. Es war in das Papier eingepackt, das Tate benutzt hatte. Sobald er aus dem Boot stieg, drückte sie es ihm in die Hand und bestand darauf, dass er es umgehend aufmachte, also tat er es. »Vielen Dank, Kya. So eine hab ich nicht.«

Ihr Weihnachten war perfekt.

»Jetzt lass uns schnell reingehen. In dem Kleid

muss dir ja furchtbar kalt sein.« Von dem Feuer im Holzofen war es in der Küche gemütlich warm, aber er meinte trotzdem, sie sollte sich lieber Pullover und Jeans anziehen.

Gemeinsam wärmten sie das Essen auf, das er mitgebracht hatte: Truthahn, Maisbrot, Preiselbeersoße, Süßkartoffelauflauf und Kürbiskuchen – lauter Reste vom Weihnachtsessen mit seinem Dad im Diner. Kya hatte Brötchen gebacken, und sie aßen am Küchentisch, den sie mit Stechpalmenzweigen und Muscheln dekoriert hatte.

»Ich wasch schnell ab«, sagte sie, als sie heißes Wasser vom Ofen nahm und in die Schüssel goss.

»Ich helf dir.« Und er trat hinter sie und schlang die Arme um ihre Taille. Sie lehnte den Kopf zurück gegen seine Brust, Augen geschlossen. Langsam glitten seine Hände unter ihren Pullover, über ihren glatten Bauch, höher zu ihren Brüsten. Wie üblich trug sie keinen Büstenhalter, und seine Finger umkreisten ihre Nippel. Seine Berührung verharrte dort, aber ein Gefühl breitete sich durch ihren Körper nach unten aus, als hätten sich seine Hände zwischen ihre Beine bewegt. Eine Leere, die dringend gefüllt werden wollte, pulsierte durch sie hindurch. Aber sie wusste nicht, was sie tun, was sie sagen sollte, also schob sie ihn weg.

»Ist schon gut«, sagte er. Und hielt sie einfach fest, beide schwer atmend.

Zwischen Tagen mit schneidendem Wind und bitterkaltem Regen lugte gelegentlich die Sonne hervor, war aber noch immer zaghaft und dem Winter unterwürfig. Dann, eines Nachmittags, kämpfte sich der Frühling endgültig den Weg frei. Es wurde warm, und der Himmel glänzte wie blank geputzt. Kya sprach leise, während sie mit Tate am grasigen Ufer eines tiefen Flusslaufs entlangging, der von hohen Amberbäumen beschattet wurde. Plötzlich packte er ihre Hand, legte einen Finger an die Lippen. Ihr Blick folgte seinem zum Rand des Wassers, wo ein dicker Ochsenfrosch unter Laubwerk hockte. Eigentlich nichts Ungewöhnliches, aber dieser Frosch war vollständig und strahlend weiß.

Tate und Kya grinsten einander kurz an und bewunderten das Tier, bis es mit einem lautlosen, langbeinigen Sprung verschwand. Doch auch dann schwiegen sie weiter, wichen leise ein gutes Stück ins Gebüsch zurück. Kya hielt sich die Hände vor den Mund und kicherte. Tänzelte mit kindlichen Hüpfern in einem nicht mehr ganz so kindlichen Körper von Tate weg.

Tate betrachtete sie einen Moment lang, dachte nicht mehr an Frösche. Er machte einen entschlossenen Schritt auf sie zu. Sein Gesichtsausdruck ließ sie vor einer breiten Eiche verharren. Er umfasste ihre Schultern und presste sie gegen den Baum. Er küsste sie, hielt ihre Arme fest und drückte seinen Schritt gegen ihren. Seit Weihnachten hatten sie sich oft geküsst und vorsichtig erkundet; das hier war anders. Immer hatte er die Führung übernommen, und genau auf Zeichen von ihr geachtet, wie weit er gehen durfte; das jetzt war anders.

Er löste sich von ihr, die goldbraunen Tiefen seiner Augen bohrten sich in ihre. Langsam knöpfte er ihre Bluse auf und streifte sie ab, entblößte ihre Brüste. Er nahm sich Zeit, erforschte sie mit seinen Augen und Fingern, umkreiste ihre Nippel. Dann öffnete er den Reißverschluss ihrer Shorts und schob sie nach unten, bis sie zu Boden fiel. Kya war zum ersten Mal fast nackt vor ihm. Sie schnappte nach Luft und wollte ihre Blöße bedecken. Er schob sanft ihre Hände weg und studierte ihren Körper von oben bis unten. Sie spürte ein Pochen im Schritt, als wäre alles Blut dorthin gerauscht. Er starrte sie weiter an, streifte dann seine Shorts ab und drückte seine Erektion gegen sie.

Als sie sich verlegen wegdrehte, hob er ihr Kinn und sagte: »Sieh mich an. Sieh mir in die Augen, Kya.«

»Tate, Tate.« Sie griff nach ihm, wollte ihn küssen, aber er hielt sie auf Abstand, zwang sie, ihn nur anzuschauen. Sie hatte nicht gewusst, dass schiere Nacktheit ein solches Begehren auslösen konnte. Er drückte mit den Händen sachte gegen ihre Schenkel, und sie schob instinktiv beide Füße leicht nach außen. Seine Finger bewegten sich zwischen ihren Beinen, massierten sanft Teile von ihr, von denen sie gar nicht gewusst hatte, dass es sie gab. Sie warf den Kopf nach hinten und wimmerte.

Plötzlich stieß er sich von ihr ab und trat zurück. »Gott, Kya, es tut mir leid. Es tut mir leid.«

»Tate, bitte, ich will das.«

»Nicht so, Kya.«

»Warum nicht? Warum nicht so?«

Sie griff nach seinen Schultern und versuchte, ihn wieder an sich zu ziehen.

»Warum nicht?«, fragte sie erneut.

Er nahm Kyas Kleidung und streifte sie ihr über. Ohne sie dort zu berühren, wo sie es wollte, wo Teile ihres Körpers noch immer pulsierten. Dann hob er sie auf und trug sie zum Flussufer. Setzte sie ab und sank neben sie.

»Kya, ich will dich, mehr als alles andere. Ich will dich für immer. Aber du bist zu jung. Du bist erst fünfzehn.«

»Na und? Du bist bloß vier Jahre älter. Tu nicht so, als wärst du auf einmal der große erwachsene Alleswisser.«

»Hast ja recht, aber ich kann nicht schwanger werden. Und es kann mich nicht so leicht verletzen wie dich. Ich werde es nicht tun, Kya, weil ich dich liebe.« Liebe. In dem Wort steckte nichts, was sie verstand.

»Du hältst mich noch immer für ein dummes kleines Mädchen«, sagte sie wütend.

»Kya, im Moment hörst du dich tatsächlich wie ein

kleines Mädchen an.« Aber er lächelte, als er das sagte, und zog sie näher.

»Aber wann denn, wenn nicht jetzt? Wann können wir?«

»Eben jetzt noch nicht.«

Sie schwiegen eine Weile, und dann fragte sie: »Wie hast du gewusst, was du machen musst?« Kopf gesenkt, wieder schüchtern.

»Genauso, wie du es gewusst hast.«

Eines Nachmittags im Mai, als sie von der Lagune zum Strand gingen, sagte er: »Du weißt ja, dass ich bald wegmuss. Aufs College.«

Er hatte davon geredet, dass er nach Chapel Hill gehen würde, aber Kya hatte nicht daran denken wollen und sich damit getröstet, dass sie ja noch den ganzen langen Sommer hatten.

»Wann? Doch nicht sofort.«

»Dauert aber nicht mehr lange. In ein paar Wochen.«

»Wieso das denn? Ich hab gedacht, das College fängt erst im Herbst an.«

»Ich hab einen Job in einem Biologielabor auf dem Campus ergattert. Den kann ich mir nicht entgehen lassen. Deshalb fang ich schon im Sommer an.«

Von all den Menschen, die sie verlassen hatten, war Jodie der Einzige gewesen, der sich von ihr verabschiedet hatte. Die anderen waren einfach für immer verschwunden, aber das hier fühlte sich kein bisschen besser an. Ihr wurde brennend heiß in der Brust.

»Ich komm so oft wieder, wie ich kann. So weit ist es gar nicht. Nicht mal eine Tagesreise mit dem Bus.«

Sie schwieg lange. Schließlich fragte sie: »Warum musst du überhaupt aufs College, Tate? Warum kannst du nicht hierbleiben und Krabben fischen wie dein Dad?«

»Kya, du weißt, warum. Ich kann es einfach nicht. Ich will das Marschland studieren, will Forschungsbiologe werden.« Sie hatten den Strand erreicht und setzten sich auf den Sand.

»Und was dann? Solche Jobs gibt's hier nicht. Du kommst nie wieder nach Hause.«

Sie sprang auf, erschreckte die Regenpfeifer, die kreischend aufflogen. Sie rannte vom Strand in den Wald. Tate lief ihr nach, doch sobald er die Bäume erreichte, blieb er stehen, sah sich um. Sie hatte ihn bereits abgeschüttelt.

Aber nur für den Fall, dass sie irgendwo in Hörweite war, rief er: »Kya, du kannst nicht immer nur weglaufen. Manchmal muss man Dinge bereden. Sich ihnen stellen.« Dann, mit wachsender Ungeduld: »Verdammt noch mal, Kya. Rutsch mir doch den Buckel runter!«

Eine Woche später hörte Kya Tates Boot durch ihre Lagune tuckern und versteckte sich hinter einem Gebüsch. Als er in den Kanal bog, erhob sich ein Reiher auf langsamen Silberschwingen. Ein Teil von ihr wollte weglaufen, doch sie trat auf den Strand, wartete.

»Hey«, sagte er. Ausnahmsweise trug er keine Baseballkappe, und seine wilden blonden Locken wehten ihm um das gebräunte Gesicht. Es schien, als hätten sich seine Schultern in den letzten Monaten zu denen eines Mannes verbreitert.

»Hey.«

Er stieg aus dem Boot, nahm ihre Hand und zog sie mit zur Lesehütte, wo sie sich hinsetzten.

»Ich muss doch schon früher abreisen, als ich dachte. Ich lass sogar die Abschlussfeier an der Schule ausfallen, damit ich meinen Job anfangen kann. Kya, ich bin gekommen, um mich zu verabschieden.« Selbst seine Stimme wirkte irgendwie männlicher, bereit für eine erwachsenere Welt.

Sie antwortete nicht und mied es, ihn anzusehen. Ihre Kehle schnürte sich zu. Er stellte zwei Beutel mit Büchern vor ihre Füße. Hauptsächlich wissenschaftliche Ausgaben, die von der Schule und der Bibliothek ausgemustert worden waren.

Sie glaubte nicht, dass sie ein Wort herausbringen konnte. Sie wollte, dass er mit ihr wieder zu der Stelle mit dem weißen Frosch ging. Für den Fall, dass er nie zurückkam, wollte sie, dass er sie dort jetzt nahm.

»Du wirst mir fehlen, Kya. Jeden Tag, den ganzen Tag.«

»Vielleicht vergisst du mich ja. Wenn du erst mal mit dem ganzen College-Zeug beschäftigt bist und die vielen hübschen Mädchen da siehst.«

»Ich werde dich nicht vergessen. Niemals. Versprich mir, dass du dich um die Marsch kümmerst, bis ich wiederkomme. Und vorsichtig bist.«

»Versprochen.«

»Ich mein's ernst, Kya. Hüte dich vor anderen Menschen, lass keine Fremden in deine Nähe.«

»Ich glaube, ich kann jedem davonlaufen und mich so verstecken, dass mich keiner findet.«

»Ja, das kannst du. Ich komme in ungefähr einem Monat wieder, versprochen. Zum vierten Juli. Wirst sehen, die Zeit vergeht wie im Flug.«

Sie antwortete nicht, und er stand auf, stopfte die Hände in seine Jeanstaschen. Sie trat neben ihn, aber sie blickten beide weg, in den Wald.

Er umfasste ihre Schultern und küsste sie lange.

»Auf Wiedersehen, Kya.« Für einen Moment sah sie über seine Schulter hinweg und dann in seine Augen. Ein Abgrund, den sie bis in die tiefsten Tiefen kannte.

»Auf Wiedersehen, Tate.«

Ohne ein weiteres Wort gingen sie zur Lagune zurück, und er stieg in sein Boot. Kurz bevor er im überhängenden Gestrüpp des Kanals verschwand, drehte er sich um und winkte. Sie reckte eine Hand hoch über den Kopf und legte sie dann auf ihr Herz.

19
VERSCHIEDENE QUELLEN

1969

Am Morgen nach der Lektüre des zweiten Laborberichts, am achten Tag, seit Chase Andrews Leiche im Sumpf entdeckt worden war, stieß Deputy Purdue die Bürotür des Sheriffs mit dem Fuß auf und trat ein. In den Händen hatte er zwei Pappbecher Kaffee und eine Tüte mit noch warmen Donuts, frisch aus der Fritteuse.

»Oh Mann, riecht das gut«, sagte Ed, als Joe alles auf den Tisch packte. Beide Männer nahmen sich je einen riesigen Donut aus der fettigen braunen Tüte. Schmatzten laut, leckten sich Glasur von den Fingern.

Dann erklärten sie wie aus einem Munde: »Also, ich hab was.«

»Du zuerst«, sagte Ed.

»Ich hab von verschiedenen Quellen gehört, dass Chase in der Marsch irgendwas am Laufen hatte.«

»Am Laufen? Was soll das heißen?«

»Weiß ich noch nicht genau, aber im Dog-Gone haben sie erzählt, Chase wäre vor zirka vier Jahren auf einmal oft allein draußen in der Marsch gewesen und hätte ein ziemliches Geheimnis draus gemacht. Er ist noch weiterhin mit seinen Freunden zum Fischen rausgefahren und so, aber oft ist er auch allein los. Keine Ahnung, vielleicht hat er sich mit Kiffern oder schlimmeren Leuten eingelassen. Oder er hat es sich mit irgendeinem Drogengangster verscherzt. Wer sich mit Hunden hinlegt, steht mit Flöhen wieder auf. Oder in seinem Fall gar nicht mehr.«

»Na, ich weiß nicht. Er war ein guter Sportler. Kann mir nicht vorstellen, dass er was mit Drogen zu tun hatte«, sagte der Sheriff.

»Er war früher mal ein guter Sportler. Außerdem nehmen viele von denen Drogen. Wenn die Glanzzeiten des Helden vorbei sind, muss er sich seinen Kick woanders holen. Vielleicht hatte er aber auch eine Frau da draußen.«

»Ich wüsste aber keine Frau da draußen, die sein Typ gewesen wäre. Er hat doch immer nur mit der sogenannten Oberschicht von Barkley Cove rumgehangen. Nie mit irgendwelchem Gesindel.«

»Na ja, vielleicht fand er ja selbst, dass die Affäre unter seinem Niveau war, und hat deshalb keinem davon erzählt.«

»Möglich«, sagte der Sheriff. »Wie dem auch sei, was auch immer er da draußen getrieben hat, es zeigt eine ganz neue Seite seines Lebens, von der wir noch nichts wussten. Wir sollten uns umhören und mehr darüber rausfinden.«

»Du hast gesagt, du hast auch was?«

»Ich weiß noch nicht genau, was. Chases Mutter hat angerufen und gesagt, sie hätte uns was Wichtiges zu erzählen. Es geht anscheinend um ein Muschelhalsband, das er immer getragen hat. Sie hält das für ein bedeutsames Indiz. Will herkommen und uns mehr dazu sagen.«

»Wann?«

»Heute Nachmittag, also gleich.«

»Wäre gut, wenn wir mal was Konkretes hätten. Jedenfalls besser, als nach irgendwem mit einem roten Wollpullover zu suchen, der auch noch ein Motiv hat. Mal ehrlich, falls es Mord war, dann war es ein ziemlich cleverer Mord. Die Marsch hat sämtliche Spuren durchgekaut und verschluckt, falls es überhaupt welche gab. Haben wir noch Zeit fürs Mittagessen, bevor Patti Love herkommt?«

»Klar. Und heute gibt's Schweinekotelett. Brombeerkuchen.«

20
4. JULI

1961

Kya hatte ihr inzwischen zu kurzes pfirsichfarbenes Chiffonkleid angezogen, als sie am 4. Juli barfuß zur Lagune ging und sich auf den Lesebaumstamm setzte. Sengende Hitze vertrieb die letzten Nebelreste, und eine drückende Schwüle in der Luft machte das Atmen schwer. Dann und wann kniete sie sich hin, um ihren Hals mit kühlem Wasser zu bespritzen, und die ganze Zeit lauschte sie auf das Brummen von Tates Boot. Das Warten machte ihr nichts aus; sie las die Bücher, die er ihr geschenkt hatte.

Der Tag schleppte sich schwerfällig dahin, und die Sonne schien am Himmel festzuhängen. Nach einer Weile wurde Kya der Stamm zu hart, deshalb ließ sie sich auf dem Boden nieder, lehnte den Rücken gegen den Baum. Irgendwann trieb der Hunger sie zurück zur Hütte, wo sie ein Stück Wurst mit Brot aß, schnell, weil sie fürchtete, Tate würde kommen, während sie ihren Posten verlassen hatte.

Der feuchtheiße Nachmittag war ein Fest für Moskitos. Kein Boot, kein Tate. Als es dämmerte, erhob sie sich, stand kerzengerade und reglos und stumm wie ein Storch da, starrte auf die leere, stille Kanalmündung. Das Atmen tat weh. Sie zog das Kleid aus, ging langsam ins Wasser und schwamm in der dunklen Kühle, die über ihre Haut glitt, die Hitze aus ihrem Körper sog. Sie stieg aus der Lagune, setzte sich nackt auf eine moosige Stelle am Ufer, bis sie wieder trocken war und der Mond am Horizont versank. Dann ging sie mit ihrem Kleid über dem Arm zurück zur Hütte.

Am nächsten Tag wartete sie erneut. Am Vormittag wurde die Luft mit jeder Stunde wärmer, am Nachmittag sengend heiß und flirrte auch noch nach Sonnenuntergang. Später warf der Mond Hoffnung übers Wasser, aber auch die erstarb. Ein weiterer Sonnenaufgang, ein weiterer glühend heißer Tag. Erneuter Sonnenuntergang. Alle Hoffnung auf null. Ihre Augen bewegten sich teilnahmslos, und obwohl sie noch immer auf Tates Boot horchte, war sie nicht mehr angespannt.

Die Lagune roch nach Leben und Tod zugleich, organischer Mischmasch aus Verheißung und Fäulnis. Frösche quakten. Mit dumpfem Blick sah sie zu, wie Leuchtkäfer ihre Zeichen in die Nacht kritzelten. Sie hatte nie Leuchtkäfer in Flaschen gesammelt; man lernt sehr viel mehr über Dinge, wenn sie nicht in einem Glas stecken. Jodie hatte ihr erklärt, dass das Leuchtkäferweibchen das Licht unter dem Schwanz blinken lässt, um dem Männchen zu signalisieren, dass es paarungsbereit ist. Jede Leuchtkäferart hat ihre eigenen Blinkzeichen. Kya sah, dass einige Weibchen *Punkt, Punkt, Punkt, Strich* schrieben und einen Zickzacktanz flogen, während manche in einem anderen Tanzmuster *Strich, Strich, Punkt* blinkten. Die Männchen erkannten natürlich die Signale ihrer Art und flogen nur zu diesen Weibchen. Dann, so hatte Jodie sich ausgedrückt, rieben sie ihre Hinterteile aneinander, wie die meisten Lebewesen das machten, wenn sie Nachwuchs produzieren wollten.

Plötzlich setzte Kya sich auf und sah genauer hin. Eines der Weibchen hatte seinen Code geändert. Erst blinkte es die richtige Abfolge von Strichen und Punkten, lockte ein Männchen seiner Art an und paarte sich mit ihm. Dann ließ es ein anderes Signal aufleuchten, und das Männchen einer anderen Spezies flog zu ihr. Aufgrund der Botschaft war das zweite Männchen sicher, ein williges Weibchen seiner eigenen Art gefunden zu haben, und schwebte zu ihr herab. Doch dann schnellte das Weibchen hoch, schnappte sich das Männchen und fraß es auf, komplett mit allen sechs Beinen und den Flügeln.

Kya beobachtete das auch bei anderen. Die Weibchen bekamen, was sie wollten – erst ein Männchen, dann eine Mahlzeit –, indem sie einfach ihre Signale änderten.

Kya wusste, dass ein moralisches Urteil hier nicht angebracht war. Es war keine Bosheit im Spiel, nur das Leben, das seinen pulsierenden Weg ging, auch auf Kosten einiger Beteiligter. Die Biologie betrachtet richtig und falsch lediglich als dieselbe Farbe unter einem anderen Licht.

Sie wartete noch eine Stunde auf Tate, dann kehrte sie endlich zur Hütte zurück.

Am nächsten Morgen ging sie wieder zur Lagune, obwohl sie die letzten Reste grausamer Hoffnung innerlich verfluchte. Sie saß am Wasser und horchte auf das Geräusch eines Bootes, das durch den Kanal oder über ferne Mündungsarme tuckerte.

Gegen Mittag stand sie auf und schrie: »TATE, TATE, NEIN, NEIN.« Dann fiel sie auf die Knie, das Gesicht in den Schlamm gedrückt. Sie spürte den starken Sog des Verlustes. Eine Gezeitenströmung, die Kya nur allzu gut kannte.

21
BUSS

1961

Heißer Wind ließ die Wedel der Palmettos rasseln wie kleine trockene Knochen. Nachdem Kya die Hoffnung auf Tates Rückkehr aufgegeben hatte, verließ sie drei Tage lang nicht mehr das Bett. Benommen von Verzweiflung und Hitze, warf sie sich in schweißfeuchten Laken hin und her. Die Kleidung klebte ihr am Körper. Sie schickte ihre Zehen auf Erkundungsmission, um kühle Stellen im Bett zu finden, doch sie fanden keine.

Sie achtete weder auf den Mondaufgang, noch sah sie, als ein Virginia-Uhu mitten am Tag im Sturzflug einen Blauhäher schlug. Vom Bett aus hörte sie die Marsch draußen im Schlagen der Amselflügel, blieb aber, wo sie war. Die Klageschreie der Möwen über dem Strand, die nach ihr riefen, taten ihr weh. Doch zum ersten Mal in ihrem Leben ging sie nicht zu ihnen. Sie hoffte, der Schmerz, den sie empfand, weil sie ihre Möwen vernachlässigte, würde den Riss in ihrem Herzen überdecken. Doch dem war nicht so.

Apathisch fragte sie sich, was sie getan hatte, dass alle sie verließen. Ihre Ma. Ihre Schwestern. Ihre ganze Familie. Jodie. Und jetzt Tate. Ihre bittersten Erinnerungen waren jene unbestimmten Tage, an denen Familienangehörige den Weg hinunter verschwunden waren. Der Zipfel eines weißen Kopftuchs, das noch durchs Laubwerk schimmert. Ein paar Socken, auf einer Matratze zurückgelassen.

Tate und das Leben und die Liebe waren ein und dasselbe gewesen. Jetzt gab es keinen Tate mehr.

»Warum, Tate, warum?«, murmelte sie in ihr Kissen. »Du solltest doch anders sein. Du solltest bleiben. Du hast gesagt, du liebst mich, aber so was wie Liebe gibt es nicht. Es gibt niemanden auf der Erde, auf den man sich verlassen kann.« Tief in ihrem Innersten rang sie sich das Versprechen ab, nie wieder einem Menschen ihr Vertrauen oder ihre Liebe zu schenken.

Immer hatte sie die Kraft und Beherztheit gefunden, die sie brauchte, um sich durchzuschlagen, den nächsten Schritt zu tun, ganz gleich, wie zitterig der auch war. Aber was hatte ihr all der Mumm gebracht? Sie dämmerte immer wieder in einen leichten Schlaf.

Plötzlich fiel ihr die Sonne ins Gesicht, voll, hell und gleißend. Noch nie in ihrem Leben hatte sie bis zum Mittag geschlafen. Sie hörte ein leises Rascheln, und als sie sich auf die Ellbogen stützte, sah sie einen rabengroßen Rotschwanzbussard auf der anderen Seite der Fliegengittertür stehen und hereinspähen. Zum ersten Mal seit Tagen regte sich ein gewisses Interesse in ihr. Sie stand auf, als der Bussard davonflog.

Endlich machte sie einen Brei aus warmem Wasser

und Grieß und ging damit zum Strand, um die Möwen zu füttern. Als sie aus dem Wald trat, stoben alle auf, schwirrten und flatterten um sie herum, und sie fiel auf die Knie, warf das Futter auf den Boden. Dann drängten sich die Vögel um sie, und Kya spürte die Federn, die ihre Arme und Beine streiften, und sie warf den Kopf zurück, lächelte mit ihnen. Selbst dann noch, als ihr Tränen über die Wangen strömten.

Nach dem 4. Juli blieb Kya einen ganzen Monat nur in der Nähe ihrer Hütte. Sie ging nicht in die Marsch, fuhr nicht zu Jumpin', um Benzin oder Vorräte zu kaufen. Sie ernährte sich von Fisch, Miesmuscheln, Austern, Grieß und Gemüse.

Als all ihre Regale leer waren, fuhr sie schließlich doch mit dem Boot zu Jumpin' und deckte sich mit Vorräten ein, aber sie plauderte nicht wie sonst mit ihm. Erledigte ihre Einkäufe und ließ ihn dann ratlos stehen. Andere Menschen zu brauchen, brachte nur Schmerz.

Einige Tage später hockte der Rotschwanzbussard wieder auf den Verandastufen und spähte durch das Fliegengitter. *Wie seltsam*, dachte sie, während sie ihn mit schief gelegtem Kopf musterte. »Hallo, Buss.«

Er machte einen kleinen Hüpfer, flatterte auf, flog dann einmal tief an ihr vorbei, ehe er sich hoch in die Wolken schwang. Sie schaute ihm nach und sagte endlich zu sich selbst: »Ich muss zurück in die Marsch.«

Sie fuhr mit dem Boot hinaus, manövrierte durch die Kanäle und Wasserläufe, suchte zum ersten Mal, seit Tate sie verlassen hatte, nach Vogelnestern, Federn und Muscheln. Dennoch wurde sie die Gedanken an ihn nicht los. Die intellektuellen Herausforderungen oder die hübschen Mädchen in Chapel Hill hatten ihn verführt. Sie konnte sich keine Studentinnen vorstellen, aber ganz gleich, wie sie aussahen, es war bestimmt besser als eine zottelhaarige Miesmuschelsammlerin, die barfuß lief und in einer Hütte hauste.

Als der August sich dem Ende neigte, hatte ihr Leben wieder einen gewissen Rhythmus gefunden: Boot, sammeln, malen. Monate vergingen. Sie fuhr nur zu Jumpin', wenn es unbedingt erforderlich war, sprach aber kaum mit ihm.

Ihre Sammlungen wurden ausgereifter, methodisch nach Ordnung, Gattung und Spezies unterteilt; nach Alter, anhand der Knochenabnutzung; nach Größe der Federn in Millimetern oder nach den zartesten Grüntönen. Wissenschaft und Kunst befruchteten sich gegenseitig: Die Farben, das Licht, die Spezies, das Leben ließen ein Meisterwerk an Wissen und Schönheit entstehen, das jeden Winkel der Hütte ausfüllte. Ihre Welt. Sie selbst wuchs mit – der Stamm des Rebstocks –, allein, aber all diese Wunder zusammenhaltend.

Doch so, wie ihre Sammlungen wuchsen, wuchs auch ihre Einsamkeit. Ein Schmerz so groß wie ihr

Herz wohnte in ihrer Brust. Nichts konnte ihn lindern. Weder die Möwen noch ein grandioser Sonnenuntergang, noch die seltensten Muschelexemplare.

Monate wurden zu einem Jahr.

Die Einsamkeit wurde unerträglich für sie. Sie sehnte sich nach der Stimme, der Gegenwart, der Berührung eines Menschen, aber noch größer war ihr Wunsch, ihr Herz zu schützen.

Monate wurden zu einem weiteren Jahr. Dann noch einem.

II

DER SUMPF

22
GEZEITEN

1965

Kya, neunzehn Jahre alt, Beine länger, Augen größer und dunkler wirkend, saß am Point Beach und sah Strandkrabben zu, die sich rückwärts in den Sand gruben. Plötzlich hörte sie Stimmen aus südlicher Richtung und sprang auf. Die Gruppe von Kindern – jetzt junge Erwachsene –, die sie im Laufe der Jahre immer mal wieder beobachtet hatte, kam in ihre Richtung geschlendert. Sie warfen sich einen Football zu, spielten Fangen und planschten in den Wellen. Sie wollte nicht gesehen werden, deshalb lief sie zu den Bäumen, mit Sand aufwirbelnden Fersen, und versteckte sich hinter dem wuchtigen Stamm einer Eiche. Wohl wissend, wie seltsam ihr Verhalten war.

Hat sich nicht viel verändert, dachte sie, *die lachen, ich verkrieche mich wie eine Strandkrabbe*. Ein wildes Wesen, das sich für sein eigenes verrücktes Verhalten schämt.

Großdünnblond, Pferdeschwanzsommersprossen, Kurzesschwarzeshaar, Nieohneperlen und Rundpausbacke tollten kichernd und Arm in Arm über den Strand. Bei Kyas wenigen Besuchen in der Stadt hatte sie ihre höhnischen Bemerkungen zu hören bekommen. »Stellt euch vor, das Marschmädchen kriegt von den Schwarzen Klamotten geschenkt und muss Muscheln gegen Grieß eintauschen.«

Aber nach all den Jahren waren sie noch immer Freundinnen. Das war doch was. Ein bisschen albern, von außen betrachtet, zugegeben, aber sie hielten zusammen, wie Mabel oft gesagt hatte. »Du brauchst Freundinnen, Schätzchen, weil, auf die kannst du dich verlassen. Das is ein Versprechen, das hält. Ein Trupp Freundinnen is der zärtlichste und härteste Platz auf der Welt.«

Kya musste leise lachen, als die Mädchen sich gegenseitig mit Salzwasser bespritzten. Dann sprangen sie kreischend in die tieferen Wellen. Kyas Lächeln erstarb, als sie sich gegenseitig aus dem Wasser halfen und in ihre traditionelle Gruppenumarmung zogen.

Ihr Gelächter machte Kyas Schweigen noch lauter. Ihr Zusammensein verstärkte Kyas Einsamkeit, aber sie wusste, dass sie für diese Mädchen Sumpfpack war, und blieb in ihrem Versteck.

Ihre Augen wanderten zu dem größten Jungen. In Kaki-Shorts und ohne Hemd warf er den Football. Kya sah das Spiel der Muskelstränge in seinem Rücken. Sah seine braun gebrannten Schultern. Sie wusste, das war Chase Andrews, der sie damals fast mit seinem Fahrrad umgefahren hätte, denn im Laufe der Jahre hatte sie ihn immer wieder mit seinen Freunden gesehen, am Strand oder auf dem Weg in den Diner, um Milchshakes zu trinken, oder bei Jumpin', um sein Boot vollzutanken.

Jetzt, als die Gruppe immer näher kam, hatte sie nur noch Augen für ihn. Ein anderer Junge warf den Ball zu, und Chase musste mit nackten Füßen, die tief in den heißen Sand sanken, ein Stück rennen, um ihn aufzufangen. Dabei kam er in die Nähe von Kyas Baum. Als er den Arm zum Wurf hob, schaute er über die Schulter, und ihre Blicke trafen sich. Er warf den Football, ohne die anderen auf sie aufmerksam zu machen, drehte sich um und sah ihr in die Augen. Sein Haar war schwarz, genau wie ihres, aber seine Augen waren hellblau, das Gesicht kräftig, markant. Der Schatten eines Lächelns umspielte seinen Mund. Dann ging er zurück zu den anderen, Schultern entspannt, selbstsicher.

Aber er hatte sie bemerkt. Hatte ihren Blick festgehalten. Ihr stockte der Atem, als Wärme sie durchströmte.

Heimlich folgte sie ihnen, vor allem ihm, den Strand hinunter. Ihr Verstand wollte in die eine Richtung, ihr Begehren in die andere. Ihr Körper beobachtete Chase Andrews, nicht ihr Herz.

Am nächsten Tag fuhr sie erneut zum Point Beach – derselbe Gezeitenstand, andere Uhrzeit, aber es war niemand da, bloß lärmige Strandläufer und wellenreitende Strandkrabben.

Sie versuchte, sich zu zwingen, den Strand zu meiden und in der Marsch zu bleiben, dort Vogelnester und Federn zu sammeln. In Sicherheit zu bleiben und die Möwen mit Grieß zu füttern. Das Leben hatte aus ihr eine Expertin darin gemacht, Gefühle auf lagerfähige Größe zu quetschen.

Aber Einsamkeit hat ihren eigenen Kompass. Und am nächsten Tag kehrte sie erneut zu dem Strand zurück, um nach Chase Andrews zu suchen. Und am nächsten.

Eines frühen Abends, nachdem Kya wieder mal nach Chase Andrews Ausschau gehalten hat, legt sie sich auf einen schmalen Streifen Strand in der Nähe ihrer Hütte. Er ist noch klamm von der letzten Welle. Sie hebt die Arme über den Kopf, drückt sie auf den nassen Sand und streckt die Beine aus, Zehen nach vorne. Mit geschlossenen Augen rollt sie Richtung Meer. Durch die Bewegung hinterlassen ihre Hüften und Arme kleine Mulden im glänzenden Sand, die aufschimmern und sich dann wieder trüben. Sie rollt immer näher an die Wellen heran, spürt das Tosen des Ozeans im ganzen Körper und fragt sich: *Wann wird das Meer mich berühren? Wo wird es mich zuerst berühren?*

Die schaumige Brandung rauscht auf den Strand, greift nach ihr. Zitternd vor Vorfreude atmet sie tief ein. Rollt immer langsamer. Bei jeder Umdrehung, kurz bevor ihr Gesicht den Sand berührt, hebt sie leicht den Kopf und genießt den Sonne-Salz-Geruch. *Ich bin kurz davor, ganz kurz davor. Es kommt. Wann werde ich es spüren?*

Ein Fieber steigt in ihr auf. Der Sand unter ihr nasser, das Donnern der Brandung lauter. Sie bewegt sich noch langsamer, zentimeterweise, wartet auf die Berührung. Bald, bald. Spürt sie schon fast, bevor sie passiert.

Sie möchte die Augen öffnen und hinsehen, wie lange noch. Aber sie widersteht, schließt die Lider noch fester, die Helligkeit des Himmels dahinter liefert keine Anhaltspunkte.

Plötzlich schreit sie auf, als die Kraft unter ihr hindurchrauscht, ihre Oberschenkel liebkost, zwischen ihren Beinen, an ihrem Rücken entlangfließt, unter ihrem Kopf wirbelt, ihr Haar in glatte schwarze Strähnen zieht. Sie rollt schneller in die mächtige Welle hinein, gegen dahinströmende Muscheln und winzige Teilchen im Ozean, lässt sich vom Wasser umschlingen. Gegen den starken Körper der See gepresst, wird sie gepackt, gehalten. Ist nicht allein.

Kya setzt sich auf, öffnet die Augen und sieht den Ozean um sie herum in weichen weißen Mustern schäumen, in ewigem Wandel.

Seit Chase sie am Strand bemerkt hatte, war sie schon zweimal innerhalb einer Woche bei Jumpin' gewesen. Ohne sich selbst einzugestehen, dass sie hoffte, Chase dort zu begegnen. Von jemand anderem wahrgenommen zu werden, hatte eine soziale Saite in ihr angeschlagen. Und jetzt fragte sie Jumpin': »Übrigens, wie geht's Mabel? Habt ihr Besuch von euren Enkeln?«, wie sie das früher oft getan hatte. Jumpin' fiel die Veränderung auf, aber er ließ sich lieber nichts anmerken. »Und ob, haben gerade vier bei uns. So viel Gekicher, und was weiß ich noch alles, hat's bei uns schon lang nich mehr gegeben.«

Ein paar Tage später, als Kya morgens am Steg anlegte, war Jumpin' nirgends zu sehen. Braune Pelikane hockten auf Pfosten und beäugten sie, als würden sie auf seinen Laden aufpassen. Kya lächelte sie an.

Eine Hand auf ihrer Schulter ließ sie zusammenfahren.

»Hi.« Als sie sich umdrehte, stand Chase hinter ihr. Das Lächeln verschwand aus ihrem Gesicht.

»Ich bin Chase Andrews.« Seine kühlblauen Augen starrten in ihre. Es schien ihn überhaupt nicht zu verunsichern, sie zu mustern.

Sie sagte nichts, trat nur von einem Bein aufs andere.

»Ich hab dich immer mal wieder gesehen. Ich mein, über die Jahre, in der Marsch. Wie heißt'n du?« Einen Moment lang dachte er, sie würde nicht antworten. Vielleicht war sie ja stumm oder hatte bloß eine primitive Sprache, wie manche erzählt hatten. Ein weniger selbstbewusster Mann wäre wahrscheinlich gegangen.

»Kya.« Selbstverständlich erinnerte er sich nicht mehr an den Fahrradzwischenfall auf dem Bürgersteig, und er kannte sie lediglich als das Marschmädchen.

»Kya – ausgefallener Name. Aber hübsch. Hast du Lust auf einen Picknickausflug? Mit meinem Boot, am Sonntag.«

Sie sah an ihm vorbei, nahm sich die Zeit, seinen Vorschlag abzuwägen, konnte ihn aber nicht wirklich einschätzen. Endlich hatte sie die Chance, mit jemandem zusammen zu sein.

Schließlich sagte sie: »Okay.« Er sagte, sie solle gegen Mittag zu der mit Eichen bestandenen Halbinsel nördlich von Point Beach kommen. Dann sprang er in sein blau-weißes Wasserskiboot, wo auf jeder erdenklichen Oberfläche Metall glänzte, und raste davon.

Sie hörte andere Schritte hinter sich und drehte sich um. Jumpin' kam über den Steg gelaufen. »Hi, Miss Kya. Tut mir leid, hab bloß 'n paar leere Kisten weggebracht. Einmal vollmachen?«

Kya nickte.

Auf dem Nachhauseweg stellte sie den Motor ab und ließ das Boot treiben, das Ufer in Sicht. Gegen den alten Rucksack gelehnt, blickte sie in den Himmel und sagte Gedichte auf, wie sie das manchmal tat. Eines, das sie besonders mochte, war John Masefields »Seefieber«:

… Ich wünsch mir bloß einen windigen Tag,
wenn Wolken am Himmel jagen
Wenn hoch die Gischt peitscht und Wellenschaum
weht und die Schreie der Möwen klagen.

Dann fiel Kya eines von einer unbekannteren Dichterin ein, Amanda Hamilton. Es war kürzlich in der Lokalzeitung veröffentlicht worden, die sie im Piggly Wiggly gekauft hatte:

Im Innern eingeschlossen
Ist Liebe ein gefangenes Tier
Das sein eigenes Fleisch frisst.
Liebe muss umherstreifen
Am selbst gewählten Ufer landen
Und atmen.

Die Zeilen weckten Erinnerungen an Tate, und ihr stockte der Atem. Er hatte bloß eine Bessere finden müssen, und weg war er. Hatte es nicht mal für nötig gehalten, Lebewohl zu sagen.

Kya wusste es nicht, aber Tate *war* zurückgekommen.

Einen Tag bevor er mit dem Bus zum vierten Juli nach Hause fahren wollte, war Professor Blum, der ihm den Job verschafft hatte, ins Protozoologie-Labor gekommen und hatte ihn gefragt, ob er sich einigen renommierten Ökologen anschließen wollte, die übers

Wochenende eine Exkursion zur Beobachtung der Vogelwelt planten.

»Mir ist Ihr Interesse an Ornithologie aufgefallen, und ich denke, das wäre was für Sie. Es gibt nur Platz für einen einzigen Studenten, und da habe ich gleich an Sie gedacht.«

»Ja, unbedingt. Sehr gern.« Nachdem Professor Blum wieder gegangen war, stand Tate da, allein, umgeben von Labortischen, Mikroskopen und dem summenden Autoklav, und fragte sich, wie er so schnell hatte einknicken können. Was ihn getrieben hatte, gleich die erste Gelegenheit zu nutzen, um seinen Professor zu beeindrucken. Der Stolz, weil die Auswahl auf ihn gefallen war, weil er als einziger Student mitfahren durfte.

Die nächste Möglichkeit, nach Hause zu fahren – und das auch nur für eine Nacht –, hatte sich fünfzehn Tage später ergeben. Er wollte sich unbedingt bei Kya entschuldigen, die bestimmt Verständnis haben würde, wenn er ihr von Professor Blums Einladung erzählte.

Er drosselte den Motor, als er vom offenen Meer in den Kanal bog, wo sich zahllose Schildkröten auf umgestürzten Baumstämmen die glänzenden Rücken von der Sonne wärmen ließen. Auf halbem Weg entdeckte er ihr Boot, das sorgsam in hohem Schlickgras versteckt war. Sofort wurde er noch langsamer und sah Kya weiter vorne auf einer breiten Sandbank knien, anscheinend fasziniert von irgendeinem kleinen Schalentier.

Sie hielt den Kopf tief gesenkt und hatte ihn noch nicht bemerkt. Er steuerte sein Skiff leise ins Schilf, außer Sicht. Seit Jahren wusste er, dass sie ihn manchmal aus irgendwelchen Verstecken heimlich beobachtet hatte. Spontan beschloss er, es ihr nachzutun.

Sie stand auf, barfuß, in einer abgeschnittenen Jeans und einem weißen T-Shirt. Als sie die Arme hochreckte, kam ihre wespendünne Taille zur Geltung. Dann kniete sie sich erneut hin und nahm händeweise Sand auf, ließ ihn durch die Finger rieseln, untersuchte die wimmelnden Organismen, die auf ihrem Handteller zurückblieben. Er lächelte beim Anblick dieser jungen Biologin, die so konzentriert, so weltvergessen war. Er stellte sie sich auf der Vogelkundlerexkursion vor, wie sie im Hintergrund geblieben wäre, aber jeden Vogel stets als Erste entdeckt und benannt hätte. Schüchtern und leise hätte sie die genauen Grassorten aufgelistet, die in die verschiedenen Nester eingeflochten waren, oder das exakte Alter eines weiblichen Jungvogels nur anhand der sich abzeichnenden Farben an den Flügelspitzen bestimmt. Feine Details, die jedes Lehrbuch oder das Wissen der angesehenen Ökologengruppe in den Schatten stellten. Die kleinsten Besonderheiten, die eine Spezies ausmachen. Die Essenz.

Tate erschrak, als Kya plötzlich aufsprang, eine

Handvoll Sand achtlos fallen ließ und stromaufwärts spähte, weg von Tate. Er konnte so gerade eben das leise Tuckern eines näher kommenden Bootes mit Außenbordmotor hören, wahrscheinlich ein Fischer oder ein Marschbewohner auf dem Weg in die Stadt. Ein sanftes Brummen, alltäglich und ruhig wie das Gurren von Tauben. Aber Kya schnappte ihren Rucksack, sprintete über die Sandbank und tauchte in das hohe Gras. Tief geduckt und sich immer wieder umschauend, ob das Boot schon zu sehen war, schlich sie im Entengang zu ihrem Boot. Die Knie fast bis ans Kinn gehoben. Sie war jetzt näher bei ihm, und Tate konnte ihre Augen sehen, dunkel und gehetzt. Als sie ihr Boot erreichte, hockte sie sich neben dessen Seitenwand und zog den Kopf ein.

Der Fischer – ein alter Mann mit Hut und gutmütigem Gesicht – kam in Sicht, bemerkte weder Kya noch Tate und verschwand um die nächste Biegung. Aber sie blieb wie erstarrt, horchte, bis der Motor in der Ferne verklang. Dann erst stand sie auf und wischte sich die Stirn, blickte aber weiter in die Richtung des fremden Bootes, wie eine Antilope das Gebüsch beäugt, in dem ein Panther verschwunden ist.

In gewisser Weise war ihm bewusst, dass sie sich so verhielt, aber seit dem Federspiel hatte er diesen rohen, unbehauenen Kern nicht mehr erlebt. Wie gequält, einsam und fremd.

Er war noch keine zwei Monate auf dem College

und hatte doch schon das Gefühl, genau die Welt betreten zu haben, die er wollte, wo er die verblüffende Symmetrie der DNA-Moleküle studierte, als ob er in eine schimmernde Kathedrale aus verschlungenen Atomen gekrochen wäre und die gewundenen Basensprossen der Helix hinaufstiege. Er hatte erkannt, dass alles Leben von diesem präzisen und komplizierten Code abhängt, der auf fragilen, organischen Teilchen eingeschrieben ist, die in einem nur leicht wärmeren oder kälteren Umfeld sofort zugrunde gehen würden. Endlich umgeben von gewaltigen Fragen und von Menschen, die ebenso neugierig wie er nach Antworten suchten, konnte er sein Ziel anstreben, als Forschungsbiologe in einem eigenen Labor mit anderen Wissenschaftlern zusammenzuarbeiten.

Kyas Verstand könnte dort gut leben, aber sie selbst könnte es nicht. Versteckt im Schlickgras sah er sich schwer atmend mit einer Entscheidung konfrontiert: Kya oder alles andere.

»Kya, Kya, ich kann das einfach nicht«, flüsterte er. »Es tut mir leid.«

Als sie weit genug weg war, wendete er sein Boot und fuhr zurück aufs Meer. Verfluchte den Feigling in ihm, der sich nicht mal von ihr verabschieden konnte.

23
DIE MUSCHEL

1965

An dem Abend nachdem sie Chase Andrews auf Jumpin's Steg begegnet war, saß Kya im mild flackernden Licht der Laterne an ihrem Küchentisch. Sie hatte wieder begonnen zu kochen und aß eine Mahlzeit aus Buttermilchbrötchen, Rüben und Pintobohnen, während sie las. Doch die Gedanken an ihre Verabredung zum Picknick mit Chase am nächsten Tag machten es ihr schwer, sich auf die Sätze zu konzentrieren.

Sie stand auf und spazierte in die Nacht, in das sahnige Licht eines Dreiviertelmondes. Die weiche Luft der Marsch senkte sich seidig um ihre Schultern. Das Mondlicht wählte einen unerwarteten Pfad durch die Kiefern, warf rhythmische Schatten. Kya ging wie eine Schlafwandlerin, während der Mond sich nackt aus dem Wasser erhob und Ast für Ast die Eichen hinaufkletterte. Der glatte Schlamm am Ufer der Lagune glänzte in dem intensiven Licht, und Hunderte Leuchtkäfer sprenkelten den Wald. In einem gebrauchten weißen Kleid mit fließendem Rock tanzte Kya zu der Musik von Heuschrecken und Leopardfröschen, schwenkte dabei träge die Arme. Sie ließ die

Hände seitlich am Körper und den Hals hinaufgleiten. Dann strich sie sich über die Schenkel, während sie Chase Andrews Gesicht vor sich sah. Sie wollte, dass er sie so berührte. Ihre Atemzüge wurden tiefer. Niemand hatte sie je so angesehen wie er. Nicht mal Tate.

Sie tanzte zwischen den bleichen Flügeln der Eintagsfliegen, schwebte über den hellen Mondschlamm.

Am nächsten Morgen umrundete sie die Halbinsel und sah Chase in seinem Boot, nah am Ufer. Hier, bei Tageslicht, trieb die Wirklichkeit vor ihr, wartete, und Kyas Kehle wurde trocken. Sie steuerte auf den Strand, stieg aus und zog ihr Boot mit dem knirschend über den Sand schabenden Rumpf an Land.

Chase dümpelte längsseits. »Hi.«

Sie blickte über die Schulter und nickte. Er stieg aus und streckte ihr die offene Hand entgegen – lange, gebräunte Finger. Sie zögerte. Jemanden zu berühren, hieß für sie, einen Teil von sich zu verschenken, den sie nie zurückbekommen würde.

Trotzdem legte sie ihre Hand leicht auf seine. Er hielt sie fest, als sie ins Heck stieg und sich auf eine gepolsterte Bank setzte. Ein warmer, schöner Tag strahlte auf sie herab, und Kya sah in ihrer abgeschnittenen Jeans und der weißen Baumwollbluse – ein Outfit, das sie sich von anderen abgeguckt hatte – normal aus. Als er sich neben sie setzte, spürte sie seinen Ärmel leicht über ihren Arm gleiten.

Chase manövrierte das Boot aufs offene Meer. Hier wurde es vom Seegang stärker hin und her geworfen als in der stillen Marsch, und sie wusste, durch das Schaukeln würde ihr Arm öfter seinen streifen. In Erwartung der Berührung blickte sie stur geradeaus, aber sie rückte nicht von ihm weg.

Schließlich schwoll eine größere Welle an und wieder ab, und sein Arm, fest und warm, liebkoste den ihren. Entzog sich jäh und drückte sich dann bei jedem Heben und Senken erneut an sie. Und als sich eine größere Woge unter ihnen auftürmte, stieß sein Oberschenkel an ihren, und ihr stockte der Atem.

Er beschleunigte, während sie in südlicher Richtung die Küste entlangfuhren. In diesem entlegenen Gebiet war weit und breit kein anderes Boot zu sehen. Zehn Minuten später erstreckten sich etliche Meilen weißer Strand entlang der Gezeitenlinie, vom Rest der Welt durch dichten Wald geschützt. Vor ihnen entfaltete sich Point Beach ins Wasser wie ein strahlend weißer Fächer.

Seit der ersten Begrüßung hatte Chase kein Wort mehr gesagt, und sie hatte überhaupt noch nicht gesprochen. Er ließ das Boot auf den Strand laufen und stellte den Picknickkorb im Bootsschatten auf den Sand.

»Sollen wir ein bisschen laufen?«, fragte er.

»Ja.«

Sie spazierten am Wasser entlang, wo ihr jede sanfte Welle in kleinen Strudeln um die Knöchel plätscherte und dann an den Füßen saugte, wenn sie zurück ins Meer gezogen wurde.

Er hielt nicht ihre Hand, aber manchmal streiften sich ihre Finger von ganz allein. Hier und da gingen sie in die Hocke, um eine Muschel oder einen beinahe kunstvoll verdrehten Strang aus durchscheinendem Seetang zu betrachten. Chases blaue Augen waren verschmitzt, er lächelte oft. Seine Haut war ebenso sonnengebräunt wie ihre. Gemeinsam sahen sie groß, elegant, ähnlich aus.

Kya wusste, dass Chase sich entschieden hatte, nicht aufs College zu gehen, sondern für seinen Dad zu arbeiten. Er war in der Stadt so etwas wie ein Star, der Platzhirsch. Und insgeheim fürchtete sie, dass sie für ihn auch eine Art Kuriosität war, ein bizarres Fundstück vom Strand, das er ausgiebig inspizieren und dann zurück in den Sand werfen würde. Dennoch ging sie mit ihm weiter. Sie hatte der Liebe eine Chance gegeben, jetzt wollte sie bloß die Leere in ihrem Innern füllen. Die Einsamkeit lindern, während sie ihr Herz verschlossen hielt.

Nach einer halben Meile wandte er sich ihr zu, machte eine tiefe Verbeugung und forderte sie mit einer ausladenden Armbewegung übertrieben höflich auf, sich hinzusetzen. Sie lehnten sich gegen einen dicken Stamm Treibholz und gruben die Füße in die weißen Sandkristalle.

Chase zog eine Mundharmonika aus der Tasche.

»Oh«, sagte sie, »du spielst.« Die Worte fühlten sich rau auf ihrer Zunge an.

»Nicht besonders gut. Aber wenn ich schon mal ein Publikum habe, das entspannt am Strand sitzt …« Er schloss die Augen und spielte »Shenandoah«. Seine Hand flatterte auf dem Instrument wie ein Vogel, der hinter einer Glasscheibe gefangen ist. Es war ein schöner, schwermütiger Klang, wie Musik aus einem fernen Zuhause. Plötzlich unterbrach er mitten im Lied und hob eine Muschel auf, etwas größer als eine Fünf-Cent-Münze, cremeweiß mit leuchtenden roten und lila Sprenkeln.

»Hey, guck mal«, sagte er.

»Oh, das ist eine Schmuck-Kammmuschel, *Pecten ornatus*«, sagte Kya. »Die finde ich nur ganz selten. Die Gattung ist hier stark verbreitet, aber diese spezielle Art lebt normalerweise in südlicheren Breiten, weil das Wasser hier zu kalt für sie ist.«

Er starrte sie an. Die Menschen hatten so viel über das Marschmädchen getratscht, das nicht mal *Hund* buchstabieren konnte, aber niemand hatte je erwähnt, dass sie die lateinischen Namen von Muscheln kannte und wusste, wo sie vorkamen – und warum auch, Herrgott noch mal.

»Davon versteh ich nichts«, sagte er, »aber guck mal, die ist was Besonderes.« Die kleinen Flügel zu beiden Seiten des Scharniers waren gekrümmt, und ganz unten war ein kreisrundes kleines Loch. Er drehte die Muschel in seiner geöffneten Hand um. »Hier, behalt sie. Du bist das Muschelmädchen.«

»Danke.« Sie steckte sie ein.

Er spielte noch ein paar Stücke, als Letztes einen schwungvollen »Dixie«, dann gingen sie zurück zu dem Picknickkorb. Sie setzten sich auf eine karierte Decke und aßen kaltes Brathähnchen, Kartoffelsalat und Brötchen mit geräuchertem Schinken. Süße und in Dill eingelegte Gürkchen. Tortenstücke mit dicker Karamellglasur. Alles hausgemacht, in Wachspapier verpackt. Er öffnete zwei Flaschen Royal Crown Cola und goss sie in Pappbecher – das erste Mal in ihrem Leben, dass Kya Limonade trank. Das üppige Mahl war für sie unglaublich, noch dazu mit hübschen Stoffservietten und Plastiktellern und -gabeln. Sogar winzigen Salz- und Pfefferstreuern aus Zinn. Bestimmt hatte seine Mutter das alles eingepackt, dachte sie, ohne zu wissen, dass er mit dem Marschmädchen verabredet war.

Sie unterhielten sich leise über das, was sie sahen – dahingleitende Pelikane und trippelnde Strandläufer –, berührten sich nicht, lachten wenig. Als Kya auf eine lose Formation von Pelikanen zeigte, nickte er und schob sich näher an sie heran, sodass ihre Schultern sich leicht berührten. Als sie ihn ansah, hob er mit einem Finger ihr Kinn an und küsste sie. Er berührte sanft ihren Hals, fuhr dann federleicht über ihre Bluse nach unten zu ihrer Brust. Er schlang einen Arm um sie, küsste sie jetzt fester und lehnte sich zurück, bis sie beide auf der Decke lagen. Langsam bewegte er sich, bis er auf ihr lag, drückte seinen Schritt zwischen ihre Beine und zog mit einer Hand rasch ihre Bluse hoch. Sie riss den Kopf zur Seite und wand sich unter ihm weg. Ihre nachtschwarzen Augen funkelten ihn an, als sie ihr Oberteil wieder nach unten zog.

»Ganz ruhig. Ist ja gut.«

Sie lag da – die Haare im Sand aufgefächert, das Gesicht gerötet, die Lippen leicht geöffnet –, hinreißend. Vorsichtig hob er die Hand, um ihre Wange zu streicheln, doch sie sprang schnell wie eine Katze auf.

Kya atmete schwer. Letzte Nacht hatte sie allein am Ufer der Lagune getanzt, sich mit dem Mond und den Eintagsfliegen gewiegt, und sie hatte geglaubt, sie wäre bereit. Hatte gedacht, sie hätte durch das Beobachten von Tauben alles gelernt, was man über Kopulation wissen konnte. Niemand hatte je mit ihr über Sex geredet, und ihre einzige Erfahrung mit Vorspiel hatte sie mit Tate gemacht. Aber aus ihren Biologiebüchern hatte sie Einzelheiten erfahren, und sie hatte mehr Geschöpfe bei der Paarung beobachtet, als die meisten Menschen das je tun würden – und es beschränkte sich nicht darauf, dass sie »ihre Hintern aneinanderreiben«, wie Jodie gesagt hatte.

Doch das hier war zu abrupt – Picknick, dann

das Marschmädchen bespringen. Selbst Vogelmännchen umwarben die Weibchen eine Zeit lang, spreizten buntes Gefieder, bauten kunstvolle Nester, führten wunderschöne Tänze auf und sangen Liebeslieder. Ja, Chase hatte ein Festmahl aufgefahren, aber sie war mehr wert als ein paar Stücke Brathähnchen. Und ein »Dixie« war nun wirklich kein Liebeslied. Sie hätte wissen müssen, dass es so sein würde. Männliche Säugetiere bemühen sich nur dann um Weibchen, wenn sie brünstig sind.

Die Stille vertiefte sich, während sie einander anstarrten, nur durchbrochen vom Geräusch ihrer Atemzüge und der Brandung. Chase setzte sich auf und griff nach ihrem Arm, doch sie riss ihn weg.

»Es tut mir leid. Ist schon gut«, sagte er und stand auf. Zugegeben, er war mit ihr hergekommen, um sie zu bumsen, um der Erste zu sein, aber als er jetzt in ihre feurigen Augen sah, war er hingerissen.

Er versuchte es erneut. »Bitte, Kya. Ich hab gesagt, es tut mir leid. Vergessen wir's einfach. Ich bring dich zurück zu deinem Boot.«

Prompt drehte sie sich um und ging über den Sand zum Wald. Ihr schlanker Körper bewegte sich anmutig.

»Was soll das? Du kannst doch nicht den ganzen Weg laufen. Ist viel zu weit.«

Aber sie war schon zwischen den Bäumen und rannte schnurgerade zuerst landeinwärts, dann quer über die Halbinsel in Richtung ihres Boots. Die Gegend war ihr unbekannt, aber Amseln führten sie durch die Küstenmarsch. Sie wurde nicht langsamer, wenn sie auf Sumpflöcher oder Tümpel stieß, platschte durch Flussläufe, sprang über Baumstämme.

Schließlich blieb sie stehen, beugte sich keuchend vor und fiel auf die Knie. Stieß abgedroschene Flüche aus. Solange sie schimpfte und wetterte, blieb das Schluchzen unterdrückt. Aber nichts konnte die brennende Scham und die stechende Traurigkeit aufhalten. Die schlichte Hoffnung darauf, mit jemandem zusammen zu sein, tatsächlich begehrt zu werden, berührt zu werden, hatte sie angelockt. Aber diese hastigen, grabschenden Hände waren nur *gierig* gewesen, nicht *sanft* oder *zärtlich*.

Sie horchte eine Weile, ob er hinterhergekommen war, unschlüssig, ob sie wollte, dass er aus den Büschen hervortrat, sie umarmte und um Vergebung flehte, oder nicht. Was sie erneut wütend machte. Schließlich stand sie erschöpft auf und ging den Rest des Weges zu ihrem Boot.

24
DER FEUERWACHTURM

1965

Gewitterwolken türmten sich auf und drückten gegen den Horizont, als Kya am Nachmittag aufs Meer hinausfuhr. Seit ihrem Strandpicknick vor zehn Tagen hatte sie Chase nicht mehr gesehen, aber sie konnte noch immer die Form und die Kraft seines Körpers fühlen, der sie in den Sand drückte.

Es waren keine anderen Boote in Sicht, und sie steuerte auf einen Zufluss südlich von Point Beach zu, wo sie mal ungewöhnliche Schmetterlinge gesehen hatte – so strahlend weiß, dass es Albinos gewesen sein könnten. Gut vierzig Meter davon entfernt aber drosselte sie jäh den Motor, als sie Chases Freunde sah, die Picknickkörbe und bunte Handtücher in ihre Boote packten. Kya wendete prompt, um das Weite zu suchen, drehte sich dann aber gegen ihren Fluchtinstinkt um und hielt nach ihm Ausschau. Sie wusste, dass diese Sehnsucht vollkommen widersinnig war. Irrationales Verhalten, um eine Leere zu füllen, bringt keine wirkliche Erfüllung. Wie viel gibst du auf, nur um nicht einsam zu sein?

Und da, nicht weit von der Stelle, wo er sie geküsst

hatte, sah sie ihn mit Angelzeug zu seinem Boot gehen. Hinter ihm trug Nieohneperlen eine Kühltasche.

Plötzlich drehte Chase den Kopf und sah genau dahin, wo sie mit ihrem Boot dümpelte. Sie schaute nicht weg, sondern starrte ihn an. Wie immer war ihre Schüchternheit am Ende stärker, deshalb wandte sie sich ab und steuerte in eine schattige Bucht. Sie würde abwarten, bis sie mit ihrer kleinen Flotte weg waren, ehe sie selbst zu dem Strand fuhr.

Zehn Minuten später tuckerte sie wieder hinaus und sah ein Stück entfernt Chase allein in seinem Boot auf den Wellen schaukeln. Wartend.

Die alte Sehnsucht meldete sich zurück. Er war noch immer an ihr interessiert. Zugegeben, bei dem Picknick war er zu forsch gewesen, aber er hatte aufgehört, als sie ihn zurückwies. Hatte sich entschuldigt. Vielleicht sollte sie ihm noch eine Chance geben.

Er winkte und rief: »Hi, Kya.«

Sie fuhr nicht weiter auf ihn zu, aber auch nicht weg. Er steuerte sein Boot näher an ihres.

»Kya, das neulich tut mir leid. Okay? Komm, ich will dir den Feuerwachturm zeigen.«

Sie sagte nichts, trieb langsam zu ihm hin, wohl wissend, dass es Schwäche war.

»Ehrlich, falls du noch nie auf dem Turm gewesen bist, von da hat man einen großartigen Blick über die Marsch. Fahr mir nach.«

Sie gab Gas und folgte seinem Boot, suchte aber die

ganze Zeit das Meer ab, um sich zu vergewissern, dass seine Freunde außer Sicht waren.

Chase fuhr Richtung Norden an Barkley Cove vorbei – das Städtchen friedlich und bunt in der Ferne – und landete am Strand einer kleinen, von hohem Wald umstandenen Bucht. Nachdem sie die Boote gesichert hatten, führte er sie einen von Talgbäumen und Stechpalmen fast überwucherten Pfad entlang. In diesem feuchten und knorrigen Wald war sie noch nie gewesen, weil er nicht weit genug von den Menschen entfernt auf der anderen Seite der Stadt lag. Während sie gingen, sickerten Priele aus Altwasser unter den Büschen hervor – aufreizende Erinnerungen daran, dass dem Meer dieses Land gehörte.

Dann machte sich ein echter Sumpf breit, mit dumpf erdigem Geruch und moderiger Luft. Jäh, untergründig und still zugleich erstreckte er sich tief in den dunklen, weiten Wald.

Kya sah die verwitterte Holzplattform des alten Feuerwachturms über dem Blätterdach, und einige Minuten später erreichten sie den breitbeinigen Sockel aus vier ungehobelten Holzpfählen. Um die Beine herum und unter dem Turm bestand der Boden aus schwarzem Schlamm, feuchte Fäulnis fraß an den Balken. Eine Treppe wand sich bis zur Spitze des Turms, der sich mit jedem Absatz nach oben hin verjüngte.

Nachdem sie durch den Matsch gestapft waren, machten sie sich an den Aufstieg, Chase vorneweg. Als sie den fünften Treppenabsatz erreichten, erstreckte sich der satte Eichenwald, so weit das Auge reichte, gen Westen. In alle anderen Richtungen wanden sich Kanäle, Lagunen, Flüsschen und Mündungsarme durch leuchtend grünes Gras zum Meer. Kya war noch nie so hoch über der Marsch gewesen. Jetzt lag alles vor ihr ausgebreitet, und sie sah das ganze Gesicht ihrer Freundin zum ersten Mal.

Auf der letzten Stufe angekommen, stieß Chase eine eiserne Luke über der Treppe auf, und sobald sie auf die Plattform geklettert waren, schloss er sie wieder. Ehe Kya sie betrat, tippte sie probeweise mit den Zehen darauf. Chase lachte leise. »Die hält, keine Bange.« Er zog sie zum Geländer, wo sie über das Marschland blickten. Zwei Rotschwanzbussarde flogen auf Augenhöhe an ihnen vorbei. Der Wind pfiff durch ihre Schwingen, und sie blickten verdutzt, weil sie einen jungen Mann und eine Frau in ihrem Luftraum stehen sahen.

Chase wandte sich ihr zu. »Danke, dass du mitgekommen bist, Kya«, sagte er. »Dass du mir noch eine Chance gegeben hast, mich für neulich zu entschuldigen. Ich hab mich danebenbenommen, und es wird nicht wieder vorkommen.«

Sie sagte nichts. Ein Teil von ihr wollte ihn jetzt küssen, seine Kraft spüren.

Sie griff in ihre Jeanstasche. »Ich hab ein Halsband mit der Muschel gemacht, die du gefunden hast. Du musst es nicht tragen, wenn du nicht willst.« Am Vorabend hatte sie die Muschel auf die Lederschnur gefädelt; sie hatte sich eingeredet, das Halsband selbst tragen zu wollen, und doch die ganze Zeit gewusst, dass sie hoffte, Chase wiederzusehen und es ihm zu schenken, falls sich die Gelegenheit dazu ergab. Aber selbst in ihrem sehnsüchtigen Tagtraum hatte sie sich nicht vorstellen können, dass sie gemeinsam oben auf dem Feuerwachturm stehen würden, die Welt zu ihren Füßen. Ein Gipfeltreffen.

»Danke, Kya«, sagte er. Er betrachtete das Halsband und streifte es sich dann über den Kopf, befingerte die Muschel, die auf seiner Brust lag. »Klar trage ich die.«

Er sagte nichts Abgedroschenes wie: *Ich werde sie ewig tragen, bis ich sterbe.*

»Zeig mir dein Zuhause«, sagte Chase. Kya dachte an die Hütte, die sich unter Eichen duckte, die graue Holzverkleidung mit roten Flecken von dem rostenden Dach. Die Fliegengitter durchlöchert. Eine Bruchbude.

»Es ist weit«, sagte sie nur.

»Kya, ist mir egal, wie weit es ist oder wie es aussieht. Komm schon, lass uns hinfahren.«

Diese Chance, akzeptiert zu werden, könnte vertan sein, wenn sie Nein sagte.

»Na gut.« Sie stiegen wieder nach unten, und er führte sie zurück zu der Bucht, bedeutete ihr, mit dem

Boot vorauszufahren. Sie steuerte nach Süden, durch das Labyrinth von Wasserläufen und zog den Kopf ein, als sie in ihren grün überwachsenen Kanal bog. Sein Boot war fast zu groß, um durch die dichte Vegetation zu passen, ganz sicher war es zu blau und weiß, aber es quetschte sich hindurch, obwohl Geäst kreischend an seinem Rumpf entlangschrammte.

Als sich ihre Lagune vor ihnen auftat, spiegelten sich die zarten Details jedes moosigen Zweiges und sattgrünen Blattes in dem klaren dunklen Wasser. Libellen und schneeweiße Silberreiher flogen beim Anblick des fremden Bootes kurz auf, landeten dann wieder graziös auf lautlosen Flügeln. Der Kanadareiher, der die weniger wilden Geschöpfe schon längst akzeptiert hatte, stand stocksteif nur wenige Meter entfernt.

Ihre schäbige Wäsche – ausgeblichene Latzhosen und T-Shirts – hing an der Leine, und so viele Rüben hatten sich in den Wald ausgesät, dass kaum noch zu erkennen war, wo der Garten aufhörte und die Wildnis anfing.

Mit Blick auf die vielfach ausgebesserte Veranda fragte Chase: »Wie lang lebst du schon allein hier draußen?«

»Ich weiß nicht mehr genau, wann Pa verschwunden ist. Zirka zehn Jahre, schätze ich.«

»Das ist klasse. Hier draußen wohnen, ohne Eltern, die einem Vorschriften machen.«

Kya ging nicht darauf ein, sagte bloß: »Drinnen

gibt's nichts zu sehen.« Aber er stieg bereits die wackeligen Verandastufen hoch. Das Erste, was er bemerkte, waren ihre Sammlungen in selbst gebauten Regalen. Eine schimmernde Collage des Lebens gleich hinter dem Fliegengitter.

»Das hast du alles gemacht?«, fragte er.

»Ja.«

Er sah sich kurz ein paar Schmetterlinge an, verlor aber rasch das Interesse. Dachte: *Warum Zeug sammeln, das du direkt vor der Haustür hast?*

Ihre kleine Matratze auf dem Verandaboden hatte eine Decke, die so zerschlissen war wie ein alter Bademantel, aber sie war ordentlich glatt gestrichen. Sie betraten das winzige Wohnzimmer mit dem durchgesessenen Sofa, und dann spähte er in das hintere Schlafzimmer, wo sich Federn in allen Farben, Formen und Größen über die Wände schwangen.

Sie winkte ihn in die Küche, überlegte, was sie ihm anbieten könnte. Sie hatte jedenfalls keine Coca-Cola oder Eistee, keine Kekse, nicht mal alte Brötchen. Auf der Ofenplatte stand ein Rest Maisbrot neben einem Topf mit Schwarzaugenbohnen, enthülst und zum abendlichen Kochen vorbereitet. Wohl kaum was für einen Gast.

Aus Gewohnheit schob sie ein paar Scheite in den Ofen. Stocherte gekonnt mit dem Schürhaken darin, und sofort loderten Flammen auf.

»Das ist alles«, sagte sie mit dem Rücken zu ihm,

während sie an der Wasserpumpe einen verbeulten Kessel füllte – ein Bild aus den 1920ern mitten in den 1960ern. Kein fließendes Wasser, kein Strom, kein Bad. Die Zinkwanne, der Rand verbogen und rostig, stand in einer Ecke der Küche, im Fliegenschrank waren Teller mit übrig gebliebenem Essen ordentlich mit Geschirrtüchern abgedeckt, und der wuchtige Eisschrank stand offen, eine Insektenklatsche in die Tür geklemmt. So etwas hätte Chase nie für möglich gehalten.

Er bewegte den Pumpenschwengel auf und ab, sah das Wasser in die Emailleschüssel fließen, die als Spüle diente. Berührte das säuberlich gestapelte Holz neben dem Ofen. Die einzigen Lichtquellen waren ein paar Petroleumlampen mit grau verrußten Zylindern.

Chase war ihr erster Besucher seit Tate, der so natürlich und unvoreingenommen gewirkt hatte wie andere Geschöpfe der Marsch. Bei Chase fühlte sie sich bloßgestellt, als würde sie filetiert wie ein Fisch. Scham wallte in ihr auf. Sie stand mit dem Rücken zu ihm, spürte aber, dass er sich durch den Raum bewegte, gefolgt vom vertrauten Knarren des Bodens. Dann trat er hinter sie, drehte sie sachte um und umarmte sie sanft. Er drückte seine Lippen an ihr Haar, und sie spürte seinen Atem dicht an ihrem Ohr.

»Kya, ich kenne keinen Menschen, der so allein hier draußen hätte leben können. Die meisten Kinder, auch die Jungs, hätten viel zu viel Angst gehabt.«

Sie dachte, er würde sie küssen, doch er ließ die Arme sinken und ging zum Tisch.

»Was willst du von mir?«, fragte sie. »Sag mir die Wahrheit.«

»Hör mal, ich will nicht lügen. Du bist hinreißend, frei, wild wie der Wind. Neulich wollte ich dir so nah wie möglich kommen. Wer würde das nicht wollen? Aber das war nicht okay. Ich hätte mich nicht so an dich ranmachen sollen. Ich will bloß mit dir zusammen sein, okay? Damit wir uns besser kennenlernen.«

»Und was dann?«

»Dann schauen wir, wonach uns ist. Ich werde nichts machen, was du nicht willst. Was hältst du davon?«

»Klingt gut.«

»Du hast gesagt, du hast einen Strand. Lass uns dahin gehen.«

Sie schnitt rasch ein paar Stücke von dem restlichen Maisbrot für die Möwen ab, dann ging sie vor ihm her den Pfad entlang, bis er sich weit öffnete und der helle Sand und das Meer vor ihnen lagen. Sie stieß einen leisen Ruf aus, und sogleich kamen die Möwen, kreisten über ihr und um ihre Schultern. Ein besonders großes Männchen, von ihr Rotklecks genannt, landete und spazierte auf ihren Füßen hin und her.

Chase stand ein kleines Stück entfernt und sah zu, wie Kya in der Wolke aus Vögeln verschwand. Er hatte nicht vorgehabt, etwas für dieses seltsame und ungezähmte barfüßige Mädchen zu empfinden, doch als er sie jetzt über den Sand wirbeln sah, Vögel an ihren Fingerspitzen, war er von ihrer Unabhängigkeit ebenso fasziniert wie von ihrer Schönheit. Jemand wie Kya war ihm noch nie begegnet, und in ihm regte sich Neugier ebenso wie Begehren. Als sie zu ihm zurückkam, fragte er, ob er sie am nächsten Tag wieder besuchen dürfte, versprach, dass er nicht mal versuchen würde, ihre Hand zu halten, dass er einfach in ihrer Nähe sein wollte. Sie nickte nur. Die erste Hoffnung in ihrem Herzen, seit Tate sie verlassen hatte.

25
BESUCH VON PATTI LOVE

1969

Es klopfte zaghaft an die Bürotür des Sheriffs. Joe und Ed blickten auf, als Patti Love Andrews, Chases Mutter, schattenhaft und verzerrt hinter der Milchglasscheibe auftauchte. Dennoch erkannten sie Patti Love in ihrem schwarzen Kleid mit Hut. Grau gesträhntes braunes Haar zu einem straffen Knoten gebunden. Ein angemessen gedeckter Lippenstift.

Beide Männer standen auf, und Ed öffnete die Tür. »Patti Love, hallo. Komm rein. Setz dich. Kann ich dir einen Kaffee anbieten?«

Sie warf einen Blick auf die halb vollen Tassen mit angetrockneten Tropfspuren. »Nein, danke, Ed.« Sie setzte sich auf den Stuhl, den Joe für sie hinstellte. »Habt ihr schon irgendwelche Spuren? Neue Informationen seit dem Laborbericht?«

»Nein. Nein, haben wir nicht. Wir gehen wirklich alles gründlich durch. Du und Sam erfahrt es als Erste, wenn wir was gefunden haben.«

»Aber es war kein Unfall, Ed. Hab ich recht? Ich weiß, dass es kein Unfall war. Chase wäre niemals einfach so vom Turm gefallen. Ihr wisst ja, wie sportlich er war. Und gescheit.«

»Wir sind auch der Ansicht, dass so einiges auf Fremdeinwirkung schließen lässt. Aber es ist eine laufende Ermittlung, und noch ist gar nichts geklärt. Also, du hast gesagt, du hättest uns etwas zu erzählen?«

»Ja, und ich denke, es ist wichtig.« Patti Love blickte von Ed zu Joe und wieder zu Ed. »Chase hat immer so ein Muschelhalsband getragen. Schon seit Jahren. Ich weiß, dass er es auch in der Nacht umhatte, als er zum Turm gegangen ist. Er hat an dem Abend bei Sam und mir gegessen, das hab ich ja schon gesagt. Pearl konnte nicht kommen, weil es ihr Bridge-Abend war. Und da hatte er das Halsband um. Und dann nachdem er … jedenfalls, als wir ihn dann im Krankenhaus gesehen haben, hatte er das Halsband nicht mehr um. Ich hab gedacht, der Gerichtsmediziner hätte es abgenommen, deshalb hab ich in dem Moment nichts gesagt, und dann war ja die Beerdigung und alles, und ich hab's vergessen. Aber dann bin ich rüber nach Sea Oaks gefahren und hab in der Rechtsmedizin gefragt, ob ich mal Chases Sachen sehen dürfte, seine Kleidung und was er sonst bei sich gehabt hatte. Die haben alles für Laboruntersuchungen dabehalten, aber ich wollte sie nur mal anfassen, fühlen, was er in dieser letzten Nacht getragen hat. Ich durfte sie mir an einem Tisch anschauen, und, Sheriff, das Muschelhalsband war nicht dabei. Ich habe nachgefragt, ob der Gerichtsmediziner es abgenommen hat, und er hat gesagt, nein, hat er nicht. Und er hat gesagt, er hat überhaupt kein Halsband gesehen.«

»Das ist tatsächlich merkwürdig«, sagte Ed. »Was genau war das für ein Halsband? Vielleicht ist es bei dem Sturz abgefallen?«

»Es war eine einzelne Muschel an einer Lederschnur, die gerade lang genug war, um sie sich über den Kopf zu streifen. Es hing nicht locker um den Hals und war mit einem festen Knoten zusammengebunden. Ich kann mir nicht vorstellen, dass es irgendwie abgegangen sein könnte.«

»Ich mir auch nicht. Leder ist reißfest, und wenn es gut verknotet ist, kriegt man es kaum wieder auf«, sagte Ed. »Warum hat er das Halsband immer getragen? Hat es jemand für ihn gebastelt, der ihm nahestand? Es ihm geschenkt?«

Patti Love schwieg lange, schaute seitlich am Schreibtisch des Sheriffs vorbei. Ihr graute vor der Antwort, weil sie nie zugegeben hatte, dass ihr Sohn sich mit Sumpfgesindel eingelassen hatte. Natürlich war in der Stadt gemunkelt worden, dass Chase vor seiner Heirat über ein Jahr lang mit dem Marschmädchen zusammen gewesen war. Und Patti Love hatte den Verdacht, dass die Sache auch danach noch weitergegangen war, aber sie hatte immer alles abgestritten, wenn sie von Freundinnen auf diese Gerüchte angesprochen worden war. Aber jetzt war alles anders. Jetzt musste sie die Wahrheit sagen, weil sie irgendwie wusste, dass diese Schlampe etwas mit seinem Tod zu tun hatte.

»Ja, ich weiß, von wem Chase das Halsband hat. Von der Frau, die in diesem alten klapprigen Boot herumfährt, schon seit Jahren. Sie hat es gebastelt und ihm geschenkt, als die beiden eine Weile was miteinander hatten.«

»Meinst du das Marschmädchen?«, fragte der Sheriff.

Joe schaltete sich ein. »Hast du sie in letzter Zeit mal gesehen? Das ist kein Mädchen mehr, wahrscheinlich so Mitte zwanzig und eine echte Schönheit.«

»Diese Clark also?«, fragte Ed mit hochgezogenen Augenbrauen. »Nur, damit wir uns richtig verstehen.«

Patti Love sagte: »Ich weiß nicht, wie sie heißt. Oder ob sie überhaupt einen Namen hat. Die Leute nennen sie jedenfalls das Marschmädchen. Sie hat jahrelang Miesmuscheln an Jumpin' verkauft.«

»Aha, alles klar. Wir meinen dieselbe Person. Sprich weiter.«

»Also, ich war schockiert, als der Gerichtsmediziner gesagt hat, dass Chase kein Halsband umhatte. Und dann hab ich mir gedacht, dass sie die Einzige ist, der was daran liegen könnte, es an sich zu nehmen. Chase hat mit ihr Schluss gemacht und Pearl geheiratet. Sie konnte ihn nicht haben, und vielleicht hat sie ihn deshalb getötet und ihm das Halsband abgenommen.«

Patti Love zitterte leicht und atmete einmal tief durch.

»Verstehe. Tja, das ist sehr wichtig, Patti Love, und wir werden dem nachgehen. Aber lass uns keine voreiligen Schlüsse ziehen«, sagte Ed. »Bist du sicher, dass sie ihm das Halsband geschenkt hat?«

»Ja, ganz sicher. Ich weiß das, weil Chase es mir erst nicht verraten wollte, aber dann hat er's doch getan.«

»Weißt du noch mehr über das Halsband oder über die Beziehung der beiden?«

»Nein, viel weiß ich nicht. Nicht mal, wie lange das zwischen ihnen lief. Wahrscheinlich weiß keiner das. Chase war sehr verschwiegen. Wie gesagt, selbst mir hat er es erst nach Monaten erzählt. Und auch danach wusste ich nie, ob er mit seinen Freunden zusammen war oder mit ihr, wenn er mit dem Boot rausgefahren ist.«

»Gut, wir werden das untersuchen. Versprochen.«

»Danke. Ich bin sicher, das ist eine wichtige Spur.« Sie stand auf, und Ed öffnete ihr die Tür.

»Du kannst jederzeit zu uns kommen, wenn dir noch was einfällt, Patti Love.«

»Auf Wiedersehen, Ed. Joe.«

Nachdem er die Tür geschlossen hatte, nahm Ed wieder Platz, und Joe fragte: »Also, was meinst du?«

»Falls Chase das Halsband am Turm abgenommen worden ist, dann heißt das, jemand war am Tatort, und ich kann mir durchaus vorstellen, dass jemand aus der Marsch damit zu tun hat. Die haben ihre eigenen Gesetze. Andererseits halte ich es für unwahrscheinlich, dass eine Frau so einen kräftigen Burschen wie Chase durch das Loch gestoßen haben kann.«

»Sie könnte ihn da raufgelockt und die Gitterluke geöffnet haben, bevor er oben ankam. Als er dann oben war, könnte sie ihn in der Dunkelheit runtergestoßen haben, bevor er die offene Luke überhaupt gesehen hat«, sagte Joe.

»Möglich. Nicht leicht, aber möglich. Gibt aber als Spur nicht viel her. Das *Fehlen* eines Muschelhalsbands«, wandte der Sheriff ein.

»Im Moment ist es unsere einzige Spur. Außer einigen mysteriösen roten Fasern und dem *Fehlen* von Fingerabdrücken.«

»Stimmt.«

»Ich versteh nur eins nicht«, sagte Joe. »Warum hätte sie sich die Mühe machen sollen, ihm das Halsband abzunehmen? Mag ja sein, dass sie wild entschlossen war, ihn umzubringen, weil er sie verlassen hatte. Selbst das scheint mir als Motiv ziemlich weit hergeholt. Aber wieso sollte sie das Halsband nehmen, wenn sie das doch postwendend mit der Tat in Verbindung bringt?«

»Du weißt doch, wie das ist. Bei jedem Mordfall gibt's irgendwas, das keinen Sinn ergibt. Menschen machen Fehler. Vielleicht war sie verblüfft und wütend, weil er das Halsband noch immer trug, und nach dem Mord war es ein Klacks, es ihm vom Hals zu ziehen. Sie wird nicht gewusst haben, dass jemand das Halsband mit ihr in Verbindung bringen würde. Deinen Quellen zufolge hatte Chase da draußen was am Laufen. Vielleicht ging's dabei ja nicht um Drogen, sondern, wie du selbst gesagt hast, um eine Frau. Diese Frau.«

Joe sagte: »'ne andere Art von Droge.«

»Und die Leute aus der Marsch wissen, wie man Spuren verwischt, weil sie Schlingen auslegen, Fährten lesen, Fallen stellen und so weiter. Es kann jedenfalls nicht schaden, wenn wir mal rausfahren und mit ihr reden. Sie fragen, wo sie in der Nacht war. Und wir können sie auf das Halsband ansprechen. Mal sehen, ob sie das verunsichert.«

Joe fragte: »Weißt du, wie man zu ihrer Hütte kommt?«

»Mit dem Boot nicht so genau, aber ich glaube, mit dem Wagen finde ich die Stelle. Man muss diese kleine Straße entlang, die sich an einer ganzen Reihe von Lagunen vorbeischlängelt. Ist lange her, aber ich war früher ein paarmal da, weil ich mir ihren Vater vorknöpfen musste. War ein übler Bursche.«

»Wann fahren wir?«

»Morgen in aller Herrgottsfrühe, dann erwischen wir sie vielleicht noch, bevor sie loszieht. Aber vorher sollten wir noch mal raus zum Turm und alles nach diesem Halsband absuchen. Vielleicht liegt es ja schon die ganze Zeit da irgendwo rum.«

»Kann ich mir nicht vorstellen. Wir haben doch die ganze Umgebung abgesucht, nach Fußspuren, Reifenspuren und sonstigen Hinweisen.«

»Trotzdem müssen wir das machen. Auf geht's.«

Später, nachdem sie den Matsch unter dem Turm mit Harken und Fingern durchkämmt hatten, waren sie sicher, dass da nirgendwo ein Muschelhalsband lag.

Bleiches Licht drang durch eine tiefe, schwere Morgendämmerung, als Ed und Joe die schmale Straße durch die Marsch entlangfuhren, um hoffentlich das Marschmädchen noch anzutreffen, ehe es mit dem Boot irgendwohin fuhr. Sie bogen mehrmals falsch ab und landeten in Sackgassen oder vor irgendwelchen Bruchbuden. Bei einer Hütte schrie jemand: »Sheriff!«, und halb nackte Körper flohen in alle Richtungen, brachen durch die Büsche. »Verdammte Kiffer«, sagte der Sheriff. »Die Schwarzbrenner behalten wenigstens ihre Klamotten an.«

Doch schließlich stießen sie auf den langen Weg, der zu Kyas Hütte führte. »Jetzt sind wir richtig«, sagte Ed.

Er steuerte den übergroßen Pick-up auf den Sandweg und fuhr langsam weiter, bis er fünfzig Schritte von der Hütte entfernt anhielt. Beide Männer stiegen lautlos aus. Ed klopfte an den Holzrahmen der Fliegengittertür. »Hallo! Jemand zu Hause?« Es kam keine Antwort, also versuchte er es erneut. Sie warteten ein paar Minuten. »Schauen wir uns mal hinten um, ob ihr Boot noch da ist.«

»Nee. Sieht so aus, als würde sie es immer an dem Stamm da festbinden. Sie ist schon weg. Mist, verdammter«, sagte Joe.

»Ja, hat uns kommen hören. Die kann wahrscheinlich ein schlafendes Karnickel hören.«

Das nächste Mal fuhren sie noch vor Tagesanbruch hin, ließen den Wagen in einiger Entfernung stehen und sahen, dass ihr Boot an dem Stamm vertäut war. Trotzdem machte niemand auf.

Joe flüsterte: »Ich hab das Gefühl, sie hat sich hier irgendwo versteckt und beobachtet uns. Du nicht auch? Die hockt mitten zwischen den verdammten Palmettos. Ganz in der Nähe. Ich weiß es einfach.« Er drehte den Kopf hin und her, suchte das Buschwerk ab.

»Tja, so wird das nichts. Wenn wir noch irgendwas anderes finden, kommen wir mit einem Durchsuchungsbeschluss wieder. Fahren wir.«

26
HALLELUJA

1965

In der ersten Woche, die sie zusammen waren, kam Chase fast jeden Tag nach seiner Arbeit bei Western Auto in Kyas Lagune, und sie erkundeten einsame, von Eichen gesäumte Kanäle. Am Samstagmorgen machte er mit ihr einen Ausflug entlang der Küste zu einer Stelle, wo sie noch nie gewesen war, weil sie für ihr kleines Boot zu weit entfernt war. Statt der Mündungsarme und endlosen Schilflandschaften der Marsch sah Kya hier klares Wasser durch einen hellen und offenen Zypressenwald fließen. Strahlend weiße Reiher und Störche standen zwischen Seerosen und schwimmenden Wasserpflanzen, deren Grün förmlich leuchtete. Chase und Kya setzten sich auf sesseldicke Zypressenkniewurzeln und aßen Käse-Paprika-Sandwiches und Kartoffelchips, grinsten, als Gänse knapp unter ihren Zehen vorbeiglitten.

Wie die meisten Menschen kannte Chase die Marsch nur als etwas, das für Bootsausflüge und zum Angeln taugte oder das trockengelegt werden sollte, um es in Farmland umzuwandeln, deshalb war er fasziniert von Kyas Wissen über die Tier-, Pflanzen- und

Wasserwelt. Doch er machte sich lustig über ihre Behutsamkeit, wenn sie das Boot drosselte, lautlos an Hirschen vorbeitrieb, in der Nähe von Vogelnestern flüsterte. Er war nicht daran interessiert, etwas über Muscheln oder Federn zu lernen, und er verstand nicht, warum sie sich Notizen machte oder bestimmte Exemplare sammelte.

»Wozu malst du eigentlich Gräser?«, fragte er sie eines Tages in der Küche.

»Ich male ihre Blüten.«

Er lachte. »Gräser haben keine Blüten.«

»Natürlich haben sie welche. Schau mal hier. Sie sind winzig, aber wunderschön. Jede Grassorte hat andere Blüten oder Blütenstände.«

»Was hast du überhaupt mit dem ganzen Zeug vor?«

»Ich mache Aufzeichnungen, damit ich mehr über die Marsch lerne.«

»Du musst bloß wissen, wann und wo die Fische beißen, und das kann ich dir verraten«, sagte er.

Sie lachte ihm zuliebe, etwas, was sie noch nie getan hatte. Verschenkte ein weiteres Stück von ihr selbst, nur, um jemand anderen in ihrer Nähe zu haben.

Eines Nachmittags, nachdem Chase sich verabschiedet hatte, fuhr Kya allein in die Marsch. Aber sie fühlte sich nicht allein. Sie war etwas schneller als sonst unterwegs, ihr langes Haar flatterte im Wind, und ein zartes Lächeln umspielte ihren Mund.

Das bloße Wissen, dass sie ihn bald wiedersehen, mit jemandem zusammen sein würde, verschaffte ihr ein neues Lebensgefühl.

Dann, als sie um einen hohen Schilfrohrgürtel bog, sah sie Tate. Er war ziemlich weit weg, etwa vierzig Meter, und hatte ihr Boot nicht gehört. Unverzüglich nahm sie Gas weg und stellte den Motor ab. Griff nach dem Ruder und paddelte rückwärts ins Schilf.

»Anscheinend zurück vom College«, flüsterte sie. Im Laufe der Jahre hatte sie ihn gelegentlich gesehen, aber nie so nah. Und jetzt war er da, sein ungezähmtes Haar unter eine andere rote Kappe gezwängt. Das Gesicht braun gebrannt.

Tate trug eine hohe Wathose und stakste durch eine Lagune, füllte kleine Fläschchen mit Wasserproben. Keine alten Einmachgläser mehr wie damals, als sie noch barfüßige Kinder waren, stattdessen winzige Röhrchen, die in einem speziellen Tragegestell klimperten. Akademisch. Ihr weit überlegen.

Sie paddelte nicht weg, sondern beobachtete ihn eine Weile und dachte, dass wahrscheinlich keine Frau ihre erste Liebe vergisst. Sie atmete tief aus, dann wendete sie und fuhr dahin zurück, wo sie hergekommen war.

Als Chase und Kya am nächsten Tag die Küste entlang nach Norden fuhren, tauchten vier Tümmler in ihrem Kielwasser auf und folgten ihnen. Der Himmel war grau verhangen, und Nebelschwaden schwebten über den Wellen. Chase stellte den Motor ab und ließ das Boot treiben. Dann nahm er seine Mundharmonika und spielte »*Michael Row the Boat Ashore*«, ein altes Lied mit einer sehnsüchtigen, melancholischen Melodie, das in den 1860ern von Sklaven gesungen worden war, wenn sie Boote von den Inseln vor South Carolina zum Festland ruderten. Ma hatte es oft beim Putzen gesungen, und Kya konnte sich noch halbwegs an die Worte erinnern. Als würden sie von der Musik angezogen, schwammen die Tümmler näher heran und umkreisten das Boot, ihre wachen Augen auf Kya gerichtet. Dann drückten sich zwei von ihnen an den Rumpf, und Kya neigte den Kopf ganz nah zu ihnen und sang leise:

Schwester, hilf uns zieh'n das Boot, halleluja.
Bruder, rett uns aus der Not, halleluja.
Vaters Land ist unbekannt, halleluja.
Michael, rudre uns an Land, halleluja.

Der Jordan fließt so schwer und weit,
Such die Mutter auf der andren Seit, halleluja.
Der Jordan ist so tief und kalt,
Doch der Glaube gibt uns Halt, halleluja.

Die Tümmler starrten Kya noch ein paar Sekunden länger an, dann tauchten sie rückwärts ins Meer.

In den folgenden Wochen verbrachten Chase und Kya träge Abende mit den Möwen an Kyas Strand, ausgestreckt auf dem noch sonnenwarmen Sand. Chase nahm sie nie mit in die Stadt, ins Kino oder zum Tanzen. Sie waren immer nur zu zweit, allein mit der Marsch, dem Meer und dem Himmel. Er küsste sie nicht, hielt nur manchmal ihre Hand oder legte sanft einen Arm um ihre Schultern, wenn es kühl wurde.

Eines Abends blieb er bis lange nach Einbruch der Dunkelheit, und sie saßen unter den Sternen am Strand an einem kleinen Lagerfeuer. Sie hatten sich eine Decke umgelegt, und ihre Schultern berührten sich. Die Flammen warfen ein tanzendes Licht auf ihre Gesichter und tauchten den Strand hinter ihnen in Dunkelheit, wie das bei Lagerfeuern so ist. Chase sah ihr in die Augen und fragte: »Darf ich dich jetzt küssen?« Sie nickte, und er beugte sich zu ihr und küsste sie, zuerst sanft und dann wie ein Mann.

Sie sanken mitsamt der Decke nach hinten, und sie schob sich so nah an ihn heran, wie es nur ging. Spürte seinen kräftigen Körper. Er hielt sie mit beiden Armen an sich gedrückt, berührte aber nur ihre Schultern mit den Händen. Mehr nicht. Sie atmete tief, atmete seine Wärme ein, seinen Duft, den Geruch der See, die Zweisamkeit.

Nur wenige Tage später raste Tate, der noch nicht wieder nach Chapel Hill zurückgekehrt war, mit seinem Boot auf Kyas Kanal in der Marsch zu, das erste Mal seit fünf Jahren. Er konnte sich selbst nicht richtig erklären, warum er nicht schon früher zu ihr gefahren war. Wohl vor allem, weil er zu feige gewesen war, sich geschämt hatte. Jetzt endlich würde er ihr sagen, dass er nie aufgehört hatte, sie zu lieben, und sie anflehen, ihm zu verzeihen.

In den ersten vier Jahren auf dem College hatte er sich eingeredet, dass Kya nicht hineinpasste in die akademische Welt, die sein Ziel war. Er hatte versucht, sie zu vergessen, und immerhin gab es ja genügend weibliche Ablenkung. Er hatte sogar ein paar längere Beziehungen gehabt, aber keine dieser Frauen hielt dem Vergleich mit Kya stand. Gleich nach DNA, Isotopen und Protozoen hatte er gelernt, dass er ohne Kya nicht atmen konnte. Zugegeben, sie hätte nicht in der universitären Welt leben können, die er angestrebt hatte, aber jetzt könnte er in ihrer leben.

Er hatte sich alles gut überlegt. Sein Professor hatte gesagt, Tate könne innerhalb von drei Jahren seinen Doktor machen, weil er schon während des gesamten Studiums für seine Promotion geforscht hatte und mit der Dissertation so gut wie fertig war. Dann hatte Tate vor Kurzem erfahren, dass bei Sea Oaks mit Bundesmitteln ein Forschungslabor entstehen sollte und dass er beste Aussichten hätte, dort als Biologe arbeiten zu können. Weit und breit gab es niemanden, der dafür besser qualifiziert war als er: Er hatte die Marsch in diesem Gebiet fast sein ganzes Leben lang studiert, und bald würde er auch die erforderliche akademische Qualifikation besitzen. In nur wenigen Jahren könnte er hier in der Marsch mit Kya leben und im Labor arbeiten. Sie heiraten. Falls sie ihn noch wollte.

Während er über die Wellen zu ihrem Kanal brauste, sah er plötzlich Kyas Boot sehr schnell nach Süden fahren, im rechten Winkel zu seinem Kurs. Er ließ die Pinne los, reckte beide Arme in die Luft, winkte hektisch, um sie auf sich aufmerksam zu machen. Schrie ihren Namen. Aber sie schaute nicht nach Osten. Er folgte ihrem Blick und sah Chases Wasserskiboot auf sie zusteuern. Tate blieb, wo er war, und beobachtete, wie Kya und Chase sich in blau-grauen Wellen umeinander drehten, immer kleinere Kreise beschrieben, wie balzende Adler am Himmel. Ihre Kielwellen wild und schäumend.

Tate konnte den Blick nicht abwenden, als sie schließlich längsseits waren und sich über das aufgewühlte Wasser hinweg die Hände reichten. Von seinen alten Freunden in Barkley Cove hatte er die Gerüchte gehört, aber gehofft, dass sie nicht stimmten. Er verstand, warum Kya sich in so einen Mann verlieben musste, gut aussehend, bestimmt auch romantisch. Einer, der sie in seinem schicken Boot durch die Gegend fuhr und zu schicken Picknicks einlud. Sie konnte ja nichts über Chases Leben in der Stadt wissen – dass er mit anderen jungen Frauen in Barkley und sogar in Sea Oaks flirtete und ausging.

Und, dachte Tate, *ich kann mich schließlich nicht beschweren. Ich hab sie kein bisschen besser behandelt. Ich hab ein Versprechen gebrochen und hatte nicht mal den Mut, mit ihr Schluss zu machen.*

Er senkte den Kopf und schielte dann doch noch einmal hinüber, genau in dem Moment, als Chase sich vorbeugte, um sie zu küssen. *Kya, Kya,* dachte er. *Wie konnte ich dich nur verlassen?* Langsam gab er Gas und fuhr zurück zum Pier in der Stadt, um seinem Dad zu helfen, den Tagesfang in Kisten zu packen und vom Boot zu schleppen.

Kya wusste nie, wann Chase kommen würde, und so lauschte sie unablässig auf sein Boot, genau, wie sie das bei Tate getan hatte. Ob sie Unkraut jätete, Brennholz hackte oder Miesmuscheln sammelte, immer wieder legte sie den Kopf schief, um zu horchen. »Spitz die Ohren«, hatte Jodie immer gesagt.

Als sie das ständige Hoffen satthatte, packte sie genug Brötchen für drei Tage, etwas kalten Braten und Sardinen in ihren Rucksack und wanderte zu der alten, halb verfallenen Blockhütte, der »Lesehütte«, wie sie sie nannte. Da draußen, wirklich weit weg von allem, konnte sie ungestört herumstromern, nach Lust und Laune sammeln, Bücher lesen, die Wildnis lesen.

Nicht auf die Ankunft von jemandem zu warten, war eine Erleichterung und eine Stärke.

In einem Dickicht von Buscheichen, ganz nah bei der Blockhütte, fand sie die winzige Halsfeder eines Sterntauchers und lachte laut auf. So eine Feder hatte sie sich gewünscht, solange sie denken konnte, und hier lag sie nur einen Steinwurf flussabwärts.

Sie nutzte die Hütte hauptsächlich zum Lesen. Nachdem Tate sie vor vielen Jahren verlassen hatte, bekam sie keine Bücher mehr, und so war sie eines Morgens an Point Beach vorbei und noch weitere zehn Meilen bis nach Sea Oaks gefahren, eine etwas größere und sehr viel elegantere Stadt als Barkley Cove. Jumpin' hatte ihr erzählt, dass es dort eine Bibliothek gab, wo sich jeder Bücher ausleihen konnte. Sie war zwar unsicher, ob das auch für jemanden galt, der im Sumpf lebte, aber sie hatte sich vorgenommen, es herauszufinden.

Sie hatte am städtischen Pier angelegt und einen von Bäumen umstandenen Platz mit Blick aufs Meer überquert. Auf ihrem Weg zur Bibliothek hatte niemand sie schief angesehen, hinter ihrem Rücken getuschelt oder sie von irgendwelchen Schaufenstern verscheucht. Hier war sie nicht das Marschmädchen.

Sie hatte Mrs Hines, der Bibliothekarin, eine Liste von Lehrbüchern gegeben. »Könnten Sie mir wohl helfen? Ich suche *Die Grundsätze der organischen Chemie* von Geissman, *Wirbellose Fauna des Küsten-*

marschlands von Jones und *Grundlagen der Ökologie* von Odum …« Sie hatte Verweise auf diese Titel in den letzten Büchern gefunden, die Tate ihr gegeben hatte, bevor er sie verließ, um aufs College zu gehen.

»Verstehe. Oje. Die Bücher müssen wir per Fernleihe von der Uni-Bibliothek in Chapel Hill anfordern.«

Als sie jetzt vor der alten Blockhütte saß, griff sie nach einer naturwissenschaftlichen Fachzeitschrift. Ein Artikel über Fortpflanzungsstrategien trug den Titel: »Raffinierte Schürzenjäger«. Kya lachte.

Es ist allgemein bekannt, begann der Aufsatz, dass in der Natur die Männchen mit den auffälligsten sekundären Geschlechtsmerkmalen – dem größten Geweih, der tiefsten Stimme, der breitesten Brust – und mit überlegenem Wissen die besten Territorien beherrschen, weil sie schwächere Männchen vertrieben haben. Die Weibchen paaren sich mit diesen dominanten Alphamännchen und werden so mit der bestmöglichen DNA befruchtet, die an den Nachwuchs weitergegeben wird – eines der einflussreichsten Phänomene der Adaptation und für den Fortbestand des Lebens. Zudem bekommen die Weibchen das beste Territorium für ihre Jungen.

Allerdings verfügen einige schwächer entwickelte Männchen, die nicht stark genug, nicht prächtig oder klug genug sind, um gute Territorien zu verteidigen, über ein ganzes Arsenal von Tricks, um die Weibchen zu täuschen. Sie stellen ihre kleineren Körper in aufgeplusterten Posen zur Schau oder stoßen vermehrt Lockrufe aus – selbst in schrillen Stimmen. Durch Verstellung und falsche Signale gelingt ihnen die ein oder andere Kopulation. Mickrige Ochsenfrösche, schrieb der Verfasser, warten versteckt im Gras nah bei einem Alphamännchen, das mit großem Elan quakt, um Weibchen herbeizurufen. Wenn sich gleich mehrere von dieser starken Stimme anlocken lassen und das Alphamännchen dabei ist, mit einem Weibchen zu kopulieren, nutzt das schwächere Männchen seine Chance und paart sich mit einem von den anderen. Diese männlichen Hochstapler wurden als »raffinierte Schürzenjäger« bezeichnet.

Kya erinnerte sich, dass ihre älteren Schwestern vor vielen Jahren von Ma vor jungen Männern gewarnt worden waren, die ihre verrosteten Pick-ups aufheulen ließen oder mit laut dröhnendem Radio in alten Schrottlauben herumfuhren. »Jungs, die nichts taugen, machen viel Krach«, hatte Ma gesagt.

Aber es gab auch Trost für Weibchen. Die Natur hat dafür gesorgt, dass Männchen, die betrügerische Signale aussenden oder von einem Weibchen zum nächsten wandern, fast immer allein bleiben.

Ein anderer Aufsatz behandelte die erbitterte Rivalität bei der Fortpflanzung. In fast allen Lebensformen konkurrieren Männchen darum, Weibchen zu befruchten. Männliche Löwen kämpfen gelegentlich auf

Leben und Tod; rivalisierende Elefantenbullen verkeilen ihre Stoßzähne miteinander und wühlen den Boden unter ihren Füßen auf, während sie gegeneinander anrennen. Obwohl diese Kämpfe sehr ritualisiert sind, können sie dennoch zu schweren Verletzungen führen.

Um das zu vermeiden, konkurrieren die Männchen mancher Spezies auf weniger brutale, aber kreativere Weise miteinander. Insekten sind dabei am fantasievollsten. So ist beispielsweise der Penis des Kleinlibellen-Männchens mit einem winzigen Löffel ausgestattet, mit dem es die Spermien eines vorherigen Kontrahenten entfernt, bevor es selbst zur Tat schreitet.

Kya ließ die Zeitschrift sinken. Ihre Gedanken trieben dahin wie die Wolken. Manche Insektenweibchen fressen das Männchen nach der Paarung auf, überlastete Säugetiermütter verlassen ihre Jungen, viele Männchen entwickeln riskante oder gerissene Strategien, um ihre Konkurrenten bei der Fortpflanzung auszubooten. Nichts schien zu ungehörig, solange nur die Uhr des Lebens weitertickte. Kya wusste, dass das keine böse Seite der Natur war, dass es sich lediglich um einfallsreiche Methoden handelte, um den Fortbestand der Spezies allen Widrigkeiten zum Trotz zu sichern. Bei Menschen musste es doch um mehr gehen.

Nachdem er Kya drei Tage hintereinander nicht angetroffen hatte, gewöhnte Chase sich an, sie zu fragen, ob sie sich an einem bestimmten Tag zu einer bestimmten Uhrzeit in ihrer Hütte oder dem ein oder anderen Strand treffen könnten, und er kam immer pünktlich. Schon von Weitem konnte sie die knalligen Farben seines Bootes sehen – wie das auffällige Brutgefieder eines Vogelmännchens –, das auf den Wellen trieb, und sie genoss das Gefühl, dass er nur ihretwegen gekommen war.

Kya malte sich aus, wie er sie zu einem Picknick mit seinen Freunden mitnahm. Sie würden alle zusammen lachen, in die Wellen laufen, sich gegenseitig mit Wasser bespritzen. Er würde sie hochheben und sich mit ihr im Kreis drehen. Danach würden sie zusammensitzen, sich Sandwiches und Getränke aus Kühlboxen schmecken lassen. Nach und nach nahmen in ihr Bilder von Heirat und Kindern Gestalt an, obwohl sie sich innerlich dagegen wehrte. *Wahrscheinlich ein biologischer Trieb, der mich zur Fortpflanzung drängt*, sagte sie sich. Aber wieso sollte nicht auch sie eine Familie haben wie alle anderen? Wieso nicht?

Doch jedes Mal, wenn sie drauf und dran war, ihn zu fragen, wann er sie seinen Freunden und Eltern vorstellen wollte, blieben ihr die Worte im Halse stecken.

An einem heißen Tag wenige Monate nach ihrer ersten Begegnung dümpelten sie vor der Küste, und er sagte, das Wetter wäre perfekt zum Schwimmen. »Ich guck auch nicht«, sagte er. »Zieh dich aus und spring rein, dann komm ich nach.« Sie stand vor ihm, balancierte in dem schwankenden Boot, aber als sie ihr T-Shirt über den Kopf zog, wandte er sich nicht ab. Er streckte die Hand aus und strich sacht mit den Fingern über ihre festen Brüste. Sie hinderte ihn nicht. Er zog sie näher, öffnete ihre Shorts und schob sie mühelos über ihre schmalen Hüften nach unten. Dann zog er selbst T-Shirt und Shorts aus und drückte Kya sanft nach unten auf die Handtücher.

Er kniete zu ihren Füßen, fuhr, ohne ein Wort zu sagen, mit den Fingern federleicht von ihrem linken Knöchel zur Innenseite ihres Knies und langsam weiter nach oben an ihrem Schenkel entlang. Sie hob den Körper seiner Hand entgegen. Seine Finger verweilten an ihrem Oberschenkel, strichen über ihr Höschen, glitten dann über ihren Unterleib, schwerelos wie ein Gedanke. Sie spürte, dass sich seine Finger über den Bauch auf ihre Brüste zubewegten, und drehte den Oberkörper von ihm weg. Entschlossen drückte er sie zu Boden und berührte ihre Brust, umkreiste langsam mit einem Finger ihren Nippel. Er sah sie an, ohne zu lächeln, als er seine Hand nach unten schob und am Bund ihres Höschens zog. Sie wollte ihn, wollte ihn ganz, und ihr Körper drängte sich gegen seinen. Aber Sekunden später legte sie ihre Hand auf seine.

»Komm schon, Kya«, sagte er. »Bitte. Wir warten schon ewig. Ich bin doch echt geduldig gewesen, findest du nicht?«

»Chase, du hast es versprochen.«

»Verdammt noch mal, Kya. Worauf warten wir denn?« Er setzte sich auf. »Ich hab dir doch bewiesen, dass mir was an dir liegt. Also warum willst du nicht?«

Sie setzte sich auf, zog ihr T-Shirt wieder an. »Was kommt danach? Woher soll ich wissen, dass du mich dann nicht verlässt?«

»Das weiß man doch nie, oder? Aber, Kya, ich will nicht weg von dir. Ich hab mich in dich verliebt. Ich will ständig mit dir zusammen sein. Was soll ich denn noch machen, damit du mir glaubst?«

Er hatte noch nie von Liebe gesprochen. Kya sah ihm forschend in die Augen, suchte nach Wahrhaftigkeit, aber sein Blick war hart und starr. Undurchdringlich. Sie wusste nicht genau, was sie für Chase empfand, aber sie war nicht mehr einsam. Das erschien ihr genug.

»Bald, okay?«

Er zog sie an sich. »Ist okay. Komm her.« Er hielt sie umschlungen, und sie lagen in der Sonne, trieben auf dem Meer, das Plätschern der Wellen unter ihnen.

Der Tag schwand dahin, und die Nacht senkte sich schwer, am fernen Ufer tanzten hier und dort die Lichter der Stadt. Sterne flimmerten über ihrer Welt aus Meer und Himmel.

Chase sagte: »Wieso flimmern Sterne eigentlich?«

»Störungen in der Atmosphäre. Zum Beispiel hohe atmosphärische Winde.«

»Ach ja?«

»Du weißt doch sicher, dass wir die meisten Sterne nicht sehen können, weil sie viel zu weit weg sind. Wir sehen nur ihr Licht, das von der Atmosphäre verzerrt wird. Aber natürlich stehen die Sterne nicht still, sie bewegen sich sehr schnell.«

Aus den Büchern von Albert Einstein wusste Kya, dass die Zeit ebenso wenig festgelegt ist wie die Sterne. Zeit dehnt und krümmt sich um Planeten und Sonnen, ist in den Bergen anders als in Tälern, ist Teil desselben Stoffes wie der Raum, der sich wölbt und anschwillt wie das Meer. Objekte, vom Planeten bis zum Apfel, fallen oder bewegen sich in Umlaufbahnen, nicht aufgrund von Gravitationsenergie, sondern weil sie in die seidigen Falten der Raumzeit stürzen – wie in die Kräuselwellen auf einem Teich –, die von denjenigen mit einer höheren Masse verursacht wurden.

Aber Kya sagte nichts davon. Leider hat die Schwerkraft keine Macht über menschliches Denken, und in der Schule wurde noch immer gelehrt, dass der Apfel aufgrund der starken Anziehungskraft der Erde zu Boden fällt.

»Ach, übrigens«, sagte Chase. »Die haben mich gefragt, ob ich das Footballteam unserer Highschool trainieren will.«

Sie lächelte ihn an.

Dann dachte sie: *Wie alles andere im Universum bewegen auch wir uns auf diejenigen mit einer höheren Masse zu.*

Am nächsten Morgen unternahm Kya eine ihrer seltenen Einkaufsfahrten zum Piggly Wiggly, um einige Dinge zu kaufen, die Jumpin' nicht im Sortiment hatte. Als sie aus dem Lebensmittelladen trat, wäre sie fast mit Chases Eltern, Sam und Patti Love, zusammengestoßen. Sie wussten, wer Kya war – alle wussten es.

Im Laufe der Jahre hatte Kya sie gelegentlich in der Stadt gesehen, meistens aus der Ferne. Sam stand üblicherweise hinter der Verkaufstheke im Western Auto, sprach mit Kunden, bediente die Kasse. Kya konnte sich noch gut erinnern, wie er sie als kleines Mädchen vom Schaufenster weggescheucht hatte, als hätte sie richtige Kunden vertreiben können. Patti Love arbeitete nicht den ganzen Tag im Laden, daher hatte sie Zeit, auf der Straße Handzettel zu verteilen mit Ankündigungen für den alljährlichen Quilt-Wettbewerb oder das nächste Stadtfest. Sie war stets tadellos gekleidet, mit Pumps, Handtasche und Hut – farbig aufeinander abgestimmt, stets passend zur Saison. Ganz gleich bei welchem Gesprächsthema, sie schaffte es immer, einfließen zu lassen, dass Chase der beste Quarterback war, den die Stadt je hatte.

Kya lächelte schüchtern, sah Patti Love direkt in die Augen, hoffte, sie würden irgendetwas Nettes zu ihr sagen und sich vorstellen. Sie vielleicht als Chases Freundin anerkennen. Doch sie blieben abrupt stehen, sagten nichts und machten dann einen übertrieben großen Bogen um sie herum. Gingen weiter.

Am selben Abend trieben Kya und Chase in ihrem Boot unter einer mächtigen Eiche, deren Wurzeln über das Wasser ragten und kleine Grotten für Otter und Enten bildeten. Mit leiser Stimme, teils, weil sie die Stockenten nicht stören wollte, teils aus Angst, erzählte Kya, dass sie seine Eltern gesehen hatte, und fragte, ob sie sie bald mal kennenlernen würde.

Als Chase nicht gleich antwortete, zog sich ihr Magen zusammen.

Schließlich sagte er: »Klar wirst du das. Demnächst, versprochen.« Aber er sah sie dabei nicht an.

»Sie wissen doch von mir, oder? Von uns?«, fragte sie.

»Ja klar.«

Das Boot war wohl zu nah an die Eiche getrieben, denn genau in dem Moment stieß ein Virginia-Uhu, dick und flaumig wie ein Daunenkissen, auf weiten Schwingen vom Baum herab, glitt dann langsam und sanft über die Lagune. Sein Brustgefieder spiegelte sich in weichen Mustern auf dem Wasser.

Chase nahm Kyas Hand, drückte den Zweifel aus ihren Fingern.

Wochenlang begleiteten Sonnenuntergänge und Mondaufgänge die trägen Fahrten von Chase und Kya durch die Marsch. Aber jedes Mal, wenn sie seine Annäherungsversuche abwehrte, hörte er auf. Bilder von Hirschkühen oder Truthennen mit ihren fordernden Jungen, während die Väter sich schon längst wieder mit anderen Weibchen gepaart hatten, standen ihr warnend vor Augen.

Manchmal lagen sie halb nackt im Boot, aber weiter ging es nie, ganz gleich, was die Leute in der Stadt redeten. Chase und Kya blieben zwar für sich, aber die Stadt war klein, und manch einer sah sie zusammen in seinem Boot oder an den Stränden. Den Krabbenfischern entging auf See fast gar nichts. Es gab Gerede. Gerüchte.

27
HOG MOUNTAIN ROAD

1966

Die ersten Amseln regten sich, während dichter Winternebel vom Boden aufstieg und sich wie Watte an den Wänden der stillen Hütte bauschte. Unter Einsatz mehrerer Wocheneinnahmen ihres Muschelgeldes hatte Kya einige Delikatessen eingekauft und ein paar Scheiben Honigschinken gebraten, eine Soße dazu gemacht und sie mit Buttermilchbrötchen und Brombeermarmelade serviert. Chase trank Maxwell-Instantkaffee, sie heißen Tee. Sie waren nun fast ein Jahr zusammen, obwohl keiner es ansprach. Chase sagte, was für ein Glück er hatte, dass seinem Vater Western Auto gehörte. »Deswegen werden wir ein schönes Haus haben, wenn wir heiraten. Ich bau dir eins am Strand, mit zwei Stockwerken und einer großen Veranda. Oder eins genau nach deinen Wünschen, Kya.«

Kya konnte kaum atmen. Er wollte sie in seinem Leben haben. Nicht bloß eine Andeutung, sondern so etwas wie ein Heiratsantrag. Sie würde zu jemandem gehören. Teil einer Familie sein. Sie setzte sich aufrechter auf ihrem Stuhl hin.

Er redete weiter. »Ich glaub nicht, dass wir mitten

in der Stadt wohnen sollten. Die Umstellung wäre für dich zu groß. Aber wir könnten uns am Rand was bauen. Weißt du, näher an der Marsch.«

In letzter Zeit hatte sie immer mal wieder vage Vorstellungen davon gehabt, mit Chase verheiratet zu sein, aber sie hatte es nicht gewagt, ihnen wirklich Raum zu geben. Und jetzt sprach er selbst es laut aus. Kyas Atem ging flach, ihr Verstand konnte es nicht glauben und ließ sich doch gleichzeitig schon darauf ein. *Ich kann das schaffen*, dachte sie. *Wenn wir nicht so nah bei anderen Menschen leben, könnte es klappen.*

Dann fragte sie mit gesenktem Kopf: »Was ist mit deinen Eltern? Hast du es ihnen erzählt?«

»Kya, eins musst du über meine Eltern wissen. Sie lieben mich. Wenn ich sage, dass ich mich für dich entscheide, dann ist das für sie klar. Und du wirst sie im Sturm erobern, wenn sie dich erst kennenlernen.«

Sie biss sich auf die Lippen. Wollte ihm glauben.

»Ich bau dir eine Art Werkstatt für deinen Kram«, redete er weiter. »Mit ganz großen Fenstern, damit du diese ganzen verdammten Federn auch in allen Einzelheiten sehen kannst.«

Sie wusste nicht, ob sie für Chase das empfand, was eine Ehefrau empfinden sollte, aber in diesem Moment füllte sich ihr Herz mit so etwas wie Liebe. Nie wieder Muscheln ausbuddeln.

Sie streckte die Hand aus und berührte das Muschelhalsband unter seiner Kehle.

»Ach, übrigens«, sagte Chase. »Ich muss in ein paar Tagen nach Asheville und Waren fürs Geschäft einkaufen. Hast du nicht Lust mitzukommen?«

Mit niedergeschlagenen Augen sagte sie: »Aber das ist eine große Stadt. Da sind so viele Menschen. Und ich hab nicht die richtigen Sachen zum Anziehen, ich weiß nicht mal, was die richtigen Sachen wären, und …«

»Kya, Kya. Hör mal. Ich wäre doch bei dir. Ich kenn mich aus. Wir müssen nirgendwo hingehen, wo du dich nicht wohlfühlst. Und auf der Fahrt würdest du viel von North Carolina zu sehen bekommen – das Piedmont, die Great Smoky Mountains, Menschenskind. Und wenn wir da sind, könnten wir uns einfach bei einem Drive-in Hamburger kaufen. Du kannst einfach deine normalen Sachen tragen. Du musst mit keiner Menschenseele reden, wenn du nicht willst. Ich kümmere mich um alles. Ich war schon oft da. Sogar schon in Atlanta. Asheville ist nichts dagegen. Ehrlich, wenn wir irgendwann heiraten wollen, musst du dich dran gewöhnen, ein bisschen rauszukommen. Mal deine langen Flügel ausbreiten.«

Sie nickte. Wenigstens würde sie die Berge zu sehen bekommen.

Er sprach weiter. »Ich brauch zwei Tage da, also müssen wir über Nacht bleiben. In einem einfachen kleinen Motel. Das ist kein Problem, wir sind ja volljährig.«

»Ach so«, sagte sie nur. Dann ganz leise: »Verstehe.«

Kya hatte noch nie in einem Auto gesessen, und als sie und Chase einige Tage später in seinem Pick-up aus Barkley Cove hinaus Richtung Westen fuhren, hielt sie sich mit beiden Händen am Sitz fest und starrte aus dem Fenster. Die Straße wand sich meilenweit vorbei an Sägegras und Palmettopalmen, während das Meer im Heckfenster verschwand.

Über eine Stunde lang glitt die vertraute Landschaft aus Gras und Wasser am Wagenfenster vorbei. Kya sah Sumpfzaunkönige und Silberreiher, und der vertraute Anblick tröstete sie, als hätte sie ihr Zuhause nicht zurückgelassen, sondern mitgenommen.

Dann, als wäre eine Linie über die Erde gezogen worden, endeten die Feuchtwiesen jäh, und trockener Boden, aufgehackt, eingezäunt und zerpflügt, breitete sich vor ihnen aus. So weit das Auge reichte, ragten verstümmelte Baumstümpfe aus gefällten Wäldern in die Höhe. Mit Drähten bespannte Masten marschierten Richtung Horizont. Natürlich wusste sie, dass die Küstenmarsch nicht den ganzen Globus bedeckte, aber sie war noch nie jenseits davon gewesen. Was hatten die Menschen dem Land angetan? Jedes Haus, alle dieselbe Kastenform, hockte auf geschorenem Rasen. Vor einem graste ein Schwarm Flamingos, aber als Kya verblüfft herumfuhr, sah sie, dass sie aus Plastik waren. Der Weißwedelhirsch aus Zement. Die fliegenden Enten waren bloß auf Briefkästen gemalt.

»Die sind toll, hä?«, sagte Chase.

»Was?«

»Die Häuser. So was hast du bestimmt noch nie gesehen, hä?«

»Nein, noch nie.«

Stunden später, im Tiefland des Piedmont, sah sie die sanften blauen Umrisse der Appalachen am Horizont. Als sie näher kamen, wuchsen Gipfel um sie herum in die Höhe, und bewaldete Berge wellten sich sanft in die Ferne, so weit Kya schauen konnte.

Wolken ruhten in den gefalteten Armen der Hügel, quollen auf und trieben davon. Manche Schwaden drehten sich zu engen Spiralen in den wärmeren Schluchten, verhielten sich wie Nebel, der an den feuchten Mooren der Marsch haftete. Dieselben physikalischen Mechanismen, die sich auf einem anderen Gebiet der Biologie vollzogen.

Kya war eine Bewohnerin des Tieflandes, einem Land mit weiten Horizonten, wo Sonne und Mond verlässlich auf- und untergingen. Hier jedoch war die Topografie verwirrend, und die Sonne balancierte an den Gipfeln entlang, ging hinter einem Bergkamm unter, nur, um gleich wieder aufzutauchen, wenn Chases Pick-up die nächste Anhöhe erklomm. In den Bergen hing der Zeitpunkt des Sonnenuntergangs davon ab, wo man auf einem Berg stand, dachte Kya.

Sie fragte sich, wo wohl das Land ihres Großvaters war. Vielleicht hatten ihre Vorfahren Schweine in so einem grau verwitterten Stall gehalten wie der, den sie auf einer Weide an einem Flussufer sah. In dieser Landschaft hatte mal eine Familie, die die ihre hätte sein sollen, geschuftet, gelacht und geweint. Einige von ihnen mochten wohl noch hier sein, irgendwo weit verstreut. Unbekannt.

Die Straße verbreiterte sich zu einem vierspurigen Highway, und Kya hielt sich fest, als Chases Pick-up mit nur wenig Abstand zu anderen schnellen Autos dahinbrauste. Er bog auf eine geschwungene Abfahrt, die sich wie von Zauberhand in die Höhe wölbte und Richtung Stadt führte. »Ein Kleeblattkreuz«, sagte er stolz.

Riesige Gebäude, acht oder zehn Stockwerke hoch, ragten vor der Silhouette der Berge auf. Unmengen Autos flitzten dahin wie Strandkrabben, und auf den Bürgersteigen waren so viele Menschen unterwegs, dass Kya die Nase an die Seitenscheibe drückte und ihre Gesichter absuchte, weil sie hoffte, Ma oder Pa unter ihnen zu entdecken. Ein sonnengebräunter, dunkelhaariger Junge, der den Bürgersteig entlangrannte, sah aus wie Jodie, und sie reckte den Kopf, um ihn zu beobachten. Ihr Bruder wäre jetzt natürlich erwachsen, aber sie verfolgte den Jungen trotzdem mit den Augen, bis er um eine Ecke verschwand.

Chase hatte ein Zimmer auf der anderen Seite der

Stadt an der Hog Mountain Road gebucht. Das Motel war ein Flachbau mit einer Reihe von braunen Zimmern, und er wurde von Neonlampen beleuchtet, die ausgerechnet die Form von Palmen hatten.

Nachdem Chase die Zimmertür aufgeschlossen hatte, betrat Kya einen Raum, der einigermaßen sauber wirkte, aber nach Flüssigreiniger stank und billig eingerichtet war: mit Holzimitat getäfelte Wände, ein durchgelegenes Bett mit einem Gerät daneben, das einem für zehn Cent eine fünfzehnminütige Entspannungsmassage versprach, und ein Schwarz-Weiß-Fernseher, der mit einer lächerlich langen Kette und einem Vorhängeschloss am Tisch befestigt war. Die Tagesdecken waren lindgrün, der hochflorige Teppich orange. Kyas Gedanken wanderten zurück zu all den Orten, wo sie zusammen gelegen hatten – in feinem Sand an Gezeitentümpeln, in mondbeschienenen leise schaukelnden Booten. Hier stand das Bett im Mittelpunkt, aber das Zimmer sah nicht nach Liebe aus.

Sie blieb bewusst in der Nähe der Tür stehen. »Es ist nicht gerade toll«, sagte er und stellte seine Reisetasche auf den Stuhl.

Er kam auf sie zu. »Es wird Zeit, findest du nicht auch, Kya? Es wird Zeit.«

Natürlich war das sein Plan gewesen. Aber sie war bereit. Ihr Körper hatte ihn seit Monaten begehrt, und nachdem er von Heirat gesprochen hatte, gab ihr Verstand nach. Sie nickte.

Er hob die Hände und knöpfte langsam ihre Bluse auf. Dann drehte er sie sanft und öffnete ihren BH. Fuhr mit den Fingern über ihre Brüste. Eine warme Erregung strömte von ihren Brüsten zu ihren Schenkeln. Als er sie im Licht der roten und grünen Neonlampen, das durch die dünnen Vorhänge hereinschien, aufs Bett zog, schloss sie die Augen. Zuvor, bei den vielen Beinahe-Malen, wenn sie seine Versuche gestoppt hatte, waren seine wandernden Finger fast magisch gewesen, hatten Teile von ihr erwachen lassen, sodass ihr Körper sich ihm entgegenwölbte, voll Sehnsucht und Verlangen. Aber jetzt, wo die Erlaubnis endlich erteilt war, schien er es plötzlich eilig zu haben, denn er ging nicht auf ihre Bedürfnisse ein und drang in sie. Sie schrie auf, als sie einen heftigen, reißenden Schmerz spürte und Angst bekam.

»Ist okay. Jetzt wird's besser«, sagte er mit großer Bestimmtheit. Aber es wurde nicht viel besser, und bald darauf sank er grinsend neben sie.

Während er einschlief, starrte sie auf die blinkenden Lichter des Zimmer-frei-Schildes.

Mehrere Wochen später, nach einem Frühstück aus Spiegeleiern und Maisgrieß mit Schinken in Kyas Hütte, saßen sie und Chase am Küchentisch. Sie war in eine warme Decke gehüllt, nachdem sie sich geliebt hatten, was nach dem ersten Versuch in dem Motel nur wenig besser geworden war. Jedes Mal hatte sie hinterher das Gefühl, dass etwas fehlte, aber sie hatte keine Ahnung, wie sie so ein Thema zur Sprache bringen sollte. Außerdem wusste sie nicht, wie sie sich fühlen sollte. Vielleicht war es normal so.

Chase stand vom Tisch auf, hob ihr Kinn mit den Fingern an, küsste sie und sagte: »In den nächsten paar Tagen kann ich nicht so oft rauskommen, wegen Weihnachten und so. Da ist immer viel los, und ein paar Verwandte kommen zu Besuch.«

Kya sah ihn an. »Ich hab gehofft, ich könnte vielleicht dabei sein … wenn ihr feiert und so. Wenigstens beim Weihnachtsessen mit deiner Familie.«

Chase setzte sich wieder hin. »Kya, hör mal, ich will schon die ganze Zeit mit dir darüber reden. Ich würde ja gern mit dir zum Tanz im Elk Club gehen zum Beispiel, aber ich weiß, wie scheu du bist und dass du praktisch nie in die Stadt kommst. Ich weiß, du wärst kreuzunglücklich da. Du würdest niemanden kennen, du hast nicht die richtigen Sachen zum Anziehen. Kannst du überhaupt tanzen? Das passt alles nicht zu dir. Das verstehst du doch, oder?«

Sie schaute zu Boden. »Ja, und du hast ja recht. Aber, na ja, ich muss doch irgendwann anfangen, mich an dein Leben anzupassen. Meine Flügel ausbreiten, wie du gesagt hast. Ich meine, ich muss mir die richtigen Anziehsachen besorgen, deine Freunde kennenlernen.« Sie hob den Kopf. »Du könntest mir Tanzen beibringen.«

»Ja klar, und das werde ich auch. Aber für mich ist wichtig, was wir hier draußen haben. Ich liebe unsere gemeinsame Zeit, nur du und ich. Ehrlich gesagt, diese ganzen dummen Partys öden mich allmählich an. Ist doch immer dasselbe. In der Schulturnhalle. Die Alten und die Jungen, alle zusammen. Dieselbe blöde Musik. Ich hab keine Lust mehr darauf. Wenn wir erst verheiratet sind, machen wir so was ohnehin nicht mehr, also warum soll ich dich da jetzt noch mit reinziehen? Macht doch keinen Sinn. Okay?«

Sie sah erneut zu Boden, also hob er wieder ihr Kinn an und sah ihr tief in die Augen. Dann sagte er mit einem breiten Grinsen: »Und was das Weihnachtsessen mit meiner Familie betrifft. Mensch, ich kann dir sagen. Meine uralten Tanten kommen aus Florida angereist. Die quasseln ununterbrochen. So was würde ich keinem zumuten. Und dir schon gar nicht. Glaub mir, du verpasst nichts.«

Sie schwieg.

»Ehrlich, Kya, ich möchte, dass du das verstehst. Was wir hier draußen haben, ist das Schönste, was es gibt. Das ganze andere Zeug« – er fuhr mit den Händen durch die Luft – »ist einfach nur blöd.«

Er schlang die Arme um sie und zog sie auf seinen Schoß, und sie legte den Kopf an seine Schulter.

»Hier ist es am schönsten, Kya. Alles andere ist Mist.« Und er küsste sie, warm und zärtlich. Dann stand er auf. »Okay, ich muss dann mal.«

Kya verbrachte Weihnachten allein mit den Möwen, wie jedes Jahr, seit Ma verschwunden war.

Zwei Tage nach Weihnachten war Chase noch immer nicht wieder aufgetaucht. Sie brach das Versprechen, das sie sich selbst gegeben hatte, nie wieder auf jemanden zu warten, und ging am Rand der Lagune auf und ab, die Haare zu einem französischen Zopf geflochten, den Mund mit Mas altem Lippenstift bemalt.

Jenseits der Lagune lag die Marsch in ihrem Wintermantel aus Braun- und Grautönen. Über Meilen hinweg ließen erschöpfte Gräser, die ihre Samen verteilt hatten, kraftlos die Köpfe ins Wasser hängen. Der Wind peitschte und riss, rüttelte an den rauen Stängeln, die einen lärmenden Chor anstimmten. Kya zerrte den Zopf auseinander und wischte sich mit dem Handrücken über die Lippen.

Am Morgen des vierten Tages saß sie allein in der Küche und schob Brot und Eier auf ihrem Teller herum. »Wenn er meint, *hier ist's am schönsten*, wo steckt er dann jetzt?«, zischte sie wütend. Im Geist sah sie Chase mit seinen Freunden Football spielen und auf Partys tanzen. »Das ganze blöde Zeug, das ihn allmählich anödet.«

Endlich das Motorgeräusch seines Bootes. Sie sprang vom Tisch auf, knallte die Tür zu und rannte von der Hütte zur Lagune, als das Boot gerade in Sicht kam. Aber es war nicht Chases Wasserskiboot oder überhaupt Chase, sondern ein junger Mann mit goldblondem Haar, kürzer geschnitten, aber noch immer lugte es ungebändigt unter einer Wollmütze hervor. Es war das alte Angelboot, und obwohl er noch fuhr, stand Tate aufrecht, zum Mann herangewachsen. Das Gesicht nicht mehr jungenhaft, sondern markant, reif. Die Augen fragend, die Lippen zaghaft lächelnd.

Ihr erster Impuls war wegzulaufen. Aber ihr Verstand schrie: *NEIN! Das ist meine Lagune; ich laufe immer weg. Diesmal nicht.*

Ihr nächster Impuls war, einen Stein aufzuheben, und sie schleuderte ihn aus sechs Metern Entfernung, zielte auf Tates Gesicht. Er duckte sich schnell, und der Stein zischte knapp an seiner Stirn vorbei.

»Scheiße, Kya! Was soll das? Warte«, sagte er, als sie den nächsten Stein aufhob und zielte. Er hob die Hände vors Gesicht. »Kya, um Gottes willen, hör auf! Bitte. Ich will nur mit dir reden.«

Der Stein traf ihn hart an der Schulter.

»VERSCHWINDE AUS MEINER LAGUNE! DU MIESER DRECKSACK! MEHR HAB ICH DIR NICHT ZU SAGEN!« Das kreischende Fischweib sah sich hektisch nach dem nächsten Stein um.

»Kya, hör doch mal. Ich weiß, dass du jetzt mit Chase zusammen bist. Das respektiere ich. Ich will wirklich nur mit dir reden. Bitte, Kya.«

»Warum soll ich dir zuhören? Ich will dich nie wiedersehen, NIEMALS!« Sie griff sich eine Handvoll Steinchen und schleuderte sie nach ihm.

Er zuckte zur Seite und hielt sich an der Seitenwand fest, als das Boot auf Grund lief.

»ICH HAB GESAGT, HAU AB!« Sie schrie noch, wurde aber etwas leiser, als sie nachschob: »Ja, ich bin jetzt mit einem anderen zusammen.«

Tate fand sein Gleichgewicht wieder, nachdem das Boot so ruckartig gestoppt hatte, und sank auf den Bugsitz. »Kya, bitte, es gibt da Dinge, die du über ihn wissen solltest.« Er hatte nicht vorgehabt, über Chase zu reden. Sein Überraschungsbesuch bei Kya lief völlig anders, als er sich ausgemalt hatte.

»Wovon redest du? Du hast kein Recht, mit mir über mein Privatleben zu sprechen.« Sie war jetzt nur noch anderthalb Meter von ihm entfernt und funkelte ihn wütend an.

Mit Nachdruck sagte er: »Ich weiß, dass ich kein Recht dazu habe, aber ich tu's trotzdem.«

Prompt drehte Kya sich um und wollte gehen, aber Tate rief ihr nach. »Du lebst nicht in der Stadt. Du weißt nicht, dass Chase mit anderen Frauen ausgeht. Erst neulich hab ich ihn nach einer Party mit einer Blondine in seinem Pick-up wegfahren sehen. Er ist nicht gut genug für dich.«

Sie wirbelte herum. »Ach nee! DU bist es, der mich verlassen hat, der nicht zurückgekommen ist, obwohl du es versprochen hattest, der nie zurückgekommen ist. Du bist es, der nie geschrieben hat, um mir zu erklären, warum, oder um mir auch nur ein Lebenszeichen zu schicken. Du hattest nicht den Mumm, mit mir Schluss zu machen. Du warst nicht Manns genug, es mir ins Gesicht zu sagen. Du bist einfach verschwunden. DU FEIGES ARSCHLOCH! Und nach all den Jahren kommst du jetzt an … Du bist schlimmer als er. Chase ist vielleicht nicht perfekt, aber du bist viel, viel schlimmer als er.« Sie verstummte plötzlich, starrte ihn an.

Er breitete die Hände aus, sagte flehend: »Du hast ja recht, Kya. Alles, was du gesagt hast, stimmt. Ich war ein Feigling. Und ich hatte kein Recht, über Chase zu reden. Das geht mich nichts an. Und ich werde dich auch nie wieder behelligen. Ich hab einfach nur das Bedürfnis, mich zu entschuldigen und dir manches zu erklären. Ich bereue das seit Jahren, Kya, bitte.«

Sie erschlaffte, als wäre ihr der Wind aus den Segeln genommen worden. Tate war mehr als ihre erste Liebe: Er teilte ihre Liebe zur Marsch, er hatte ihr Lesen beigebracht, und er war die einzige, wenn auch noch so kleine Verbindung zu ihrer verschwundenen Familie. Er war ein beschriebenes Blatt der Zeit, ein in ein Album geklebter Ausschnitt, weil sie mehr nicht hatte. Ihr pochte das Herz, als die Wut sich legte.

»Schau dich an – so schön. Eine Frau. Geht's dir gut? Verkaufst du noch immer Muscheln?« Er war überwältigt davon, wie sie sich verändert hatte, die

Gesichtszüge jetzt feiner gezeichnet und doch apart, hohe Wangenknochen, volle Lippen.

»Ja. Ja.«

»Hier, ich hab dir was mitgebracht.« Er nahm die winzige rote Wangenfeder eines Goldspechts aus einem Umschlag und reichte sie ihr. Sie spielte mit dem Gedanken, sie auf den Boden zu werfen, aber so eine Feder fehlte in ihrer Sammlung, warum sollte sie sie nicht behalten? Sie steckte sie ein, dankte ihm aber nicht.

Er sprach schnell weiter: »Kya, dich zu verlassen, war nicht nur falsch, es war das Schlimmste, was ich in meinem Leben getan habe oder je tun werde. Ich bereue es seit Jahren und werde es immer bereuen. Ich denke jeden Tag an dich. Ich werde mir nie verzeihen können, dass ich dich verlassen habe. Ich hab wirklich gedacht, dass du nie imstande sein würdest, die Marsch zu verlassen und in der anderen Welt zu leben, und deshalb sah ich keine Möglichkeit, wie wir zusammen sein könnten. Aber das war falsch, und es war idiotisch, dass ich nicht zurückgekommen bin, um mit dir darüber zu reden. Ich hab gewusst, wie oft du schon verlassen worden warst. Ich wollte nicht wahrhaben, wie tief ich dich verletzt habe. Ich war nicht Manns genug. Genau, wie du gesagt hast.« Er verstummte und sah sie an.

Nach langem Schweigen sagte sie: »Was willst du jetzt, Tate?«

»Ich frage mich, ob du mir vielleicht irgendwie verzeihen könntest.« Er holte tief Luft und wartete.

Kya blickte zu Boden. Warum sollten die Verletzten, die noch immer Blutenden, die Bürde des Verzeihens tragen? Sie antwortete nicht.

»Ich musste dir das einfach sagen, Kya.«

Als sie weiter schwieg, sagte er: »Ich bin dabei, meinen Doktor in Zoologie zu machen. Protozoologie, genauer gesagt. Die Arbeit würde dir gefallen.«

Sie konnte sich nicht vorstellen, was genau er da machte, und blickte suchend über die Lagune, ob Chase kam. Tate entging das nicht. Er hatte sich gleich gedacht, dass sie hier draußen auf Chase wartete.

Noch vergangene Woche hatte er Chase beobachtet, wie er in seinem weißen Dinnerjacket auf einem Weihnachtsball mit verschiedenen Frauen tanzte. Wie die meisten größeren Veranstaltungen in Barkley Cove fand auch dieser Ball in der Turnhalle der Highschool statt. Während »Wooly Bully« aus einer überforderten Musikanlage plärrte, die unter einem der Basketballkörbe aufgebaut worden war, wirbelte Chase eine Brünette über die Tanzfläche. Als »Mr Tambourine Man« begann, ließ er die Brünette stehen und gesellte sich zu anderen ehemaligen Footballspielern, die Flachmänner mit Whiskey kreisen ließen. Tate, der sich gerade in der Nähe mit zwei seiner alten Highschool-Lehrer unterhielt, hörte Chase sagen: »Oh ja, sie ist so wild wie ein Fuchs in der Falle.

Ein echtes Marsch-Luder. Da lohnt sich jeder Tropfen Benzin.«

Tate musste sich zwingen davonzugehen.

Ein kalter Wind frischte auf und kräuselte die Lagune. Da Kya Chase erwartet hatte, war sie in Jeans und einem dünnen Pullover zur Lagune gelaufen. Sie schlang die Arme um sich.

»Dir ist kalt. Lass uns reingehen.« Tate deutete auf die Hütte, wo Rauchwölkchen aus dem rostigen Schornsteinrohr stiegen.

»Tate, ich denke, du fährst jetzt besser wieder.« Sie blickte mehrmals rasch zum Kanal hinüber. Was, wenn Chase kam und Tate noch da war?

»Kya, bitte, bloß ein paar Minuten. Ich würde mir so gern noch mal deine Sammlungen anschauen.«

Statt einer Antwort drehte sie sich um und lief zur Hütte, und Tate folgte ihr. Kaum hatte er die Veranda betreten, blieb er wie angewurzelt stehen. Ihre Sammlungen waren kein kindliches Hobby mehr, sondern ein Naturkundemuseum der Marsch. An der Schale einer Kammmuschel beispielsweise war eine Aquarellzeichnung von dem Strand befestigt, an dem Kya sie gefunden hatte, sowie Skizzen, die darstellten, wie das Tier kleinere Meereswesen fraß. Jedes gesammelte Exemplar – es waren Hunderte, vielleicht sogar Tausende – war ebenso etikettiert. Einige von ihnen hatte er schon gesehen, als Junge, jetzt jedoch, als Doktorand in Zoologie, betrachtete er sie mit den Augen eines Wissenschaftlers.

Kya war in der Tür stehen geblieben, und er wandte sich zu ihr um. »Die sind großartig, wunderbar detailliert. Du könntest sie veröffentlichen. Das könnte ein Buch werden – viele Bücher.«

»Nein. Nein. Die sind nur für mich. Dadurch kann ich besser lernen, mehr nicht.«

»Kya, hör mal. Du weißt besser als die meisten, dass es so gut wie kein Nachschlagewerk für diese Gegend gibt. Mit diesen Anmerkungen, zusätzlichen Informationen und den grandiosen Zeichnungen könnten das genau die Bücher werden, auf die alle gewartet haben.« Es stimmte. Mas alte Handbücher über Muscheln, Pflanzen, Vögel und Säugetiere der Gegend waren die einzigen, die je veröffentlicht worden waren, und sie waren schrecklich ungenau, mit schlichten Schwarz-Weiß-Bildern und dürftigen Kommentaren zu jedem Eintrag.

»Wenn ich eine kleine Auswahl mitnehmen darf, kontaktiere ich ein paar Verlage. Mal sehen, was die dazu sagen.«

Sie starrte ihn an, wusste nicht, was sie davon halten sollte. Würde sie irgendwohin fahren, mit Leuten reden müssen? Tate verstand die stumme Frage in ihren Augen.

»Du müsstest nicht von zu Hause weg. Du könntest deine Arbeiten per Post an den Verlag schicken.

Es würde dir etwas Geld einbringen. Wahrscheinlich keine Riesensummen, aber vielleicht müsstest du nicht bis ans Ende deiner Tage Miesmuscheln ausgraben.«

Kya sagte noch immer nichts. Wieder einmal gab Tate ihr den Anstoß, ihr Leben in die Hand zu nehmen, bot nicht bloß an, für sie zu sorgen. Es schien, als wäre er immer für sie da gewesen. Bis er verschwand.

»Versuch's doch einfach, Kya. Was hast du denn zu verlieren?«

Schließlich erlaubte sie ihm, ein paar Bilder mitzunehmen, und er entschied sich für einige weiche Aquarelle von Muscheln, etliche detailgenaue Zeichnungen des Kanadareihers im Wechsel der Jahreszeiten und ein zartes Ölgemälde seiner geschwungenen Augenbrauenfeder.

Tate betrachtete das Bild der Feder genauer – eine Fülle von haarfeinen Pinselstrichen in satten Farben, die in einem so spiegelnden Tiefschwarz kulminierten, als würde Sonnenlicht auf die Leinwand fallen. Das Detail einer winzigen Furche im Schaft war unverwechselbar, und sowohl Tate als auch Kya erkannten gleichzeitig, dass das Gemälde die allererste Feder darstellte, die er ihr im Wald geschenkt hatte. Sie blickten von der Feder auf, sahen einander in die Augen. Sie wandte sich ab. Zwang sich, nichts zu empfinden. Sie würde sich nicht wieder auf jemanden einlassen, dem sie nicht trauen konnte.

Er trat näher und berührte sie an der Schulter. Versuchte sanft, sie herumzudrehen. »Kya, es tut mir unendlich leid, dass ich dich im Stich gelassen habe. Bitte, kannst du mir nicht verzeihen?«

Schließlich wandte sie sich um und sah ihn an. »Ich weiß nicht, wie, Tate. Ich könnte dir nie wieder glauben. Bitte, Tate, du musst jetzt gehen.«

»Ich weiß. Danke, dass du mir zugehört hast, mir die Chance gegeben hast, mich zu entschuldigen.« Er wartete einen Moment, aber sie sagte nichts mehr. Wenigstens würde er mit etwas in der Hand gehen. Die Hoffnung auf einen Verlag war Grund genug, sich wieder bei ihr zu melden.

»Auf Wiedersehen, Kya.« Sie antwortete nicht. Er starrte sie an, und sie sah ihm in die Augen, wandte sich dann aber ab. Er ging aus der Hütte und zu seinem Boot.

Sie wartete, bis er weg war, dann kehrte sie zur Lagune zurück und setzte sich auf den feuchten, kalten Sand, um auf Chase zu warten. Laut wiederholte sie den Satz, den sie Tate entgegengeschleudert hatte. »Chase ist vielleicht nicht perfekt, aber du bist schlimmer als er.«

Doch während sie tief in das dunkle Wasser starrte, ging ihr das, was Tate über Chase gesagt hatte – *»neulich hab ich ihn nach einer Party mit einer Blondine in seinem Pick-up wegfahren sehen«* –, nicht aus dem Kopf.

Chase kam erst eine Woche nach Weihnachten wieder. Als er in der Lagune anlegte, sagte er, er könne die ganze Nacht bleiben, mit ihr gemeinsam das neue Jahr begrüßen. Arm in Arm gingen sie zur Hütte, wo der scheinbar ewig gleiche Nebel ums Dach hing. Nachdem sie sich geliebt hatten, saßen sie unter einer Decke aneinandergeschmiegt vorm Ofen. Die feuchte Luft konnte kein einziges Molekül Wasserdampf mehr halten, und als der Kessel anfing zu kochen, bildeten sich dicke Tropfen an den kalten Fensterscheiben.

Chase zog seine Mundharmonika aus der Tasche, hob sie an die Lippen und spielte das melancholische Lied von *Molly Malone*, der schönen Fischhändlerin in Dublin, die am Fieber starb.

Es kam Kya so vor, als hätte Chase dann am meisten Gefühl und Seele, wenn er diese schwermütigen Melodien spielte.

28
DER KRABBENFISCHER

1969

Gegen Abend kochte die Gerüchteküche im Dog-Gone höher als im Diner. Der Sheriff und Joe betraten die lang gestreckte, rappelvolle Kneipe und gingen zur Theke, die aus einer einzigen Sumpfkieferplanke bestand und sich über die gesamte linke Seite des Raumes zog, bis sie sich im Halbdunkel verlor. Einheimische – ausschließlich Männer, da Frauen der Zutritt verboten war – drängten sich um die Theke und saßen an vereinzelten Tischen. Die beiden Barkeeper brieten Hotdogs, frittierten Krabben, Austern und Maisklößchen, rührten Maisgrieß durch, schenkten Bier und Bourbon aus. Das einzige Licht kam von etlichen blinkenden Bierreklamen, die bernsteingelb leuchteten und die bärtigen Gesichter wie Lagerfeuer beschienen. Das Klacken und Klicken von Billardkugeln drang aus dem hinteren Teil des Raumes.

Ed und Joe schoben sich in eine Gruppe von Fischern in der Mitte der Theke, und sobald sie Bier und frittierte Austern bestellt hatten, begannen die Fragen. Irgendwas Neues? Wieso gibt's keine Fingerabdrücke, stimmt doch, oder? Schon mal an den alten Hanson gedacht? Der ist komplett irre. So was wär dem glatt zuzutrauen, auf den Turm steigen und den Erstbesten runterschubsen. Ihr steht ziemlich auf dem Schlauch, was?

Joe und Ed standen Rücken an Rücken und ließen die Fragerei über sich ergehen. Antworteten, hörten zu, nickten. Dann nahm der Sheriff durch den ganzen Trubel hindurch eine ruhige Stimme wahr, einen ausgeglichenen Tonfall, und als er den Kopf wandte, sah er Hal Miller, der auf dem Krabbenboot von Tim O'Neal arbeitete.

»Kann ich Sie mal kurz sprechen, Sheriff? Allein?«

Ed drückte sich von der Theke ab. »Klar, Hal, kommen Sie mit.« Er führte ihn zu einem kleinen Tisch an der Wand, und sie setzten sich. »Noch ein Bier?«

»Nee, im Moment nich. Trotzdem danke.«

»Brennt Ihnen was auf den Nägeln, Hal?«

»Ja, kann man wohl sagen. Und ich muss es loswerden. Macht mich allmählich kirre.«

»Lassen Sie hören.«

»Oh Mann.« Hal schüttelte den Kopf. »Ich weiß nich. Is vielleicht gar nichts, oder aber ich hätt's Ihnen früher erzählen sollen. Jedenfalls geht's mir nich mehr aus dem Kopf.«

»Einfach raus damit, Hal. Wir klären dann schon, ob es wichtig ist oder nicht.«

»Also gut, es geht um diese Sache mit Chase Andrews. Und es war genau in der Nacht, als er gestorben ist. Ich war in Tims Mannschaft, und wir sind spät nachts, lange nach Mitternacht, in die Bucht eingelaufen, und da haben ich und Allen Hunt, da haben wir diese Frau gesehen, die die Leute das Marschmädchen nennen, wie sie gerade mit ihrem Boot aus der Bucht rausgefahren ist.«

»Tatsächlich? Wie weit nach Mitternacht?«

»Muss so kurz vor zwei gewesen sein.«

»Wohin ist sie gefahren?«

»Das isses ja gerade, Sheriff. Sie war auf direktem Weg zum Feuerwachturm. Wenn sie auf Kurs geblieben ist, müsste sie an diesem kleinen Strand in der Nähe vom Turm gelandet sein.«

Ed atmete aus. »Ja, Hal. Das ist eine wichtige Info. Sehr wichtig. Sind Sie sicher, dass sie es war?«

»Na ja, Allen und ich haben sie beide gesehen, und wir waren ziemlich sicher, dass sie es war. Ich meine, wir haben beide dasselbe gedacht. Was zum Teufel macht sie um diese Zeit da draußen, und wieso fährt sie ohne Positionslichter? War ein Glück, dass wir sie gesehen haben, sonst hätten wir sie vielleicht gerammt. Und dann haben wir's einfach vergessen. Ich hab erst später eins und eins zusammengezählt und begriffen, dass das die Nacht war, wo Chase vom Turm gestürzt ist. Tja, und dann hab ich mir gedacht, dass ich Ihnen das wohl besser erzählen sollte.«

»Haben noch andere aus der Crew sie gesehen?«

»Keine Ahnung. Es waren mehrere an Deck, klar,

wir waren ja auf dem Rückweg. Da is viel zu tun. Aber ich hab sonst mit keinem drüber geredet. Kam mir da nicht wichtig vor. Und hinterher hab ich keinen danach gefragt.«

»Verstehe. Hal, es war richtig von Ihnen, mir das zu erzählen. Es ist Ihre Pflicht, die Polizei zu informieren. Machen Sie sich keine Sorgen. Sie können nicht mehr tun, als mir erzählen, was Sie gesehen haben. Ich werde Sie und Allen bitten, eine offizielle Aussage zu machen. Kann ich Ihnen jetzt noch ein Bier spendieren?«

»Nein, ich glaub, ich geh nach Hause. Nacht.«

»Gute Nacht. Und danke noch mal.« Hal stand auf, und Ed winkte Joe zu sich, der alle paar Sekunden zu ihnen herübergeschielt hatte, um den Gesichtsausdruck des Sheriffs zu studieren. Sie ließen Hal noch einen Moment Zeit, bis er sich ringsum verabschiedet hatte und auf die Straße getreten war.

Ed berichtete Joe, was Hal gesehen hatte.

»Menschenskind«, sagte Joe, »das müsste doch jetzt reichen. Meinst du nicht?«

»Ich denke, damit kriegen wir vom Richter vielleicht einen Durchsuchungsbeschluss. Sicher bin ich mir aber noch nicht, und ich wäre mir lieber sicher, bevor ich drum bitte. Wenn wir den Beschluss haben, können wir ihre Hütte nach roten Fasern durchsuchen, die zu denen an Chases Kleidung passen. Wir müssen rausfinden, was sie in dieser Nacht gemacht hat.«

29
SEETANG

1967

Den ganzen Winter hindurch kam Chase oft zu Kyas Hütte und verbrachte fast jedes Wochenende eine Nacht bei ihr. Selbst an kalten, feuchten Tagen glitten sie durch nebelverhangenes Buschwerk, während sie sammelte und er stimmungsvolle Melodien auf der Mundharmonika spielte. Die Noten schwebten durch die trübe Luft, verklangen in den dunklen Weiten des Tieflandwaldes und schienen irgendwie von der Marsch aufgenommen und gespeichert zu werden, denn immer, wenn Kya wieder durch die Kanäle kam, hörte sie seine Musik.

Eines Morgens Anfang März fuhr Kya unter einem grau bewölkten Himmel allein nach Barkley. Chase hatte in zwei Tagen Geburtstag, und sie wollte zum Piggly, um Zutaten für ein besonders festliches Abendessen zu besorgen, dessen Krönung ihre erste Karamelltorte sein sollte. Sie hatte sich ausgemalt, wie sie die Torte mit Geburtstagskerzen vor ihm auf den Tisch stellte – ein Ereignis, das die Küche seit Mas Fortgang nicht mehr gesehen hatte. In letzter Zeit hatte er mehrmals gesagt, er sei dabei, Geld für ihr gemeinsames Haus zu sparen, und sie fand, dass sie allmählich backen lernen sollte.

Sie hatte das Boot vertäut und ging den Pier entlang, als sie Chase an dessen Ende stehen sah. Er war im Gespräch mit Freunden, einen Arm um die Schultern einer schlanken, blonden jungen Frau gelegt. Kyas Verstand mühte sich ab, das, was sie da sah, zu begreifen, während sich ihre Beine wie von selbst weiterbewegten. Sie hatte sich ihm nie in der Stadt genähert, wenn er mit anderen zusammen war, aber diesmal hätte sie schon ins Meer springen müssen, um ihnen aus dem Weg zu gehen.

Chase und seine Freunde drehten sich alle gleichzeitig um und sahen sie an, und im selben Moment ließ er den Arm von den Schultern der Frau sinken. Kya trug eine weiße abgeschnittene Jeans, die ihre langen Beine betonte. Schwarze Zöpfe fielen ihr bis über die Brüste. Die Gruppe verstummte und starrte sie an. Nicht einfach zu ihm laufen zu können, brach ihr das Herz, weil ihr alles so schrecklich falsch erschien.

Als sie das Ende des Piers erreichte, wo die anderen standen, sagte er: »Oh, Kya, hi.«

Sie blickte von ihm zu den anderen. »Hi, Chase.«

Sie hörte ihn sagen: »Kya, du erinnerst dich doch an Brian und Tim, Pearl, Tina.« Er ratterte noch ein paar Namen herunter, bis seine Stimme verstummte. Dann deutete er auf Kya: »Und das ist Kya Clark.«

Natürlich erinnerte sie sich nicht an seine Freunde, weil sie ihnen nie vorgestellt worden war. Sie kannte sie nur als Großdünnblond und so weiter. Sie kam sich vor wie Seetang, der sich an einer Angelschnur verfangen hat, aber sie rang sich ein Lächeln ab und sagte Hallo. Das war die Gelegenheit, auf die sie gewartet hatte. Jetzt stand er inmitten der Freunde, zu denen sie dazugehören wollte. Kya überlegte krampfhaft, was sie sagen könnte, irgendetwas Schlaues, das sie interessieren könnte. Endlich grüßten zwei von ihnen sie kühl, entfernten sich dann aber, und die anderen folgten ihnen rasch, als würde ein Schwarm Fische die Straße runterschwimmen.

»Tja, da wären wir«, sagte Chase.

»Ich wollte nicht stören. Ich geh nur was einkaufen und fahr wieder nach Hause.«

»Du hast nicht gestört. Ich bin ihnen nur gerade zufällig über den Weg gelaufen. Sonntag komm ich zu dir raus, wie versprochen.«

Chase trat von einem Bein aufs andere, befingerte das Muschelhalsband.

»Bis dann«, sagte sie, aber er war schon weg, beeilte sich, die anderen einzuholen. Sie hastete zum Lebensmittelladen, musste dabei um eine Stockentenfamilie herumgehen, die über die Main Street watschelte, ihre Füße auffällig orange auf dem tristen Asphalt. Kya war noch dabei, das Bild von Chase und dem Mädchen aus ihrem Kopf zu verbannen, als sie im Piggly Wiggly um das Ende des Ganges mit Brot bog und fast mit der Schulinspektorin Mrs Culpepper zusammengestoßen wäre. Sie starrten sich an wie ein Kaninchen und ein Kojote, die gemeinsam eingepfercht sind. Kya war jetzt größer als die Frau und sehr viel gebildeter, obgleich keine von beiden das dachte. Sie war so oft weggelaufen und wollte auch jetzt fliehen, aber sie wich nicht von der Stelle und hielt Mrs Culpeppers Blick stand. Die Frau nickte knapp, dann ging sie weiter.

Kya machte ihre Einkäufe – Käse, Weißbrot und die Zutaten für die Torte –, die das ganze Geld kosten würde, was sie für diesen Anlass mühsam zusammengespart hatte. Aber es schien, als würde die Hand einer anderen die Sachen nehmen und in den Korb legen. Ständig sah sie Chases Arm auf den Schultern der Frau vor sich. Sie kaufte noch eine Lokalzeitung, weil auf der ersten Seite die Rede von einem Meeresforschungslabor war, das bald in der Nähe eröffnet werden sollte.

Sobald sie aus dem Laden war, rannte sie wie ein diebisches Frettchen zum Pier. Zurück in der Hütte, setzte sie sich an den Küchentisch, um den Artikel über das neue Labor zu lesen. Und wirklich, eine funkelnagelneue wissenschaftliche Einrichtung entstand zwanzig Meilen südlich von Barkley Cove in der Nähe von Sea Oaks. Forscher würden dort die Ökologie der Marsch studieren, die auf die eine oder andere Art zum Überleben von fast der Hälfte alles maritimen Lebens beitrug und …

Kya schlug die nächste Seite auf, um den Artikel weiterzulesen, und dort prangte ein großes Foto von Chase und einer jungen Frau über einer Verlobungsanzeige: *Andrews-Stone*. Ein Wortschwall brach aus ihr heraus, dann Wimmern und schließlich zittrige Schluchzer. Sie stand auf, starrte die Seite aus einigem Abstand an. Hob sie an, um erneut hinzusehen – bestimmt spielte die Fantasie ihr einen Streich. Aber da waren sie, die Gesichter nah beieinander, lächelnd. Die Frau, Pearl Stone, schön, sah gut betucht aus, mit einer Perlenkette und einer Spitzenbluse. Die Frau, um die er den Arm gelegt hatte. *Nieohneperlen*.

Kya stützte sich an der Wand ab, wankte zur Veranda und fiel aufs Bett, Hände auf den offenen Mund gepresst. Dann hörte sie einen Motor. Sofort setzte sie sich auf, und als sie zur Lagune hinüberschaute, sah sie Chase, der gerade sein Boot ans Ufer zog.

Flink wie eine Maus, die aus einer Schachtel ohne Deckel entwischt, schlüpfte sie durch die Verandatür, bevor er sie bemerkte, und lief in den Wald, weg von der Lagune. Hinter Palmettos geduckt, beobachtete sie, wie er in die Hütte ging, ihren Namen rief. Er würde den Artikel aufgeschlagen auf dem Tisch liegen sehen. Einige Augenblicke später kam er wieder heraus und ging zum Strand. Offenbar vermutete er, sie dort zu finden.

Sie rührte sich nicht, selbst als er zurückkam und erneut ihren Namen rief. Erst als er wieder in sein Boot gestiegen war und davonfuhr, kam sie aus der Deckung. Mit schleppenden Schritten ging sie Futter für die Möwen holen und folgte der Sonne zum Strand. Ein starker Wind vom Ozean wehte ihr auf dem Weg entgegen, sodass sie sich wenigstens gegen den Sturm lehnen konnte, als sie den Strand erreichte. Sie rief die Möwen und warf große Brocken Weißbrot in die Luft. Dann fluchte sie lauter und wütender als der Wind.

30
KREUZSEE

1967

Vom Strand rannte Kya zu ihrem Boot und brauste mit Vollgas aufs offene Meer, geradewegs in die Rippströmung. Den Kopf nach hinten geworfen, schrie sie: »Du mieser, BESCHISSENER … DRECKSKERL!« Schludrige wirre Wellen rissen den Bug zur Seite, zerrten an der Pinne. Wie immer schien der Ozean wütender als die Marsch. Er war tiefer und hatte mehr zu sagen.

Kya hatte schon vor langer Zeit gelernt, normale Strömungen und Kabbelseen zu erkennen, wie man sie überstand oder wieder herauskam, indem man rechtwinkelig zu ihnen steuerte. Aber sie war noch nie direkt in die tieferen Strömungen hineingefahren. Manche davon wurden durch den Golfstrom ausgelöst, der pro Sekunde über hundert Millionen Kubikmeter Wasser befördert, eine größere Gewalt als alle Landflüsse der Erde zusammen, und direkt vor North Carolinas ausgestreckten Armen entlangfließt. Die Brandung löst brutale Rückströme aus, wütende Strudel und Umkehrströmungen, die in den küstennahen Rippströmungen wirbeln und so eine der gefährlichsten Schlangengruben der Weltmeere entstehen lassen. Ihr ganzes Leben lang hatte Kya diese Bereiche gemieden, doch jetzt nicht mehr. Heute ging sie ihnen geradewegs an die Kehle, alles, um dem Schmerz, der Wut davonzulaufen.

Aufgewühltes Wasser drängte auf sie zu, hob sich unter dem Bug und warf das Boot nach steuerbord. Es legte sich stark auf die Seite, richtete sich dann wieder auf. Sie wurde in eine heftige Rippströmung gezogen, die sie noch schneller mitriss. Aus ihr herauszulenken, schien zu riskant, deshalb versuchte sie, mit der Strömung zu steuern, hielt Ausschau nach Sandbänken, die sich ständig verändernde Hindernisse unter der Oberfläche bildeten. Schon eine flüchtige Berührung könnte sie zum Kentern bringen.

Wellen brandeten über ihren Rücken, durchnässten ihr Haar. Schnelle dunkle Wolken jagten dicht über ihrem Kopf dahin, verdunkelten die Sonne und machten es fast unmöglich, die Anzeichen für Strudel und Turbulenzen zu entdecken. Saugten die Wärme aus dem Tag.

Noch immer blieb ihr jede Angst versagt, obwohl sie sich danach sehnte, Panik zu empfinden, alles, um die Klinge zu lösen, die auf ihr Herz presste.

Plötzlich wechselte das dunkle, wirbelnde Wasser den Kurs, und das kleine Boot schoss nach steuerbord, legte sich auf die Seite. Kya wurde auf den Boden des Bootes geschleudert, Meerwasser gischtete über sie.

Wie betäubt saß sie da, machte sich auf den nächsten Brecher gefasst.

Natürlich war sie noch weit vom eigentlichen Golfstrom entfernt. Das hier war bloß ein Trainingsplatz, ein Spielplatz der echten See. Aber für Kya bedeutete der Vorstoß, dass sie sich in die Gefahr gewagt hatte, und sie hatte fest vor, sich ihr zu stellen. Etwas zu gewinnen. Den Schmerz zu töten.

Schieferfarbene Wellen, ohne jedes Muster oder Sinn für Symmetrie, brachen von allen Seiten auf sie ein. Sie hievte sich zurück auf den Sitz und griff nach der Pinne, wusste aber nicht, wohin sie steuern sollte. Das Festland war bloß eine ferne Linie, die nur dann und wann zwischen Schaumkronen auftauchte. Immer, wenn sie einen Blick darauf erhaschte, wirbelte das Boot herum oder neigte sich bedrohlich, und sie verlor es wieder aus den Augen. Sie war so zuversichtlich gewesen, dass sie die Strömung beherrschen könnte, aber die war unglaublich stark geworden und zog sie weiter hinaus auf das wütende, dunkle Meer. Die Wolken wurden dichter und sammelten sich am Horizont, ließen kein Licht mehr durch. Kya war nass bis auf die Haut und fröstelte, als ihre Kraft nachließ und das Steuern immer schwieriger wurde. Sie hatte keine Schlechtwettermontur dabei, keinen Proviant, kein Wasser.

Dann endlich kam die Angst. Von einem Ort, tiefer als die See. Angst, weil sie wusste, dass sie wieder allein sein würde. Wahrscheinlich immer. Lebenslänglich. Hässliche, rasselnde Geräusche drangen aus ihrer Kehle, als das Boot sich drehte und breitseits schlingerte. Sich bei jeder Welle gefährlich schief legte.

Inzwischen stand schaumiges Wasser fünfzehn Zentimeter hoch im Boot, und Kyas nackte Füße schmerzten vor Kälte. Wie schnell das Meer und die Wolken die Frühlingswärme zunichtemachten. Sie drückte einen Arm an die Brust, versuchte, sich zu wärmen, während sie mit der anderen Hand kraftlos steuerte, nicht gegen das Wasser ankämpfte, sich einfach mit ihm bewegte.

Endlich wurde die See ruhiger, und obwohl die Strömung sie weiter willkürlich mitzog, peitschte und wogte der Ozean nicht mehr so stark. Weiter vorne sah Kya eine kleine, lang gestreckte Sandbank, etwa dreißig Meter lang, glänzend vom Meer und von nassen Muscheln. Sie musste gegen einen starken Sog ankämpfen, als sie die Pinne genau im richtigen Moment herumriss und aus der Strömung heraussteuerte. Sie lenkte das Boot auf die Leeseite der Sandbank und ließ es in dem ruhigeren Wasser so sanft auflaufen wie ein erster Kuss. Sie stieg auf den schmalen Streifen Land und sank auf den Sand. Streckte sich aus und spürte festen Grund unter sich.

Sie wusste, dass ihre Trauer nicht Chase galt, sondern einem Leben, das von Ablehnung geprägt war.

Während über ihr Himmel und Wolken miteinander rangen, sagte sie laut: »Ich muss mein Leben allein leben. Aber das habe ich ja gewusst. Ich weiß schon lange, dass Menschen nicht bleiben.«

Das alles war kein Zufall gewesen, Chase hatte sie ganz gezielt mit seinem Gerede von Heirat geködert, dann prompt mit ihr geschlafen und sie anschließend wegen einer anderen verlassen. Sie wusste aus ihren Studien, dass Männchen von einem Weibchen zum nächsten ziehen, warum also war sie auf diesen Mann hereingefallen? Sein schickes Wasserskiboot entsprach dem aufgeblähten Hals und dem übergroßen Geweih eines brunftigen Hirschbullen: Zubehör, um andere Männchen abzuschrecken und ein Weibchen nach dem anderen anzulocken. Dennoch war sie auf denselben Trick hereingefallen wie Ma: *scheinheilige, raffinierte Schürzenjäger*. Welche Lügen hatte Pa ihr aufgetischt? In welche teuren Restaurants hatte er sie eingeladen, bevor ihm das Geld ausging und er sie in sein wahres Territorium mitnahm – eine Hütte im Sumpf? Vielleicht sollte man lieber die Finger von der Liebe lassen.

Sie sagte ein Gedicht von Amanda Hamilton auf:

Ich muss jetzt loslassen.
Dich loslassen.
Liebe ist zu oft
Der Anlass zu bleiben.
Zu selten der Grund
Zu gehen.
Ich löse das Tau
Und seh dich davontreiben.

Von jeher
Glaubtest du
Der heiße Sog
Der geliebten Brust
Zöge dich in die Tiefe.
Doch es war die Flut meines Herzens
Die dich befreit
Dich sacht zwischen
Seetang treiben lässt.

Die schwache Sonne fand einen Spalt zwischen den schweren Wolken und berührte die Sandbank. Kya blickte sich um. Die Strömung, die immense Weite des Meeres und dieser Sand hatten sich zu einem feinen Fangnetz zusammengetan, denn um sie herum lag die erstaunlichste Ansammlung von Muscheln, die sie je gesehen hatte. Die Lage der Sandbank und das ruhige Wasser auf der Leeseite sorgten dafür, dass die Muscheln dort sanft und ohne zu zerbrechen auf den Sand gespült wurden. Sie entdeckte einige seltene Exemplare und viele von ihren Lieblingsmuscheln, unversehrt und perlmuttfarben. Noch feucht glänzend.

Sie ging herum, suchte sich die Erlesensten aus und legte sie auf einen Haufen. Sie drehte das Boot um, ließ das Wasser ablaufen und reihte die Muscheln dann behutsam genau in der Mitte des Bodens auf. Jetzt plante sie ihre Rückfahrt, indem sie sich hoch aufrichtete und das Wasser betrachtete. Sie studierte die See, und da sie von den Muscheln gelernt hatte, würde sie von der Leeseite losfahren und in gerader Linie auf Land zuhalten. Die stärksten Strömungen auf diese Weise umgehen.

Als sie ablegte, wusste sie, dass niemand diese Sandbank je wieder betreten würde. Die Elemente hatten ein kurzes und veränderliches Lächeln aus Sand geformt, genau im richtigen Winkel. Die nächste Flut, die nächste Strömung würde eine andere Sandbank gestalten und noch eine andere, aber nie wieder diese hier. Die sie aufgefangen hatte. Die sie das eine oder andere gelehrt hatte.

Später, als sie an ihrem Strand spazierte, rezitierte sie ihr Lieblingsgedicht von Amanda Hamilton:

Blasser Mond, folge
Meinen Schritten
Durch Licht, unberührt
Von Landschatten
Und fühle mit mir
Die kühlen Schultern
Der Stille.

Du allein weißt
Wie Einsamkeit
Den Augenblick fast
Ins Unermessliche dehnt
Bis er endet
Und wie viel Himmel
In einem Atemzug ist
Wenn die Zeit vom Sand
Zurückgleitet.

Falls jemand Einsamkeit verstand, dann doch wohl der Mond.

Kya kehrte zurück zu den verlässlichen Phasen der Kaulquappen und dem Ballett der Leuchtkäfer, vergrub sich noch tiefer in der wortlosen Wildnis. Die Natur schien der einzige Stein zu sein, der ihr nicht mitten im Fluss unter den Füßen wegglitt.

31
EIN BUCH

1968

Der verrostete Briefkasten stand auf einem Pfosten, den Pa zurechtgesägt hatte, am Ende der Straße ohne Namen. Kyas einzige Post bestand aus Werbung, die an alle Einwohner verschickt wurde. Sie hatte keine Rechnungen zu bezahlen, keine Freundinnen oder alte Tanten, die ihr lustig liebevolle Ansichtskarten schrieben. Mit Ausnahme des einen Briefes von Ma vor Jahren war ihre Post uninteressant, und manchmal leerte sie den Kasten wochenlang nicht.

Aber in ihrem zweiundzwanzigsten Jahr, über ein Jahr nachdem Chase und Pearl ihre Verlobung bekannt gegeben hatten, ging sie Tag für Tag den sengend heißen Sandweg hinunter und warf einen Blick in den Briefkasten. Eines Morgens dann fand sie endlich einen dicken Umschlag vor und ließ den Inhalt – ein Belegexemplar von *Die Muscheln der Ostküste* von Catherine Danielle Clark – in ihre Hand gleiten. Sie atmete ein, niemand, dem sie es zeigen konnte.

Sie nahm das Buch mit zu ihrem Strand und schaute sich jede einzelne Seite an. Tate hatte Wort gehalten und ihr den Kontakt zu einem Verlagshaus vermittelt.

Nachdem Kya dann weitere Zeichnungen an den Verlag geschickt hatte, war ihr ein Vertrag zugesandt worden. Da all ihre Bilder und Skizzen sowie die Texte zu jedem Muschelexemplar schon seit Jahren fertig waren, schrieb ihr Lektor, ein Mr Robert Foster, dass das Buch in Rekordzeit veröffentlicht werden könnte und dass ihr zweites über Vögel kurz darauf folgen würde. Als Vorschuss legte er einen Scheck über fünftausend Dollar bei. Pa wäre über sein Hinkebein gestolpert und hätte seinen Fusel verschüttet.

Jetzt hielt sie das fertige Exemplar in Händen – jeder Pinselstrich, jede mit Bedacht ausgewählte Farbe, jedes Wort über die naturkundlichen Hintergründe, gedruckt in einem Buch. Es enthielt auch Zeichnungen von den Wesen, die im Inneren der Muscheln leben – wie sie fressen, wie sie sich bewegen, sich paaren –, denn Wesen, die so zurückgezogen leben, geraten schnell in Vergessenheit.

Sie berührte die Seiten und erinnerte sich an jede Muschel und deren Fund, an den Strand, auf dem sie gelegen hatte, an die Jahreszeit, den Sonnenaufgang. Ein Familienalbum.

In den folgenden Monaten wurde ihr Buch in Souvenirläden und Buchhandlungen entlang der Küste von North Carolina, South Carolina, Georgia, Virginia, Florida und Neuengland in Schaufenster gestellt oder auf Ausstellungstischen präsentiert. Die Honorarschecks würden alle sechs Monate kommen, hatten sie gesagt, und es könnten jedes Mal mehrere Tausend Dollar sein.

An ihrem Küchentisch schrieb sie einen Dankesbrief an Tate, aber als sie ihn durchlas, stockte ihr das Herz. So ein Schreiben erschien ihr zu wenig. Dank seiner Vermittlung konnte ihre Liebe zur Marsch nun ihre Lebensaufgabe sein. Ihr Leben. Alle Federn, Muscheln, Insekten, die sie gesammelt hatte, konnten jetzt auch anderen zugänglich gemacht werden, und sie würde nicht mehr im Schlamm graben müssen, um sich ihr Abendessen zu verdienen. Vielleicht würde sie auch nicht mehr jeden Tag Maisgrieß essen müssen.

Jumpin' hatte ihr erzählt, dass Tate jetzt in dem neuen Institut und Labor bei Sea Oaks arbeitete und dass man ihm ein komplett ausgestattetes Forschungsboot zur Verfügung gestellt hatte. Gelegentlich hatte sie ihn in der Ferne gesehen, war ihm aber stets aus dem Weg gegangen.

Sie fügte dem Brief einen Nachsatz hinzu: »Falls Du mal in der Nähe meiner Hütte bist, komm vorbei. Ich möchte Dir ein Exemplar des Buches schenken.« Dann adressierte sie den Brief an das Labor.

In der Woche darauf beauftragte sie einen Klempner, Jerry, einen Wasseranschluss, einen Boiler und ein komplettes Bad mit frei stehender Wanne im hinteren Schlafzimmer zu installieren. Er baute ein Wasserklosett ein sowie eine Spüle in der Küche und flieste die Wand dahinter. Ein Stromanschluss wurde verlegt, und Jerry schloss einen Gasherd und einen neuen Kühlschrank an. Kya bestand darauf, den alten Holzofen zu behalten, neben dem immer Feuerholz gestapelt war, weil er die Hütte gut heizte, aber hauptsächlich, weil ihre Mutter in ihm so unendlich viele Brötchen mit Liebe gebacken hatte. Was, wenn Ma zurückkäme und der Ofen wäre weg? Jerry zimmerte Küchenschränke aus Kiefernkernholz, hängte eine neue Haustür ein, erneuerte das Fliegengitter um die Veranda und baute deckenhohe Regale für ihre Sammlungen. Sie bestellte ein Sofa, Stühle, Betten, Matratzen und Teppiche bei Sears, Roebuck & Co., behielt aber den alten Küchentisch. Und jetzt hatte sie einen richtigen abschließbaren Schrank, um ein paar Erinnerungsstücke aufzubewahren – eine kleine Schatzkiste ihrer verschwundenen Familie.

Wie zuvor blieb die Hütte außen ohne Anstrich, die verwitterten Kiefernbretter und das Blechdach behielten ihre gedeckten Grau- und Rosttöne, gestreichelt vom Spanischen Moos, das von den überhängenden Eichen wehte. Weniger marode, aber nach wie vor eingewebt in den Stoff der Marsch. Kya schlief weiterhin auf der Veranda, außer in ganz besonders kalten Winternächten. Aber jetzt hatte sie ein Bett.

Eines Morgens erzählte Jumpin' ihr, dass sich Bauunternehmer in der Gegend umsahen und offenbar große Pläne hatten, den »dreckigen Sumpf« trockenzulegen, um Hotels zu bauen. Dann und wann hatte Kya im Laufe der Jahre schweres Gerät gesehen, das in nur einer Woche ganze Eichenwälder fällte und anschließend Kanäle grub, um die Marsch zu entwässern. Wenn die Maschinen fertig waren, zogen die Arbeiter weiter, hinterließen durstige Spuren aus festgefahrener, trockener Erde. Offensichtlich hatten sie das Buch von Aldo Leopold nicht gelesen.

Ein Gedicht von Amanda Hamilton beschrieb es eindringlich:

Kind neben Kind
Auge in Auge
Wuchsen wir unzertrennlich auf
Öffneten unsere Seelen.
Flügel für Flügel
Blatt für Blatt
Verließest du diese Welt
Starbst du vor dem Kind.
Meine Freundin, die Wildnis.

Kya wusste nicht, ob ihrer Familie das Land gehörte oder ob sie sich einfach darauf niedergelassen hatte, wie die Menschen in der Marsch es seit vier Jahrhunderten getan hatten. Jahrelang hatte sie auf der Suche nach Hinweisen, wo Ma sein könnte, jedes Blatt Papier in der Hütte gelesen und nie so etwas wie eine Besitzurkunde gefunden.

Sobald sie nach ihrem Besuch bei Jumpin' wieder zu Hause war, wickelte sie die alte Bibel in ein Stück Stoff und fuhr damit zum Gericht in Barkley Cove. Der Sachbearbeiter im Grundbuchamt, weißhaarig mit einer kolossalen Stirn und schmalen Schultern, legte ihr einen großen in Leder gebundenen Band mit Eintragungen, einige Landkarten und ein paar Luftaufnahmen vor. Kya zeigte ihm, wo ihre Lagune lag und wo so ungefähr die Grenzen dessen verliefen, was sie für ihr Land hielt. Der Mann notierte sich das Aktenzeichen und suchte in einem alten hölzernen Aktenschrank nach der Urkunde.

»Ja, da haben wir's«, sagte er. »Das Land wurde 1897 ordnungsgemäß vermessen und von einem Mr Napier Clark erworben.«

»Das war mein Großvater«, sagte Kya. Sie blätterte die dünnen Seiten der Bibel durch, und im Geburten- und Sterberegister stand ein gewisser Napier Murphy Clark. Ein nobler Name. Derselbe Name, den ihr Bruder trug. Sie sagte dem Sachbearbeiter, dass ihr Pa tot war, was wahrscheinlich auch stimmte.

»Es is nie verkauft worden. Also denk ich mal, dass es wahrhaftig Ihnen gehört. Aber leider gibt's da einige Steuerrückstände, Miss Clark, und die müssen Sie bezahlen, wenn Sie's behalten wollen. Laut Gesetz is es sogar so, wenn jetzt einer kommt und die Steuern bezahlt, dann gehört das Land ihm, auch wenn er keine Besitzurkunde hat.«

»Wie viel?« Kya hatte noch kein Bankkonto eröffnet, und alles Geld, das sie nach der Renovierung der Hütte noch besaß, rund dreitausend Dollar, trug sie in ihrem Rucksack. Aber ihre Familie hatte mindestens vierzig Jahre keine Steuern mehr bezahlt – da ging es bestimmt um Abertausende Dollar.

»Na, mal nachsehen. Es is hier in der ›Kategorie Brachland‹ gelistet, das heißt, für die meisten Jahre waren fünf Dollar Grundsteuer fällig. Ich rechne das mal aus.« Er trat an eine wuchtige Rechenmaschine, tippte Zahlen ein und drehte nach jeder einmal kräftig die Handkurbel, die ein ratterndes Geräusch machte, als würde sie tatsächlich aufaddieren.

»Also, das macht rund achthundert Dollar – damit wäre das Land dann schuldenfrei.«

Kya verließ das Gerichtsgebäude mit einer ordnungsgemäßen Urkunde, die sie als Besitzerin von gut vier Hektar Land mit einsamen Lagunen, glitzernder Marsch, Eichenwäldern und einem langen Privatstrand an der Küste von North Carolina auswies. »Kategorie Brachland. Dreckiger Sumpf.«

Als sie bei Einbruch der Dämmerung zurück in ihre Lagune kam, hatte sie dem Reiher etwas zu sagen. »Alles in Ordnung. Der Platz hier ist deiner.«

Am nächsten Tag lag eine Nachricht von Tate in ihrem Briefkasten, was ihr seltsam und irgendwie förmlich vorkam, weil er ihr früher seine Botschaften immer auf den Federbaumstumpf gelegt hatte. Er bedankte sich für die Einladung und fügte hinzu, dass er am Nachmittag vorbeikommen wollte.

Mit einem der sechs Exemplare des neuen Buches, die der Verlag ihr geschickt hatte, wartete sie auf dem alten Lesebaumstamm. Nach etwa zwanzig Minuten hörte sie das Motorgeräusch von Tates altem Boot den Kanal heraufkommen und stand auf. Als er aus dem Schilf in Sicht kam, winkten sie einander zu und lächelten zaghaft. Beide auf der Hut. Das letzte Mal, als er hier aufgetaucht war, hatte sie ihn mit Steinen beworfen.

Tate vertäute das Boot und kam auf sie zu. »Kya, dein Buch ist ein wahres Wunder.« Er beugte sich leicht vor, als wollte er sie umarmen, doch der harte Panzer um ihr Herz hielt sie zurück.

Stattdessen reichte sie ihm das Buch. »Hier, Tate. Das ist für dich.«

»Vielen Dank, Kya«, sagte er, schlug es umgehend auf und blätterte darin. Natürlich verschwieg er ihr, dass er sich längst eins im Buchladen von Sea Oaks gekauft und jede Seite bestaunt hatte. »So etwas ist noch nie veröffentlicht worden. Und ich bin sicher, das ist erst der Anfang für dich.«

Sie neigte nur den Kopf und lächelte schwach.

Als er die Titelseite aufschlug, sagte er: »Oh, du hast es nicht signiert. Du musst eine Widmung für mich reinschreiben. Bitte.«

Sie riss den Kopf hoch und sah ihn an. Daran hatte sie nicht gedacht. Was für eine Widmung könnte sie für Tate hineinschreiben?

Er zog einen Stift aus seiner Jeanstasche und hielt ihn ihr hin.

Sie nahm ihn, überlegte kurz und schrieb dann:

Für den Federjungen
Danke
Vom Marschmädchen

Tate las die Zeilen, wandte sich ab und blickte weit über die Marsch, weil er Kya nicht in die Arme schließen durfte. Dann nahm er ihre Hand und drückte sie.

»Danke, Kya.«

»Du warst es, Tate«, sagte sie und dachte bei sich: *Du warst es immer*. Ein Teil ihres Herzens voller Sehnsucht, der andere auf Selbstschutz bedacht.

Er blieb noch einen Moment stehen, doch da sie nichts weiter sagte, wandte er sich zum Gehen. Als er in sein Boot stieg, sagte er: »Kya, wenn du mich draußen in der Marsch siehst, versteck dich bitte nicht wie ein Hirschkälbchen. Ruf mich einfach, dann können wir auch mal gemeinsam auf Erkundungsfahrt gehen. Okay?«

»Na gut.«

»Noch mal vielen Dank für das Buch.«

»Auf Wiedersehen, Tate.« Sie sah ihm nach, bis er verschwunden war, und sagte dann: »Ich hätte ihn ja wenigstens auf eine Tasse Tee einladen können. Das wär doch nicht so schlimm gewesen. Wir könnten Freunde sein.« Sie dachte an ihr Buch, und ein ungewohnter Stolz überkam sie. »Wir könnten Kollegen sein.«

Eine Stunde später fuhr Kya zu Jumpin's Steg, mit einem weiteren Exemplar ihres Buches im Rucksack. Als sie näher kam, sah sie ihn an die Wand seines verwitterten Ladens gelehnt sitzen. Er stand auf und winkte, aber sie winkte nicht zurück. Wohl ahnend, dass irgendetwas ungewöhnlich war, wartete er schweigend, während sie anlegte. Sie ging zu ihm, nahm seine Hand und legte das Buch hinein. Zuerst verstand er nicht, aber sie zeigte auf ihren Namen und sagte: »Mir geht's jetzt gut, Jumpin'. Ich danke dir und Mabel für alles, was ihr für mich getan habt.«

Er starrte sie an. In einer anderen Zeit und in einem anderen Land hätten sich ein alter Schwarzer und eine junge Weiße vielleicht umarmt. Aber nicht hier, nicht zu dieser Zeit. Sie bedeckte kurz seine Hand mit ihrer, wandte sich ab und fuhr davon. Es war das erste Mal, dass sie ihn sprachlos erlebt hatte. Sie kaufte weiter Benzin und Vorräte bei ihm, nahm aber nie wieder

Geschenke von ihnen an. Und jedes Mal, wenn sie zu ihm kam, sah sie ihr Buch in dem winzigen Fenster stehen, damit jeder es sehen konnte. Wie ein stolzer Vater es zur Schau gestellt hätte.

32

ALIBI

1969

Tiefe dunkle Wolken jagten über eine stahlgraue See auf Barkley Cove zu. Der Wind traf es zuerst, rüttelte an Fenstern und schleuderte Brecher über den Pier. Die am Kai vertäuten Boote hüpften auf und ab wie Spielzeuge, während Männer in gelbem Ölzeug hier und da zur Sicherheit zusätzliche Leinen festzurrten. Dann peitschte Regen das Städtchen, verdunkelte alles bis auf vereinzelte gelbe Gestalten, die in dem Grau unterwegs waren.

Der Wind pfiff so heftig durchs Fenster seines Büros, dass der Sheriff lauter sprechen musste. »Also, Joe, du wolltest mir was sagen?«

»Und ob. Ich hab nämlich rausgefunden, wo Miss Clark in der Nacht von Chases Tod angeblich gewesen ist.«

»Im Ernst? Hast du sie endlich befragen können?«

»Machst du Witze? Die ist schwerer zu packen als ein verdammter Aal. Verschwindet, sobald ich in ihre Nähe komme. Deshalb bin ich heute Morgen zu Jumpin' rübergefahren, um zu fragen, ob er weiß, wann sie das nächste Mal kommt. Sie muss ja bei ihm tanken wie alle anderen auch, und ich hab mir gedacht, dass ich sie früher oder später dort erwische. Du wirst nicht glauben, was ich da rausgefunden hab.«

»Nun erzähl schon.«

»Ich hab zwei verlässliche Quellen, die behaupten, dass sie in der Nacht verreist war.«

»Was? Wer? Die verreist nie, und selbst wenn doch, wer soll das wissen?«

»Erinnerst du dich an Tate Walker? Ist jetzt Dr. Walker und arbeitet in dem neuen Forschungslabor.«

»Ja, den kenn ich. Sein Dad ist Krabbenfischer. Scupper Walker.«

»Genau. Jedenfalls, Tate sagt, dass er Kya – er nennt sie Kya – ziemlich gut gekannt hat, als sie jünger waren.«

»Ach nee.«

»Nicht so. Da waren sie noch Kinder. Anscheinend hat er ihr Lesen beigebracht.«

»Hat er dir das selbst erzählt?«

»Ja. Er war gerade bei Jumpin'. Ich hab Jumpin' gefragt, ob er wüsste, wo oder wann ich dem Marschmädchen ein paar Fragen stellen könnte. Er meinte, er wüsste nie, wann sie das nächste Mal bei ihm auftaucht.«

»Jumpin' war immer gut zu ihr. Ich glaube kaum, dass er uns viel erzählen wird.«

»Ich hab ihn jedenfalls gefragt, ob er zufällig wüsste, wo sie in der Nacht war, als Chase gestorben ist.

Und er hat gesagt, das wüsste er tatsächlich, weil sie am zweiten Morgen nach der fraglichen Nacht bei ihm war, und dass er es war, der ihr erzählt hat, dass Chase tot ist. Er hat gesagt, sie wäre für zwei Nächte in Greenville gewesen, einschließlich besagter Nacht.«

»Greenville?«

»Das hat er gesagt, und dann hat Tate, der die ganze Zeit in der Nähe stand, sich eingeschaltet und gemeint, ja, sie wär in Greenville gewesen, und er hätte ihr erklärt, wie man die Busfahrkarte kauft.«

»Donnerwetter, das ist ja ein Ding«, sagte Sheriff Jackson. »Und wie praktisch, dass gleich beide dastanden und dieselbe Geschichte parat hatten. Was soll sie denn in Greenville gewollt haben?«

»Tate meinte, sie hatte eine Einladung von einem Verlag – du weißt doch, dass sie ein Buch über Muscheln und eins über Seevögel geschrieben hat. Jedenfalls, der Verlag hat ihr die Reisekosten bezahlt, um sie mal persönlich kennenzulernen.«

»Schwer zu glauben, dass so feine Verlagsleute sich mit ihr treffen wollen. Müsste aber ziemlich leicht zu überprüfen sein. Was hat Tate gesagt, wie es dazu gekommen ist, dass er ihr Lesen beigebracht hat?«

»Ich hab ihn gefragt, woher er sie kennt. Er hat gesagt, dass sie früher oft in der Nähe von ihrer Hütte geangelt hat, und als er gemerkt hat, dass sie nicht lesen kann, hat er es ihr beigebracht.«

»Aha.«

Joe sagte: »Das ändert jedenfalls alles. Sie hat ein Alibi. Noch dazu ein gutes. Ich würde sagen, dass sie in Greenville war, ist ein ziemlich gutes Alibi.«

»Stimmt. Auf den ersten Blick. Du weißt ja, was man über gute Alibis sagt. Und wir haben den Krabbenfischer, der behauptet, gesehen zu haben, wie ihr Boot schnurstracks Richtung Feuerwachturm fuhr, genau in der Nacht, als Chase da runtergefallen ist.«

»Er könnte sich geirrt haben. Es war dunkel. Der Mond ist erst um zwei rausgekommen. Vielleicht war sie in Greenville, und er hat jemand anderen da draußen in einem Boot gesehen, das so ähnlich aussah wie ihres.«

»Tja, wie gesagt, diese angebliche Fahrt nach Greenville müsste leicht zu überprüfen sein.«

Das Unwetter schwächte sich zu einem Wimmern und Nieseln ab, trotzdem gingen die beiden nicht zum Diner, sondern schickten einen Jungen los, der ihnen Hühnersuppe mit Klößen, Limabohnen, Kürbisauflauf, Zuckersirup und Buttermilchbrötchen holte.

Kurz nach dem Mittagessen klopfte es an der Tür des Sheriffs, und Miss Pansy Price trat unaufgefordert ein. Joe und Ed standen auf. Ihr Turban glänzte rosa.

»Guten Tag, Miss Pansy.« Beide nickten.

»Guten Tag, Ed. Joe. Darf ich mich setzen? Es dauert nicht lange. Ich glaube, ich habe Ihnen etwas Wichtiges bezüglich des Falls mitzuteilen.«

»Ja, natürlich. Nehmen Sie Platz.« Die beiden Männer setzten sich wieder, sobald Miss Pansy sich wie eine mittelgroße Glucke auf dem Stuhl niedergelassen hatte, Federn zurechtgerückt und Handtasche auf dem Schoß wie ein preisgekröntes Ei. Der Sheriff konnte sich die Frage nicht verkneifen: »Und welcher Fall wäre das, Miss Pansy?«

»Ach, herrje, Ed. Das wissen Sie ganz genau. Wer Chase Andrews ermordet hat. Den Fall meine ich.«

»Wir wissen nicht, ob er ermordet wurde, Miss Pansy. Nur damit das klar ist. Also, was haben Sie uns zu sagen?«

»Wie Sie wissen, bin ich bei Kress' beschäftigt.« Sie ließ sich nie dazu herab, den vollen Namen auszusprechen: Kress' Five and Dime. Sie wartete ab, bis der Sheriff ihre Aussage mit einem Nicken bestätigte – obwohl sie alle wussten, dass sie dort arbeitete, seit sie ihm als kleinem Jungen Spielzeugsoldaten verkauft hatte –, dann erst sprach sie weiter. »Soweit ich weiß, wird das Marschmädchen verdächtigt. Ist das korrekt?«

»Wer hat Ihnen das erzählt?«

»Ach, viele Leute sind davon überzeugt, aber Patti Love sagt es jedem, der es hören will.«

»Verstehe.«

»Also, vom Geschäft aus haben ich und ein paar Kolleginnen das Marschmädchen mit dem Bus abfahren und zwei Tage später wieder ankommen sehen.

Was bedeutet, dass sie in der Nacht, als Chase starb, verreist war. Ich kann die entsprechenden Daten und Uhrzeiten bezeugen.«

»Ach ja?« Joe und Ed wechselten Blicke. »Und was sind das für Daten und Uhrzeiten?«

Miss Pansy nahm auf ihrem Stuhl Haltung an. »Sie ist am 28. Oktober um 14.30 Uhr in den Bus gestiegen und am dreißigsten um 13.16 Uhr zurückgekommen.«

»Sie sagten, andere haben das auch gesehen?«

»Ja. Ich kann Ihnen die Namen aufschreiben, wenn Sie möchten.«

»Das wird nicht nötig sein. Wir kommen in den Five and Dime, falls wir ihre Aussagen benötigen. Vielen Dank, Miss Pansy.« Der Sheriff stand auf, also taten Miss Pansy und Ed es ihm gleich.

Sie ging zur Tür. »Nun denn, danke für Ihre Zeit. Sie wissen ja, wo Sie mich finden.«

Sie verabschiedete sich.

Joe nahm wieder Platz. »Tja, da haben wir's. Das bestätigt die Angaben von Tate und Jumpin'. Sie war in der fraglichen Nacht in Greenville. Zumindest ist sie in den Bus gestiegen und irgendwo hingefahren.«

Der Sheriff atmete tief und geräuschvoll aus. »Scheint so. Aber ich schätze, wenn jemand am Tag den Bus nach Greenville nimmt, kann er abends auch den Bus zurück nehmen. Erledigen, was er zu erledigen hat. Und mit dem Bus wieder nach Greenville fahren. Ohne, dass einer was mitkriegt.«

»Möglich. Scheint mir aber ein bisschen weit hergeholt.«

»Besorg uns mal den Busfahrplan. Dann sehen wir ja, ob es zeitlich hinkommt. Ob man überhaupt nachts hin- und zurückfahren kann.«

Bevor Joe losgehen konnte, redete Ed schon weiter. »Könnte doch sein, dass sie am helllichten Tag gesehen werden wollte, wie sie in den Bus steigt. Wenn man genau überlegt, musste sie irgendwas Ungewöhnliches tun, um sich ein Alibi zu verschaffen. Zu behaupten, dass sie in der Nacht von Chases Tod allein in ihrer Hütte gewesen war, wäre gar kein Alibi. Also hat sie sich was überlegt, damit jede Menge Leute sie sehen würden. Ein prima Alibi vor aller Augen der Leute auf der Main Street. Clever.«

»Sicher, da ist was dran. Jedenfalls müssen wir uns jetzt nicht mehr die Hacken ablaufen. Wir können schön hier sitzen und Kaffee trinken und die Ladys der Stadt mit allen Infos antanzen lassen. Ich geh mal den Busfahrplan holen.«

Fünfzehn Minuten später war er zurück.

»Du hast recht«, sagte er. »Sieh dir das an. Es wäre machbar, in einer Nacht von Greenville nach Barkley Cove und wieder zurück zu fahren. Problemlos.«

»Ja, reichlich Zeit, um zwischen Ankunft und Abfahrt jemanden vom Feuerwachturm zu stoßen. Ich würde sagen, wir besorgen uns einen Durchsuchungsbeschluss.«

33
DIE NARBE

1968

Im Winter des Jahres 1968 saß Kya eines Morgens an ihrem Küchentisch und malte mit orangen und rosa Wasserfarben die rundliche Form eines Pilzes auf Papier. Sie hatte ihr Buch über Seevögel fertig und arbeitete jetzt an einem neuen über Pilze. Plante bereits ein weiteres über Schmetterlinge und Nachtfalter.

Schwarzaugenbohnen, rote Zwiebeln und geräucherter Schinken köchelten in dem alten verbeulten Topf auf dem Holzofen, den sie noch immer lieber benutzte als den neuen Herd. Besonders im Winter. Leichter Regen plätscherte aufs Blechdach. Plötzlich war von ihrer Straße her das Geräusch eines Wagens zu hören, der sich durch Sand quälte. Übertönte den Regen. Mit aufsteigender Panik trat sie ans Fenster und sah einen roten Pick-up durch die schlammigen Furchen schlingern.

Kyas erster Gedanke war wegzulaufen, aber der Pick-up hielt bereits vor der Veranda. Sie duckte sich und spähte über die Fensterbank hinweg. Ein Mann in grau-grüner Armeeuniform stieg aus. Einen Moment lang stand er einfach nur da, Wagentür offen, und blickte durch den Wald den Pfad zur Lagune hinunter. Dann schloss er leise die Tür, trabte durch den Regen zur Verandatür und klopfte.

Sie fluchte. Wahrscheinlich hatte er sich verfahren und wollte nur fragen, wie er zurück in die Stadt kam, aber sie hatte keine Lust, sich mit ihm abzugeben. Sie würde sich in der Küche verstecken und hoffen, dass er wieder verschwand. Doch dann hörte sie ihn rufen: »Hallo! Jemand zu Hause? Hallo?«

Verärgert und neugierig zugleich, ging sie durch das neu eingerichtete Wohnzimmer zur Veranda. Der Fremde, groß, mit dunklen Haaren, stand auf der obersten Stufe und hielt die Fliegengittertür offen, anderthalb Meter von ihr entfernt. Seine Uniform wirkte so steif, als könnte sie von allein stehen, als würde sie ihn aufrecht halten. Die linke Brustseite seiner Jacke war mit bunten, rechteckigen Orden behängt. Aber das Auffälligste war eine gezackte rote Narbe, die sein Gesicht vom linken Ohr bis hinunter zum Mund zerteilte. Kya schnappte nach Luft.

Schlagartig kehrte sie zu einem Ostersonntag zurück, sechs Monate bevor Ma fortging. Sie und Ma sangen »Lobe den Herren« und spazierten Arm in Arm durch das Wohnzimmer in die Küche, wo sie die bunten Eier, die sie am Vorabend bemalt hatten, in Körbe legten. Die anderen Kinder waren fischen gegangen, deshalb hatten Ma und sie genug Zeit, die Eier zu verstecken und dann das Hühnchen und die

Buttermilchbrötchen in den Ofen zu schieben. Die Geschwister waren eigentlich zu alt, um noch nach Ostereiern und Süßigkeiten zu suchen, aber sie würden herumlaufen, so tun, als könnten sie nichts finden, und dann jeden kostbaren Fund lachend in die Luft recken.

Ma und Kya wollten gerade mit ihren Körben voller Eier und Schokoladenhasen aus dem Five and Dime aus der Küche gehen, als Pa um die Ecke kam.

Er riss Kya den Strohhut vom Kopf, den sie zu Ostern bekommen hatte, schwenkte ihn durch die Luft und schrie Ma an. »Wo hast du das Geld für das ganze Zeug her? Hüte und blanke Lederschuhe? Diese dämlichen bunten Eier und Schokohasen? Na los! Wo hast du das Geld her?«

»Jake, bitte, sei nicht so. Es ist doch Ostern. Das ist für die Kinder.«

Er versetzte Ma einen Stoß. »Hast du rumgehurt, oder was? Hast du dir damit Geld verdient? Los, raus mit der Sprache.« Er packte Ma am Arm und schüttelte sie so fest, dass es aussah, als würde ihr Gesicht um die Augen herum beben, denn die blieben ganz still und weit aufgerissen. Eier fielen aus dem Korb und rollten als wabbelige Pastelle über den Boden.

»Pa, bitte, hör auf!«, rief Kya, brach dann in Tränen aus.

Er hob eine Hand und gab Kya eine schallende Ohrfeige. »Halt die Klappe, du Heulsuse! Zieh gefälligst das alberne Kleid und die schicken Schuhe aus. Die sind mit Hurengeld bezahlt.«

Sie duckte sich, eine Hand an der Wange, und wollte Mas handbemalte Eier aufsammeln.

»Ich frag nur noch einmal! Wo hast du das Geld her?« Pa nahm den eisernen Schürhaken aus der Ecke und ging auf Ma zu.

Kya schrie, so laut sie konnte, und versuchte, Pas Arm festzuhalten, als er zuschlug. Der Schürhaken traf Ma mit voller Wucht quer über die Brust. Blut färbte das Blumenmuster des Sommerkleids mit roten Tupfen. Dann kam ein großer Körper angeflogen, und Kya sah, wie Jodie sich auf Pas Rücken warf und beide der Länge nach zu Boden gingen. Ihr Bruder stellte sich zwischen Ma und Pa und rief Kya und Ma zu, sie sollten weglaufen. Doch noch ehe Kya sich umdrehen konnte, sah sie, wie Pa den Schürhaken hob und Jodie ins Gesicht schlug, das sich vor Schmerz zu einer Grimasse verzerrte; Blut spritzte aus einer klaffenden Wunde. Die Szene spielte sich jetzt blitzartig vor ihrem geistigen Auge ab. Ihr Bruder, der zusammensackte, zwischen lila-blauen Eiern und Schokoladenhasen auf dem Boden liegen blieb. Sie und Ma auf der Flucht durch Palmettos, versteckt im Gebüsch. Ma, die in ihrem blutbefleckten Kleid immer wieder sagte, alles wäre gut, die Eier würden nicht kaputtgehen und das Hühnchen könnten sie immer noch braten. Kya verstand nicht, warum sie sich versteckt hielten – sie glaubte fest, ihr Bruder läge im Sterben, bräuchte ihre Hilfe, aber sie konnte sich vor Angst nicht bewegen. Sie warteten lange, dann schlichen sie sich zur Hütte zurück, spähten durch die Fenster, um sich zu vergewissern, dass Pa fort war.

Jodie lag bewusstlos in einer Blutlache auf dem Boden, und Kya weinte, weil sie glaubte, er wäre tot. Aber Ma bekam ihn wach und half ihm aufs Sofa, wo sie die Wunde in seinem Gesicht mit einer Nähnadel nähte. Als alles ruhig war, hob Kya ihren Strohhut vom Boden auf, rannte nach draußen und schleuderte ihn, so weit sie konnte, ins Sägegras.

Jetzt schaute sie in die Augen des Fremden, der auf ihrer Veranda stand, und sagte: »Jodie.«

Er lächelte, wobei sich die Narbe verzog. »Kya, ich hatte gehofft, dass du hier bist.« Sie starrten, suchten einander in älteren Augen. Jodie konnte nicht wissen, dass er all die Jahre bei ihr gewesen war, ihr unzählige Male den Weg durch die Marsch gezeigt, ihr alles Wissenswerte über Reiher und Leuchtkäfer beigebracht hatte. Sie hatte sich so sehr gewünscht, Jodie oder Ma wiederzusehen. Ihr Herz hatte die Narbe und all den damit verbundenen Schmerz ausgeblendet. Kein Wunder, dass ihr Verstand die Szene verdrängt hatte; kein Wunder, dass Ma fortgegangen war. Mit einem Schürhaken auf die Brust geschlagen. Jetzt sah Kya die ausgewaschenen Flecken im Blumenmuster des Sommerkleids wieder als Blut.

Er wollte sie umarmen, sie an sich ziehen, aber als er sich vorneigte, drehte sie scheu den Kopf zur Seite und wich zurück. Also trat er einfach nur auf die Veranda.

»Komm rein«, sagte sie und führte ihn durch das kleine Wohnzimmer, das mit ihren Sammlungen gefüllt war.

»Oh«, sagte er. »Also doch. Ich hab dein Buch gesehen, Kya. Ich war mir nicht sicher, ob du es warst, aber ja, jetzt sehe ich, dass es von dir ist. Es ist großartig.« Er ging umher, betrachtete ihre Präparate, aber nahm zugleich auch das Zimmer mit den neuen Möbeln in Augenschein, spähte den Flur hinunter zu den Schlafzimmern. Wollte nicht übermäßig neugierig sein, ließ aber alles auf sich wirken.

»Möchtest du Kaffee, Tee?« Sie wusste nicht, ob er nur zu Besuch gekommen war oder, um zu bleiben. Was wollte er nach all den Jahren?

»Ich nehm gern einen Kaffee. Danke.«

In der Küche erkannte er den Holzofen wieder, neben dem neuen Gasherd und Kühlschrank. Er strich mit einer Hand über den alten Küchentisch, den sie so belassen hatte, wie er war. Mit all seiner abblätternden Geschichte. Sie goss Kaffee in Tassen, und sie setzten sich.

»Du bist also Soldat.«

»Zwei Dienstzeiten in Vietnam. Ich bleibe noch ein paar Monate in der Armee. Sie haben mich gut behandelt. Mein Studium finanziert – Maschinenbau an der Technischen Hochschule in Georgia. Da finde ich es nur anständig, wenn ich noch eine Weile dabeibleibe.«

Georgia war nicht allzu weit weg. Er hätte sie früher besuchen können. Aber jetzt war er da.

»Ihr seid alle fortgegangen«, sagte sie. »Pa ist noch eine Weile geblieben, nachdem du weg warst, aber dann ist auch er verschwunden. Ich weiß nicht, wohin, weiß nicht, ob er überhaupt noch lebt.«

»Seitdem lebst du hier allein?«

»Ja.«

»Kya, ich hätte dich nicht mit diesem Monster allein lassen dürfen. Jahrelang hab ich darunter gelitten, mir Vorwürfe gemacht. Ich war ein Feigling, ein blöder Feigling. Diese verdammten Orden bedeuten überhaupt nichts.« Er deutete vage auf seine Brust. »Ich hab dich, ein kleines Mädchen, mit einem Irren allein im Sumpf deinem Schicksal überlassen. Ich erwarte nicht, dass du mir das je verzeihst.«

»Jodie, es ist gut. Du warst doch selbst noch ein Kind. Was hättest du denn machen sollen?«

»Ich hätte zurückkommen können, als ich älter war. Zuerst war es reiner Überlebenskampf in den Straßen von Atlanta.« Er verzog das Gesicht zu einem bitteren Lächeln. »Ich bin hier mit fünfundsiebzig Cent in der Tasche abgehauen. Hab sie von dem Geld geklaut, das Pa in der Küche liegen gelassen hatte. Ich hab's genommen, obwohl ich wusste, dass es dir fehlen würde. Hab mich mit Gelegenheitsjobs über Wasser gehalten, bis die Army mich aufgenommen hat. Nach der Grundausbildung ging's direkt in den Krieg. Als ich wieder nach Hause kam, war so viel Zeit vergangen, dass ich mir eingeredet hab, du wärst längst weg, wärst selbst davongelaufen. Das ist der Grund, warum ich nicht geschrieben habe. Ich glaube, ich hab mich ein zweites Mal für Vietnam gemeldet, um mich selbst zu bestrafen, weil ich dich im Stich gelassen hatte. Dann hab ich an der TH studiert und meinen Abschluss gemacht. Vor zwei Monaten hab ich dein Buch in einem Geschäft entdeckt. Catherine Danielle Clark. Mir ist regelrecht das Herz gebrochen und gleichzeitig vor Freude übergelaufen. Ich musste dich finden und hab mir gedacht, ich fange hier mit der Suche an.«

»Tja, und da wären wir.« Sie lächelte zum ersten Mal. Seine Augen waren dieselben wie früher. Gesichter verändern sich durch den Tribut, den das Leben fordert, aber Augen bleiben ein Fenster zu dem, was war, und sie konnte ihn darin sehen. »Jodie, es tut mir leid, dass du dich so gequält hast, weil du fortgegangen bist. Ich hab dir das nie angekreidet. Wir waren die Opfer, nicht die Schuldigen.«

Er lächelte. »Danke, Kya.« Tränen drohten, und beide schauten weg.

Sie zögerte kurz, sagte dann: »Das ist jetzt vielleicht schwer zu glauben, aber eine Zeit lang war Pa gut zu mir. Er hat weniger getrunken, hat mir Angeln beigebracht, und wir sind oft mit dem Boot weit raus in die Marsch gefahren. Aber natürlich hat er doch wieder mit dem Trinken angefangen, und irgendwann ist er einfach nicht mehr zurückgekommen. Von da an hab ich mich allein durchgeschlagen.«

Jodie nickte. »Ja, diese Seite von ihm hab ich auch ein paarmal erlebt, aber er hat immer irgendwann wieder zur Flasche gegriffen. Einmal hat er mir erzählt, das hätte was mit dem Krieg zu tun. Ich war selbst im Krieg, und ich hab Dinge gesehen, die einen Mann zum Trinker machen können. Aber er hätte es nicht an seiner Frau auslassen sollen, seinen Kindern.«

»Was ist mit Ma und den anderen?«, fragte sie. »Hast du mal was von ihnen gehört, erfahren, wo sie sind?«

»Über Murph, Mandy und Missy weiß ich nichts. Ich würde sie nicht mal erkennen, wenn ich ihnen auf der Straße begegnen würde. Ich schätze, sie haben sich inzwischen in alle Himmelsrichtungen zerstreut. Aber Ma, nun ja, Kya, das ist noch ein Grund, warum ich dich finden wollte. Ich weiß jetzt, was mit ihr passiert ist.«

»Was denn? Sag schon.« Ein eiskaltes Gefühl strömte Kya von den Armen bis in die Fingerspitzen.

»Kya, es ist eine traurige Nachricht. Ich hab es selbst erst vor Kurzem erfahren. Ma ist vor zwei Jahren gestorben.«

Sie krümmte den Oberkörper, barg das Gesicht in den Händen. Ein leises Stöhnen drang aus ihrer Kehle. Jodie wollte sie umarmen, aber sie drehte sich weg.

Jodie redete weiter. »Ma hatte eine Schwester, Rosemary, und die hat uns über das Rote Kreuz suchen lassen, als Ma starb, aber sie konnten uns nicht finden. Vor ein paar Monaten dann haben sie mich über die Armee ausfindig gemacht und den Kontakt mit Rosemary hergestellt.«

Mit heiserer Stimme murmelte Kya: »Bis vor zwei Jahren hat Ma noch gelebt. Ich hab all die Jahre darauf gewartet, dass sie wieder die Straße runterkommt.« Sie stand auf, hielt sich an der Spüle fest. »Warum ist sie nicht zurückgekommen? Warum hat mir keiner gesagt, wo sie war? Und jetzt ist es zu spät.«

Jodie trat zu ihr, und obwohl sie erneut versuchte, sich abzuwenden, schloss er sie in die Arme. »Es tut mir leid, Kya. Komm, setz dich. Ich erzähl dir, was Rosemary gesagt hat.«

Er wartete, bis sie wieder am Tisch saß, dann sagte er: »Ma hatte einen schweren Nervenzusammenbruch, als sie uns verließ. Sie ist nach New Orleans gefahren, wo sie aufgewachsen ist. Sie war psychisch und physisch krank. Ich hab nur ein paar Erinnerungen an New Orleans. Ich war ungefähr fünf, als wir von dort weggegangen sind. Ich erinnere mich an ein schönes Haus, große Fenster mit Blick auf einen Garten. Aber als wir dann hierhergezogen sind, hat Pa uns verboten, über New Orleans zu sprechen, unsere Großeltern und alles, was damit zusammenhing.«

Kya schüttelte den Kopf. »Ich hatte keine Ahnung.«

Jodie sprach weiter: »Rosemary hat gesagt, ihre Eltern waren von Anfang an gegen die Heirat von Ma und Pa, aber Ma ist trotzdem mit ihrem Mann nach North Carolina gegangen, ohne einen Penny in der Tasche. Irgendwann hat Ma angefangen, Rosemary zu schreiben und ihre Lebensverhältnisse zu schildern – dass sie in einer Hütte im Sumpf hauste, dass ihr Mann ein Trinker war, der sie und ihre Kinder schlug. Eines Tages dann, Jahre später, tauchte Ma in New Orleans auf. Sie hatte diese Schuhe aus künstlichem Krokodilleder an, die sie so mochte. Hatte seit Tagen nicht gebadet oder sich die Haare gewaschen.

Monatelang blieb Ma stumm, sprach kein Wort. Sie verharrte in ihrem alten Zimmer im Haus ihrer Eltern, aß kaum. Natürlich ließen sie Ärzte kommen, aber keiner konnte ihr helfen. Mas Vater hat im Büro des Sheriffs in Barkley Cove angerufen und gefragt, ob es Mas Kindern gutging, aber dort sagte man ihm bloß, sie würden nicht mal versuchen, sich über die Leute in der Marsch auf dem Laufenden zu halten.«

Kya schniefte immer mal wieder.

»Schließlich, nach fast einem Jahr, wurde Ma hysterisch und sagte zu Rosemary, sie erinnere sich daran, dass sie ihre Kinder verlassen hatte. Rosemary half ihr,

Pa einen Brief zu schreiben, in dem sie ihn fragte, ob sie uns zu sich nach New Orleans holen dürfte. Er antwortete ihr, wenn sie es wagte, zurückzukommen oder in irgendeiner Form zu uns Kontakt aufzunehmen, würde er uns bis zur Unkenntlichkeit zusammenschlagen. Sie wusste, dass er dazu fähig wäre.«

Der Brief in dem blauen Umschlag. Ma hatte Kya, sie alle, zu sich holen wollen. Hatte sie sehen wollen. Doch sie hatte mit dem Brief etwas völlig anderes bewirkt. Vor lauter Empörung hatte Pa wieder zur Flasche gegriffen, und dann hatte Kya auch ihn noch verloren. Sie sagte Jodie nicht, dass sie die Asche des Briefes noch immer in einem kleinen Töpfchen aufbewahrte.

»Rosemary hat gesagt, Ma hätte sich mit niemandem angefreundet, nie mit der Familie zusammen gegessen oder mal mit irgendwem Zeit verbracht. Sie hat sich selbst kein Leben, kein Vergnügen gegönnt. Nach einer Weile hat sie wieder mehr geredet, aber immer nur über ihre Kinder. Rosemary meint, dass Ma uns bis zu ihrem Tod geliebt hat, aber in dem entsetzlichen Glauben gefangen war, uns würde etwas zustoßen, wenn sie zurückkehrte, und wir würden uns im Stich gelassen fühlen, wenn sie es nicht tat. Sie hat uns nicht für irgendeine Affäre verlassen. Sie war in den Wahnsinn getrieben worden und ist in einem Zustand geistiger Umnachtung gegangen.«

Kya fragte: »Wie ist sie gestorben?«

»Sie hatte Leukämie. Rosemary hat gesagt, die Krankheit wäre vermutlich heilbar gewesen, aber Ma hat jede medizinische Behandlung abgelehnt. Sie wurde einfach immer schwächer und schwächer und ist dann vor zwei Jahren eingeschlafen. Rosemary hat gesagt, sie ist so gestorben, wie sie gelebt hat. In Dunkelheit, in Stille.«

Jodie und Kya saßen stumm da. Kya dachte an ein Gedicht von Galway Kinnell, das Ma in ihrem Buch unterstrichen hatte:

Ich muss gestehen, ich bin froh, dass es vorbei ist:
Gegen Ende empfand ich nur noch Mitleid
Für diesen Drang nach noch mehr Leben.
… Adieu.

Jodie stand auf. »Komm mal mit, Kya, ich möchte dir was zeigen.« Er ging mit ihr nach draußen zu seinem Pick-up, und sie kletterten auf die Ladefläche. Nachdem er vorsichtig eine Plane entfernt hatte, öffnete er einen großen Karton und zog nacheinander etliche Ölgemälde heraus. Er lehnte sie ringsum gegen die Seitenwände des Pick-ups. Eines zeigte drei junge Mädchen – Kya und ihre Schwestern –, die an der Lagune hockten und Leuchtkäfer beobachteten. Auf einem anderen hielten Jodie und ihr Bruder stolz Fische hoch, die sie gefangen hatten.

»Ich hab sie mitgebracht, weil ich gehofft hab, dass

du noch hier bist. Rosemary hat sie mir geschickt. Sie hat gesagt, dass Ma jahrelang, Tag und Nacht, immer nur uns gemalt hat.«

Ein Gemälde zeigte alle fünf Kinder, als würden sie die Künstlerin betrachten. Kya starrte in die Augen ihrer Geschwister, die sie ansahen.

Ganz leise fragte sie: »Wer ist wer?«

»Was?«

»Es gab keine Fotos. Ich kenne sie nicht. Wer ist wer?«

»Ach so.« Ihm stockte der Atem, doch nach einem Moment sagte er: »Also, das ist Missy, die Älteste. Dann kommt Murph. Mandy. Der kleine hübsche Kerl da bin natürlich ich. Und das bist du.«

Er ließ ihr einen Moment Zeit, dann sagte er: »Schau dir das hier mal an.«

Er deutete auf ein erstaunlich farbenfrohes Ölbild von zwei Kindern, die in einem wogenden Meer aus grünem Gras und Wildblumen knieten. Das Mädchen war noch ganz klein, vielleicht drei Jahre alt, mit glattem schwarzem Haar, das ihm über die Schultern fiel. Der Junge, etwas älter, mit goldblonden Locken, zeigte auf einen Monarchfalter, dessen schwarz geäderte gelbe Flügel über ein Gänseblümchen gebreitet waren, und er hatte eine Hand auf den Arm des Mädchens gelegt.

»Ich vermute, das ist Tate Walker«, sagte Jodie. »Und du.«

»Ich glaub, du hast recht. Sieht ihm ähnlich. Wieso hat Ma denn Tate gemalt?«

»Er war ziemlich oft bei uns, hat mit mir geangelt. Hat dir andauernd irgendwelche Insekten und so gezeigt.«

»Warum erinnere ich mich nicht daran?«

»Du warst noch zu klein. Eines Nachmittags ist Tate mit seinem Boot in unsere Lagune gekommen. Pa war da und kippte sich einen hinter die Binde, schon total betrunken. Du hast im Wasser geplanscht, und Pa sollte auf dich aufpassen. Auf einmal hat er dich ohne jeden Grund an den Armen gepackt und so heftig geschüttelt, dass dein Kopf nach hinten geflogen ist. Dann hat er dich in den Matsch fallen lassen und gelacht. Tate ist aus dem Boot gesprungen und zu dir gelaufen. Da war er höchstens sieben oder acht Jahre alt, aber er hat Pa angeschrien. Natürlich hat Pa ihm eine Ohrfeige verpasst und ihn angeschnauzt, er sollte von seinem Land verschwinden und nie wiederkommen, sonst würde er ihn abknallen. Mittlerweile waren wir alle angelaufen gekommen, um zu sehen, was los war. Und obwohl Pa noch immer brüllte und tobte, hat Tate dich aufgehoben und zu Ma gebracht. Er hat sich vergewissert, dass dir nichts passiert war, bevor er wieder gefahren ist. Danach haben wir manchmal noch zusammen geangelt, aber er ist nie wieder zu uns nach Hause gekommen.«

Nicht bis zu dem Tag, an dem er mir den Weg nach

Hause gezeigt hat, als ich das erste Mal mit dem Boot in die Marsch gefahren bin, dachte Kya. Sie betrachtete das Bild – so zart, so friedlich. Irgendwie hatte Mas Erinnerung dem Wahnsinn Schönheit abgerungen. Jeder, der sich diese Gemälde anschaute, würde denken, dass sie eine rundum glückliche Familie zeigten, die am Meer lebte, im Sonnenschein spielte.

Jodie und Kya setzten sich auf den Rand der Ladefläche und betrachteten weiter wortlos die Bilder.

Nach einer Weile sagte er: »Ma war allein und einsam. Unter solchen Umständen verhalten Menschen sich anders.«

Kya stöhnte auf. »Erzähl mir bitte nichts von Einsamkeit. Mir muss keiner erklären, wie sehr sie einen Menschen verändert. Ich habe sie gelebt. Ich bin die fleischgewordene Einsamkeit«, flüsterte Kya mit einer gewissen Schärfe in der Stimme. »Ich verzeihe Ma, dass sie fortgegangen ist. Aber ich begreife nicht, warum sie nicht zurückgekommen ist – warum sie mich aufgegeben hat. Wahrscheinlich erinnerst du dich nicht mehr daran, aber kurz nachdem sie fort war, hast du mir erzählt, dass eine Fuchs-Mutter manchmal bei höchster Gefahr, oder weil sie sonst verhungern würde, ihre Kinder verlässt. Die Kleinen sterben – was sie wahrscheinlich ohnehin getan hätten –, aber die Füchsin kann wieder Junge bekommen, wenn die Bedingungen besser sind und sie einen neuen Wurf großziehen kann.

Ich habe viel darüber gelesen. In der Natur – weit draußen, wo die Flusskrebse singen – erhöht dieses scheinbar skrupellose Verhalten tatsächlich die Anzahl der Jungen, die ein Muttertier im Laufe seines Lebens zur Welt bringt. Daher werden die Gene, die dafür sorgen, dass sie ihren Nachwuchs bei Gefahr verlässt, an die nächste Generation weitergegeben. Immer weiter und weiter. So etwas gibt es auch bei Menschen. Manche Verhaltensweisen, die uns heute brutal erscheinen, haben das Überleben der ersten Menschen in einer feindlichen Umwelt gesichert. Ohne diese Instinkte gäbe es uns nicht. Sie sind noch immer in unseren Genen gespeichert, und sie treten in Erscheinung, wenn gewisse Umstände es verlangen. Zum Teil werden wir immer das sein, was wir waren, was wir sein mussten, um zu überleben – vor langer Zeit.

Vielleicht haben ja primitive Instinkte – uralte, unzeitgemäße Gene – Ma dazu gebracht, uns zu verlassen, um dem Schrecken und der echten Gefahr zu entkommen, die das Leben mit Pa für sie bedeutete. Das macht es nicht richtig; *sie hätte bei uns bleiben sollen*. Aber das Wissen, dass diese Reaktion in unserem biologischen Bauplan angelegt ist, hilft womöglich, selbst einer Mutter zu verzeihen, die versagt hat. Es erklärt, warum sie fortging, aber ich verstehe noch immer nicht, warum sie nicht zurückgekommen ist. Warum sie mir nicht mal geschrieben hat. Sie hätte

Brief um Brief schreiben können, Jahr für Jahr, bis einer davon mich endlich erreicht hätte.«

»Ich schätze, manche Dinge sind nicht zu erklären, wir können sie nur verzeihen oder eben nicht. Ich kenne die Antwort auf deine Fragen nicht. Vielleicht gibt es auch keine. Es tut mir leid, dass ich dir diese traurige Nachricht überbringen musste.«

»Die längste Zeit meines Lebens habe ich keine Familie gehabt oder irgendetwas von meiner Familie gehört. Und jetzt habe ich innerhalb weniger Augenblicke einen Bruder gefunden und meine Mutter verloren.«

»Es tut mir ehrlich leid, Kya.«

»Das muss es nicht. In Wirklichkeit habe ich Ma vor Jahren verloren, und jetzt bist du wieder da, Jodie. Ich kann dir gar nicht sagen, wie sehr ich mir gewünscht habe, dich wiederzusehen. Heute ist einer der glücklichsten und zugleich traurigsten Tage meines Lebens.« Sie berührte seinen Arm mit den Fingerspitzen, und er kannte sie schon gut genug, um zu wissen, dass das etwas Außergewöhnliches war.

Sie ging wieder in die Hütte, und er schaute sich die neuen Möbel an, die frisch gestrichenen Wände, die maßgearbeiteten Küchenschränke.

»Wie hast du dich durchgeschlagen, Kya? Vor deinem Buch, wie bist du an Geld und Essen gekommen?«

»Ach, das ist eine lange, uninteressante Geschichte.

Hauptsächlich hab ich Miesmuscheln, Austern und geräucherten Fisch an Jumpin' verkauft.«

Jodie warf den Kopf in den Nacken und lachte laut auf. »Jumpin'! An den hab ich seit Jahren nicht mehr gedacht. Lebt er noch?«

Kya lachte nicht. »Jumpin' ist mein bester Freund gewesen, jahrelang mein einziger Freund. Meine einzige Familie, es sei denn, du zählst die Silbermöwen mit.«

Jodie wurde ernst. »Hast du denn keine Schulfreunde gehabt?«

»Ich war in meinem ganzen Leben nur einen Tag in der Schule«, sagte sie mit einem Schmunzeln. »Die Kinder haben mich ausgelacht, deshalb bin ich nicht mehr hingegangen. Bin den Leuten von der Schulbehörde wochenlang immer wieder entwischt. Du hast mir so viel beigebracht, dass das nicht besonders schwer war.«

Er blickte erstaunt. »Aber wie hast du lesen und schreiben gelernt?«

»Das hat Tate Walker mir beigebracht.«

»Triffst du dich noch mit ihm?«

»Ab und an.« Sie stand auf, drehte sich zum Ofen um. »Noch Kaffee?«

Die Einsamkeit ihres Lebens war in dieser Küche spürbar. Jodie erkannte sie an dem winzigen Zwiebelvorrat im Gemüsekorb, dem einzelnen Teller im Trockengestell, dem Maisbrot, das sorgfältig in ein

Geschirrtuch eingewickelt war, wie es auch eine alte Witwe tun würde.

»Nein, danke. Aber wie wär's mit einer kleinen Fahrt durch die Marsch?«, fragte er.

»Ja, gern. Du wirst dich wundern, ich hab einen neuen Motor, aber noch immer dasselbe alte Boot.«

Die Sonne war durch die Wolken gebrochen und schien hell und warm für einen Wintertag. Während Kya durch die schmalen Kanäle und glitzernden Mündungsarme steuerte, freute sich Jodie, wenn er einen Baumstumpf erblickte, der noch genauso war, wie er ihn in Erinnerung hatte, oder einen hohen Biberdamm an exakt derselben Stelle wie früher. Sie lachten, als sie zu der Lagune kamen, wo Ma, Kya und ihre Schwestern das Boot im Schlamm auf Grund gesetzt hatten.

Zurück in der Hütte, packte sie ein Picknick ein, das sie am Strand mit den Möwen aßen.

»Ich war so jung, als alle fortgegangen sind«, sagte sie. »Erzähl mir von den anderen.« Und er erzählte ihr Geschichten von ihrem großen Bruder Murphy, der sie oft auf den Schultern durch den Wald getragen hatte.

»Du hast dabei immerzu gelacht. Er ist rumgehoppelt und im Kreis gelaufen, mit dir da hoch oben. Und einmal hast du dir vor Lachen in die Hose gemacht, direkt an seinem Hals.«

»Oh nein! Hab ich nicht.« Kya lehnte sich lachend zurück.

»Doch, hast du. Er hat kurz aufgekreischt, ist aber weitergelaufen und einfach in die Lagune gerannt, bis er unter Wasser war, mit dir immer noch auf den Schultern. Wir haben zugeschaut – Ma, Missy, Mandy und ich – und Tränen gelacht. Ma musste sich hinsetzen, auf die Erde, weil sie sich gar nicht mehr einkriegte.«

Im Kopf erfand sie Bilder, die zu den Geschichten passten. Schnipsel und Bruchstücke eines Familienlebens, von denen Kya geglaubt hatte, sie würde sie niemals haben.

Jodie redete weiter. »Missy war diejenige, die damit angefangen hat, die Möwen zu füttern.«

»Was? Im Ernst? Ich hab gedacht, ich hätte von allein damit angefangen, als alle weg waren.«

»Nein, sie hat die Möwen immer gefüttert, wenn sich ihr die Chance bot. Und sie hat ihnen allen Namen gegeben. Ein Männchen hat sie Rotklecks genannt, das weiß ich noch. Wegen des roten Flecks am Schnabel.«

»Es kann natürlich nicht derselbe Vogel sein – ich hab schon einige Generationen von Rotklecksen hinter mir. Aber der linke da vorne ist der aktuelle Rotklecks.« Sie versuchte, eine Verbindung zu der Schwester zu spüren, die ihr die Möwen geschenkt hatte, sah aber nur das Gesicht in dem Gemälde vor sich. Was mehr war, als sie vorher gehabt hatte.

Der rote Fleck am Schnabel der Silbermöwe war

nicht bloß Zierde, wie Kya wusste. Erst wenn die Jungen gegen den Fleck pickten, gab der Elternvogel das Futter her, das er für sie gefangen hatte. War der rote Fleck verdeckt und die Jungen pickten nicht dagegen, fütterten die Eltern sie nicht, und die Brut verhungerte. Selbst in der Natur hängt Elternschaft an einem dünneren Faden, als man meinen möchte.

Nach einem Moment sagte Kya: »Ich kann mich wirklich nicht an viel erinnern.«

»Dann sei froh. Belass es dabei.«

Sie blieben noch eine Weile schweigend sitzen. Ohne sich zu erinnern.

Sie bereitete ein Südstaatenessen zu, wie Ma es gemacht hätte: Schwarzaugenbohnen mit roten Zwiebeln, gebratener Schinken, Maisbrot mit Grieben, in Butter und Milch gekochte Limabohnen. Warmen Brombeerkuchen mit einer süßen Buttersoße, in die sie etwas Bourbon hineinrührte, den Jodie mitgebracht hatte. Beim Essen eröffnete er ihr, dass er gern ein paar Tage bleiben würde, falls das für sie in Ordnung wäre, und sie sagte, er könnte gern bleiben, solange er wollte.

»Das ist jetzt dein Land, Kya. Du hast es verdient. Ich bin noch eine Weile in Fort Benning stationiert, deshalb muss ich bald wieder weg. Aber danach bekomme ich hoffentlich einen Job in Atlanta, dann können wir in Kontakt bleiben. Ich würde dich gern so oft wie möglich besuchen. Ich hab mir immer nur gewünscht, dass es dir gut geht.«

»Das wäre schön, Jodie. Bitte komm, wann immer du kannst.«

Am nächsten Abend saßen sie am Strand. Während Wellen ihnen die nackten Zehen kitzelten, redete Kya ungewöhnlich viel, und Tate schien in jedem dritten Satz vorzukommen. Sie erzählte, wie er ihr den Weg nach Hause gezeigt hatte, als sie sich, damals noch ein kleines Mädchen, in der Marsch verirrt hatte. Oder wie Tate ihr das erste Gedicht vorgelesen hatte. Sie erzählte von dem Federspiel und dass er ihr Lesen beigebracht hatte, dass er jetzt als Wissenschaftler in dem Labor arbeitete. Er war ihre erste Liebe, aber er hatte sie verlassen, als er aufs College ging, hatte sie vergeblich am Ufer der Lagune warten lassen. Das war das Ende gewesen.

»Wie lange ist das her?«, fragte Jodie.

»Ungefähr sieben Jahre, glaub ich. Als er mit dem Studium angefangen hat.«

»Hast du ihn danach mal wiedergesehen?«

»Er ist zu mir gekommen, um sich zu entschuldigen, und hat gesagt, dass er mich noch immer liebt. Und er hat den Vorschlag gemacht, dass ich Bücher veröffentlichen soll. Es ist schön, ihn hin und wieder in der Marsch zu sehen, aber ich würde mich nie wieder auf ihn einlassen. Ich kann ihm nicht vertrauen.«

»Kya, das ist sieben Jahre her. Er war noch ein junger Bursche, zum ersten Mal von zu Hause weg, umgeben von zahllosen hübschen Mädchen. Wenn er zurückgekommen ist und sich entschuldigt hat und sagt, dass er dich liebt, solltest du vielleicht ein bisschen nachsichtiger sein.«

»Die meisten Männer ziehen von einer Frau zur nächsten. Und die Schlimmsten unter ihnen stolzieren herum und schwindeln dir was vor. Wahrscheinlich ist Ma deshalb auf jemanden wie Pa hereingefallen. Tate war nicht der einzige Mann, der mich verlassen hat. Chase Andrews hat sogar schon von Heirat geredet, aber dann hat er eine andere geheiratet. Sogar, ohne es mir zu sagen. Ich hab's aus der Zeitung erfahren.«

»Das tut mir sehr leid, ehrlich, Kya. Aber nicht nur Männer sind untreu. Ich bin selbst schon ein paarmal hintergangen, betrogen und abserviert worden. Tatsache ist nun mal, dass Liebe oft Schiffbruch erleidet. Aber selbst wenn sie scheitert, verbindet sie dich mit anderen, und letzten Endes ist alles, was wir haben, *Verbundenheit.* Schau uns an; du und ich haben jetzt einander, und stell dir nur mal vor, wenn ich irgendwann Kinder habe und du irgendwann Kinder hast, dann ist das eine ganz neue Kette von Verbindungen. Und so geht das immer weiter. Kya, falls du Tate liebst, gib ihm eine Chance.«

Kya dachte an das Bild, das Ma von ihr und Tate als Kinder gemalt hatte, die Köpfe zusammengesteckt, umgeben von pastellfarbenen Blumen und Schmetterlingen. Vielleicht hatte Ma ihr ja doch eine Botschaft geschickt.

Am dritten Morgen von Jodies Besuch packten sie Mas Gemälde aus – alle bis auf eines, das Jodie behielt – und hängten einige davon an die Wände. Das Licht in der Hütte veränderte sich, als wären mehr Fenster geöffnet worden. Kya trat zurück und betrachtete sie. Es war ein Wunder, dass wieder Bilder von Ma an den Wänden hingen. Aus dem Feuer gerettet.

Dann begleitete sie Jodie zu seinem Pick-up und gab ihm ein Lunchpaket, das sie ihm für die Fahrt gemacht hatte. Sie blickten beide in den Wald, den Weg hinunter, überallhin, um sich nicht in die Augen zu sehen.

Schließlich sagte er: »Ich muss los, aber das hier ist meine Adresse und Telefonnummer.« Er hielt ihr einen Zettel hin. Ihr stockte der Atem, und sie musste sich mit der linken Hand am Wagen abstützen, als sie den Zettel mit der rechten nahm. So etwas Alltägliches: die Adresse eines Bruders auf einem Stück Papier. So etwas Staunenswertes: eine Familie, die sie finden konnte. Eine Nummer, die sie anrufen konnte, und er würde sich melden. Ihr Hals war wie zugeschnürt, als Jodie sie an sich zog, und endlich, nach einer ganzen Ewigkeit, sank sie gegen ihn und weinte.

»Ich hab gedacht, ich seh dich nie wieder. Ich hab gedacht, du wärst für immer fort.«

»Ich werde ab jetzt immer für dich da sein, versprochen. Wann immer ich umziehe, schicke ich dir meine neue Adresse. Falls du mich mal brauchst, schreibst du mir oder rufst an, hörst du?«

»Mach ich. Und komm mich wieder besuchen, sobald du kannst.«

»Kya, sprich mit Tate. Er ist ein guter Mann.«

Jodie winkte aus dem Seitenfenster, als er den Weg hinunterfuhr, während sie ihm nachsah, weinend und lachend zugleich. Und als er auf die Straße bog, konnte sie seinen roten Pick-up immer noch durch die Lücken im Wald verfolgen, wo vor langer Zeit ein weißes Kopftuch entschwunden war, und sein Arm winkte, bis sie ihren Bruder nicht mehr sehen konnte.

34
DURCHSUCHUNG DER HÜTTE

1969

Wieder mal keiner da«, sagte Joe, als er an den Rahmen von Kyas Fliegengittertür klopfte. Ed stand auf den Verandastufen und spähte durch das Gitter, die Augen mit den Händen abgeschirmt. Gewaltige, mit Spanischem Moos behängte Eichenäste warfen Schatten auf die verwitterte Bretterverkleidung und das Spitzdach der Hütte. Nur graue Fetzen Himmel drangen durch den späten Novembermorgen.

»Natürlich ist keiner da. Spielt aber keine Rolle. Wir haben einen Durchsuchungsbeschluss. Ich wette, sie hat nicht abgeschlossen, also geh einfach rein.«

Joe öffnete die Tür und rief: »Jemand zu Hause? Hier ist der Sheriff.« Drinnen bestaunten sie zunächst die Regale mit ihrer Menagerie.

»Ed, guck dir das ganze Zeug an. Im nächsten Zimmer und den Flur runter ist noch mehr davon. Sieht aus, als wär sie ein bisschen übergeschnappt. Total irre.«

»Mag sein, aber anscheinend ist sie eine echte Expertin für die Natur in der Marsch. Immerhin hat sie Bücher drüber veröffentlicht. Fangen wir an. Also, wir suchen nach folgenden Dingen.« Der Sheriff verlas eine kurze Liste. »Kleidungsstücke aus roter Wolle, die zu den auf Chases Jacke gefundenen roten Fasern passen. Tagebücher, Kalender oder Aufzeichnungen, die möglicherweise Hinweise liefern, wo sie sich wann aufgehalten hat. Das Muschelhalsband. Fahrkarten für ihre Busreise. Und wir sollten hier kein Chaos anrichten. Dazu besteht kein Anlass. Wir können unter dem Zeug und drum herum suchen, ohne irgendwas durcheinanderzubringen oder kaputt zu machen.«

»Ja, schon klar. Ist ja fast wie ein Schrein hier drin. Einerseits find ich das beeindruckend, andererseits krieg ich Gänsehaut.«

»Es wird jedenfalls mühsam werden, so viel steht fest«, sagte der Sheriff, der schon vorsichtig hinter eine Reihe Vogelnester spähte. »Ich fang hinten im Schlafzimmer an.«

Die Männer arbeiteten schweigend, hoben Kleidung in Schubladen an, durchsuchten dunkle Schrankecken, verschoben Gläser mit Schlangenhäuten und Haizähnen auf der Suche nach möglichen Beweisen.

Nach zehn Minuten rief Joe: »Sieh dir das hier mal an.«

Als Ed auf die Veranda kam, sagte Joe: »Wusstest du, dass Vogelweibchen nur einen Eierstock haben?«

»Hä?«

»Guck mal. Den Zeichnungen und Erläuterungen nach haben Vogelweibchen nur einen Eierstock.«

»Menschenskind, Joe. Du bist doch nicht hier, um Bio zu lernen. Mach dich wieder an die Arbeit.«

»Moment noch. Guck mal hier. Das ist eine Pfauenhahnfeder, und daneben steht, dass das Gefieder der Hähne immer größer und größer wurde, um Weibchen anzulocken, und jetzt kommen die Männchen kaum noch vom Boden hoch. Sie können praktisch nicht mehr fliegen.«

»Bist du jetzt fertig? Wir haben was anderes zu tun.«

»Aber das ist doch sehr interessant.«

Ed ging wieder nach hinten. »Los, Mann, an die Arbeit.«

Nach einer Weile rief Joe den Sheriff erneut. Ed trat aus dem kleinen Schlafraum ins Wohnzimmer und sagte: »Lass mich raten: Du hast eine ausgestopfte Maus mit drei Augen gefunden.« Statt einer Antwort hielt Joe eine rote Wollmütze hoch.

»Wo war die?«

»Gleich da vorne, an den paar Haken, zusammen mit Jacken, weiteren Mützen und so.«

»Ganz offen, nicht irgendwo versteckt?«

»Nein, wie gesagt, gleich da vorne.«

Er zog einen Plastikbeutel aus der Tasche, in dem sich die roten Fasern befanden, die an der Jeansjacke von Chase gefunden worden waren, und hielt ihn an die rote Mütze.

»Die sehen haargenau gleich aus. Dieselbe Farbe, Länge und Dicke«, sagte Joe, nachdem beide Männer Mütze und Fasern ausgiebig verglichen hatten.

»Stimmt. Und bei beiden ist flauschige beige Wolle in dem Rot mit drin.«

»Mensch, das könnte es sein.«

»Wir müssen die Mütze ins Labor schicken. Also los, eintüten und beschriften. Falls die Fasern übereinstimmen, holen wir Miss Clark zum Verhör.«

Nachdem die Männer weitere vier Stunden lang die Hütte durchsucht hatten, trafen sie sich in der Küche.

Ed streckte den Rücken. »Ich schätze, wenn hier noch irgendwas anderes wäre, hätten wir's gefunden. Außerdem können wir ja gegebenenfalls noch mal wiederkommen. Machen wir Schluss für heute.«

Während sie über die holprige Straße zurück in die Stadt fuhren, sagte Joe: »Wenn sie wirklich schuldig ist, hätte sie die rote Mütze doch eigentlich verstecken müssen. Aber die hing ganz offen da rum.«

»Wahrscheinlich hat sie nicht daran gedacht, dass Fasern der Mütze an Chases Jacke haften bleiben würden. Oder dass das Labor sie identifizieren könnte. So was weiß sie einfach nicht.«

»Na ja, kann sein, dass sie das nicht gewusst hat, aber ich wette, sie weiß 'ne ganze Menge. Zum Beispiel, dass die Pfauenhähne rumstolzieren und vor lauter Rivalität in Sachen Sex kaum noch fliegen können. Ich weiß nicht, was das alles zu bedeuten hat, aber auf irgendwas läuft das hinaus.«

35
DER KOMPASS

1969

An einem Julinachmittag des Jahres 1969, über sieben Monate nach Jodies Besuch, fand Kya ihr zweites Buch – *Die Vögel der Ostküste* von Catherine Danielle Clark – in ihrem Briefkasten. Sie fuhr mit den Fingern über den schön gestalteten Umschlag: eine von ihr gemalte Silbermöwe. Lächelnd sagte sie: »Hallo, Rotklecks, du hast es auf den Einband geschafft.«

Mit dem neuen Buch in der Hand ging Kya langsam zu der schattigen Eichenlichtung bei der Hütte, um nach Pilzen zu suchen. Der weiche feuchte Waldboden war kühl unter ihren Füßen, als sie sich einer Ansammlung von leuchtend gelben Pilzen näherte. Dann erstarrte sie mitten im Schritt. Da auf dem alten Feder-Baumstumpf stand eine kleine Milchtüte, rot und weiß, genau so eine wie die, die vor so langer Zeit dort gestanden hatte. Überrascht lachte sie laut auf.

Im Innern der Packung, eingeschlagen in Seidenpapier, lag ein alter Militärkompass mit grünlich-grau angelaufenem Messinggehäuse. Sie atmete bei seinem Anblick tief ein. Sie hatte nie einen Kompass gebraucht, weil sie einen guten Orientierungssinn hatte.

Aber an bewölkten Tagen, wenn die Sonne sich kaum blicken ließ, würde der Kompass ihr den Weg weisen.

Auf einem gefalteten Blatt Papier stand: *Liebste Kya, dieser Kompass aus dem Ersten Weltkrieg hat meinem Großvater gehört. Er hat ihn mir geschenkt, als ich noch klein war, aber ich habe ihn nie benutzt und dachte, Du könntest ihn besser gebrauchen. In Liebe, Tate. PS: Ich bin froh, dass Du diese Nachricht lesen kannst!*

Kya las die Wörter *Liebste* und *In Liebe* erneut. Tate. Der goldblonde Junge in dem Boot, der sie vor dem Unwetter nach Hause geführt, ihr Federn auf einen halb verrotteten Baumstumpf gelegt, ihr Lesen beigebracht hatte; der empfindsame Jugendliche, der ihr durch ihre erste Menstruation geholfen und ihr erstes sexuelles Begehren als Frau geweckt hatte; der junge Wissenschaftler, der sie ermutigt hatte, ihre Bücher zu veröffentlichen.

Obwohl sie ihm das Muschelbuch geschenkt hatte, war sie weiterhin ins Schilf geflüchtet, wenn sie ihn in der Marsch gesehen hatte, war ungesehen davongerudert. Die unredlichen Signale der Leuchtkäfer das Einzige, was sie von der Liebe wusste.

Selbst Jodie hatte gesagt, sie sollte Tate eine zweite Chance geben. Aber jedes Mal, wenn sie an ihn dachte oder ihn sah, sprang ihr Herz von der alten Liebe zum Schmerz des Verlassenwerdens. Sie wünschte, sie könnte sich für eines von beidem entscheiden.

Einige Tage später glitt sie im Morgennebel durch die Marsch, den Kompass im Rucksack, obwohl sie ihn wahrscheinlich nicht brauchen würde. Sie wollte auf einer baumbestandenen Sandzunge, die weit ins Meer ragte, nach seltenen Wildblumen suchen, doch ein Teil von ihr hielt auf den Wasserwegen Ausschau nach Tates Boot.

Der Nebel erwies sich als hartnäckig. Er wollte nicht weichen, wand sich um tote Äste und umgestürzte Stämme. Die Luft war still; selbst die Vögel schwiegen, während Kya langsam einen Kanal entlangtuckerte. Plötzlich war nicht weit entfernt ein *Klonk, Klonk* zu hören: ein Ruder, das träge gegen eine Bordwand schlug, und dann tauchte ein Boot geisterhaft im Dunst auf.

Farben, die von der verschleierten Luft getrübt worden waren, fügten sich zu Formen zusammen, als sie sich ins Licht bewegten. Goldblondes Haar unter einer roten Kappe. Wie einem Traum entsprungen, stand Tate im Heck seines alten Angelboots und stakte durch den Kanal. Kya stellte den Motor ab und ruderte rückwärts in ein Dickicht, um zu beobachten, wie er vorbeifuhr. Immer nur die heimliche Beobachterin.

Später, bei Sonnenuntergang, ruhiger jetzt, das Herz wieder da, wo es sein sollte, stand Kya am Strand und rezitierte:

Der Sonnenuntergang ist nie einfach.
Dämmerlicht, gebrochen und gespiegelt
Aber nie wahr.
Die Abendzeit ist eine Tarnung
Verwischt Spuren
Vertuscht Lügen.

Uns kümmert's nicht
Dass die Dämmerstunde trügt.
Wir sehen leuchtende Farben
Und begreifen nie
Dass die Sonne hinter der Erde
Versunken ist
Wenn wir ihr Feuer sehen.

Der Sonnenuntergang ist eine Tarnung
Verwischt Spuren, vertuscht Lügen.

A. H.

36
DIE FUCHSFALLE

1969

Joe kam durch die offene Bürotür des Sheriffs. »Okay, ich hab den Bericht.«

»Dann wollen wir mal sehen.«

Beide Männer überflogen den Text rasch bis zur letzten Seite. Ed sagte: »Na bitte. Hundertprozentige Übereinstimmung. Fasern von ihrer Mütze waren auf der Jacke des toten Chase.« Der Sheriff schlug triumphierend auf den Bericht, dann fasste er zusammen: »Also, was haben wir bis jetzt? Erstens, der Krabbenfischer kann bezeugen, dass er Miss Clark in ihrem Boot auf dem Weg zum Feuerwachturm gesehen hat, kurz bevor Chase dort in den Tod stürzte. Zweitens, Patti Love hat uns erzählt, dass Miss Clark das Muschelhalsband für Chase gebastelt hat und dass es in der Nacht seines Todes verschwunden ist. Drittens, Fasern von ihrer Mütze waren auf seiner Jacke. Viertens, das Motiv: die verlassene Frau. Und ein Alibi, das wir entkräften können. Das müsste reichen.«

»Ein besseres Motiv wäre überzeugender«, wandte Joe ein. »Dass er sie sitzen gelassen hat, scheint mir ein bisschen dürftig.«

»Die Ermittlung ist ja auch noch nicht abgeschlossen, aber wir haben genug, um sie zu verhören. Wahrscheinlich sogar genug für eine Anklageerhebung. Wenn wir sie erst hier haben, sehen wir ja, wie's weitergeht.«

»Tja, genau das ist das Problem, oder? Seit Jahren ist sie allen entwischt. Schulinspektoren, Volkszählungsmitarbeitern, völlig egal, keiner hat sie zu fassen gekriegt. Uns eingeschlossen. Wenn wir da rausfahren und sie quer durch die Sümpfe verfolgen, machen wir uns zum Narren.«

»Das schreckt mich nicht. Bloß weil sie bisher noch keiner erwischt hat, heißt das noch lange nicht, dass es uns genauso gehen muss. Aber wir müssen uns was anderes überlegen. Ich schlage vor, wir stellen ihr eine Falle.«

»Ach so. Tja«, sagte der Deputy, »ich versteh ein bisschen was vom Fallenstellen. Und wenn du einem Fuchs eine Falle stellst, bleibt die meistens leer. Und überrumpeln können wir sie auch nicht mehr. Wir haben so oft an ihre Tür geklopft, das hätte sogar einen Braunbären verscheucht. Wie wär's mit den Hunden? Das klappt immer.«

Der Sheriff schwieg ein paar Sekunden. »Ich weiß nicht. Vielleicht werde ich ja mit meinen einundfünfzig Jahren allmählich alt und weich. Aber mit den Hunden eine Frau zu verfolgen, nur, um sie zum Verhör abzuholen, kommt mir irgendwie nicht richtig vor. Bei entflohenen Häftlingen, Leuten, die bereits wegen eines Verbrechens verurteilt wurden, habe ich keine Bedenken. Aber für Miss Clark gilt die Unschuldsvermutung wie für alle anderen, und mir ist nicht wohl dabei, die Hunde auf eine Verdächtige zu hetzen. Vielleicht als allerletztes Mittel, aber jetzt noch nicht.«

»Okay. Was für eine Falle?«

»Genau darüber müssen wir gründlich nachdenken.«

Am 15. Dezember, Ed und Joe diskutierten gerade verschiedene Möglichkeiten, wie sie Kya zum Verhör holen könnten, klopfte es an der Tür. Die große Silhouette eines Mannes ragte hinter der Milchglasscheibe auf.

»Herein«, rief der Sheriff.

Als der Mann eintrat, sagte Ed: »Hallo, Rodney. Was führt Sie zu uns?«

Rodney Horn, ein ehemaliger Automechaniker, lebte im Ruhestand und fuhr an den meisten Tagen zusammen mit seinem Freund Denny Smith zum Angeln raus. Die Leute kannten ihn als still und zurückhaltend, immer in Latzhose. Er verpasste nie den Sonntagsgottesdienst, trug aber auch da seine Latzhose, allerdings mit einem schönen, frischen Hemd, das seine Frau Elsie gebügelt und brettsteif gestärkt hatte.

Rodney nahm seinen Filzhut ab und hielt ihn vor

den Bauch. Ed bot ihm einen Stuhl an, aber Rodney schüttelte den Kopf. »Wird nicht lange dauern«, sagte er. »Ich muss bloß was loswerden, das vielleicht wichtig für diese Sache mit dem Andrews-Jungen ist.«

»Um was geht's denn?«

»Na ja, ist jetzt schon eine Weile her. Denny und ich waren diesen Sommer am 30. August zusammen angeln, und da haben wir draußen bei Cypress Cove was gesehen. Ich denke mal, das könnte Sie interessieren.«

»Schießen Sie los«, sagte der Sheriff. »Aber setzen Sie sich doch bitte, Rodney. Uns wäre wohler, wenn Sie sitzen.«

Rodney nahm auf dem angebotenen Stuhl Platz, und in den folgenden fünf Minuten erzählte er ihnen seine Geschichte. Als er wieder gegangen war, blickten Ed und Joe einander an.

Joe sagte: »Jetzt haben wir unser Motiv.«

»Schnappen wir sie uns.«

37
GRAUE HAIE

1969

Wenige Tage vor Weihnachten und früher am Morgen als sonst fuhr Kya langsam und leise auf Jumpin's Steg zu. Seit der Sheriff oder sein Deputy öfter überraschend bei ihr zu Hause aufgetaucht waren – gescheiterte Versuche, sie zu erwischen, die sie von ihrem Versteck hinter den Palmettos aus beobachtet hatte –, kaufte sie Benzin und Vorräte immer bei Tagesanbruch, wenn sonst nur Fischer unterwegs waren. Tiefe Wolken jagten über ein noch träges Meer, und im Osten baute sich drohend eine Orkanböe auf – schwarz und gewunden wie eine Peitsche. Kya würde sich bei Jumpin' beeilen müssen, um wieder nach Hause zu kommen, bevor der Sturm losbrach. Aus einer viertel Meile Entfernung sah sie den von Nebel umwaberten Steg. Sie wurde noch langsamer und blickte sich suchend nach anderen Booten in der trüben Stille um.

Endlich, sie war noch gut vierzig Meter weit draußen, konnte sie Jumpin' ausmachen. Er saß auf dem alten Stuhl gegen die Wand gelehnt. Sie winkte. Er nicht. Er sprang nicht auf. Er schüttelte leicht den Kopf, bloß eine Andeutung. Sie drosselte den Motor.

Sie winkte wieder. Jumpin' starrte sie an, rührte sich aber nicht.

Sie riss die Pinne herum und wendete jäh, nahm wieder Kurs aufs Meer. Aber plötzlich tauchte ein großes Boot mit dem Sheriff am Steuer aus dem Nebel auf, flankiert von einigen weiteren Booten. Und direkt hinter ihnen die Orkanböe.

Sie gab Vollgas, schlängelte sich zwischen den entgegenkommenden Booten hindurch und sauste über weiße Schaumkronen hinweg aufs Meer zu. Sie wollte zurück in die Marsch, aber der Sheriff war zu dicht hinter ihr und würde sie einholen, ehe sie es bis dahin schaffen konnte.

Die See wogte nicht mehr in berechenbaren Wellen, sondern warf sich wild hin und her. Das Wasser wurde wütender, als der Rand des Orkans sie erreichte. Sekunden später brach eine Sturzflut los. Kya wurde bis auf die Haut durchnässt, und lange Haarsträhnen klebten ihr im Gesicht. Sie musste in den Wind drehen, um nicht zu kentern, doch die See brandete über ihren Bug.

Sie wusste, dass die Verfolgerboote schneller waren, und duckte sich tiefer in den peitschenden Wind. Vielleicht könnte es ihr gelingen, sie bei dieser schlechten Sicht abzuschütteln, oder sie könnte ins Meer hechten und ihnen schwimmend entkommen. Hektisch überlegte sie, was sie machen würde, wenn sie ins Wasser sprang, was sie für ihre beste Chance hielt. So nah an der Küste würde es Strömungen geben, die sie unter Wasser sehr viel schneller mitreißen würden, als sie nach Meinung ihrer Verfolger schwimmen konnte. Wenn sie zwischendurch gelegentlich auftauchte, um Luft zu holen, könnte sie es an Land schaffen und sich in der Uferböschung verstecken.

Hinter ihr heulten die Motoren lauter als der Sturm. Kamen näher. Sie konnte unmöglich einfach anhalten. Sie hatte sich noch nie ergeben. Sie musste springen, und zwar jetzt. Doch genau in dem Moment drängten sich die Boote um sie wie graue Haie, nahmen sie in die Zange. Eines stellte sich plötzlich vor ihr quer, und Kya krachte gegen die Seitenwand. Sie wurde nach vorne geschleudert und fiel dann rückwärts gegen den Motor. Der Sheriff bückte sich und packte ihre Bordwand, während sie alle in den aufgewühlten Wellen schaukelten. Zwei Männer sprangen in Kyas Boot, und der Deputy sagte: »Miss Catherine Clark, ich verhafte Sie wegen Mordes an Mr Chase Andrews. Sie haben das Recht zu schweigen …«

Den Rest hörte sie nicht mehr. Niemand hört je den Rest.

38
SUNDAY JUSTICE

1970

Kyas Augen schlossen sich blitzartig gegen das grelle Licht, das von Deckenlampen und durch hohe Fenster auf sie einströmte, nachdem sie zwei Monate im Halbdunkel gelebt hatte. Als sie die Augen wieder öffnete, nahm sie eine leise Ahnung der Marsch draußen wahr. Breite Eichen beschirmten hohe Farnbüsche und Stechpalmen. Sie versuchte, das lebendige Grün noch eine Sekunde länger festzuhalten, doch resolute Hände führten sie zu einem langen Tisch mit Stühlen, wo bereits ihr Anwalt, Tom Milton, saß. Sie trug Handschellen, sodass ihre Hände vor dem Körper zusammengelegt waren wie zu einer linkischen Gebetshaltung. Bekleidet mit einer schwarzen Hose und einer schlichten weißen Bluse, die Haare zu einem Zopf geflochten, der zwischen ihren Schulterblättern ruhte, wandte sie nicht den Kopf, um in den Zuschauerraum zu blicken. Trotzdem spürte sie die Hitze und die Unruhe der Menschen, die sich im Gerichtssaal drängten, um den Mordprozess zu verfolgen. Spürte, wie die Schultern und Köpfe der Leute sich reckten, um einen Blick auf sie zu erhaschen. Sie in Handschellen zu sehen. Der Geruch, eine Mischung aus Schweiß, kaltem Rauch und billigem Parfüm, steigerte ihre Übelkeit noch. Das Husten und Räuspern erstarb, aber das Stimmengewirr wurde stärker, als sie sich ihrem Platz näherte – alles ferne Geräusche für sie, weil sie fast nur das Würgen ihres eigenen rasselnden Atems hörte. Sie starrte auf die Holzdielen – auf Hochglanz poliertes Kiefernkernholz –, während die Handschellen abgenommen wurden, und ließ sich dann auf den Stuhl sinken. Es war 9.30 Uhr am 25. Februar 1970.

Tom lehnte sich zu ihr herüber und flüsterte, alles würde gut werden. Sie sagte nichts, suchte aber in seinen Augen nach Aufrichtigkeit, irgendwas, woran sie sich festhalten konnte. Eigentlich glaubte sie ihm nicht, doch zum ersten Mal überhaupt musste sie ihr Leben in die Hände eines anderen geben. Für seine einundsiebzig Jahre wirkte Tom noch immer recht stattlich, und mit seinem vollen weißen Haar und den altmodischen Leinenanzügen, die er trug, verströmte er die fast klischeehafte beiläufige Nonchalance eines ländlichen Würdenträgers. Er bewegte sich vorsichtig und sprach leise, mit einem einnehmenden Lächeln, das sein Gesicht belebte.

Richter Sims hatte einen jungen Anwalt mit der Verteidigung von Miss Clark betraut, da sie selbst keine Schritte in diese Richtung unternommen hatte, doch als Tom Milton davon erfuhr, unterbrach er seinen Ruhestand und bat, sie kostenlos vor Gericht vertreten zu dürfen. Natürlich hatte auch er Geschichten über das Marschmädchen gehört und sie im Laufe der Jahre gelegentlich gesehen, wie sie unauffällig, als wäre sie Teil der Strömung, durch die Wasserwege der Marsch glitt oder so schnell vom Lebensmittelladen davonhasten wie ein Waschbär von einem Abfalleimer.

Als er sie vor zwei Monaten das erste Mal im Gefängnis besuchte, hatte man ihn in einen kleinen dunklen Raum geführt, wo sie an seinem Tisch saß. Sie hatte nicht zu ihm hochgeblickt. Tom hatte sich vorgestellt und gesagt, er würde ihre Verteidigung übernehmen, aber sie hatte geschwiegen und ihn nicht angesehen. Er hatte den überwältigenden Drang gespürt, ihre Hand zu tätscheln, aber irgendetwas – vielleicht ihre aufrechte Haltung oder die ins Leere starrenden Augen – schützte sie vor jeder Berührung. In dem Versuch, Blickkontakt zu ihr herzustellen, bewegte er den Kopf mal in die eine, mal in die andere Richtung, während er ihr erläuterte, wie das Gerichtsverfahren ablaufen würde, womit sie rechnen musste, und stellte ihr dann einige Fragen. Aber sie schwieg beharrlich, rührte sich nicht und sah ihn nie an. Als man sie aus dem Raum führte, wandte sie den Kopf zu einem kleinen Fenster, durch das sie den Himmel sehen konnte. Seevögel kreischten über dem städtischen Hafen, und es schien, als würde Kya deren Rufe beobachten.

Bei seinem nächsten Besuch nahm Tom aus einer braunen Papiertüte einen Hochglanzbildband mit dem Titel *Die seltensten Muscheln der Welt* und schob ihn über den Tisch. Das Buch enthielt Abbildungen von in Öl naturgetreu gemalten Muscheln aus den entlegensten Küstenregionen der Erde. Ihr Mund öffnete sich leicht, sie blätterte langsam die Seiten durch und nickte bei besonderen Exemplaren. Er ließ ihr Zeit. Dann ergriff er wieder das Wort, und diesmal sah sie ihn an. Entspannt und geduldig erklärte er ihr erneut den Ablauf des Prozesses und machte sogar eine Zeichnung vom Gerichtssaal, auf der sie sehen konnte, wo die Geschworenenbank war, die Richterbank und wo die Anwälte und Kya sitzen würden. Dann malte er noch Strichmännchen hinein, die den Gerichtsdiener, den Richter und die Protokollführerin darstellten, und erklärte deren Funktionen.

Wie schon bei seinem ersten Besuch erläuterte er die gegen sie vorliegenden Beweise und wollte von ihr wissen, wo sie in der Nacht von Chases Tod gewesen war, doch sobald er auf Einzelheiten zu sprechen kam, zog sie sich in ihr Schneckenhaus zurück. Später, als er aufstand und sich verabschiedete, schob sie das Buch zurück über den Tisch, aber er sagte: »Nein, das ist ein Geschenk. Es gehört Ihnen.«

Sie biss sich auf die Lippen und blinzelte.

Und jetzt, zum ersten Mal im Gerichtssaal, versuchte er, sie von dem Gewimmel hinter ihnen abzulenken, indem er ihr in natura zeigte, was er bereits in seiner Zeichnung dargestellt hatte. Doch das Ablenkungsmanöver war fruchtlos. Um 9.45 Uhr platzte der Zuschauerraum aus allen Nähten. Die Menschen, die dicht gedrängt die Sitzreihen füllten, gaben hemmungslos Kommentare von sich, über die Beweise, die Todesstrafe. Eine kleine Galerie auf der Rückseite fasste zusätzlich zwanzig Personen, und obwohl es keine offizielle Vorschrift gab, war jedem klar, dass sich dort nur Schwarze aufhalten durften. Heute aber war die Galerie überwiegend mit Weißen und nur hier und da mit Schwarzen besetzt, denn dieser Fall war durch und durch weiß. In einem abgetrennten Bereich weit vorne saßen einige Journalisten von der *Atlanta Constitution* und dem *Raleigh Herald*. Wer keinen Platz mehr finden konnte, drängte sich hinten oder entlang der Seitenwände mit den hohen Fenstern. Zappelig, tuschelnd, tratschend. Das Marschmädchen wegen Mordes angeklagt; besser ging's nicht. Sunday Justice, die Gerichtskatze – schwarzer Rücken, Gesicht weiß mit einer schwarzen Maske um die grünen Augen –, streckte sich in einem Sonnenflecken auf einer der tiefen Fensterbänke aus. Der Kater gehörte seit Jahren zum Inventar des Gerichtsgebäudes, verdiente sich sein Aufenthaltsrecht, indem er den Keller frei von Ratten und den Gerichtssaal frei von Mäusen hielt.

Da Barkley Cove die erste Ortschaft war, die in diesem unwirtlichen und morastigen Teil der Küste von North Carolina besiedelt wurde, hatte die Krone es zur County-Hauptstadt erklärt und 1754 das erste Gerichtsgebäude dort bauen lassen. Selbst als später andere Städte wie beispielsweise Sea Oaks größer und fortschrittlicher wurden, blieb Barkley Cove der offizielle Verwaltungssitz.

Das erste aus Holz erbaute Gerichtsgebäude wurde 1912 vom Blitz getroffen und brannte fast völlig ab. Im Jahr darauf errichtete man an derselben Stelle einen zweistöckigen Ziegelbau mit über drei Meter hohen und granitumrandeten Fenstern. In den 1960er-Jahren hatten mittlerweile Wildgräser und Palmettos und sogar einige Schilfsorten das einst gepflegte Grundstück erobert. Eine von Seerosen überwucherte Lagune, die im Frühling über die Ufer trat, hatte im Laufe der Jahre Teile des Bürgersteigs verschlungen.

Der eigentliche Gerichtssaal, dessen Gestaltung dem ursprünglichen nachempfunden war, wirkte dagegen beeindruckend. Über der erhöhten Richterbank aus dunklem Mahagoniholz mit einer farbigen Intarsie, die das Siegel North Carolinas darstellte, waren etliche Fahnen aufgestellt, einschließlich die der Konföderierten. Das Geländer der Geschworenenbank, ebenfalls aus Mahagoni, war mit Rotzedernholz eingefasst, und die Fenster auf einer Seite des Raums rahmten das Meer.

Als die Amtsträger den Saal betraten, zeigte Tom auf die Strichmännchen in seiner Zeichnung, und erklärte, wer sie waren. »Das ist der Gerichtsdiener, Hank Jones«, sagte er und deutete auf einen hoch aufgeschossenen Mann um die sechzig, der sich vorne im Raum postierte. Er hatte eine so hohe Stirnglatze, dass sein Kopf fast genau zur Hälfte kahl war, und trug eine graue Uniform mit einem breiten Gürtel, an dem ein Funkgerät, eine Taschenlampe, ein beeindruckender Schlüsselbund und ein Holster mit einem sechsschüssigen Colt hingen.

Mr Jones rief in den Zuschauerraum: »Tut mir leid, Leute, aber ihr kennt die Brandschutzvorschriften. Wer keinen Sitzplatz hat, muss den Saal verlassen.«

»Das ist Miss Henrietta Jones, Tochter des Gerichtsdieners und Protokollführerin«, erklärte Tom, als eine junge Frau, ebenso groß und dünn wie ihr Vater, leise hereinkam und sich an einen Schreibtisch vor der Richterbank setzte. Mr Eric Chastain, der Staatsanwalt, saß bereits an seinem Tisch und holte Akten und Notizblöcke aus seiner Tasche. Chastain war etwa einen Meter achtzig groß, ein Mann mit breiter Brust und roten Haaren, der seine blauen Anzüge und breiten auffälligen Krawatten stets bei Sears, Roebuck & Co. in Asheville kaufte.

Gerichtsdiener Jones rief: »Bitte erheben Sie sich. Die Sitzung ist eröffnet. Der Ehrenwerte Richter Harold Sims hat den Vorsitz.« Schlagartig wurde es still.

Die Tür des Richterzimmers ging auf, und Richter Sims trat herein. Mit einem Nicken signalisierte er, dass alle wieder Platz nehmen sollten, dann bat er die Vertreter der Anklage und der Verteidigung zu sich. Er war ein grobknochiger Mann mit einem runden Gesicht und auffälligen weißen Koteletten, und obwohl wohnhaft in Sea Oaks, übte er schon seit neun Jahren sein Amt in Barkley Cove aus. Im Allgemeinen galt er als sachlich, vernünftig und fair. Seine Stimme dröhnte durch den Saal.

»Mr Milton, Ihr Antrag, das Verfahren in ein anderes County zu verlegen, da Miss Clark aufgrund der in der hiesigen Bevölkerung verbreiteten Vorurteile gegen sie kein fairer Prozess gemacht werden kann, wird abgelehnt. Ich räume ein, dass ihre Lebensumstände ungewöhnlich sind und dass eine gewisse Voreingenommenheit gegen sie besteht, doch ich sehe keinerlei Hinweis darauf, dass sie stärker unter Vorurteilen zu leiden hatte als viele Angeklagte in Kleinstädten im ganzen Land. Und übrigens auch in Großstädten. Die Verhandlung wird hier und jetzt stattfinden.« Beifälliges Kopfnicken unter den Zuschauern, als die Anwälte zu ihren Plätzen zurückkehrten.

Richter Sims sprach weiter: »Catherine Danielle Clark, Sie sind wegen Mordes an Chase Lawrence Andrews angeklagt. Unter Mord versteht das Gesetz eine vorsätzliche Tötung, und in solchen Fällen hat der Staat das Recht, die Todesstrafe zu beantragen. Die

Anklagevertretung hat angekündigt, dass sie dies tun wird, falls Sie für schuldig befunden werden.« Ein Raunen lief durch den Saal.

Tom schien ein kleines Stück näher an Kya heranzurücken, und sie versagte sich diesen Trost nicht.

»Wir werden mit der Auswahl der Geschworenen beginnen.« Richter Sims wandte sich an die ersten beiden Reihen, in denen mögliche Geschworene saßen. Während er eine Liste mit Regeln und Bedingungen verlas, machte Sunday Justice einen deutlich hörbaren Satz von der Fensterbank auf den Boden und sprang von dort in einer fließenden Bewegung auf die Richterbank. Geistesabwesend streichelte Richter Sims den Kopf des Katers, während er weiterlas.

»Der Staat North Carolina gewährt Personen, die Gegner der Todesstrafe sind, das Recht, die Berufung auf die Geschworenenbank abzulehnen. Bitte heben Sie die Hand, wenn Sie die Todesstrafe nicht verhängen wollen oder können, falls die Angeklagte für schuldig befunden wird.« Keine Hand hob sich.

»Todesstrafe« war das Einzige, was Kya hörte.

Der Richter sprach weiter. »Ein weiterer gesetzlich anerkannter Grund, von der Pflicht als Geschworener befreit zu werden, liegt dann vor, wenn Sie jetzt oder in der Vergangenheit eine so enge Beziehung entweder zu Miss Clark oder zu Mr Andrews unterhalten haben, dass Sie in diesem Fall nicht objektiv sein können. Sollte das zutreffen, teilen Sie es mir jetzt mit.«

In der Mitte der zweiten Reihe hob Mrs Sally Culpepper die Hand und nannte ihren Namen. Ihr graues Haar war streng zu einem straffen kleinen Knoten nach hinten gebunden, und Hut, Kostüm und Schuhe waren allesamt mattbraun.

»Bitte, Sally, sagen Sie, was Sie auf dem Herzen haben«, forderte der Richter sie auf.

»Wie Sie wissen, war ich fast fünfundzwanzig Jahre lang Schulinspektorin in Barkley County. Miss Clark war einer meiner Fälle, deshalb hatte ich mit ihr zu tun oder hab es wenigstens versucht.«

Kya konnte weder Mrs Culpepper noch sonst irgendjemanden im Zuschauerraum sehen, ohne sich umzudrehen, was sie natürlich niemals getan hätte. Aber sie erinnerte sich noch deutlich an das letzte Mal, als Mrs Culpepper im Auto gesessen hatte, während der Mann mit dem Filzhut versuchte, sie aufzuspüren. Kya war mit dem alten Mann so schonend wie möglich umgegangen, war geräuschvoll durchs Gebüsch geflohen, damit er wusste, in welcher Richtung er suchen sollte, und war dann lautlos zurückgekommen, um sich hinter einigen Büschen in der Nähe des Wagens zu verstecken. Aber Filzhut war zum Strand gelaufen, genau in die entgegengesetzte Richtung.

In ihrem Versteck kauernd, hatte Kya mit einem Zweig gegen die Autotür geklopft, und als Mrs Culpepper aus dem Fenster schaute, sah sie ihr direkt in die Augen. Sie meinte damals, die Schulinspektorin leise lächeln zu sehen. Jedenfalls hatte sie sie nicht verraten, als Filzhut fluchend zurückkam, ins Auto stieg und dann ein letztes Mal die Straße hinunter verschwand.

Jetzt sagte Mrs Culpepper zum Richter: »Also, ich weiß nicht, ob ich als Geschworene befreit werden sollte, weil ich doch mit ihr zu tun hatte.«

Richter Sims sagte: »Danke, Sally. Einige von Ihnen haben möglicherweise in den Läden der Stadt mit Miss Clark zu tun gehabt oder aber in offizieller Funktion, wie Mrs Culpepper. Die Frage lautet: Können Sie sich die Zeugenaussagen in diesem Fall anhören und aufgrund der Beweislage entscheiden, ob die Angeklagte schuldig oder unschuldig ist, und nicht aufgrund vergangener Erlebnisse oder Gefühle?«

»Jawohl, ich bin sicher, das kann ich, Euer Ehren.«

»Danke, Sally, Sie können bleiben.«

Um 11.30 Uhr hatten sieben Frauen und fünf Männer auf der Geschworenenbank Platz genommen. Dort konnte Kya sie sehen und blickte verstohlen in ihre Gesichter. Die meisten hatte sie schon mal in der Stadt gesehen, aber sie kannte nur wenige mit Namen. Mrs Culpepper saß genau in der Mitte, was Kya ein klein wenig tröstete. Aber neben ihr saß Teresa White, die blonde Ehefrau des Methodistenpredigers, die vor Jahren aus dem Schuhgeschäft geeilt war, um ihre Tochter von Kya wegzuholen, die auf dem Bürgersteig stand, nachdem sie mit ihrem Pa – das einzige Mal –

im Diner gegessen hatte. Mrs White, die zu ihrer Tochter gesagt hatte, Kya sei schmutzig, war jetzt Geschworene in ihrem Fall.

Richter Sims ordnete eine Mittagspause bis 13.00 Uhr an. Der Diner würde für die Geschworenen Thunfisch-, Geflügelsalat- und Schinkensandwiches liefern, die sie im Beratungsraum zu sich nehmen würden. Der Fairness halber würde das einzige andere Lokal der Stadt, die Dog-Gone Beer Hall, an jedem zweiten Tag Hotdogs, Chili und Krabbensandwiches liefern. Die Katze bekam auch immer eine Portion. Sunday Justice hatte eine Vorliebe für die Krabbensandwiches.

39
ZUFÄLLIGES WIEDERSEHEN

1969

An einem Augustmorgen des Jahres 1969 lichtete sich der Nebel gerade, als Kya zu einer abgelegenen Halbinsel fuhr, die bei den Einheimischen Cypress Cove hieß und wo sie einmal seltene Pilze gesehen hatte. August war eigentlich schon zu spät für Pilze, aber Cypress Cove war kühl und feucht, deshalb würde sie diese seltene Spezies vielleicht wiederfinden. Über ein Monat war vergangen, seit Tate den Kompass für sie auf den Feder-Baumstumpf gelegt hatte. Sie hatte ihn danach zwar in der Marsch gesehen, sich aber nicht getraut, näher heranzufahren, um ihm für das Geschenk zu danken. Auch den Kompass hatte sie nicht benutzt, obwohl er gut verstaut in einer der vielen Taschen ihres Rucksacks steckte.

Moosbehangene Bäume säumten das Ufer, und ihre niedrigen Äste bildeten eine Art Grotte, durch die Kya glitt und nach Ansammlungen von kleinen orangefarbenen Pilzen auf schlanken Stielen Ausschau hielt. Schließlich entdeckte sie sie, auffällig und leuchtend, an die Seiten eines alten Baumstumpfs geschmiegt. Kya lenkte ihr Boot ans Ufer, setzte sich im Schneidersitz hin und fing an, sie zu zeichnen.

Plötzlich hörte sie Schritte auf dem weichen Boden und dann eine Stimme: »Na, wen haben wir denn da? Mein Marschmädchen.« Als sie herumwirbelte und gleichzeitig aufsprang, stand sie Auge in Auge mit Chase.

»Hallo, Kya«, sagte er. Sie schaute sich um. Wie war er hergekommen? Sie hatte kein Boot gehört. Er sah ihr die Frage an. »Ich hab geangelt, hab dich vorbeifahren sehen und bin drüben auf der anderen Seite am Ufer angelandet.«

»Bitte geh einfach«, sagte sie und stopfte ihre Stifte und den Zeichenblock in den Rucksack.

Aber er legte eine Hand auf ihren Arm. »Komm schon, Kya. Es tut mir leid, wie alles gelaufen ist.« Er beugte sich näher, ein Hauch Frühstücks-Bourbon im Atem.

»Fass mich nicht an!«

»He, ich hab doch gesagt, es tut mir leid. Du hast gewusst, dass wir nicht heiraten können. Du hättest niemals in der Nähe der Stadt leben können. Aber ich hab dich immer gerngehabt. Ich hab zu dir gehalten.«

»Zu mir gehalten! Was soll das heißen? Lass mich in Ruhe.« Kya klemmte sich den Rucksack unter den Arm und wollte zu ihrem Boot, doch er packte ihren Arm, drückte fest zu.

»Kya, es wird keine wie dich geben, niemals. Und ich weiß, dass du mich liebst.« Sie riss ihren Arm los.

»Da irrst du dich! Ich weiß nicht mal, ob ich dich je geliebt habe. Aber du hast von Heirat geredet, schon vergessen? Du hast davon geredet, für uns beide ein Haus zu bauen. Stattdessen hab ich durch die Zeitung von deiner Verlobung mit einer anderen erfahren. Warum hast du das getan, Chase? Warum?!«

»Komm schon, Kya. Es war unmöglich. Du musst doch gewusst haben, dass es nicht funktionieren konnte. Und was war denn so falsch daran, wie es zwischen uns lief? Lass uns wieder da anfangen, wo wir aufgehört haben.« Er griff nach ihren Schultern und zog sie an sich.

»Lass mich los!« Sie wand den Oberkörper und versuchte, sich loszureißen, aber er hielt sie mit beiden Händen fest, quetschte ihre Arme. Er presste seinen Mund auf ihren und küsste sie. Sie riss die Arme hoch, schlug seine Hände weg. Sie nahm den Kopf zurück und zischte: »Wag es bloß nicht.«

»Da ist ja meine kleine wilde Löwin.« Er packte ihre Schultern, trat ihr mit einem Bein in die Kniekehlen und stieß sie zu Boden. Ihr Kopf schlug hart auf. »Ich weiß, dass du mich willst«, sagte er lüstern.

»Nein, hör auf!«, schrie sie. Er rammte ihr sein Knie in den Bauch, sodass sie keine Luft mehr bekam, öffnete den Reißverschluss seiner Jeans und zog sie herunter.

Sie bäumte sich auf, presste beide Hände gegen ihn. Plötzlich schlug er ihr mit der geballten Faust ins Gesicht. Ein widerlich lautes Knacken ertönte in ihrem Kopf. Ihr Hals schnellte nach hinten, und sie landete unsanft auf der Erde. Genau, wie Pa Ma geschlagen hatte. Ein pochender Schmerz ließ ihren Verstand ein paar Sekunden lang aussetzen; dann drehte und krümmte sie sich, versuchte, sich unter ihm wegzuwinden, aber er war zu stark. Mit einer Hand fixierte er ihre beiden Arme über ihrem Kopf, öffnete den Reißverschluss ihrer Shorts und riss sie zusammen mit ihrem Höschen nach unten, während sie nach ihm trat. Sie schrie, aber niemand würde sie hören. Sie stemmte die Füße in den Boden, versuchte, ihn abzuschütteln, aber er packte ihre Taille und warf sie herum, sodass sie auf dem Bauch lag. Presste ihr schmerzendes Gesicht in die Erde, griff dann unter ihren Bauch und zog ihr Becken hoch, während er hinter ihr kniete.

»Diesmal lass ich dich nicht laufen. Du gehörst mir, ob's dir gefällt oder nicht.«

Irgendeine Urkraft in ihr ließ sie Knie und Arme gegen den Boden stemmen und sich aufbäumen. Gleichzeitig riss sie einen Ellbogen nach hinten und erwischte ihn am Kinn. Sein Kopf schwang zur Seite, sie drosch mit den Fäusten auf ihn ein, bis er das Gleichgewicht verlor und nach hinten kippte. Dann verpasste sie ihm einen gezielten Fußtritt in den Schritt, punktgenau und hart.

Er krümmte sich zusammen und fiel auf die Seite, hielt seine Hoden, das Gesicht schmerzverzerrt. Zur Sicherheit trat sie ihn in den Rücken, genau dahin, wo seine Nieren waren. Mehrmals. Mit voller Wucht.

Dann zog sie ihre Shorts hoch, schnappte sich den Rucksack und rannte zum Boot. Sie riss an der Anlasserschnur, und als sie nach hinten sah, stemmte er sich stöhnend auf Hände und Knie. Sie fluchte, bis der Motor ansprang. In dem Gefühl, dass er ihr jede Sekunde folgen würde, zog sie die Pinne jäh herum und fuhr mit Vollgas davon, als Chase gerade wieder auf die Beine kam. Mit zitternden Händen schloss sie den Reißverschluss ihrer Shorts, einen Arm fest an den Oberkörper gedrückt. Panisch spähte sie aufs Meer hinaus und sah ganz in der Nähe ein anderes Boot, in dem zwei Angler saßen und sie anstarrten.

40
CYPRESS COVE

1970

Nach dem Mittagessen fragte Richter Sims den Staatsanwalt: »Eric, sind Sie so weit, Ihren ersten Zeugen aufzurufen?«

»Ja, Euer Ehren.« In anderen Mordprozessen rief Chastain meist als Erstes den Gerichtsmediziner auf, weil mit dessen Aussage unwiderlegbare Beweise einhergingen, wie beispielsweise die Mordwaffe, Tatort und Tatzeit, Tatortfotos, die unweigerlich einen starken Eindruck auf die Geschworenen machten. Aber in diesem Fall gab es keine Mordwaffe, keine Fingerabdrücke oder Fußspuren, weshalb Chastain mit dem Motiv anfangen wollte.

»Euer Ehren, die Anklage ruft Mr Rodney Horn auf.«

Der ganze Gerichtssaal sah Rodney Horn in den Zeugenstand treten und schwören, die Wahrheit zu sagen. Kya erkannte sein Gesicht, obwohl sie es nur für ein paar Sekunden gesehen hatte. Sie wandte sich ab. Automechaniker im Ruhestand, er war einer von ihnen, verbrachte seine Zeit hauptsächlich beim Angeln, Jagen und Pokerspielen im Swamp Guinea. Konnte

Whiskey trinken wie ein Fass ohne Boden. Heute trug er wie jeden Tag seine Latzhose mit einem sauberen karierten Hemd, dessen Kragen förmlich strammstand, so steif war es gestärkt. Er hielt seinen Anglerhut in der linken Hand, während er die rechte auf die Bibel legte und seinen Eid sprach. Dann nahm er im Zeugenstand Platz, den Hut auf den Knien.

Eric trat locker näher. »Guten Morgen, Rodney.«

»Morgen, Eric.«

»Also, Rodney, Sie waren am Morgen des 30. August 1969 mit einem Freund bei Cypress Cove angeln. Ist das richtig?«

»Stimmt genau. Denny und ich waren mit dem Boot draußen. Schon seit Tagesanbruch.«

»Fürs Protokoll, Sie meinen Denny Smith?«

»Ja, Denny und ich.«

»Gut. Bitte schildern Sie dem Gericht, was Sie an dem Morgen gesehen haben.«

»Tja, wie gesagt, wir waren seit Tagesanbruch draußen, und es war so gegen elf, und es hatte schon länger keiner mehr angebissen. Wir wollten gerade unsere Leinen einholen und nach Hause fahren, aber dann haben wir zwischen den Bäumen drüben auf der Landzunge was gehört. Im Wald.«

»Was genau haben Sie gehört?«

»Na ja, da waren Stimmen, zuerst leise, dann lauter. Ein Mann und eine Frau. Aber wir konnten sie nicht sehen, es hat sich so angehört, als hätten sie Krach.«

»Was ist dann passiert?«

»Na ja, die Frau hat angefangen zu schreien, deshalb sind wir näher rangefahren, um mehr sehen zu können. Für den Fall, dass sie vielleicht Hilfe braucht.«

»Und was haben Sie gesehen?«

»Na ja, als wir nah genug waren, haben wir gesehen, wie die Frau neben dem Mann stand und ihm einen Tritt verpasst hat, genau in die …« Rodney sah den Richter an.

Richter Sims sagte: »Wohin hat sie ihn getreten? Sagen Sie es ruhig.«

»Sie hat ihn genau in die Eier getreten, und er ist auf die Seite gekippt, hat gestöhnt und gewimmert. Dann hat sie ihn ein paarmal in den Rücken getreten. War wütend wie ein Maultier, das auf eine Hummel gebissen hat.«

»Haben Sie die Frau erkannt? Befindet sie sich heute im Gerichtssaal?«

»Oh ja, wir haben genau gesehen, wer sie war. Die da drüben, die Angeklagte. Die Leute nennen sie das Marschmädchen.«

Richter Sims beugte sich zu dem Zeugen. »Mr Horn, der Name der Angeklagten ist Miss Clark. Nennen Sie sie nicht anders.«

»Na schön. Dann haben wir eben Miss Clark gesehen.«

Eric fragte weiter: »Haben Sie den Mann erkannt, den sie getreten hat?«

»Na ja, im ersten Moment nicht, weil er sich so auf der Erde gewälzt hat. Aber nach ein paar Minuten ist er aufgestanden, und es war Chase Andrews, der mal so ein guter Footballspieler gewesen ist.«

»Wie ging es weiter?«

»Sie ist zu ihrem Boot gestolpert, und, na ja, sie war halb ausgezogen. Ihre Shorts und die Unterhose auf Kniehöhe. Sie hat versucht, die Hose hochzuziehen und gleichzeitig zu laufen. Die ganze Zeit hat sie ihn angeschrien. Als sie beim Boot war, ist sie reingesprungen und mit Volldampf abgerauscht. War noch immer dabei, sich die Hose zuzumachen. Als sie an uns vorbeigekommen ist, hat sie uns direkt angesehen. Deshalb weiß ich ja, dass sie es war.«

»Sie sagten, sie hätte ihn angeschrien, während sie zu ihrem Boot gelaufen ist. Konnten Sie verstehen, was sie gesagt hat?«

»Ja, wir haben sie ganz deutlich gehört, weil wir da schon sehr nah dran waren.«

»Bitte wiederholen Sie für das Gericht, was die Angeklagte gerufen hat.«

»Sie hat gebrüllt: ›Lass mich in Ruhe, du Scheißkerl! Wenn du mir noch einmal zu nahe kommst, bring ich dich um!‹«

Lautes Gemurmel brach im Gerichtssaal aus, und als es kein Ende nahm, schlug Sims mit seinem Richterhammer auf den Tisch. »Ruhe. Das reicht jetzt.«

Eric sagte zu dem Zeugen: »Das wäre alles, danke, Rodney. Keine weiteren Fragen. Ihr Zeuge.«

Tom ging mit flotten Schritten an Chastain vorbei und baute sich vor dem Zeugenstand auf.

»Also, Rodney, Sie haben ausgesagt, dass Sie zuerst ziemlich leise und dann immer lautere Stimmen gehört haben, dass Sie aber nicht sehen konnten, was sich zwischen Miss Clark und Mr Andrews abgespielt hat. Ist das richtig?«

»Stimmt genau. Wir konnten sie erst sehen, als wir ein Stück näher rangefahren sind.«

»Und Sie haben ausgesagt, dass die Frau, die Sie später als Miss Clark erkannt haben, geschrien hat, als bräuchte sie Hilfe. Richtig?«

»Ja.«

»Sie haben keine Zärtlichkeiten oder einvernehmliches sexuelles Verhalten zwischen zwei Erwachsenen gesehen. Sie haben gehört, dass eine Frau schrie, als würde sie angegriffen, als bräuchte sie Hilfe. Ist das richtig?«

»Ja.«

»Wäre es also nicht vielleicht möglich, dass Miss Clark in Notwehr gehandelt hat, als sie Mr Andrews trat? Eine Frau allein im Wald, die sich gegen einen sehr starken, athletischen Mann wehrt? Ein ehemaliger Quarterback, der sie angegriffen hatte?«

»Ja, ich schätze, das wär möglich.«

»Keine weiteren Fragen.«

»Hat die Staatsanwaltschaft noch Fragen an den Zeugen?«

»Ja, Euer Ehren.« Chastain erhob sich hinter dem Tisch der Anklagevertretung.

»Rodney, unabhängig von der Frage, ob ein gewisses Verhalten zwischen den beiden einvernehmlich war oder nicht, ist die Feststellung zutreffend, dass die Angeklagte, Miss Clark, extrem wütend auf Chase Andrews war?«

»Oh ja, stinkwütend.«

»So wütend, dass sie ihn angeschrien hat, wenn er ihr noch mal zu nahe käme, würde sie ihn umbringen. Ist das richtig?«

»Jawohl, genau so ist es gewesen.«

»Keine weiteren Fragen, Euer Ehren.«

41
EINE KLEINE HERDE

1969

Kyas Hände zitterten an der Pinne, als sie sich umdrehte, um zu sehen, ob Chase sie in seinem Boot von Cypress Cove aus verfolgte. Sie fuhr, so schnell sie konnte, zu ihrer Lagune und humpelte im Laufschritt mit schmerzenden Knien zur Hütte. In der Küche sank sie auf den Boden, weinte, betastete ihr anschwellendes Auge und spuckte Erde aus dem Mund. Dann lauschte sie, ob er hinter ihr herkam.

Sie hatte das Muschelhalsband gesehen. Er trug es noch immer. Wie war das möglich?

»Du gehörst mir«, hatte er gesagt. Er würde vor Wut kochen, weil sie ihn getreten hatte, und er würde sie verfolgen. Er könnte heute noch kommen. Oder auf die Nacht warten.

Sie konnte es niemandem erzählen. Jumpin' würde darauf bestehen, dass sie zum Sheriff ging, aber die Polizei würde Chase Andrews eher glauben als dem Marschmädchen. Sie war nicht sicher, was die beiden Angler in dem Boot gesehen hatten, aber die würden sie niemals verteidigen. Sie würden sagen, sie hätte es verdient, denn bevor Chase sie verließ, hatten die Leute mitbekommen, dass sie monatelang mit ihm rumgeknutscht hatte, sich nicht verhalten hatte wie eine anständige Frau. *Wie eine Nutte*, würden sie sagen.

Draußen heulte der Wind vom Meer, und aus Angst, dass sie Chases Motor nicht hören würde, stand sie unter Schmerzen auf, packte mit langsamen Bewegungen ein paar Kekse, Käse und Nüsse in ihren Rucksack und hastete durchs Schlickgras zur Lesehütte, den Kopf tief gegen einen wütenden Sturm gebeugt. Sie brauchte fünfundvierzig Minuten für den Weg, und bei jedem Laut fuhr ihr schmerzender, steifer Körper zusammen, und sie drehte jäh den Kopf nach rechts und links, spähte ins Dickicht. Endlich kam die alte Hütte in Sicht, bis zu den Knien in hohem Gras und ans Flussufer geschmiegt. Hier war der Wind ruhiger. Die sanfte Wiese still. Sie hatte Chase nie von diesem Unterschlupf erzählt, aber vielleicht wusste er doch davon. Sie war sich nicht sicher.

Der Rattengestank war verschwunden. Nachdem Tate vom Forschungslabor eingestellt worden war, hatten Scupper und er die baufällige Blockhütte renoviert, damit er bei manchen seiner Exkursionen hier übernachten konnte. Sie hatten die Wände abgestützt, das Dach repariert und ein paar schlichte Möbel aufgestellt – ein schmales Bett mit Steppdecke, einen kleinen Holzofen, auf dem man kochen konnte, Tisch und Stuhl. Töpfe und Pfannen hingen von den Dachsparren. Ein Mikroskop, das mit Plastik abgedeckt war und auf einem Klapptisch stand, wirkte wie ein Fremdkörper. In einer alten Metallkiste in der Ecke waren Dosensuppen und andere Konserven verstaut. Nichts, was die Bären anlocken würde.

Aber im Innern fühlte sie sich wie eingesperrt, konnte nicht sehen, ob Chase kam, also setzte sie sich ans Flussufer, suchte das grasbestandene Wasserland mit dem rechten Auge ab. Das linke war mittlerweile zugeschwollen.

Flussabwärts wanderte eine Herde aus fünf Hirschkühen, ohne ihr Beachtung zu schenken, äsend am Ufer entlang. Wenn Kya sich ihnen doch nur anschließen, zu ihnen gehören könnte. Sie wusste, die Herde wäre eigentlich nicht unvollständig ohne eines der Tiere, aber jede Hirschkuh wäre unvollständig ohne ihre Herde. Eine hob den Kopf, spähte mit dunklen Augen suchend nach Norden zwischen die Bäume, stampfte mit dem rechten Vorderfuß, dann mit dem linken. Die anderen blickten auf, stießen alarmierte Pfeiflaute aus. Sofort suchte Kyas intaktes Auge den Wald nach Chase oder irgendeinem anderen Raubtier ab. Aber nichts rührte sich. Vielleicht hatte ein Windstoß sie erschreckt. Sie hörten auf zu stampfen, zogen aber langsam weiter und verschwanden im hohen Gras, ließen Kya allein und beklommen zurück.

Wieder wanderte ihr Blick suchend über die Wiese, aber das Lauschen und Spähen raubte ihr alle Energie, also ging sie zurück in die Blockhütte. Kramte schwitzenden Käse aus dem Rucksack. Sie ließ sich auf den Boden sinken und kaute geistesabwesend, betastete den Bluterguss an der Wange. Gesicht, Arme und Beine waren zerkratzt und mit blutigem Dreck verschmiert. Die aufgeschürften Knie pochten schmerzhaft. Sie brach in Schluchzen aus, kämpfte gegen das aufsteigende Schamgefühl an, spie plötzlich den Käse in einem krümelig nassen Schwall wieder aus.

Sie hatte es sich selbst zuzuschreiben. Weil sie sich auf einen Mann eingelassen hatte. Ein natürliches Begehren hatte sie unverheiratet in ein billiges Motel geführt, aber unbefriedigt gelassen. Sex unter blinkenden Neonleuchten, verwischte Blutflecken auf Laken wie Tierspuren.

Chase hatte wahrscheinlich allen gegenüber damit geprahlt, was sie gemacht hatten. Kein Wunder, dass die Menschen sie mieden – sie war wertlos, widerwärtig.

Als der Halbmond zwischen schnell dahingleitenden Wolken zum Vorschein kam, hielt sie durch das kleine Fenster Ausschau, ob sich draußen geduckte menschliche Formen anschlichen. Schließlich kroch sie in Tates Bett und schlief unter seiner Steppdecke. Sie schreckte immer wieder auf, horchte auf Schritte, zog sich dann den weichen Stoff eng ums Gesicht.

Zum Frühstück erneut bröckeliger Käse. Ihr Gesicht hatte sich jetzt lila-grün verfärbt, das Auge angeschwollen wie ein Ei, der Nacken steif. Die Oberlippe war eine grotesk verzogene Wulst. Wie Ma, monströs, voller Angst, nach Hause zu gehen. Mit plötzlicher Klarheit erkannte Kya, was Ma ertragen hatte und warum sie fortgegangen war. »Ma, Ma«, flüsterte sie. »Ich versteh dich. Endlich begreife ich, warum du gehen musstest und nie zurückgekommen bist. Es tut mir leid, dass ich es nicht gesehen habe, dass ich dir nicht helfen konnte.« Kya ließ den Kopf hängen und weinte bitterlich. Doch dann richtete sie sich auf und sagte: »So werde ich niemals leben – in ständiger Angst, wann und wo mich der nächste Faustschlag trifft.«

Am Nachmittag kehrte sie nach Hause zurück, doch obwohl sie Hunger hatte und Lebensmittel brauchte, fuhr sie nicht zu Jumpin'. Chase könnte dort auf sie warten. Außerdem sollte niemand, schon gar nicht Jumpin', ihr misshandeltes Gesicht sehen.

Nach einem kargen Mahl aus hartem Brot und Räucherfisch setzte sie sich auf den Rand ihres Verandabettes, starrte durch das Fliegengitter. Genau in dem Moment fiel ihr ein Gottesanbeter-Weibchen auf, das dicht vor ihrem Gesicht über einen Ast spazierte. Das Insekt pflückte mit seinen starken Fangbeinen Motten und fraß sie, während ihre Flügel noch in seinem Maul flatterten. Ein Männchen, Kopf hoch erhoben und stolz wie ein Pony, kam angestakst und umwarb es. Sie schien nicht abgeneigt, schwenkte ihre Fühler wie Zauberstäbe. Seine Umarmung mochte fest oder zärtlich sein, Kya konnte es nicht erkennen, aber während er mit seinem Kopulationsorgan herumtastete, um ihre Eier zu befruchten, drehte das Weibchen, den langen, eleganten Hals nach hinten und biss ihm den Kopf ab. Er war so mit der Paarung beschäftigt, dass er es nicht merkte. Sein Halsstumpf zuckte, während er sie weiter begattete, und sie knabberte an seinem Thorax, fraß dann seine Flügel. Schließlich ragte sein letztes Vorderbein aus ihrem Maul, während sein kopfloser, herzloser Unterleib im perfekten Rhythmus weiterkopulierte.

Leuchtkäferweibchen locken mit trügerischen Signalen die Männchen einer anderen Art an und fressen sie; Gottesanbeterinnen verschlingen ihre eigenen Männchen. Weibliche Insekten wussten, wie sie mit ihren Liebhabern fertigwurden, dachte Kya.

Nach ein paar Tagen fuhr sie wieder mit dem Boot in die Marsch. Sie erkundete Gebiete, die Chase nicht kennen würde, war aber nervös und ständig auf der Hut, was ihr das Zeichnen erschwerte. Ihr Auge war noch immer so geschwollen, dass sie nur durch einen schmalen Schlitz sehen konnte, und die widerlichen Farben des Blutergusses hatten sich über das halbe Gesicht ausgebreitet. Ihr Körper schmerzte an zahllosen Stellen. Beim Zwitschern eines Streifenhörnchens fuhr sie herum, lauschte angestrengt auf das Krächzen von Raben – eine Sprache noch älter als Worte, einfache und klare Kommunikation –, und wo sie auch unterwegs war, stets hatte sie schon einen Fluchtweg im Kopf.

42

EINE ZELLE

1970

Trübe Lichtstrahlen drangen durch das winzige Fenster von Kyas Zelle. Sie starrte die Staubflöckchen an, die lautlos in eine Richtung tanzten, als folgten sie irgendeinem verträumten Anführer. Sobald sie auf den Schatten trafen, verschwanden sie. Ohne die Sonne waren sie nichts.

Sie zog die Holzkiste, die ihr als Tisch diente, unter das Fenster, das gut zwei Meter über dem Boden war. In einem grauen Overall mit der Aufschrift *Insasse* auf dem Rücken stieg sie auf die Kiste und blickte aufs Meer, das hinter der dicken Scheibe und dem Gitter so gerade eben zu sehen war. Schaumkronen klatschten und spritzten, und Pelikane flogen auf der Jagd nach Fischen tief über die Wellen. Wenn sie den Hals weit nach rechts reckte, konnte sie die dichten Baumkronen am Rande der Marsch sehen. Gestern hatte sie gesehen, wie ein Adler im Sturzflug einen Fisch fing.

Das County-Gefängnis bestand aus sechs drei mal drei Meter großen Zellen in einem aus Zementblöcken errichteten Flachbau hinter dem Büro des Sheriffs am Rande der Stadt. Die Zellen reihten sich über die ganze Länge des Gebäudes – auf nur einer Seite, damit die Insassen einander nicht sehen konnten. Jeweils drei Wände bestanden aus feuchten Zementblöcken, die vierte aus einem Gitter, in das auch die Tür eingelassen war. Jede Zelle verfügte über ein Holzbett mit einer dünnen Baumwollmatratze, Federkissen, Bettwäsche und einer grauen Wolldecke, ein Waschbecken, eine Holzkiste als Tisch sowie eine Toilette. Über dem Waschbecken war kein Spiegel, sondern ein Bild von Jesus, das von der Frauengruppe der Baptistenkirche dort aufgehängt worden war. Das einzige Zugeständnis, das man ihr, der – abgesehen von Gästen für eine Nacht – ersten weiblichen Insassin seit Jahren, gemacht hatte, war ein grauer Plastikvorhang, der um Waschbecken und Toilette gezogen werden konnte.

In den zwei Monaten bis zum Prozessbeginn war sie wegen ihres gescheiterten Versuchs, dem Sheriff in ihrem Boot zu entkommen, ohne Kaution in dieser Zelle festgehalten worden. Kya fragte sich, wer damit angefangen hatte, von *Zelle* zu sprechen, anstatt von *Käfig*. Irgendwann musste es einen Moment gegeben haben, in dem die Menschheit diese Umbenennung verlangte. Ihre Arme waren voll mit roten Kratzern, die sie sich selbst beigebracht hatte. Halbe Ewigkeiten saß sie auf ihrem Bett und studierte einzelne Strähnen ihrer Haare, zupfte sie aus wie Federn. So, wie Möwen das tun.

Als sie auf der Kiste stand und den Hals reckte, um die Marsch zu sehen, fiel ihr ein Gedicht von Amanda Hamilton ein:

Verletzte Möwe von Brandon Beach

Geflügelte Seele, du flogst so frei
Erschrakst den Tag mit schrillem Schrei.
Du folgtest Schiffen fern von hier
Triebst mit dem Wind zurück zu mir.

Du brachst dir den Flügel; er malte ein Band
Von Zeichen und Spuren tief in den Sand.
Gebrochene Federn sind dein Verderben
Doch wer bestimmt die Zeit zu sterben?

Wo bist du nun hin? Nie wieder ich dich sah
Doch deine Flügelzeichen sind noch da.
Ein gebrochenes Herz ist der Freude Verderben
Doch wer bestimmt die Zeit zu sterben?

Obwohl es Insassen unmöglich war, sich gegenseitig zu sehen, ließen sich die einzigen zwei anderen Häftlinge – zwei Männer am hinteren Ende der Zellenreihe – nicht davon abhalten, fast ununterbrochen von morgens bis spätabends miteinander zu reden. Beide mussten sie dreißig Tage absitzen, weil sie in der Dog-Gone Beer Hall über die Frage, wer von ihnen am weitesten spucken konnte, eine Schlägerei angefangen hatten, die mit zerbrochenen Spiegeln hinter der Bar und einigen Knochenbrüchen endete. Die meiste Zeit lagen sie auf ihren Betten und unterhielten sich laut von Zelle zu Zelle. Oft ging es dabei um Gerüchte, die ihnen von Besuchern über Kyas Fall erzählt wurden. Vor allem um die Frage, wie hoch die *Wahrscheinlichkeit* war, dass sie die Todesstrafe bekommen würde, die im County seit zwanzig Jahren nicht mehr verhängt worden war und noch nie gegen eine Frau.

Kya bekam jedes Wort mit. Der Gedanke an den Tod belastete sie nicht. Mit der Drohung, dieses Schattendasein zu beenden, konnten sie ihr keine Angst machen. Aber die Vorstellung, durch die Hand eines anderen Menschen zu sterben, geplant und zu einem festgelegten Zeitpunkt, war so undenkbar, dass sie ihr den Atem verschlug.

Schlaf entzog sich ihr, schlich sich an und huschte dann wieder davon. Mitunter sackte ihr Verstand einem jähen Schlummer entgegen – ein Moment des Glücks –, dann schreckte ihr Körper sie wieder wach.

Sie stieg von der Kiste herunter und setzte sich aufs Bett, das Kinn auf den angezogenen Knien. Sie hatten sie nach der Verhandlung hergebracht, daher müsste es inzwischen sechs Uhr sein. Erst eine Stunde vergangen. Oder vielleicht nicht mal das.

43
EIN MIKROSKOP

1969

Anfang September, über eine Woche nachdem Chase sie angegriffen hatte, ging sie ihren Strand entlang. Der Wind zerrte an einem Brief in ihrer Hand, und sie drückte ihn sich schützend an die Brust. Ihr Lektor hatte sie nach Greenville eingeladen, um sie persönlich kennenzulernen, und da sie, wie er schrieb, wahrscheinlich nicht oft in die Stadt kam, würde der Verlag ihre Reisekosten übernehmen.

Es war ein heißer und klarer Tag, deshalb fuhr sie mit dem Boot in die Marsch. Am Ende eines schmalen Wasserlaufs folgte sie einer von Gräsern umstandenen Biegung, und plötzlich sah sie Tate auf einer breiten Sandbank hocken, wie er mit Reagenzgläsern Wasserproben nahm. Sein Boot, diese Kreuzung aus Kajütboot und Forschungsschiff, war an einem Baumstamm vertäut und dümpelte mitten im Kanal, versperrte ihr den Weg. Sie drehte bei. Die Schwellungen und der Bluterguss in ihrem Gesicht waren ein wenig abgeklungen, aber ihr Auge war noch immer ringsum hässlich grün und lila verfärbt. Sie geriet in Panik. Tate durfte ihr geschundenes Gesicht auf keinen Fall sehen, und sie versuchte, ihr Boot rasch zu wenden.

Aber er blickte auf und winkte. »Kya, komm her. Ich hab ein neues Mikroskop, das muss ich dir zeigen.«

Die Wirkung war dieselbe wie damals, als die Schulinspektorin ihr zugerufen hatte, in der Schule gebe es Hühnerpastete. Sie wurde langsamer, antwortete aber nicht.

»Komm doch. Die Vergrößerung ist unglaublich. Da sieht man sogar die Pseudopodien der Amöben.«

Sie hatte noch nie eine Amöbe gesehen, geschweige denn deren Scheinfüßchen. Und das Wiedersehen mit Tate gab ihr einen gewissen Frieden, Ruhe. Sie beschloss, die Gesichtsseite mit dem Bluterguss von ihm abgewandt zu halten, steuerte ihr Boot auf die Sandbank und watete durch das seichte Wasser zu seinem hinüber. Sie trug eine abgeschnittene Jeans und ein weißes T-Shirt, hatte ihr Haar offen gelassen. Tate stand schon auf der Leiter am Heck seines Bootes und streckte ihr die Hand entgegen. Sie nahm sie, den Kopf zur Seite gedreht.

Das weiche Beige des Kajütbootes passte gut in die Marsch, und etwas so Elegantes wie das Teakholzdeck und das Steuerrad aus Holz und Messing hatte Kya noch nie gesehen. »Komm mit«, sagte er und stieg nach unten in die Kajüte. Sie ließ den Blick über den Navigationstisch und die kleine Kombüse gleiten, die besser ausgestattet war als ihre Küche, und betrat dann den Wohnbereich, der in ein schwimmendes Labor mit etlichen Mikroskopen und Ständern für Reagenzgläser verwandelt worden war. Andere Instrumente summten und blinkten.

Tate hantierte an dem größten Mikroskop herum und richtete den Objektträger aus.

»Pass auf, gleich.« Er gab einen Tropfen Marschwasser auf den Objektträger, legte einen weiteren darüber und stellte das Okular ein. Dann stand er auf. »Schau mal durch.«

Kya beugte sich behutsam vor, als wollte sie ein Baby küssen. Das Licht des Mikroskops spiegelte sich in ihren dunklen Pupillen, und sie holte tief Luft, als sie plötzlich einen Faschingszug von kostümierten Gestalten sah, die Pirouetten drehten und durcheinanderwimmelten. Unvorstellbare Kopfbedeckungen schmückten erstaunliche Körper, so begierig auf mehr Leben, dass sie umhertollten, als wären sie in einem Zirkuszelt und nicht in einem einzigen Tropfen Wasser.

Sie legte eine Hand aufs Herz. »Ich hätte nie gedacht, dass sie so viele sind und so schön«, sagte sie, während sie weiter durch das Mikroskop spähte.

Er identifizierte einige besonders ungewöhnliche Exemplare, trat dann zurück und beobachtete sie. *Sie spürt den Puls des Lebens*, dachte er, *weil sie eins ist mit ihrem Planeten.*

Er zeigte ihr noch mehr Objektträger.

Sie flüsterte: »Das ist, als hätte man noch nie Sterne gesehen, und plötzlich sieht man sie.«

»Hast du Lust auf einen Kaffee?«, fragte er leise.

Sie hob den Kopf. »Nein, nein, danke.« Dann trat sie von dem Mikroskop weg, wich Richtung Bordküche zurück. Sie bewegte sich eigenartig, die braungrünen Augen ständig von ihm abgewandt.

Tate war an Kyas zurückhaltendes Verhalten gewöhnt, aber heute benahm sie sich noch reservierter und seltsamer als sonst. Hielt den Kopf immer eigenartig schief.

»Komm schon, Kya. Nur eine Tasse Kaffee.« Entschlossen ging er zur Kochnische, goss Wasser in eine Maschine und wartete, bis der starke Kaffee fertig war. Kya stand neben der Leiter zum Oberdeck. Er reichte ihr eine Tasse und bedeutete ihr, wieder nach oben zu gehen. Dort bot er ihr einen Platz auf einer gepolsterten Sitzbank an, doch sie blieb im Heck stehen. Wie eine Katze hielt sie sich die Möglichkeit zur Flucht offen. Die strahlend weiße Sandbank erstreckte sich unter schützenden Eichen in einem Bogen von ihnen weg.

»Kya …« Er wollte ihr eine Frage stellen, doch dann blickte sie ihn endlich an, und er sah ihre Blutergüsse.

»Was ist mit deinem Gesicht passiert?« Er ging auf sie zu, wollte ihre Wange berühren. Sie drehte sich weg.

»Nichts. Ich bin nachts im Dunkeln gegen eine Tür

gelaufen.« Die Art, wie sie blitzartig die Hand vors Gesicht hob, verriet ihm, dass das nicht stimmte. Jemand hatte sie geschlagen. Chase? Traf sie sich immer noch mit ihm, obwohl er verheiratet war? Tate biss die Zähne zusammen. Kya stellte ihre Tasse ab, als wollte sie gehen.

Er zwang sich, ruhig zu bleiben. »Hast du ein neues Buch angefangen?«

»Mit dem über Pilze bin ich fast fertig. Mein Lektor kommt Ende Oktober nach Greenville und möchte sich da mit mir treffen. Aber ich weiß nicht.«

»Du solltest hinfahren. Es wäre gut, ihn mal kennenzulernen. Von Barkley nach Greenville fahren täglich Busse, einer sogar nachts. Und die Fahrt dauert nicht lange. Eine Stunde zwanzig Minuten, so um den Dreh.«

»Ich weiß nicht, wo ich eine Fahrkarte kaufen kann.«

»Die kriegst du beim Fahrer, wenn du einsteigst. Die Bushaltestelle ist auf der Main Street. Ich glaube, in Jumpin's Laden hängt ein Fahrplan an der Wand.« Fast hätte er erwähnt, dass er oft mit dem Bus aus Chapel Hill gekommen war, hielt es aber für besser, sie nicht an diese Zeit zu erinnern, als sie im Juli an einem Strand gewartet hatte.

Sie schwiegen eine Weile, tranken ihren Kaffee und lauschten zwei Bussarden, die vor hohen Wolkenwänden ihre Pfeiflaute ausstießen.

Er zögerte, ihr noch einen Kaffee anzubieten, weil er wusste, dass sie dann gehen würde. Also fragte er sie nach ihrem Buch über Pilze, sprach über die Protozoen, die er studierte. Alles, nur damit sie noch blieb.

Das Nachmittagslicht wurde weicher, und ein kühler Wind kam auf. Wieder stellte sie ihre Tasse ab und sagte: »Ich muss los.«

»Ich hab gerade überlegt, eine Flasche Wein aufzumachen. Möchtest du ein Glas?«

»Nein, danke.«

»Warte noch kurz.« Tate ging nach unten in die Kombüse und kam mit einer Tüte voll trockener Brotreste zurück. »Grüß die Möwen von mir.«

»Danke.« Sie stieg die Leiter hinunter.

Als sie zu ihrem Boot ging, rief er ihr nach: »Kya, es ist kälter geworden, möchtest du eine Jacke oder so?«

»Nein. Mir ist nicht kalt.«

»Dann nimm wenigstens meine Mütze«, und er warf ihr eine rote Wollmütze zu. Sie fing sie auf und warf sie zurück. Er schmiss sie erneut, diesmal weiter. Kya trabte über die Sandbank, bückte sich und hob sie auf. Lachend sprang sie in ihr Boot, ließ den Motor an, und als sie näher heran war, warf sie die Mütze zurück in sein Boot. Er grinste, und sie kicherte. Dann hörten sie auf zu lachen und sahen einander nur an, während die Mütze zwischen ihnen hin- und herflog, bis sie um die Biegung verschwand. Sie ließ sich auf den Sitz im

Heck fallen und hob die Hand vor den Mund. »Nein«, sagte sie laut. »Ich kann mich nicht wieder in ihn verlieben. Ich lasse mich nicht noch einmal verletzen.«

Tate stand auf dem Deck und ballte die Fäuste bei dem Gedanken daran, dass jemand sie geschlagen hatte.

Sie fuhr jenseits der Brandung dicht an der Küste entlang Richtung Süden. Auf dieser Strecke würde sie an ihrem Strand vorbeikommen, ehe sie den Kanal erreichte, der durch die Marsch zur Hütte führte. Normalerweise hielt sie nicht an ihrem Strand an, sondern tuckerte durch das Labyrinth von Wasserwegen zu ihrer Lagune und ging dann zu Fuß zum Strand.

Aber als sie dort vorbeikam, entdeckten die Möwen sie und umschwärmten ihr Boot. Rotklecks landete auf dem Bug, ließ seinen Kopf auf und ab wippen. Sie lachte. »Na schön, ihr habt gewonnen.« Sie steuerte durch die Brandung, ließ das Boot hinter hohem Seegras am Strand anlanden und stieg aus, um die Brotreste zu verfüttern, die Tate ihr mitgegeben hatte.

Als die Sonne sich golden und rosa über das Wasser breitete, setzte sie sich auf den Sand, während die Möwen sich um sie herum niederließen. Plötzlich hörte sie einen Motor und sah Chases Wasserskiboot zu ihrem Kanal rasen. Er konnte ihr Boot nicht sehen, da es hinter den Gräsern versteckt war, aber sie selbst saß deutlich sichtbar mitten auf dem Strand. Sofort legte sie sich flach hin, drehte den Kopf zur Seite, damit sie ihn beobachten konnte. Er stand am Steuer, Haare nach hinten geweht, einen finsteren Ausdruck im Gesicht. Aber er blickte nicht in ihre Richtung, als er in den Kanal zu ihrer Hütte bog.

Als er außer Sicht war, setzte sie sich auf. Wenn sie nicht hier bei den Möwen angehalten hätte, hätte er sie zu Hause erwischt. Sie hatte es wieder und wieder von Pa gelernt: Solche Männer mussten immer den letzten Schlag landen. Kya hatte Chase hilflos auf der Erde liegend zurückgelassen. Die beiden alten Fischer hatten wahrscheinlich gesehen, wie sie ihn niedergestreckt hatte. Kya musste eine Lektion verpasst werden, wie Pa sagen würde.

Sobald er feststellte, dass sie nicht in der Hütte war, würde er hier zum Strand kommen. Sie rannte zum Boot, gab Gas und fuhr zurück in die Richtung, wo Tate sich befand. Aber sie wollte ihm nicht erzählen, was Chase mit ihr gemacht hatte; ihre Scham stärker als die Vernunft. Sie wurde langsamer und driftete auf der Dünung, während die Sonne versank. Sie musste sich verstecken und abwarten, bis Chase wieder wegfuhr. Solange sie ihn nicht davonfahren sah, würde sie nicht wissen, wann sie gefahrlos nach Hause konnte.

Sie bog in ihren Kanal, rechnete voller Panik damit, dass er jeden Moment auf sie zugerast kommen würde. Den eigenen Motor beinahe im Leerlauf, damit sie sein Boot hören würde, glitt sie rückwärts in ein Dickicht aus überhängenden Bäumen und Büschen.

Sie setzte immer tiefer zurück in das Gestrüpp, schob Zweige beiseite, bis dichtes Laubwerk und die hereinbrechende Nacht sie verbargen.

Sie lauschte schwer atmend. Endlich hörte sie seinen Motor durch die weiche Nachtluft kreischen. Sie duckte sich tiefer, fürchtete plötzlich, dass die Spitze ihres Bootes noch sichtbar war. Das Geräusch kam immer näher, und dann schoss sein Boot in Sekundenschnelle vorbei. Sie blieb noch fast eine halbe Stunde in ihrem Versteck, bis es vollständig dunkel war, dann fuhr sie im Licht der Sterne nach Hause.

Sie nahm ihr Bettzeug mit zum Strand und setzte sich zu den Möwen. Die Vögel achteten nicht weiter auf sie, putzten ausgestreckte Schwingen, ehe sie sich im Sand niederließen wie gefiederte Steine. Während sie leise gluckten und die Köpfe für die Nacht unter die Flügel steckten, legte Kya sich so nah wie nur möglich zu ihnen. Aber selbst umgeben von ihrem friedlichen Gurren und Rascheln, fand Kya keinen Schlaf. Sie warf sich hin und her und fuhr jedes Mal auf, wenn der Wind sich anhörte wie menschliche Schritte.

Im Morgengrauen donnerte die Brandung mit einem peitschenden Wind, der Kya in die Wangen biss. Sie setzte sich zwischen den Vögeln auf, die herumliefen, sich reckten und mit den Füßen scharrten. Rotklecks – Augen groß, Hals verdreht – hatte anscheinend etwas überaus Interessantes unter seinem Flügel entdeckt, ein Anblick, der Kya normalerweise zum

Lachen gebracht hätte. Jetzt jedoch weckten die Vögel keine Freude in ihr.

Sie ging zur Wasserlinie. Chase würde sie nicht in Ruhe lassen. Isoliert zu sein, war das eine, in ständiger Angst zu leben, etwas völlig anderes.

Sie stellte sich vor, wie sie einen Schritt nach dem anderen in das tosende Meer machte, in die Stille unter den Wellen sank, Haarsträhnen wie schwarze Wasserfarbe in der blassblauen See schwebten, ihre langen Finger und Arme nach oben trieben, zu der im Gegenlicht gleißenden Oberfläche. Träume von Flucht – selbst durch den Tod – schwingen sich immer zum Licht auf. Der lockende glänzende Siegespreis des Friedens, knapp außer Reichweite, bis der Körper endlich auf den Grund herabsinkt und in dunkler Stille zur Ruhe kommt. Vor allen Gefahren sicher.

Wer bestimmt die Zeit zu sterben?

44
ZELLENGENOSSE

1970

Kya stand in der Mitte ihrer Zelle. Sie war im Gefängnis. Wenn diejenigen, die sie geliebt hatte, Jodie und Tate eingeschlossen, sie nicht verlassen hätten, wäre sie nicht hier. Wer sich auf jemanden stützen kann, bleibt auf dem Boden.

Vor ihrer Verhaftung hätte sie sich unter Umständen vorstellen können, einen Weg zurück zu Tate zu finden, ihm wieder ihr Herz zu öffnen. Liebe, die näher an der Oberfläche wartete. Aber als er mehrfach versucht hatte, sie im Gefängnis zu besuchen, hatte sie ihn nicht sehen wollen. Sie wusste selbst nicht genau, warum die Haft ihr Herz noch fester verschlossen hatte. Warum sie den Trost verweigerte, den er ihr an diesem Ort spenden könnte. Jetzt, da sie verletzlicher denn je war, schien es, als hätte sie Grund dazu, anderen noch weniger zu trauen. An diesem fragilsten Punkt ihres Lebens verließ sie sich auf das einzige Sicherheitsnetz, das sie kannte – sie selbst.

Ins Gefängnis gesteckt zu werden, ohne Aussicht auf Haftverschonung gegen Kaution, hatte ihr deutlich vor Augen geführt, wie allein sie war. Der Hinweis des Sheriffs, sie habe das Recht auf ein Telefonat, erinnerte sie schmerzlich daran, dass es niemanden gab, den sie anrufen konnte. Die einzige Telefonnummer auf der Welt, die sie kannte, war Jodies, und wie hätte sie ihren Bruder anrufen können, um ihm zu sagen, dass sie als Mordverdächtige im Gefängnis saß? Nach all den Jahren, wie hätte sie ihn da mit ihren Problemen belästigen können? Und vielleicht spielte auch Scham eine Rolle.

Die anderen hatten sie verlassen, und sie hatte allein überleben und sich allein durchschlagen müssen. Und das war sie geblieben, allein.

Wieder einmal nahm sie den wunderbaren Band über Muscheln zur Hand, den Tom Milton ihr geschenkt hatte, ihr mit Abstand liebstes Buch. Auf dem Boden gestapelt lagen einige Biologietexte, die Tate gebracht hatte, wie sie vom Wärter wusste, aber sie konnte die Worte nicht sortieren. Sätze schlängelten sich in verschiedene Richtungen davon, kehrten zum Anfang zurück. Bilder von Muscheln waren einfacher.

Schritte klackten auf dem billigen Fliesenboden, und Jacob, ein kleiner schwarzer Wärter, erschien vor ihrer Gittertür. Er hatte ein großes, in braunes Papier eingeschlagenes Paket in der Hand. »Tut mir leid, dass ich störe, Miss Clark, aber Sie haben Besuch. Sie müssen mitkommen.«

»Wer ist es?«

»Ihr Anwalt, Mr Milton.« Metall schepperte auf

Metall, als Jacob die Tür aufschloss und ihr das Paket übergab. »Und das hier is von Jumpin'.« Sie legte es aufs Bett und folgte Jacob den Gang hinunter und in einen Raum, der sogar noch kleiner war als ihre Zelle. Tom Milton stand von seinem Stuhl auf, als sie eintrat. Kya nickte ihm zu und sah dann aus dem Fenster, wo sich eine riesige Kumuluswolke mit pfirsichfarbenen Backen aufblähte.

»Guten Abend, Kya.«

»Mr Milton.«

»Kya, bitte sagen Sie doch Tom zu mir. Und was ist mit Ihren Armen? Haben Sie sich verletzt?«

Sofort legte sie die Hände über das Geflecht, das sie in ihre Arme gekratzt hatte. »Bloß Moskitostiche, glaube ich.«

»Ich werde mit dem Sheriff reden. Sie sollten keine Moskitos in Ihrer – Ihrem Zimmer haben.«

Mit gesenktem Kopf sagte sie: »Bitte nicht, ist schon gut. Insekten stören mich nicht.«

»Ja, natürlich. Ich werde nichts tun, was Sie nicht wollen. Kya, ich bin gekommen, um mit Ihnen über Ihre Optionen zu reden.«

»Was für Optionen?«

»Das werde ich Ihnen erklären. Im Moment ist schwer abzuschätzen, in welche Richtung die Geschworenen tendieren. Die Anklage ist gut vorbereitet. Das heißt keineswegs, dass die Beweise ausreichen, aber wenn man bedenkt, wie voreingenommen die Leute in dieser Stadt sind, müssen Sie sich darauf einstellen, dass es nicht leicht sein wird, einen Freispruch zu erreichen. Wir könnten jedoch eine Absprache mit der Staatsanwaltschaft anstreben. Verstehen Sie, was ich meine?«

»Nicht so richtig.«

»Sie haben auf nicht schuldig plädiert. Falls Sie dennoch wegen Mordes verurteilt werden, bedeutet das entweder lebenslänglich oder sogar die Todesstrafe, wie Sie wissen. Ihre Option wäre, sich eines weniger schweren Verbrechens schuldig zu bekennen, beispielsweise Totschlag. Falls Sie zugeben würden, ja, Sie sind in der fraglichen Nacht auf dem Turm gewesen, Sie haben sich mit Chase da oben getroffen, es gab Streit, und es kam zu dem schrecklichen Unfall, er hat einen Schritt nach hinten gemacht und ist durch die offene Luke gestürzt. Dann könnte der Prozess sofort beendet werden, das Drama wäre für Sie vorbei, und wir würden mit der Staatsanwaltschaft eine Vereinbarung über das Strafmaß treffen. Da Sie nicht vorbestraft sind, würden Sie wahrscheinlich zehn Jahre bekommen und könnten nach etwa sechs Jahren draußen sein. Ich weiß, das klingt schlimm, aber es ist immer noch besser als lebenslänglich oder eben das andere.«

»Nein, ich werde mich auf kein Schuldeingeständnis einlassen. Ich werde nicht ins Gefängnis gehen.«

»Kya, ich verstehe Sie ja, aber bitte nehmen Sie sich etwas Zeit, um darüber nachzudenken. Sie wollen doch nicht den Rest Ihres Lebens im Gefängnis verbringen, und Sie wollen auch nicht – das andere.«

Kya schaute wieder aus dem Fenster. »Ich muss nicht darüber nachdenken. Ich werde nicht im Gefängnis bleiben.«

»Tja, wir müssen das nicht heute entscheiden. Uns bleibt noch Zeit. Warten wir erst mal ab, wie es läuft. Bevor ich gehe, gibt es irgendetwas, was Sie mit mir besprechen möchten?«

»Bitte holen Sie mich hier raus. So oder so.«

»Ich werde mein Bestes tun, um Sie rauszuholen, versprochen. Aber geben Sie nicht auf. Und, bitte, helfen Sie mir. Wie schon gesagt, Sie müssen einnehmend wirken, zwischendurch mal die Geschworenen ansehen …«

Aber Kya hatte sich schon zum Gehen gewandt.

Jacob führte sie zurück in die Zelle, wo sie das Paket von Jumpin' in die Hand nahm – vom Sheriff geöffnet und notdürftig wieder zugeklebt. Sie machte es auf, strich das Packpapier glatt und faltete es zusammen. Zum Vorschein kamen ein Korb mit einigen kleinen Farbtöpfchen, ein Pinsel, Papier und eine Tüte mit Mabels Mais-Muffins. Der Korb war mit einem Nest aus Kiefernnadeln, Eichenblättern, einigen Muscheln und langen Schilfhalmen ausgelegt. Kya sog tief den Duft ein. Presste die Lippen zusammen. Jumpin'. Mabel.

Die Sonne war untergegangen; keine Staubflöckchen mehr, die sie beobachten konnte.

Später holte Jacob das Tablett mit ihrem Abendessen ab. »Also wirklich, Miss Clark, Sie haben ja fast nix gegessen. Aber ich sag's Ihnen, so gute Koteletts mit Gemüse gibt's sonst nirgends.« Sie lächelte ihn schwach an, lauschte dann seinen Schritten, die zum Ende des Ganges stiefelten. Kurz darauf fiel die dicke Metalltür schwer und endgültig ins Schloss.

Plötzlich bewegte sich etwas auf dem Gang, direkt vor ihrem Zellengitter. Sunday Justice setzte sich hin und starrte mit seinen grünen Augen in ihre dunklen.

Ihr raste das Herz. Wochenlang allein hier eingesperrt, und jetzt konnte dieses Geschöpf wie ein Zauberer einfach durch die Gitterstäbe spazieren. Bei ihr sein. Sunday Justice wandte den Kopf und blickte den Gang hinunter, dorthin, wo sich die beiden anderen Häftlinge unterhielten. Kya packte die Angst, dass er sie verlassen und zu ihnen gehen würde. Doch dann sah er sie wieder an, blinzelte mit gewohnter Langeweile und schob sich dann mühelos durch die Gitterstäbe. In ihre Zelle.

Kya atmete aus. Flüsterte: »Bitte bleib.«

Er erkundete in aller Seelenruhe schnuppernd die Zelle, untersuchte die feuchten Zementwände, die frei liegenden Rohre und das Waschbecken, ohne Kya Beachtung zu schenken. Ein kleiner Riss in der Wand interessierte ihn am meisten. Das wusste sie, weil er seine Gedanken mit zuckendem Schwanz vermittelte. Schließlich beendete er seinen Rundgang neben dem schmalen Bett. Dann sprang er mir nichts, dir nichts auf ihren Schoß, drehte sich im Kreis, und seine großen weißen Pfoten drückten auf ihre Oberschenkel. Kya saß stocksteif da, die Arme leicht erhoben, um ihn bei seinem Manöver nicht zu stören. Endlich ließ er sich anstandslos nieder, als hätte er jede Nacht seines Lebens hier verbracht. Er sah sie an. Sachte berührte sie seinen Kopf, kraulte ihm dann den Nacken. Sogleich setzte ein lautes Schnurren ein. Diese selbstverständliche Akzeptanz ließ sie die Augen schließen. Ein tiefes Innehalten in einem Leben voller Sehnsucht.

Aus Angst, sich zu bewegen, saß sie reglos da, bis ihr die Beine einschliefen, dann versuchte sie vorsichtig, die Muskeln zu strecken. Ohne die Augen zu öffnen, glitt Sunday Justice von ihrem Schoß und rollte sich neben ihr zusammen. Sie legte sich voll angekleidet aufs Bett, und beide schmiegten sich aneinander. Sie sah ihm beim Schlafen zu, schlummerte dann selbst ein. Diesmal fiel sie nicht einem schreckhaften Erwachen entgegen, sondern sank endlich in eine ruhige Leere.

Einmal öffnete sie in der Nacht die Augen und sah ihn auf dem Rücken schlafen, Vorderpfoten in die eine Richtung gereckt, Hinterpfoten in die andere. Aber als sie bei Tagesanbruch erwachte, war er fort. Ein Stöhnen presste sich aus ihrer Kehle.

Später stand Jacob vor ihrer Zelle, hielt das Frühstückstablett mit einer Hand, während er mit der anderen die Tür aufschloss. »Heute gibt's Haferbrei für Sie, Miss Clark.«

Sie nahm das Tablett. »Jacob, der schwarz-weiße Kater, der im Gerichtssaal schläft. Der war letzte Nacht hier.«

»Oh, 'tschuldigung, Miss Clark. Das is Sunday Justice. Manchmal schleicht er sich mit mir rein, und ich krieg's nich mit, weil ich ja die Tabletts trage. Und dann kann's passieren, dass ich ihn hier einschließe.« Netterweise sagte er nicht *einsperren*.

»Ist in Ordnung. Ich hab ihn gern hier. Würden Sie ihn wohl reinlassen, wenn Sie ihn abends hier sehen? Oder egal wann.«

Er sah sie mit sanften Augen an. »Klar, kein Problem. Mach ich gern, Miss Clark, versprochen. Kann mir denken, dass er ein richtig netter Besucher is.«

»Danke, Jacob.«

Am Abend kam Jacob erneut. »Hier kommt Ihr Abendessen, Miss Clark. Brathähnchen und Kartoffelpüree mit Bratensoße vom Diner. Ich hoffe, Sie kriegen heute mal was runter.«

Kya stand auf, sah suchend zu seinen Füßen, als sie das Tablett nahm. »Danke, Jacob. Haben Sie den Kater gesehen?«

»Nee. Den ganzen Tag nich. Aber ich guck mich um.«

Kya nickte. Sie setzte sich aufs Bett, die einzige Sitzmöglichkeit, und starrte auf ihren Teller. Hier im Gefängnis bekam sie besseres Essen als je in ihrem Leben. Sie schob die Hähnchenkeule hin und her, stocherte lustlos in den Limabohnen. Jetzt, wo sie sich satt essen könnte, kriegte sie keinen Bissen herunter.

Dann das Geräusch eines Schlüssels im Schloss, das Öffnen der schweren Metalltür.

Sie hörte Jacob am Ende des Ganges sagen: »Bitte sehr, Mr Sunday Justice.«

Kya hielt den Atem an, starrte auf den Boden vor ihrer Zelle, und Sekunden später tauchte Sunday Justice auf. Sein Fell war erstaunlich starr und zugleich weich. Diesmal kam er ohne Zögern in ihre Zelle und schnurstracks zu ihr. Sie stellte den Teller auf den Boden, und er fraß – zog die Hähnchenkeule glatt vom Teller –, leckte dann die Soße auf. Die Limabohnen strafte er mit Verachtung. Sie sah ihm lächelnd zu, wischte dann den Boden mit einem Taschentuch sauber.

Er sprang aufs Bett, und wohliger Schlaf umhüllte sie beide.

Am nächsten Tag stand Jacob vor ihrer Tür. »Miss Clark, Sie haben Besuch.«

»Wer denn?«

»Mr Tate schon wieder. Der is schon ein paarmal hier gewesen, Miss Clark. Hat Ihnen was gebracht oder gefragt, ob er Sie sehen kann. Wollen Sie heute nich mal mit ihm reden, Miss Clark? Es is Samstag, also keine Verhandlung, da haben Sie doch den lieben langen Tag nix zu tun.«

»Na gut, Jacob.«

Jacob führte sie in denselben schäbigen Raum, wo sie mit Tom Milton gesprochen hatte. Als sie durch die Tür trat, stand Tate auf und kam rasch auf sie zu. Er lächelte leicht, doch seine Augen verrieten, wie betrübt er war, sie hier zu sehen.

»Kya, du siehst gut aus. Ich hab mir solche Sorgen gemacht. Danke, dass ich dich besuchen darf. Setz dich.« Sie nahmen einander gegenüber Platz, während Jacob in einer Ecke stand und mit rücksichtsvoller Konzentration Zeitung las.

»Hallo, Tate. Danke für die Bücher, die du für mich abgegeben hast.« Sie wirkte ruhig, doch ihr Herz drohte zu zerspringen.

»Kann ich sonst irgendwas für dich tun?«

»Vielleicht könntest du die Möwen füttern, wenn du in die Nähe von meinem Strand kommst.«

Er lächelte. »Mach ich schon. Ungefähr jeden zweiten Tag.« Er sagte das beiläufig, als wäre es eine Kleinigkeit, dabei war er jeden Tag frühmorgens und abends mit dem Auto oder per Boot zu ihr rausgefahren, um die Vögel zu füttern.

»Danke.«

»Ich war im Gerichtssaal, Kya, hab direkt hinter dir gesessen. Du hast dich nie umgedreht, deshalb weiß ich nicht, ob du mich gesehen hast. Aber ich werde jeden Tag da sein.«

Sie sah aus dem Fenster.

»Tom Milton ist sehr gut, Kya. Wahrscheinlich der beste Anwalt der Gegend. Der holt dich hier raus. Halte durch.«

Als sie erneut nichts antwortete, sagte er: »Und sobald du draußen bist, erkunden wir wieder zusammen die Marsch, genau wie früher.«

»Tate, bitte, du musst mich vergessen.«

»Das habe ich nie, und das werde ich nie.«

»Du weißt, dass ich anders bin. Ich passe nicht zu anderen Menschen. Ich kann nicht zu deiner Welt gehören. Bitte versteh das doch. Ich habe Angst davor, mich je wieder an jemanden zu binden. Ich kann nicht.«

»Das ist ja auch nachvollziehbar, aber …«

»Tate, hör mir zu. Jahrelang habe ich mich nach Gesellschaft gesehnt. Ich hab wirklich geglaubt, jemand würde bei mir bleiben, ich würde Freunde haben, eine Familie. Ich könnte dazugehören. Aber keiner ist geblieben. Du nicht, meine Eltern und Geschwister nicht. Ich habe endlich gelernt, damit umzugehen und mich selbst zu schützen. Aber ich kann jetzt nicht darüber reden. Ich freu mich, dass du mich hier besuchen kommst, ehrlich. Und vielleicht können wir eines Tages Freunde sein, aber ich kann nicht über die Zukunft nachdenken. Nicht hier.«

»Okay, Kya. Das verstehe ich. Im Ernst, das kann ich verstehen.«

Nach kurzem Schweigen sagte er: »Die Virginia-Uhus rufen schon.«

Sie nickte, lächelte beinahe.

»Ach, übrigens, gestern war ich bei deiner Hütte, und ob du's glaubst oder nicht, da ist ein Rotschwanzbussard genau auf deiner Verandatreppe gelandet.«

Endlich lächelte sie bei dem Gedanken an Buss. Eine ihrer vielen privaten Erinnerungen. »Doch, ich glaub's dir.«

Zehn Minuten später sagte Jacob, ihre Zeit sei um, und Tate musste gehen. Kya dankte ihm noch mal für seinen Besuch.

»Ich werde die Möwen weiter füttern, Kya. Und ich bring dir auch noch mehr Bücher.«

Sie schüttelte den Kopf und folgte Jacob.

45
DIE ROTE MÜTZE

1970

Als Kya an dem Montagmorgen nach Tates Besuch vom Gerichtsdiener in den Saal geführt wurde, blickte sie wie schon zuvor nicht in den Zuschauerraum, sondern starrte die schattigen Bäume vor den Fenstern an. Aber dann hörte sie ein vertrautes Geräusch, vielleicht ein leises Husten, und wandte den Kopf. Da, in der ersten Reihe, gleich neben Tate, saßen Jumpin' und Mabel. Sie trug ihren mit Seidenrosen geschmückten Hut, den sie sonst nur zur Kirche aufsetzte. Es hatte einige Unruhe gegeben, als die beiden mit Tate hereingekommen waren und in dem »Bereich für Weiße« Platz genommen hatten. Doch als der Gerichtsdiener ins Richterzimmer gegangen war, um es Richter Sims zu melden, hatte der ihn angewiesen, er solle bekannt geben, dass sich in seinem Gerichtssaal jeder hinsetzen könne, wo er wolle, ganz gleich welcher Hautfarbe oder welchen Glaubens, und wenn das gewissen Leuten nicht passe, stünde es ihnen frei zu gehen. Er würde sogar dafür sorgen, dass sie das taten.

Beim Anblick von Jumpin' und Mabel spürte Kya

ein winziges bisschen neue Kraft, und ihr Rücken straffte sich ein wenig.

Der nächste Zeuge der Anklage war der Gerichtsmediziner, Dr. Steward Cone. Er hatte grau meliertes, sehr kurz geschnittenes Haar und trug die Brille weit vorne auf der Nasenspitze, eine Angewohnheit, die ihn zwang, den Kopf nach hinten zu neigen, damit er durch die Gläser sehen konnte. Während er Eric Chastains Fragen beantwortete, wanderten Kyas Gedanken zu den Möwen. In den langen Monaten im Gefängnis hatte sie sich nach ihnen gesehnt, aber Tate hatte sie die ganze Zeit gefüttert. Sie waren nicht verlassen worden. Sie dachte an Rotklecks, wie er immer über ihre Zehen spazierte, wenn sie den Möwen Brotstückchen zuwarf.

Der Gerichtsmediziner legte den Kopf jäh in den Nacken, um durch seine Brille zu spähen, und die Bewegung holte Kya zurück in den Gerichtssaal.

»Ich fasse also zusammen«, sagte der Staatsanwalt gerade. »Sie geben an, dass Chase Andrews zwischen Mitternacht und zwei Uhr morgens in der Nacht vom 29. auf den 30. Oktober 1969 gestorben ist. Todesursache waren Verletzungen des Gehirns und des Rückenmarks, die durch einen Sturz aus zwanzig Metern Höhe durch die offene Luke des Feuerwachturms verursacht wurden. Im Fallen prallte sein Hinterkopf auf einen Querbalken, was an dem Balken sichergestellte Blut- und Haarproben bestätigen. Ist das gemäß Ihrer sachverständigen Meinung so weit richtig?«

»Ja.«

»Nun, Dr. Cone, warum sollte ein intelligenter und sportlicher junger Mann wie Chase Andrews durch eine offene Luke zu Tode stürzen? Um eine Möglichkeit gleich auszuschließen: Wurde in seinem Blut Alkohol nachgewiesen oder irgendeine andere Substanz, die seine Urteilsfähigkeit hätte einschränken können?«

»Nein, nichts dergleichen.«

»Aus den vorgelegten Beweisen geht hervor, dass Chase Andrews mit dem Hinterkopf auf den Querbalken geprallt ist, nicht mit der Stirn.« Chastain stellte sich vor die Geschworenen und machte einen großen Schritt. »Aber wenn ich einen solchen Schritt vorwärts mache, befindet sich mein Kopf leicht vor dem Körperschwerpunkt. Würde ich hier vor mir in ein Loch treten, würden der Schwung und das Gewicht meines Kopfes mich vorwärts fallen lassen. Richtig? Hätte Chase Andrews einen Schritt nach vorne gemacht, wäre er folglich mit der Stirn auf den Balken geprallt, nicht mit dem Hinterkopf. Ist es daher korrekt, Dr. Cone, dass die Beweislage darauf hindeutet, dass Chase Andrews rückwärtsging, als er zu Tode stürzte?«

»Ja, die Beweislage untermauert diese Schlussfolgerung.«

»Können wir also davon ausgehen, dass Chase Andrews, wenn er mit dem Rücken zu der offenen Luke stand und von jemandem gestoßen wurde, rückwärts gefallen wäre, nicht vorwärts?«

Ehe Tom Einspruch erheben konnte, schob Chastain rasch nach: »Sie sollen nicht behaupten, das wäre ein schlüssiger Beweis dafür, dass Chases tödlicher Sturz durch einen Stoß verursacht wurde. Ich will nur deutlich machen, falls jemand Chase rückwärts durch die Luke gestoßen hätte, würden die Kopfverletzungen durch den Querbalken genauso aussehen wie diejenigen, die tatsächlich an seinem Körper festgestellt wurden. Ist das richtig?«

»Ja.«

»Gut. Dr. Cone, als Sie Chase Andrews am Morgen des 30. Oktober in der Rechtsmedizin untersuchten, trug er da ein Halsband mit einer Muschel dran?«

»Nein.«

Um die Übelkeit zu unterdrücken, die in ihr aufstieg, blickte Kya zu Sunday Justice, der sich auf der Fensterbank putzte. Schier unmöglich verdreht, ein Bein in die Luft gereckt, leckte er die Unterseite seiner Schwanzspitze. Die genüssliche Körperpflege schien ihn völlig in Anspruch zu nehmen.

Wenige Minuten später fragte der Staatsanwalt: »Stimmt es, dass Chase Andrews in der Nacht seines Todes eine Jeansjacke trug?«

»Ja, das ist richtig.«

»Und in Ihrem offiziellen Bericht stellen Sie fest, dass an dieser Jacke rote Wollfasern gefunden wurden, die keinem anderen seiner Kleidungsstücke zugeordnet werden konnten. Ist das korrekt, Dr. Cone?«

»Jawohl.«

Chastain hielt einen durchsichtigen Plastikbeutel mit feinen roten Wollfäden hoch. »Sind das die Fasern, die an Chase Andrews' Jacke gefunden wurden?«

»Ja.«

Chastain nahm einen größeren Beutel von seinem Schreibtisch. »Und können Sie bestätigen, dass die roten Wollfasern an Chase Andrews' Jacke zu dieser roten Mütze passen?« Er reichte die Beutel dem Zeugen.

»Ja. Das sind meine beschrifteten Proben, und die Fasern von Mütze und Jacke stimmten exakt überein.«

»Wo wurde diese Mütze gefunden?«

»Der Sheriff hat die Mütze bei Miss Clark zu Hause gefunden.« Das war den meisten Zuhörern neu, und ein Raunen lief durch den Saal.

»Gab es Belege dafür, dass sie die Mütze je getragen hat?«

»Ja. Wir konnten einige Haare von Miss Clark in der Mütze sicherstellen.«

Kya beobachtete Sunday Justice und stellte sich unwillkürlich die Frage, wieso ihre Familie eigentlich nie Hunde oder Katzen gehabt hatte. Bloß ein Stinktierweibchen – ein seidiges, geschmeidiges und keckes Geschöpf – war mal fast so was wie ein Haustier gewesen. Es lebte unter der Hütte, und Ma nannte es Chanel.

Nach einigen Beinaheunfällen hatten sich alle aneinander gewöhnt, und Chanel wurde sehr höflich, drohte nur dann mit ihren Abwehrwaffen, wenn die Kinder allzu wild tobten. Ansonsten lebte sie vor sich hin, ließ sich nicht mal stören, wenn jemand keinen halben Meter von ihr entfernt die Verandastufen rauf- oder runterging.

In jedem Frühjahr führte sie ihre Jungen auf Streifzüge in die Eichenwälder und die Marsch. Die Kleinen liefen hinterdrein, wuselten in einem schwarz-weißen Wirrwarr unter- und übereinander.

Natürlich drohte Pa andauernd damit, sie loszuwerden, doch Jodie, der sehr viel mehr Reife an den Tag legte als sein Vater, meinte nur trocken: »Dann zieht doch bloß ein anderes Stinktier da unten ein, und ich finde immer, ein Stinktier, das ich kenne, is mir lieber als eins, das ich nich kenne.« Bei dem Gedanken an Jodie musste Kya lächeln. Dann riss sie sich wieder zusammen.

»Dr. Cone, in der Nacht, als Chase Andrews starb, in der Nacht, als er rückwärts durch eine Luke fiel – wobei die Art des Sturzes die Möglichkeit mit einschließt, dass er gestoßen worden sein könnte –, befanden sich auf seiner Jacke also Fasern von einer roten Mütze, die bei Miss Clark zu Hause gefunden wurde. Und in dieser Mütze waren Haare von Miss Clark.«

»Das ist richtig.«

»Danke, Dr. Cone. Keine weiteren Fragen.«

Tom Milton sah kurz zu Kya hinüber, die den Himmel betrachtete. Der ganze Raum lehnte sich fast spürbar in Richtung Anklage, als hätte sich der Boden geneigt, und die Tatsache, dass Kya ungerührt und distanziert wirkte – wie in Eis gemeißelt –, tat ihr Übriges. Er strich sich sein weißes Haar aus der Stirn und trat auf den Gerichtsmediziner zu, um ihn ins Kreuzverhör zu nehmen.

»Guten Morgen, Dr. Cone.«

»Guten Morgen.«

»Dr. Cone, Sie haben ausgesagt, dass die Wunde an Chase Andrews' Hinterkopf dadurch entstanden sein kann, dass er rückwärts durch das offene Loch gestürzt ist. Könnte man sagen, dass die Folgen des Aufpralls mit dem Hinterkopf genau dieselben gewesen wären, wenn er selbst einen Schritt nach hinten gemacht hätte und aus Versehen durch die offene Luke gestürzt wäre?«

»Ja.«

»Hatte er an Brust oder Armen irgendwelche Blutergüsse, die darauf hindeuten, dass er geschubst oder gestoßen wurde?«

»Nein. Natürlich wies sein gesamter Körper als

Folge des Sturzes starke Prellungen auf. Hauptsächlich auf der Rückseite des Torsos und der Beine. Es gab jedoch keine, die speziell einem Schubs oder Stoß zugeordnet werden konnten.«

»Entspricht es nicht vielmehr der Wahrheit, dass es keinerlei Beweise irgendwelcher Art dafür gibt, dass Chase Andrews in das Loch gestoßen wurde?«

»Ja. Meines Wissens gibt es keinerlei Beweise dafür, dass Chase Andrews gestoßen wurde.«

»Dann hat Ihre sachverständige Untersuchung der Leiche von Chase Andrews also keinen Hinweis darauf erbracht, dass es sich um einen Mord handelt und nicht um einen Unfall?«

»Das ist richtig.«

Tom schwieg einen Moment, ließ die Antwort bei den Geschworenen wirken, dann erst machte er weiter: »Kommen wir nun zu den roten Wollfasern, die auf Chase Andrews' Jacke gefunden wurden. Können Sie genau sagen, wie lange die Fasern sich auf der Jacke befunden haben?«

»Nein. Wir können feststellen, woher sie stammen, aber nicht, wann sie auf die Jacke übertragen wurden.«

»Anders ausgedrückt, diese Fasern könnten schon seit einem Jahr, vielleicht sogar vier Jahren auf der Jacke gewesen sein?«

»Das ist korrekt.«

»Selbst wenn die Jacke gewaschen worden war?«

»Auch dann.«

»Es gibt also keinen Beweis dafür, dass diese Fasern in der Nacht, als Chase Andrews starb, auf die Jacke übertragen wurden?«

»Richtig.«

»Wir haben gehört, dass die Angeklagte vier Jahre lang Umgang mit Chase Andrews hatte. Sie sagen also aus, dass die Fasern möglicherweise irgendwann im Verlauf dieser vier Jahre von der Mütze auf die Jacke übertragen wurden, falls die beiden sich getroffen haben, als sie die entsprechenden Kleidungsstücke trugen.«

»Nach allem, was ich weiß, besteht diese Möglichkeit.«

»Die roten Fasern beweisen demnach nicht, dass Miss Clark mit Chase Andrews in der Nacht seines Todes zusammen war. Gab es irgendwelche anderen Hinweise darauf, dass sich Miss Clark in jener Nacht in unmittelbarer Nähe zu Chase Andrews befand? Zum Beispiel Partikel ihrer Haut an seinem Körper, unter seinen Fingernägeln oder ihre Fingerabdrücke auf den Knöpfen oder Verschlüssen seiner Jacke? Haare von ihr auf seiner Kleidung oder seinem Körper?«

»Nein.«

»Das heißt also, da sich die roten Fasern schon seit vier Jahren auf der Jacke befunden haben können, liegen keinerlei Beweise dafür vor, dass Miss Catherine

Clark in der Nacht, als Chase Andrews starb, in seiner Nähe war?«

»Den Ergebnissen meiner Untersuchung nach ist das richtig.«

»Danke. Keine weiteren Fragen.«

Richter Sims erklärte, das Gericht werde früher als sonst eine Mittagspause einlegen.

Tom berührte Kya sacht am Ellbogen und flüsterte, das Kreuzverhör sei gut gelaufen. Sie nickte leicht, während die Leute aufstanden und sich reckten. Fast alle blieben noch lange genug, um zuzusehen, wie Kya Handschellen angelegt und sie aus dem Saal geführt wurde.

Nachdem Jacob sie in ihrer Zelle eingeschlossen hatte und seine Schritte den Gang hinunter verhallten, setzte Kya sich sogleich auf ihr Bett. Zu Beginn ihrer Inhaftierung war ihr nicht erlaubt worden, ihren Rucksack mit in die Zelle zu nehmen, aber immerhin hatte sie einiges daraus in eine braune Papiertüte packen und behalten dürfen. Sie griff in die Tüte und zog den Zettel mit Jodies Telefonnummer und Adresse heraus. Seit sie hier eingesperrt war, hatte sie diesen Zettel fast jeden Tag angestarrt und überlegt, ob sie ihren Bruder anrufen und ihn bitten sollte, herzukommen und ihr beizustehen. Sie wusste, dass er das tun würde, und Jacob hatte gesagt, sie könne das Telefon benutzen, um ihn anzurufen. Aber sie hatte es nicht getan. Wie hätte sie die Worte über die Lippen bringen können: *Bitte komm her. Ich bin im Gefängnis, unter Mordverdacht.*

Vorsichtig legte sie den Zettel zurück in die Tüte und nahm den Kompass aus dem Ersten Weltkrieg heraus, den Tate ihr geschenkt hatte. Sie ließ die Nadel nach Norden schwingen und sah zu, bis sie aufhörte zu zittern. Sie drückte sich den Kompass ans Herz. Wo sonst brauchte man einen Kompass mehr als hier?

Dann flüsterte sie Zeilen von Emily Dickinson:

Das Herz auffegen
Die Liebe wegräumen
Die wir nicht wieder brauchen wollen
Bis in die Ewigkeit.

46
KÖNIG DER WELT

1969

Eine weiche Sonne ließ das Septembermeer und den Himmel blassblau leuchten, als Kya in ihrem kleinen Boot zu Jumpin' tuckerte, um sich über die Busfahrzeiten zu informieren. Der Gedanke, mit fremden Leuten im Bus in eine fremde Stadt zu reisen, machte ihr Angst, aber sie wollte ihren Lektor kennenlernen, Robert Foster. In über zwei Jahren hatten sie sich viele kurze Mitteilungen geschickt – und sogar einige längere Briefe –, in denen es meistens um redaktionelle Änderungsvorschläge für die Texte und Illustrationen in ihren Büchern ging, doch die Korrespondenz, die größtenteils aus biologischen Termini vermischt mit poetischen Beschreibungen bestand, war zu einem in einer ganz eigenen Sprache geschmiedeten Band geworden. Sie wollte diesen Menschen am anderen Ende der Postverbindung kennenlernen, der wusste, wie gewöhnliches Licht von mikroskopisch kleinen Prismen in den Federn eines Kolibris gebrochen wird, sodass dessen rot-goldene Kehle schillert. Und wie man das mit Worten ausdrückte, die ebenso erstaunlich waren wie die Farben.

Als sie auf den Steg kletterte, begrüßte Jumpin' sie und fragte, ob sie tanken müsse.

»Nein, danke, diesmal nicht. Ich muss mir den Busfahrplan abschreiben. Du hast doch einen hier, oder?«

»Ja klar. Hängt an der Wand links neben der Tür. Nur zu.«

Als sie mit den Fahrzeiten wieder aus dem Laden kam, fragte er: »Willste wegfahren, Miss Kya?«

»Vielleicht. Mein Lektor hat mich nach Greenville eingeladen, damit wir uns mal kennenlernen. Ich weiß aber noch nicht genau.«

»Na, das wär aber doch schön. Is nich grad um die Ecke, aber so 'ne Reise würd dir guttun.«

Als Kya sich abwandte, um wieder ins Boot zu steigen, beugte Jumpin' sich vor und musterte sie genauer. »Miss Kya, was is'n mit deinem Auge passiert, deinem Gesicht? Sieht aus, als hätt dich wer zusammengeschlagen, Miss Kya.« Sie drehte schnell den Kopf weg. Der Bluterguss von Chases Fausthieb, fast einen Monat alt, war zu einem schwach gelblichen Fleck verblasst, von dem Kya geglaubt hatte, er würde niemandem auffallen.

»Nein, ich hab mich bloß am Türrahmen gestoßen – «

»Versuch jetzt bloß nich, mir was vorzumachen, Miss Kya. Ich bin nämlich nich von gestern. Wer hat dich geschlagen?«

Sie stand da und schwieg.

»War das Mr Chase, der das gemacht hat? Du kannst es mir ruhig erzählen. Ehrlich, ich rühr mich hier nich weg, bis du's mir erzählst.«

»Ja, es war Chase.« Kya konnte kaum glauben, dass sie den Satz über die Lippen brachte. Sie hätte nie gedacht, dass sie jemanden hatte, dem sie so etwas anvertrauen konnte. Sie wandte sich ab, rang mit den Tränen.

Jumpin's ganzes Gesicht verdunkelte sich. Einige Sekunden lang sagte er nichts. Und dann: »Was hat er sonst noch gemacht?«

»Nichts, ich schwöre. Er hat's versucht, Jumpin', aber ich hab mich wehren können.«

»Den Mann muss man auspeitschen und aus der Stadt jagen.«

»Jumpin', bitte. Du darfst es niemandem sagen. Du darfst es auf keinen Fall dem Sheriff oder sonst wem sagen. Die würden mich abholen, und dann müsste ich wildfremden Männern genau erzählen, was passiert ist. Das steh ich nicht durch.« Kya barg das Gesicht in den Händen.

»Na, aber irgendwas müssen wir machen. Der kann so was doch nich einfach tun und weiter mit seinem Angeberboot rumgondeln. Als wär er der König der Welt.«

»Jumpin', du weißt, wie das läuft. Sie werden zu ihm halten. Sie werden sagen, ich mache nur Ärger. Dass ich versuche, Geld von seinen Eltern zu erpressen oder irgendwas. Stell dir vor, was passieren würde, wenn eins der Mädchen aus der Schwarzensiedlung versuchen würde, Chase Andrews Körperverletzung und versuchte Vergewaltigung vorzuwerfen. Die würden nichts machen. Null.«

Kyas Stimme wurde immer schriller. »Das Mädchen würde Riesenprobleme kriegen. Gehässige Kommentare in der Zeitung. Die Leute würden sie als Hure bezeichnen. Und für mich würde es genauso kommen, und das weißt du auch. Bitte versprich mir, dass du es niemandem erzählst.« Sie schluchzte auf.

»Hast recht, Miss Kya. Weiß ich ja. Mach dir mal keine Sorgen, dass ich irgendwas tu, was das alles noch schlimmer macht. Aber woher willste wissen, dass der es nich noch mal versucht? Wo du da draußen doch immer so allein bist?«

»Ich hab immer auf mich selbst aufgepasst. Er hat mich nur erwischt, weil ich ihn nicht gehört hab, dass er kommt. Mir passiert schon nichts, Jumpin'. Falls ich mich dafür entscheide, nach Greenville zu fahren, bleib ich danach vielleicht eine Weile draußen in meiner Lesehütte. Ich glaub, von der weiß Chase nichts.«

»Na gut. Aber ich will, dass du öfters herkommst, ich will, dass du herkommst und mir sagst, wie's so läuft. Und wenn du willst, kannst du auch bei mir und Mabel wohnen, das weißt du.«

»Danke, Jumpin'. Ich weiß.«

»Wann willst du rüber nach Greenville?«

»Weiß ich noch nicht. Der Lektor hat was von Ende Oktober geschrieben. Ich hab noch nichts richtig geplant, hab noch nicht mal seine Einladung angenommen.« Ihr war jetzt klar, dass sie nicht fahren konnte, solange der Bluterguss nicht vollständig verschwunden war.

»Na, sag auf jeden Fall Bescheid, wenn du hinfährst und wann du wiederkommst. Ja? Ich muss wissen, wenn du verreist bist. Weil, wenn ich dich länger als 'nen Tag oder so nich zu Gesicht bekomm, fahr ich nämlich selbst raus zu deiner Hütte. Falls nötig, bring ich noch ein paar kräftige Kerle mit.«

»Mach ich. Danke, Jumpin'.«

47
DER EXPERTE

1970

Staatsanwalt Eric Chastain befragte den Sheriff zu den beiden Jungs, die am 30. Oktober Chase Andrews' Leiche am Fuße des Feuerwachturms gefunden hatten, zu der ärztlichen Untersuchung vor Ort und den ersten Ermittlungsmaßnahmen.

Dann sagte Chastain: »Sheriff, bitte erläutern Sie uns, was Sie zu der Annahme brachte, dass Chase Andrews' tödlicher Sturz kein Unfall war. Was weckte in Ihnen den Verdacht, dass ein Verbrechen vorlag?«

»Nun ja, mir ist gleich zu Anfang aufgefallen, dass es rund um Chases Leiche keine Fußspuren gab, nicht mal seine eigenen. Da waren nur die Spuren von den Jungs, die ihn gefunden hatten, deshalb hab ich mir gedacht, dass jemand sie verwischt haben musste, um ein Verbrechen zu vertuschen.«

»Haben Sie nicht ebenfalls festgestellt, dass am Fundort weder Fingerabdrücke noch Reifenspuren von irgendwelchen Fahrzeugen zu sehen waren?«

»Ja, das ist richtig. Laut Laborbericht wurden im Turm keine frischen Fingerabdrücke gefunden. Nicht mal auf der Gitterluke, und die musste jemand geöffnet haben. Mein Deputy und ich haben nach Reifenspuren gesucht, konnten aber keine entdecken. All das deutete darauf hin, dass jemand gezielt Beweise vernichtet hatte.«

»Und als Sie dann im Laborbericht lasen, dass rote Wollfasern von Miss Clarks Mütze auf der Kleidung gefunden worden waren, die Chase in jener Nacht trug, haben Sie …«

»Einspruch, Euer Ehren«, sagte Tom. »Suggestivfrage. Zudem wurde bereits festgestellt, dass die roten Fasern schon weit vor der Nacht vom 29. auf den 30. Oktober von Miss Clarks Kleidung auf Mr Andrews' Jacke übertragen worden sein können.«

»Stattgegeben«, dröhnte der Richter.

»Keine weiteren Fragen. Ihr Zeuge.« Chastain hatte gewusst, dass die Zeugenaussage des Sheriffs der Anklage nicht sonderlich zugutekommen würde – was will man machen, ohne eine Mordwaffe, ohne Finger-, Fuß- oder Reifenabdrücke? –, aber es gab immer noch genug Verdachtsmomente, um die Geschworenen zu der Überzeugung zu bringen, dass jemand Chase Andrews ermordet hatte und dass dieser Jemand unter Berücksichtigung der roten Fasern durchaus Miss Clark gewesen sein könnte.

Tom Milton trat an den Zeugenstand. »Sheriff, haben Sie oder jemand anders einen Experten angefordert, um nach Fußspuren zu suchen oder nach Hinweisen darauf, dass eventuelle Fußspuren verwischt wurden?«

»Das war nicht nötig. Ich bin selbst Experte dafür. Die Untersuchung von Fußspuren gehörte zu meiner Ausbildung. Ich brauchte keinen externen Experten.«

»Verstehe. Lagen denn Hinweise darauf vor, dass Fußabdrücke verwischt worden waren? Ich meine, konnten Sie zum Beispiel Spuren von Büschen oder Ästen ausmachen, mit deren Hilfe Abdrücke verwischt wurden? Oder war an manchen Stellen offensichtlich Schlamm weggeräumt und woanders aufgetürmt worden? Gibt es irgendwelche Beweise, irgendwelche Fotos, die das belegen?«

»Nein. Ich kann hier nur aussagen, dass es meiner sachverständigen Meinung nach unter dem Turm keine anderen Fußspuren gab als unsere eigenen und die der Jungs. Also müssen alle anderen verwischt worden sein.«

»Okay. Aber, Sheriff, es ist eine physikalische Eigenschaft der Marsch, dass das Grundwasser auch weit hinter der Gezeitenlinie mit Ebbe und Flut steigt und absinkt, sodass manche Bereiche eine Weile trocken liegen und wenige Stunden später wieder unter Wasser stehen. Vielerorts überspült das Wasser sämtliche Spuren im Schlamm, auch Fußabdrücke. Es macht sozusagen reinen Tisch. Ist Ihnen diese Tatsache bekannt?«

»Na ja, doch, so was kommt vor. Aber es gibt keine Beweise dafür, dass es in diesem Fall auch so war.«

»Ich habe hier den Gezeitenkalender für die Nacht des 29. Oktober und den Morgen des 30. Oktober, und wissen Sie, was, Sheriff Jackson? Dem Kalender nach war der Wassertiefststand um Mitternacht. Als Chase am Turm ankam und zur Treppe ging, wird er demnach Spuren im Matsch hinterlassen haben. Später dann wurden diese Spuren durch das mit der Flut ansteigende Grundwasser überspült. Das ist der Grund, warum Sie und die Jungs tiefe Abdrücke hinterließen und warum Chases Spuren verschwunden waren. Stimmen Sie mir zu, dass dies eine mögliche Erklärung ist?«

Kya nickte leicht – ihre erste Reaktion auf einen Zeugen seit Prozessbeginn. Sie hatte schon oft gesehen, wie das Marschwasser die Geschichte des Vortages verschlang: Hirschspuren an einem Bach oder die Fährte eines Rotluchses neben einem toten Jungtier, verschwunden.

Der Sheriff antwortete: »Tja, ich hab jedenfalls noch nie gesehen, dass etwas so restlos weggespült wird, also, ich weiß nicht.«

»Aber, Sheriff, wie Sie selbst gesagt haben, Sie sind der Experte, ausgebildet in der Analyse von Fußspuren. Und jetzt sagen Sie, Sie wissen nicht, ob sich dieser durchaus verbreitete Vorgang in jener Nacht ereignete oder nicht.«

»Tja, wäre ja ziemlich einfach, das zu überprüfen, oder? Man muss einfach bei Ebbe da draußen ein paar Spuren machen und dann abwarten, ob sie verschwinden, wenn die Flut kommt.«

»Ja, es wäre in der Tat ziemlich einfach gewesen, das zu überprüfen, warum also ist das nicht geschehen? Wir sind hier vor Gericht, und Sie haben nicht den geringsten Beweis dafür, dass jemand Fußspuren verwischt hat, um ein Verbrechen zu vertuschen. Wahrscheinlicher ist, dass Chase Andrews am Turm Fußabdrücke hinterlassen hat, die dann vom steigenden Grundwasser überspült wurden. Und falls irgendwer bei ihm war, um mit ihm zusammen aus Spaß auf den Turm zu steigen, dann sind auch dessen Spuren weggespült worden. Angesichts dieser höchst naheliegenden Erklärung besteht nicht der leiseste Grund, ein Verbrechen zu vermuten. Hab ich recht, Sheriff?«

Eds Augen huschten nach links und rechts, links und rechts, als stände die Antwort an den Wänden. Leute rutschten unruhig auf den Bänken hin und her.

»Sheriff?«, wiederholte Tom.

»Meiner sachverständigen Meinung nach ist es unwahrscheinlich, dass Fußspuren durch einen normalen Grundwasseranstieg vollständig überspült werden. Allerdings beweist das Fehlen von Fußabdrücken allein noch nicht, dass ein Verbrechen vorliegt, zumal es keine Anzeichen dafür gab, dass sie verwischt worden waren. Dennoch – «

»Danke.« Tom wandte sich den Geschworenen zu und wiederholte die Worte des Sheriffs. »Das Fehlen von Fußabdrücken beweist nicht, dass ein Verbrechen vorliegt. Kommen wir nun zum nächsten Punkt, Sheriff. Was ist mit der offen stehenden Gitterluke oben im Feuerwachturm? Haben Sie die auf Miss Clarks Fingerabdrücke untersucht?«

»Ja, natürlich.«

»Und haben Sie Miss Clarks Fingerabdrücke auf der Luke oder überhaupt irgendwo im Turm gefunden?«

»Nein. Nein, aber wir haben auch keine anderen Fingerabdrücke gefunden, womit …«

Der Richter beugte sich zum Zeugenstand. »Beantworten Sie nur die Fragen, Ed.«

»Was ist mit Haaren? Miss Clark hat langes schwarzes Haar – falls sie bis ganz nach oben geklettert ist und auf der Plattform eine Luke geöffnet hat und so weiter, würde ich doch erwarten, dass man das ein oder andere Haar von ihr dort hätte finden müssen. Haben Sie welche gefunden?«

»Nein.« Die Stirn des Sheriffs glänzte.

»Nach Aussage des Gerichtsmediziners ergab die Untersuchung der Leiche von Chase Andrews keinerlei Hinweise darauf, dass Miss Clark sich in der fraglichen Nacht in dessen unmittelbarer Nähe befunden hat. Ja, es wurden diese Wollfasern gefunden, aber die hätten auch schon vier Jahre alt sein können. Und jetzt sagen Sie, es liegt nicht der geringste Beweis dafür vor, dass Miss Clark in jener Nacht überhaupt auf dem Turm war. Ist diese Aussage korrekt?«

»Ja.«

»Wir haben also keinen Beweis dafür, dass Miss Clark in der Nacht, als Chase Andrews zu Tode stürzte, auf dem Turm war. Korrekt?«

»Hab ich doch gesagt.«

»Das heißt also Ja.«

»Jawohl, das heißt Ja.«

»Sheriff, entspricht es der Wahrheit, dass die Gitterluken oben im Turm schon recht häufig von spielenden Kindern offen gelassen wurden?«

»Stimmt, die standen manchmal offen. Aber wie gesagt, meistens ging es dabei um die Luke, die man aufmachen muss, um auf die Plattform zu gelangen, nicht um die anderen.«

»Aber entspricht es nicht der Wahrheit, dass die Luke über der Treppe und gelegentlich auch andere so häufig offen gelassen wurden und eine so große Gefahr darstellten, dass Ihr Büro die staatliche Forstbehörde schriftlich aufgefordert hat, die Situation zu beheben?« Tom hielt dem Sheriff ein Dokument vor. »Ist das hier das offizielle Schreiben an die Forstbehörde vom 18. Juli letzten Jahres?« Der Sheriff blickte auf das Blatt.

»Ja. Das ist es.«

»Wer genau hat dieses Schreiben formuliert?«

»Das war ich.«

»Sie haben also, nur drei Monate bevor Chase Andrews durch eine offene Luke des Feuerwachturms in den Tod stürzte, die Forstbehörde schriftlich aufgefordert, den Turm entweder zu schließen oder die Gitterluken zu sichern, damit niemand zu Schaden kommt. Ist das richtig?«

»Ja.«

»Sheriff, würden Sie dem Gericht bitte den letzten Satz dieses Schriftstücks vorlesen, das Sie an die Forstbehörde geschickt haben? Nur den letzten Satz, hier.« Er reichte dem Sheriff das Blatt und deutete auf die letzte Zeile.

Der Sheriff las laut: »›Ich muss wiederholen, diese Gitterluken sind äußerst gefährlich, und falls nicht bald für Abhilfe gesorgt wird, könnte jemand ernsthaft verletzt werden oder gar zu Tode kommen.‹«

»Ich habe keine weiteren Fragen.«

48
EINE REISE

1969

Am 28. Oktober legte Kya kurz an Jumpin's Steg an, um sich wie versprochen von ihm zu verabschieden, dann fuhr sie zum städtischen Pier, wo die Schiffer und Krabbenfischer wie immer ihre Arbeit unterbrachen, um sie mit Blicken zu verfolgen. Ohne auf sie zu achten, vertäute sie ihr Boot und ging mit einem verblichenen Pappkoffer, den sie aus Mas altem Schrank hervorgeholt hatte, auf die Main Street. Sie hatte keine Handtasche dabei, sondern trug ihren Rucksack, prall gefüllt mit Büchern, etwas Schinken und Brot und einem kleinen Geldbetrag, nachdem sie den Großteil ihres Autorenhonorars in einer Blechdose nicht weit von der Lagune vergraben hatte. Ausnahmsweise sah sie ganz normal aus. Sie trug einen braunen Rock von Sears, Roebuck & Co., eine weiße Bluse und flache Schuhe. Ladenbesitzer machten sich auf der Straße zu schaffen, bedienten Kunden, fegten den Bürgersteig, und jeder Einzelne von ihnen starrte sie an.

Sie blieb an der Bushaltestelle an der Ecke stehen und wartete, bis der Trailways-Bus mit zischenden

Bremsen anhielt, den Blick auf den Ozean versperrte. Niemand stieg aus, und Kya kaufte beim Fahrer eine Fahrkarte nach Greenville. Als sie nach den möglichen Tagen und Zeiten für die Rückfahrt fragte, reichte er ihr einen ausgedruckten Fahrplan und verstaute dann ihren Koffer. Sie hielt ihren Rucksack mit beiden Händen fest, als sie sich einen Platz suchte. Und ehe sie Zeit hatte, groß darüber nachzudenken, fuhr der Bus, der ihr fast so lang wie Barkley Cove vorkam, los und ließ das Städtchen hinter sich.

Zwei Tage später, um 13.16 Uhr, stieg Kya aus dem Trailways-Bus von Greenville. Jetzt waren noch mehr Bewohner von Barkley auf der Straße, gafften und tuschelten, als sie ihr langes Haar über die Schulter warf und sich vom Fahrer ihren Koffer geben ließ. Sie ging zum Pier, stieg in ihr Boot und fuhr geradewegs nach Hause. Sie wollte bei Jumpin' vorbeischauen und ihm wie versprochen sagen, dass sie wieder da war, aber an seinem Steg warteten etliche Boote darauf, betankt zu werden, deshalb nahm sie sich vor, am nächsten Tag zurückzukommen. Außerdem konnte sie so schneller wieder bei ihren Möwen sein.

Also legte sie am nächsten Morgen, dem 31. Oktober, an Jumpin's Steg an. Sie rief seinen Namen, und er trat aus dem kleinen Laden.

»Hallo, Jumpin', ich wollte dir Bescheid geben, dass ich wieder zu Hause bin. Gestern angekommen.« Er sagte nichts, als er auf sie zukam.

Sobald sie auf seinem Steg war, sagte er: »Miss Kya, ich …«

Sie legte den Kopf schief. »Was ist denn? Ist was passiert?«

Er stand da und sah sie an. »Hast du das mit Mr Chase gehört?«

»Nein. Was denn?«

Er schüttelte den Kopf. »Chase Andrews is tot. Is mitten in der Nacht gestorben, als du drüben in Greenville gewesen bist.«

»Was?« Kya und Jumpin' sahen einander tief in die Augen.

»Die haben ihn gestern Morgen unterm alten Feuerwachturm gefunden, und … na ja, die sagen, sein Genick war gebrochen und sein Schädel zertrümmert. Er soll von oben runtergefallen sein.«

Kyas Mund blieb offen stehen.

Jumpin' redete weiter. »Den Leuten liegen die Nerven blank. Für die einen war's 'n Unfall, aber es heißt, dass der Sheriff da nich so sicher is. Chases Mama is außer sich, sagt, irgendwer hat ihn umgebracht. Es is alles furchtbar.«

Kya fragte: »Wieso denken sie denn, dass er umgebracht worden ist?«

»Eins von den Gittern da oben im Turm is wohl offen gewesen, und er is glattweg durchgefallen, und die meinen, das is verdächtig. Einige Leute sagen ja, dass die Dinger dauernd offen stehen, weil da oben oft

Kinder rumspielen, und Mr Chase könnte aus Versehen durchgefallen sein. Aber andere schreien was von Mord.«

Kya schwieg, also sprach Jumpin' weiter: »Ein Grund war auch, als sie Mr Chase gefunden haben, hat er nich das Band mit der Muschel umgehabt, das er jahrelang immer um den Hals getragen hat, und seine Frau sagt, er hätte es an dem Abend umgehabt, als er aus dem Haus gegangen is, weil er bei seinen Eltern zum Abendessen war. Hat's immer getragen, sagt sie.«

Bei der Erwähnung des Muschelhalsbands wurde Kyas Mund trocken.

»Und die zwei Jungs, die Chase gefunden haben, tja, die haben gehört, wie der Sheriff gesagt hat, dass da um den Turm rum gar keine Fußspuren waren. Überhaupt keine, so, als hätte da wer Beweise verwischt. Die Jungs haben's in der ganzen Stadt rumerzählt.«

Jumpin' sagte ihr, wann die Beerdigung sein würde, obwohl er wusste, dass Kya nicht hingehen würde. Was wäre das für eine Sensation für die Nähkränzchen und Bibelgrüppchen. Garantiert würden die Gerüchte und Spekulationen auch um Kya kreisen. *Gott sei Dank, dass sie in Greenville gewesen is, als er gestorben is, sonst würden die's ihr anhängen*, dachte Jumpin'.

Kya nickte Jumpin' zu und fuhr nach Hause. Am schlammigen Ufer der Lagune flüsterte sie eines von Amanda Hamiltons Gedichten:

Unterschätze nie
Das Herz
Zu Taten fähig
Die unvorstellbar scheinen.
Das Herz bestimmt und fühlt zugleich.
Wie sonst ist der Weg zu erklären
Den ich gegangen bin
Den du gegangen bist
Den langen Weg durch dieses Tor?

49
VERKLEIDUNGEN

1970

Der nächste Zeuge, der vereidigt wurde – ein Mann mit lockigem weißem, kurz geschnittenem Haar, in einem blauen Anzug, der billig glänzte –, gab an, sein Name sei Mr Larry Price und dass er als Busfahrer bei Trailways auf unterschiedlichen Routen in diesem Gebiet von North Carolina eingesetzt wurde. Auf die Frage des Staatsanwalts bestätigte er, dass es möglich war, in einer Nacht mit dem Bus von Greenville nach Barkley Cove und wieder zurück zu fahren. Er sagte auch aus, dass er in der Nacht von Chase Andrews' Tod den Bus von Greenville nach Barkley Cove gefahren hatte und dass unter den Passagieren niemand gewesen war, der wie Miss Clark aussah.

Chastain sagte: »Nun, Mr Price, Sie haben dem Sheriff im Zuge seiner Ermittlungen erzählt, dass ein sehr dünner Fahrgast in dem Bus gesessen hat, der eine als Mann verkleidete Frau gewesen sein könnte. Ist das richtig? Bitte beschreiben Sie den Fahrgast.«

»Ja, das ist richtig. Ein junger Weißer. Gut einen Meter siebzig groß, und die Hose schlotterte an ihm wie Bettwäsche an 'nem Zaunpfahl. Er hatte eine große, unförmige Mütze auf, blau. Hat die ganze Zeit den Kopf hängen lassen, hat keinen angeguckt.«

»Und jetzt, da Sie Miss Clark gesehen haben, halten Sie es da für möglich, dass der dünne Mann im Bus Miss Clark war, die sich als Mann verkleidet hatte? Hätten ihre langen Haare unter der unförmigen Mütze versteckt gewesen sein können?«

»Ja, das wär möglich.«

Chastain bat den Richter, Kya aufzufordern, dass sie aufstehen sollte, und sie tat es, zusammen mit Tom Milton.

»Sie können wieder Platz nehmen, Miss Clark«, sagte Chastain und wandte sich wieder dem Zeugen zu. »Würden Sie sagen, dass der junge Mann im Bus in etwa dieselbe Größe und Statur hatte wie Miss Clark?«

»Ich würd meinen, ziemlich genau gleich«, sagte Mr Price.

»Würden Sie also alles in allem sagen, dass es sich bei dem dünnen Mann, der in der Nacht des 29. Oktober letzten Jahres mit dem Bus um 23.50 Uhr von Greenville nach Barkley Cove gefahren ist, wahrscheinlich in Wirklichkeit um die Angeklagte Miss Clark gehandelt hat?«

»Ja, ich würd sagen, das ist durchaus möglich.«

»Danke, Mr Price. Keine weiteren Fragen. Ihr Zeuge.«

Tom postierte sich vor dem Zeugenstand, und nachdem er Mr Price fünf Minuten befragt hatte, sagte er: »Ich fasse also Folgendes zusammen: Erstens, in der Nacht des 29. Oktober 1969 saß keine Frau, die aussah wie die Angeklagte, in dem Bus von Greenville nach Barkley Cove. Zweitens, in dem Bus saß ein großer dünner Mann, doch zum damaligen Zeitpunkt hielten Sie ihn nicht für eine als Mann verkleidete Frau, und das, obwohl Sie sein Gesicht aus nächster Nähe sahen. Drittens, der Gedanke, er könnte verkleidet gewesen sein, kam Ihnen erst, als der Sheriff das andeutete.«

Tom redete weiter, bevor der Zeuge reagieren konnte. »Mr Price, erklären Sie uns bitte, wie Sie sich so sicher sein können, dass der dünne Mann in dem Bus um 23.50 Uhr ab Greenville saß. Haben Sie sich das notiert, aufgeschrieben? Vielleicht ist er ja in der Nacht davor oder danach mitgefahren. Sind Sie sich hundertprozentig sicher, dass es am 29. Oktober war?«

»Ich verstehe, worauf Sie hinauswollen. Und als der Sheriff meinem Gedächtnis auf die Sprünge geholfen hat, kam's mir wirklich so vor, als wär der Mann genau in der Nacht mitgefahren, aber jetzt muss ich zugeben, dass ich mir da nicht hundertprozentig sicher bin.«

»Außerdem, Mr Price, ist der Bus in der betreffenden Nacht nicht mit einiger Verspätung abgefahren? Hatte er nicht fünfundzwanzig Minuten Verspätung und ist erst um 1.40 Uhr in Barkley Cove angekommen? Ist das richtig?«

»Ja, das stimmt.« Mr Price sah den Staatsanwalt an. »Ich will doch nur helfen, das Richtige tun.«

Tom beruhigte ihn: »Sie waren eine große Hilfe, Mr Price. Vielen Dank. Keine weiteren Fragen.«

Als seinen nächsten Zeugen rief Chastain einen Mr John King auf, den Fahrer des Busses, der am frühen Morgen des 30. Oktober um 2.30 Uhr von Barkley Cove nach Greenville gefahren war. Er sagte aus, die Angeklagte, Miss Clark, habe nicht in dem Bus gesessen, dass aber eine ältere Lady mitgefahren sei. »… so groß wie Miss Clark, mit kurzem lockigem, grauem Haar, wie dauergewellt.«

»Bitte schauen Sie sich die Angeklagte an, Mr King. Halten Sie es für möglich, dass Miss Clark, wenn sie sich als ältere Lady verkleidet hätte, Ähnlichkeit mit dieser Frau im Bus gehabt hätte?«

»Na ja, ist schwer zu sagen. Vielleicht.«

»Es wäre also möglich?«

»Ja, ich glaube schon.«

Im Kreuzverhör sagte Tom: »Wenn ein Mensch wegen Mordes angeklagt ist, können wir uns nicht mit dem Wort *glauben* zufriedengeben. Haben Sie Miss Clark am frühen Morgen des 30. Oktober 1969 in dem Bus gesehen, der um 2.30 Uhr von Barkley Cove nach Greenville fuhr?«

»Nein, das habe ich nicht.«

»Und ging in dieser Nacht noch ein anderer Bus von Barkley Cove nach Greenville?«

»Nein.«

50
DAS BILDERBUCH

1970

Als Kya am nächsten Tag in den Gerichtssaal geführt wurde, schielte sie zu Tate, Jumpin' und Mabel hinüber, und ihr stockte der Atem, als sie eine Militäruniform sah, ein kleines Lächeln in einem vernarbten Gesicht. Jodie. Sie nickte knapp, fragte sich, wie er von dem Prozess erfahren hatte. Wahrscheinlich aus den Zeitungen in Atlanta. Sie senkte beschämt den Kopf.

Eric Chastain stand auf. »Euer Ehren, mit Erlaubnis des Gerichts ruft die Anklage Mrs Sam Andrews auf.« Der ganze Saal atmete hörbar aus, als Patti Love, die trauernde Mutter, hereinkam und zum Zeugenstand ging. Kya betrachtete die Frau, von der sie mal gehofft hatte, sie würde ihre Schwiegermutter werden, und erkannte jetzt, wie absurd diese Vorstellung gewesen war. Selbst in diesem düsteren Umfeld schien es Patti Love, in feinste schwarze Seide gekleidet, vor allem um ihr Aussehen und ihre Wirkung zu gehen. Sie setzte sich kerzengerade hin, hielt ihre glänzende Handtasche auf dem Schoß. Das dunkle Haar war zu einem perfekten Knoten nach hinten gekämmt, ihr Hut saß im genau richtigen Winkel auf dem Kopf, und ein dramatisches schwarzes Netz verschleierte ihre Augen. Nie und nimmer hätte diese Frau eine barfüßige Marschbewohnerin als Schwiegertochter akzeptiert.

»Mrs Andrews, ich weiß, es ist schwer für Sie, deshalb werde ich mich möglichst kurz fassen. Ist es richtig, dass Ihr Sohn, Chase Andrews, ein Lederhalsband mit einer Muschel daran trug?«

»Ja, das stimmt.«

»Wann und wie oft trug er dieses Halsband?«

»Immer. Er nahm es nie ab. Vier Jahre lang habe ich ihn nie ohne dieses Halsband gesehen.«

Chastain zeigte Mrs Andrews einen in Leder gebundenen Band. »Können Sie dem Gericht sagen, was für ein Buch das ist?«

Kya starrte zu Boden, biss sich auf die Lippen, empört über diese Verletzung ihrer Privatsphäre, während der Staatsanwalt das Buch hochhielt, damit alle im Saal es sehen konnten. Sie hatte es für Chase gemacht, kurz nachdem sie sich kennengelernt hatten. Die meiste Zeit ihres Lebens war ihr die Freude des Schenkens versagt geblieben, eine Entbehrung, die wenige nachvollziehen können. Sie hatte Tage und Nächte an dem Bilderbuch gearbeitet, es dann in braunes Papier eingeschlagen und mit aparten grünen Farnen und weißen Schneegansfedern geschmückt. Sie hatte es Chase hingehalten, als er am Ufer der Lagune aus seinem Boot stieg.

»Was ist das?«

»Bloß ein Geschenk von mir«, hatte sie lächelnd gesagt.

Die gemalte Geschichte der Zeit, die sie gemeinsam verbracht hatten. Auf der ersten Seite eine Tuschezeichnung von ihnen beiden, wie sie an einem angeschwemmten Stamm am Strand lehnten und Chase Mundharmonika spielte. Die lateinischen Namen der Gräser und herumliegenden Muscheln hatte Kya in Druckschrift dazugeschrieben. Ein Wirbel von Aquarellfarben stellte sein im Mondlicht treibendes Boot dar. Dann kam ein abstraktes Bild von neugierigen Tümmlern, die das Boot umkreisten, und in den Wolken driftete der Text von »*Michael Row the Boat Ashore*«. In einem anderen tanzte sie zwischen silbrigen Möwen an einem silbrigen Strand.

Chase hatte die Seiten staunend umgeblättert. War mit den Fingern behutsam über manche der Zeichnungen gefahren, hatte über andere gelacht, doch die meiste Zeit war er still, nickte.

»So etwas hab ich noch nie geschenkt bekommen.« Er hatte sich vorgebeugt, sie umarmt und gesagt: »Danke, Kya.« Dann hatten sie sich auf den Sand gesetzt, in Decken gewickelt, hatten geplaudert und Händchen gehalten.

Kya erinnerte sich, wie ihr Herz vor Freude gepocht hatte, weil sie jemandem etwas schenken konnte, ohne auch nur im Traum daran zu denken, dass jemals ein anderer das Bilderbuch zu sehen bekäme.

Schon gar nicht als Beweismittel in einem Mordprozess mit ihr als Angeklagte.

Sie sah Patti Love nicht an, als diese Chastains Frage beantwortete. »Das ist eine Sammlung von Bildern, die Miss Clark für Chase gemacht hat. Sie hat sie ihm geschenkt.« Patti Love erinnerte sich daran, wie sie das Buch unter einem Stapel Langspielplatten gefunden hatte, als sie sein Zimmer aufräumte. Offenbar hatte er es vor ihr verstecken wollen. Sie hatte sich auf Chases Bett gesetzt und den dicken Einband geöffnet. Da, detailliert mit Tusche gezeichnet, lehnte ihr Sohn mit dieser Frau an einem Baumstamm. Mit dem Marschmädchen. Ihr Chase mit solchem Gesindel. Sie konnte kaum atmen. *Was, wenn die Leute das erfuhren?* Ihr wurde heiß und kalt, ihr ganzer Körper rebellierte.

»Mrs Andrews, würden Sie bitte schildern, was Sie auf dem Bild sehen, das die Angeklagte, Miss Clark, gemalt hat?«

»Es zeigt Chase und Miss Clark oben auf dem Feuerwachturm.« Ein Murmeln durchlief den Saal.

»Und was tun die beiden da?«

»Sie hält das Muschelhalsband in den Händen und gibt es ihm.«

Und er hat es nie wieder abgenommen, dachte Patti Love. *Ich habe geglaubt, er erzählt mir alles. Ich habe gedacht, ich hätte ein engeres Verhältnis zu meinem Sohn als andere Mütter. Das habe ich mir eingeredet. Aber ich hatte keine Ahnung.*

»Sie wussten also, dass Ihr Sohn sich regelmäßig mit Miss Clark traf, weil er es Ihnen erzählt hatte und aufgrund dieses Bilderbuchs. Wussten Sie auch, dass sie ihm das Halsband geschenkt hatte?«

»Ja.«

»Als Chase am Abend des 29. Oktober zu Ihnen zum Essen kam, trug er da das Halsband?«

»Ja, er ist erst nach elf Uhr wieder gegangen, und da trug er das Halsband noch.«

»Und als Sie Chase am nächsten Tag im Krankenhaus identifizieren mussten, hatte er da das Halsband um?«

»Nein.«

»Können Sie sich irgendeine Erklärung denken, warum einer seiner Freunde oder jemand anders, abgesehen von Miss Clark, ihm das Halsband hätte abnehmen sollen?«

»Nein.«

»Einspruch, Euer Ehren«, rief Tom rasch und stand auf. »Hörensagen. Spekulation. Sie kann sich nicht zu den Beweggründen anderer äußern.«

»Stattgegeben. Geschworene, Sie müssen die letzte Frage und die Antwort außer Betracht lassen.« Dann senkte der Richter den Kopf wie ein angriffslustiger Gänserich und ermahnte den Staatsanwalt: »Sehen Sie sich vor, Eric, Herrgott noch mal. So was haben Sie doch nicht nötig.«

Chastain machte ungerührt weiter. »Nun denn,

wir wissen also aus Miss Clarks eigenen Zeichnungen, dass sie mindestens einmal mit Chase auf dem Feuerwachturm war. Wir wissen, dass sie ihm das Muschelhalsband geschenkt hat, das er von da an ständig trug, bis zur Nacht seines Todes. Seitdem ist es verschwunden. Trifft das alles zu?«

»Ja.«

»Danke. Keine weiteren Fragen. Ihre Zeugin.«

»Ich verzichte auf das Kreuzverhör«, sagte Tom.

51
ABNEHMENDER MOND

1970

Die Sprache des Gerichtssaals war natürlich nicht so poetisch wie die Sprache der Marsch. Dennoch erkannte Kya gewisse Ähnlichkeiten. Der Richter, offensichtlich das Alphamännchen, war in seiner Position ungefährdet, folglich war sein Auftreten Achtung gebietend, aber gelassen und unangefochten, wie das eines starken Keilers. Tom Milton strahlte mit ruhigen Bewegungen und entspannter Haltung ebenfalls Selbstbewusstsein und Status aus. Ein kräftiger Bock, der auch als solcher anerkannt wurde. Der Staatsanwalt dagegen baute auf breite, auffällige Krawatten und Sakkos mit gepolsterten Schultern, um seine Stellung zu untermauern. Er machte sich wichtig, indem er übertrieben gestikulierte oder die Stimme hob. Ein schwächeres Männchen muss laut werden, damit es bemerkt wird. Der Gerichtsdiener repräsentierte das rangniedrigste Männchen und brauchte seinen Gürtel, der mit glänzender Pistole, klirrendem Schlüsselbund und klobigem Funkgerät behängt war, um seine Position zu stärken. *Dominanzhierarchien sichern die*

Stabilität in natürlichen Populationen und in einigen weniger natürlichen, dachte Kya.

Der Staatsanwalt, der eine scharlachrote Krawatte trug, trat großspurig vor und rief seinen nächsten Zeugen auf, Hal Miller, einen spindeldürren Achtundzwanzigjährigen mit wuscheligem braunem Haar.

»Mr Miller, bitte schildern Sie uns, wo Sie in der Nacht vom 29. auf den 30. Oktober 1969 gegen viertel vor zwei waren und was Sie gesehen haben.«

»Ich und Allen Hunt haben auf dem Krabbenkutter von Tim O'Neal gearbeitet, und wir waren ziemlich spät auf dem Rückweg nach Barkley Cove, und da haben wir sie gesehen, Miss Clark, mein ich, in ihrem Boot, etwa eine Meile draußen, östlich von Barkley, wie sie Richtung Nord-Nordwest fuhr.«

»Und wenn sie diesen Kurs gehalten hat, wo wäre sie dann angekommen?«

»Genau in der kleinen Bucht nicht weit vom Feuerwachturm.«

Richter Sims musste energisch seinen Hammer einsetzen, um den Tumult unter den Zuhörern einzudämmen, die sich eine volle Minute lang kaum beruhigen konnten.

»Könnte sie nicht irgendwo anders hin unterwegs gewesen sein?«

»Ja, schon, aber da draußen gibt's meilenweit bloß morastigen Wald. Ich wüsste nich, wo man da sonst hinwill, außer zum Feuerwachturm.«

Die Fächer der Ladys flatterten gegen den warmen, unruhigen Raum an. Sunday Justice, der auf der Fensterbank geschlafen hatte, sprang geschmeidig auf den Boden und spazierte zu Kya hinüber. Zum ersten Mal schmiegte er sich im Gerichtssaal an ihr Bein, sprang dann auf ihren Schoß und ließ sich dort nieder. Chastain verstummte und sah den Richter an, erwog möglicherweise, Einspruch gegen eine derart offensichtliche Demonstration von Parteilichkeit einzulegen, aber es schien keinen Präzedenzfall für dergleichen zu geben.

»Wie können Sie sicher sein, dass es Miss Clark war?«

»Ach, wir kennen hier alle ihr Boot. Sie fährt schon seit Jahren allein damit rum.«

»Hatte sie Bootslampen an?«

»Nein, keine Lampen. Wir hätten glatt über sie drüberfahren können, hätten wir sie nicht gesehen.«

»Es ist aber doch verboten, nach Einbruch der Dunkelheit ein unbeleuchtetes Boot zu steuern.«

»Klar, sie hätte Lampen anhaben müssen. Hatte sie aber nicht.«

»In der Nacht, als Chase Andrews am Feuerwachturm starb, war Miss Clark also genau in diese Richtung unterwegs, und das nur Minuten vor dem Zeitpunkt seines Todes. Ist das korrekt?«

»Ja, genau das haben wir gesehen.«

»Keine weiteren Fragen«, sagte Chastain und setzte sich.

Tom ging zu dem Zeugen. »Guten Morgen, Mr Miller.«

»Morgen.«

»Mr Miller, wie lange arbeiten Sie schon auf Tim O'Neals Krabbenboot?«

»Fast drei Jahre.«

»Und verraten Sie mir doch bitte, um welche Zeit der Mond in der Nacht vom 29. auf den 30. Oktober aufgegangen ist.«

»Wir hatten abnehmenden Mond, und der ist erst aufgegangen, als wir schon in Barkley angelegt hatten. Irgendwann nach zwei Uhr morgens, würd ich sagen.«

»Verstehe. Dann war es also eine noch mondlose Nacht, als Sie das kleine Boot in der Nähe von Barkley Cove gesehen haben. Es muss sehr dunkel gewesen sein.«

»Stimmt. Es war dunkel. Ein paar Sterne haben ein bisschen Licht gegeben, aber es war ziemlich dunkel, ja.«

»Würden Sie dem Gericht bitte beschreiben, welche Kleidung Miss Clark trug, als sie in jener Nacht an Ihrem Schiff vorbeifuhr.«

»Na ja, wir waren viel zu weit weg, um zu erkennen, was sie anhatte.«

»Ach ja? Sie waren zu weit weg, um ihre Kleidung zu sehen.« Tom sah die Geschworenen an, als er das sagte. »Wie weit weg waren Sie denn?«

»Ich schätze, mindestens sechzig Meter.«

»Sechzig Meter.« Wieder sah Tom die Geschworenen an. »Das ist eine ziemlich große Entfernung, um ein kleines Boot in der Dunkelheit zu identifizieren. Sagen Sie, Mr Miller, welche Besonderheiten, welche Merkmale an der Person in dem Boot machten Sie so sicher, dass es sich um Miss Clark handelte?«

»Na ja, wie gesagt, hier bei uns kennt jeder ihr Boot, hat es schon von Nahem und aus der Ferne gesehen. Wir kennen die Form des Boots und wie Miss Clark aussieht, wenn sie im Heck sitzt, so groß und dünn. Da weiß man auf Anhieb, dass sie es ist.«

»So groß und dünn … Dann hätte aber doch jeder mit der gleichen Gestalt, jeder Mensch, der groß und dünn ist, in so einem Boot ausgesehen wie Miss Clark. Richtig?«

»Kann sein, dass irgendwer anders ihr ähnlich gesehen hätte, aber wir sind ja ständig da draußen, und deshalb wissen wir ziemlich genau, welches Boot wem gehört.«

»Aber, Mr Miller, darf ich Sie daran erinnern, dass Sie Zeuge in einem Mordprozess sind? Eine ernstere Situation gibt es nicht, und wir müssen uns unserer Sache absolut sicher sein. Wir können uns nicht auf Gestalten oder Silhouetten verlassen, die im Dunkeln aus sechzig Metern Entfernung gesehen wurden. Deshalb frage ich Sie, können Sie mit absoluter Sicherheit sagen, dass die Person, die Sie in der Nacht vom 29.

auf den 30. Oktober 1969 gesehen haben, Miss Clark war?«

»Äh, nein, absolut sicher bin ich mir nicht. Hab auch nie behauptet, ich wär absolut sicher, dass sie das war. Aber ich bin ziemlich – «

»Das wäre dann alles, Mr Miller. Danke.«

Richter Sims sah den Staatsanwalt an. »Haben Sie noch Fragen an den Zeugen?«

Chastain sagte von seinem Platz aus: »Hal, Sie haben ausgesagt, dass Sie Miss Clark seit mindestens drei Jahren immer wieder in ihrem Boot gesehen und erkannt haben. Ist es schon mal vorgekommen, dass Sie von Weitem meinten, Miss Clark in ihrem Boot zu sehen, aber dann beim Näherkommen feststellten, dass es gar nicht Miss Clark war?«

»Nein, kein einziges Mal.«

»In drei Jahren kein einziges Mal?«

»In drei Jahren kein einziges Mal.«

»Euer Ehren, die Anklage ruft keine weiteren Zeugen auf.«

52
THREE MOUNTAINS MOTEL

1970

Richter Sims betrat den Gerichtssaal und nickte dem Tisch der Verteidigung zu. »Mr Milton, sind Sie bereit, den ersten Zeugen für die Verteidigung aufzurufen?«

»Jawohl, Euer Ehren.«

»Dann tun Sie das.«

Nachdem die Zeugin vereidigt worden war und Platz genommen hatte, sagte Tom: »Bitte nennen Sie Ihren Namen und geben Sie an, welcher Arbeit Sie in Barkley Cove nachgehen.« Kya hob den Kopf ein wenig, sodass sie die kleine, ältere Frau mit dem lila-weißen Haar in dauergewellten Löckchen sehen konnte, von der sie vor vielen Jahren gefragt worden war, warum sie immer nur allein in den Lebensmittelladen kam. Vielleicht war sie jetzt etwas kleiner und ihre Löckchen noch dichter gekringelt, aber ansonsten sah sie erstaunlich unverändert aus. Mrs Singletary hatte neugierig und herrisch gewirkt, aber in dem Winter, nachdem Ma fortgegangen war, hatte sie Kya einen Weihnachtsstrumpf geschenkt, in dem eine blaue

Pfeife steckte. Es war das Weihnachtlichste, was Kya je erlebt hatte.

»Ich heiße Sarah Singletary und bin Kassiererin in der Piggly-Wiggly-Filiale hier in Barkley Cove.«

»Sarah, stimmt es, dass Sie von Ihrer Kasse im Piggly Wiggly aus die Haltestelle der Trailways-Busse sehen können?«

»Ja, ich habe einen freien Blick darauf.«

»Haben Sie am 28. Oktober letzten Jahres die Angeklagte, Miss Catherine Clark, um 14.30 Uhr an der Bushaltestelle warten sehen?«

»Ja, ich hab Miss Clark dort stehen sehen.« Als sie das sagte, blickte Sarah zu Kya hinüber und erinnerte sich an das kleine Mädchen, das so viele Jahre barfuß in den Laden gekommen war. Niemand würde es je erfahren, aber als Kya noch nicht zählen konnte, hatte Sarah dem Kind oft absichtlich zu viel Wechselgeld rausgegeben und den fehlenden Betrag in der Kasse dann aus ihrem eigenen Portemonnaie beglichen. Natürlich war es damals immer nur um kleine Beträge gegangen, aber bestimmt hatte es Kya geholfen.

»Wie lange hat sie gewartet? Und haben Sie mit eigenen Augen gesehen, dass sie in den Bus um 14.30 Uhr gestiegen ist?«

»Sie hat etwa zehn Minuten gewartet, glaube ich. Wir haben alle gesehen, wie sie ihre Fahrkarte beim Fahrer gekauft und ihm ihren Koffer gegeben hat.

Dann ist sie eingestiegen. Der Bus ist abgefahren, und sie hat ganz eindeutig drin gesessen.«

»Soweit ich weiß, haben Sie am 30. Oktober auch Ihre Rückkehr mit dem Bus um 13.16 beobachtet. Ist das richtig?«

»Ja, zwei Tage später, es war ziemlich genau viertel nach eins. Ich hab hochgeschaut, als der Bus anhielt, und gesehen, wie Miss Clark ausstieg. Ich hab noch meine Kolleginnen auf sie aufmerksam gemacht.«

»Was hat Miss Clark dann getan?«

»Sie ist zum Pier gegangen, in ihr Boot gestiegen und losgefahren.«

»Danke, Sarah. Das wäre alles.«

Richter Sims wandte sich an Chastain: »Irgendwelche Fragen?«

»Nein, Euer Ehren, ich habe keine Fragen. Tatsächlich entnehme ich der Zeugenliste, dass die Verteidigung vorhat, mehrere Bürger dieser Stadt aufzurufen, damit sie wie Mrs Singletary bestätigen werden, dass Miss Clark zu den betreffenden Uhrzeiten und Daten mit dem Trailways-Bus abgefahren und angekommen ist. Die Anklage bestreitet diesen Sachverhalt nicht. Wir sind der einvernehmlichen Meinung, dass Miss Clark die jeweiligen Busse genommen hat, daher ist es müßig, weitere Zeugen dazu anzuhören.«

»Nun gut, Mrs Singletary, Sie können den Zeugenstand verlassen. Was meinen Sie, Mr Milton? Falls die Anklage die Tatsache akzeptiert, dass Miss Clark am

28. Oktober 1969 in den Bus um 14.30 Uhr gestiegen ist und um etwa 13.16 am 30. Oktober 1969 zurückkam, ist es dann notwendig, weitere Zeugen aufzurufen, die das bestätigen?«

»Nein, Euer Ehren.« Toms Gesicht wirkte ruhig, doch innerlich fluchte er. Einer der wichtigsten Punkte seiner Verteidigungsstrategie war Kyas Alibi, dass sie zum Zeitpunkt von Chases Tod verreist gewesen war. Jetzt war es Chastain gelungen, dieses Alibi abzuschwächen, indem er es einfach akzeptierte und sogar auf weitere Zeugenaussagen zur Bestätigung von Kyas Busfahrten bei Tage verzichtete. Dieser Umstand spielte für die Vertreter der Anklage keine Rolle, weil sie der Ansicht waren, dass Kya in der Nacht zurückgekehrt war und den Mord begangen hatte. Tom hatte die Gefahr kommen sehen, es aber dennoch für wichtig gehalten, dass die Geschworenen entsprechende Zeugenaussagen hörten, damit sie sich bildlich vorstellten, wie Kya die Stadt am helllichten Tag verließ und erst nach Chases tödlichem Sturz zurückkehrte. Jetzt würden sie denken, dass das Alibi so unwichtig war, dass es nicht mal einer Bestätigung bedurfte.

»Zur Kenntnis genommen. Bitte rufen Sie Ihren nächsten Zeugen auf.«

Mr Lang Furlough, glatzköpfig und untersetzt, in einem Sakko, das sich über einem runden Bauch spannte, sagte aus, dass er das Three Mountain Motel in Greenville besaß und betrieb und dass Miss Clark vom 28. bis zum 30. Oktober 1969 dort Gast gewesen war.

Kya fand es äußerst unangenehm, diesem Mann mit dem fettigen Haar zuzuhören, von dem sie geglaubt hatte, sie würde ihn nie wiedersehen, und der jetzt über sie sprach, als wäre sie nicht im Raum.

Er beschrieb, wie er sie zu ihrem Motelzimmer gebracht hatte, verschwieg aber, dass er zu lange geblieben war. Immer wieder waren ihm Gründe eingefallen, noch länger herumzutrödeln, bis sie schließlich die Tür geöffnet und ihn aufgefordert hatte zu gehen. Als Tom fragte, wie es denn möglich sei, dass er sich so genau an Miss Clarks Kommen und Gehen erinnerte, grinste er und sagte, sie gehöre zu der Sorte Frau, die Männern auffiel. Er fügte hinzu, wie eigenartig sie gewirkt hatte, dass sie nicht gewusst hatte, wie man das Telefon bediente, dass sie mit einem Pappkoffer in der Hand von der Bushaltestelle zu Fuß gekommen war, sich selbst was zu essen mitgebracht hatte.

»Mr Furlough, in der Nacht darauf, es geht um den 29. Oktober, die Nacht, in der Chase Andrews starb, haben Sie die ganze Zeit an der Rezeption gearbeitet, ist das richtig?«

»Ja.«

»Miss Clark war um zehn Uhr abends, nach dem Essen mit ihrem Lektor, zurück auf ihr Zimmer gegangen. Haben Sie danach gesehen, dass sie es wieder verließ? Haben Sie am Abend des 29. Oktober oder in den frühen Morgenstunden des 30. Oktober gesehen, wie sie ihr Zimmer verließ oder dorthin zurückkehrte?«

»Nein. Ich war die ganze Nacht an der Rezeption und habe nicht gesehen, dass sie ihr Zimmer verließ. Das Zimmer lag direkt gegenüber der Empfangstheke, ich hätte sie also sehen müssen, wenn sie noch mal ausgegangen wäre.«

»Danke, Mr Furlough, das wäre alles. Ihr Zeuge.«

Nach einigen Minuten Kreuzverhör sagte Chastain zusammenfassend: »Okay, Mr Furlough, bislang haben wir gehört, dass Sie die Rezeption zweimal verlassen haben, um Ihre Wohnung aufzusuchen und die Toilette zu benutzen. Ein Lieferjunge hat Ihnen Pizza gebracht, Sie haben ihn bezahlt und so weiter. Vier Gäste sind angekommen, zwei sind abgereist. Und zwischendurch haben Sie noch Ihre Abrechnung gemacht. Sie waren also ziemlich beschäftigt. Ich würde behaupten, Mr Furlough, dass Miss Clark reichlich Gelegenheit gehabt hätte, aus ihrem Zimmer zu schleichen und rasch die Straße zu überqueren, ohne dass Sie es bemerkt hätten. Liegt das nicht durchaus im Bereich des Möglichen?«

»Na ja, ich schätze, möglich wär's schon. Aber ich habe sie nicht gesehen. Ich habe nicht gesehen, dass sie in der Nacht ihr Zimmer verlassen hat, dabei bleibe ich.«

»Das verstehe ich, Mr Furlough. Und ich bleibe dabei, dass es durchaus möglich ist, dass Miss Clark ihr Zimmer verließ, zur Bushaltestelle ging, nach Barkley Cove fuhr, Chase Andrews ermordete, in ihr Zimmer zurückkehrte und Sie Miss Clark kein einziges Mal bemerkten, weil Sie so vertieft in Ihre Arbeit waren. Keine weiteren Fragen.«

Nach der Mittagspause, als alle einschließlich des Richters gerade wieder ihre Plätze eingenommen hatten, betrat Scupper den Gerichtssaal. Tate wandte sich um und sah seinen Vater, der den Gang herunterkam – noch immer in Latzhose und gelben Gummistiefeln. Scupper war bislang nicht zum Prozess gekommen, wegen seiner Arbeit, hatte er gesagt, aber hauptsächlich, weil die langjährige Zuneigung seines Sohnes zu Miss Clark ihn verunsicherte. Es schien, als hätte Tate nie Gefühle für irgendein anderes Mädchen entwickelt, und selbst als erwachsener, berufstätiger Mann liebte er diese eigenartige, geheimnisvolle Frau noch immer. Eine Frau, die jetzt unter Mordanklage stand.

An diesem Nachmittag dann, als Scupper in seinem Boot stand, Fischernetze um seine Stiefel gehäuft, atmete er schwer aus. Sein Gesicht lief schamrot an, als ihm klar wurde, dass er genau wie so manch anderer engstirnige Mitbürger Vorurteile gegen Kya gehabt hatte, weil sie in der Marsch aufgewachsen war. Er erinnerte sich daran, wie Tate ihm stolz Kyas erstes Buch über Muscheln gezeigt hatte und wie er selbst über ihr wissenschaftliches und künstlerisches Talent gestaunt hatte. Scupper hatte jedes ihrer Bücher gekauft, das aber Tate gegenüber nie erwähnt. Was für ein Unsinn.

Er war so stolz auf seinen Sohn, weil er immer gewusst hatte, was er wollte und wie er es erreichen konnte. Nun, Kya war genauso, und das trotz wesentlich schlechterer Ausgangsbedingungen.

Wie konnte er nicht für Tate da sein? Nichts war wichtiger, als seinem Sohn beizustehen. Er ließ das Netz fallen, stieg aus seinem Boot, das am Pier dümpelte, und ging schnurstracks zum Gericht.

Als er die erste Reihe erreichte, standen Jodie, Jumpin' und Mabel auf, damit er sich neben Tate setzen konnte. Vater und Sohn nickten einander zu, Tate schossen Tränen in die Augen.

Tom Milton wartete, bis Scupper Platz genommen hatte und es still im Saal geworden war, dann sagte er: »Euer Ehren, die Verteidigung ruft Robert Foster auf.« Mr Foster, in Tweed-Sakko, Krawatte und Kakihose, war drahtig, mittelgroß und hatte einen gepflegten Bart und freundliche Augen. Tom fragte ihn nach seinem Namen und seinem Beruf.

»Ich heiße Robert Foster, und ich bin Cheflektor beim Verlag Harrison Morrison in Boston, Massachusetts.« Kya, eine Hand an die Stirn gedrückt, starrte zu

Boden. Ihr Lektor war der einzige Mensch, den sie kannte, der in ihr nicht das Marschmädchen sah, der sie respektiert hatte, ja, anscheinend sogar ihr Wissen und Talent bewunderte. Und jetzt war er hier im Gericht und sah sie am Tisch der Verteidigung als Mordangeklagte.

»Sind Sie der Lektor von Miss Catherine Clarks Büchern?«

»Ja. Sie ist eine sehr talentierte Naturkundlerin, Künstlerin und Autorin. Wir schätzen sie ganz besonders.«

»Können Sie bestätigen, dass Sie am 28. Oktober 1969 nach Greenville reisten und sich sowohl am Neunundzwanzigsten als auch am Dreißigsten mit Miss Clark getroffen haben?«

»Das ist richtig. Ich habe dort an einer kleinen Tagung teilgenommen, und da ich wusste, dass ich zwischendurch etwas freie Zeit haben würde, allerdings nicht genug, um zu ihr nach Hause zu fahren, habe ich Miss Clark nach Greenville eingeladen, damit wir uns einmal persönlich kennenlernen konnten.«

»Können Sie uns sagen, wann genau Sie sie am Abend des 29. Oktober letzten Jahres zurück zu ihrem Motel gefahren haben?«

»Wir hatten einiges zu besprechen und haben dann bei mir im Hotel zu Abend gegessen. Anschließend habe ich Kya um 21.55 Uhr zu ihrem Motel gefahren.«

Kya erinnerte sich, wie sie auf der Schwelle zum

Hotelrestaurant gestanden hatte: brennende Kerzen auf Tischen unter sanft schimmernden Kronleuchtern, hohe Weingläser auf weißen Tischtüchern. Elegant gekleidete Gäste plauderten leise, während Kya nur ihren schlichten Rock mit Bluse trug. Sie und Robert aßen Forelle in Mandelkruste, wilden Reis, Rahmspinat und Hefebrötchen. Kya fühlte sich wohl, weil er das Gespräch locker und entspannt in Gang hielt und bei Naturthemen blieb, die ihr vertraut waren.

Als sie jetzt daran zurückdachte, wunderte sie sich, wie sie das geschafft hatte. Doch in Wahrheit war das Restaurant mit all seinem Glanz nicht annähernd so beeindruckend wie ihr schönstes Picknick. Als sie fünfzehn war, hatte Tate sie eines frühen Morgens von ihrer Hütte abgeholt, und nachdem er ihr eine Decke um die Schultern gelegt hatte, waren sie in seinem Boot durch ein Labyrinth von Wasserwegen zu einem Wald gefahren, den sie noch nie gesehen hatte. Nach einem Fußmarsch von einer Meile gelangten sie zu einer Feuchtwiese, wo frisches Gras aus dem Schlamm spross, und dort hatte er eine Decke ausgebreitet unter Farnen so groß wie Sonnenschirme.

»Jetzt warten wir«, hatte er gesagt, während er heißen Tee aus einer Thermosflasche einschenkte und ihr selbst zubereitete, mit pikantem Cheddar überbackene Wurstbällchen anbot. Sogar jetzt noch, in der kalten Atmosphäre des Gerichtssaals, erinnerte sie sich an die Wärme seiner Schulter, die unter der Decke ihre berührte, während sie sich ihr Frühstückspicknick schmecken ließen.

Sie mussten nicht lange warten. Augenblicke später ertönte von Norden her ein lautes Tosen. »Da kommen sie«, sagte Tate.

Eine schmale schwarze Wolke erschien am Horizont, und als sie näher kam, schwang sie sich zum Himmel hinauf. Das Kreischen wurde intensiver und ohrenbetäubender, während die Wolke den Himmel ausfüllte, bis kein Fleck Blau mehr zu sehen war. Hunderttausende Schneegänse bedeckten die Welt, flatterten, schrien, glitten dahin. Wirbelnde Massen kreisten und setzten zur Landung an. Vielleicht eine halbe Million weiße Schwingen schlugen im Gleichtakt, rötliche Füße hingen herab, und ein Blizzard aus Vögeln ging nieder. Alles auf Erden, nah und fern, verschwand in einem gleichmäßigen Weiß. Einzeln, dann zu zehnt, dann zu Hunderten, landeten die Vögel nur wenige Meter von der Stelle entfernt, wo Kya und Tate unter den Farnwedeln saßen. Der Himmel leerte sich, während sich die Feuchtwiese füllte, bis sie mit flaumigem Schnee bedeckt war.

Dagegen verblasste jedes noch so elegante Restaurant, und die Wurstbällchen boten mehr Würze und Wärme als Forellen in Mandelkruste.

»Haben Sie Miss Clark in ihr Zimmer gehen sehen?«

»Natürlich. Ich hab ihr die Tür geöffnet und sie zum Zimmer begleitet, bevor ich wieder davonfuhr.«

»Haben Sie Miss Clark am nächsten Tag getroffen?«

»Wir hatten uns zum Frühstück verabredet, und ich habe sie um 7.30 Uhr abgeholt. Wir haben im Pfannkuchenhaus Stack'em High gegessen. Um 9.00 Uhr habe ich sie wieder vor ihrem Motel abgesetzt. Danach habe ich sie nicht mehr gesehen, bis heute.« Er blickte zu Kya hinüber, doch sie starrte nach unten auf den Tisch.

»Danke, Mr Foster. Ich habe keine weiteren Fragen.«

Chastain stand auf. »Mr Foster, ich habe mich gefragt, warum Sie im Piedmont Hotel gewohnt haben, dem besten Hotel von Greenville, während Ihr Verlag für Miss Clark – eine so talentierte Autorin, die Sie ganz besonders schätzen, wie Sie sagten – nur ein sehr einfaches Motel, das Three Mountains, bezahlt hat.«

»Selbstverständlich haben wir Miss Clark angeboten und sogar empfohlen, im Piedmont abzusteigen, aber sie bestand darauf, in dem Motel zu wohnen.«

»Ach ja? Kannte sie den Namen des Motels? Hat ausdrücklich darum gebeten, im Three Mountains zu wohnen?«

»Ja, sie hat uns brieflich mitgeteilt, dass sie lieber im Three Mountains wohnen wollte.«

»Hat sie erklärt, warum?«

»Nein, ich kenne ihre Beweggründe nicht.«

»Tja, ich hätte da eine Idee. Das hier ist eine Straßenkarte von Greenville.« Chastain hielt die Karte hoch und trat näher an den Zeugenstand. »Wie Sie hier sehen können, Mr Foster, liegt das Piedmont – das Vier-Sterne-Hotel, das Sie Miss Clark angeboten haben – im Stadtzentrum. Das Three Mountains Motel liegt dagegen am Highway 258, in der Nähe vom Busbahnhof. Wenn Sie die Karte genauer studieren, wie ich das getan habe, werden Sie sogar feststellen, dass kein anderes Hotel so nah am Busbahnhof liegt wie das Three Mountains …«

»Einspruch, Euer Ehren«, rief Tom. »Mr Foster kann keine sachkundige Auskunft über den Stadtplan von Greenville geben.«

»Nein, aber die Karte kann das«, erwiderte der Richter. »Ich sehe, worauf Sie hinauswollen, Mr Chastain, und ich werde es zulassen. Fahren Sie fort.«

»Mr Foster, wenn jemand vorhat, mitten in der Nacht möglichst schnell zum Busbahnhof zu kommen, würde er logischerweise eher im Three Mountains absteigen als im Piedmont. Besonders wenn dieser Jemand plant, zu Fuß zu gehen. Ich frage Sie also noch mal: Hat Miss Clark ausdrücklich verlangt, im Three Mountains untergebracht zu werden und nicht im Piedmont?«

»Wie gesagt, sie hat um das Three Mountains gebeten«, erwiderte Mr Foster.

»Das wäre alles.«

»Hat die Verteidigung noch weitere Fragen?«, sagte Richter Sims.

»Ja, Euer Ehren. Mr Foster, wie lange arbeiten Sie schon mit Miss Clark zusammen?«

»Drei Jahre.«

»Und auch wenn Sie ihr erst bei dem Besuch in Greenville im letzten Oktober persönlich begegnet sind, würden Sie sagen, dass Sie Miss Clark im Lauf dieser drei Jahre durch Ihre Korrespondenz recht gut kennengelernt haben? Falls dem so ist, wie würden Sie sie beschreiben?«

»Ja, das habe ich. Sie ist ein scheuer, sanftmütiger Mensch, würde ich sagen. Am liebsten ist sie allein in der Natur. Es hat eine Weile gedauert, bis ich sie überreden konnte, nach Greenville zu kommen. Menschenansammlungen sind ihr in jedem Fall ein Gräuel.«

»Menschenansammlungen, wie man sie in einem großen Hotel wie dem Piedmont antreffen würde?«

»Ja.«

»Würden Sie nicht sogar sagen, dass Miss Clark, die gern für sich ist, mit hoher Wahrscheinlichkeit lieber in einem kleinen, etwas abgelegenen Motel wohnen würde als in einem großen geschäftigen Hotel mitten in der Stadt? Dass diese Wahl eher ihrer Persönlichkeit entspricht?«

»Ja, das würde ich sagen.«

»Miss Clark, die sich nicht mit öffentlichen Verkehrsmitteln auskennt, wusste, dass sie gezwungen wäre, zu Fuß mit einem Koffer vom Busbahnhof zu ihrem Hotel und wieder zurück zu gehen. Scheint es da nicht ganz vernünftig, dass sie ein Hotel oder Motel ausgewählt hat, das möglichst in der Nähe liegt?«

»Doch, das tut es.«

»Danke. Keine weiteren Fragen.«

Als Robert Foster aus dem Zeugenstand entlassen wurde, setzte er sich hinter Kya zu Tate, Scupper, Jodie, Jumpin' und Mabel.

Am Nachmittag rief Tom erneut den Sheriff als Zeugen auf.

Kya kannte Toms Zeugenliste und wusste, dass nicht mehr viele Namen darauf standen. Der Gedanke machte ihr Angst. Als Nächstes würden die Schlussplädoyers kommen und dann das Urteil. Solange eine Reihe von Zeugen ihr beistand, konnte sie noch auf einen Freispruch hoffen oder zumindest auf einen Aufschub des Schuldspruchs. Würde sich der Prozess ewig in die Länge ziehen, käme es nie zu einem Gerichtsurteil. Sie versuchte, sich mit Gedanken an Wiesen voller Schneegänse abzulenken, wie sie das schon seit Beginn des Prozesses immer mal wieder tat, doch stattdessen sah sie nur Gefängniszellen, Gitterstäbe, feuchte Zementwände. Zwischendurch blitzten mentale Bilder von einem elektrischen Stuhl auf. Viele Gurte und Riemen.

Plötzlich hatte sie das Gefühl, nicht mehr atmen zu können, nicht mehr dasitzen zu können, als wäre ihr Kopf zu schwer für ihren Hals. Sie sackte leicht in sich zusammen, und Tom drehte sich vom Sheriff zu Kya um, die den Kopf in die Hände fallen ließ. Er eilte zu ihr.

»Euer Ehren, ich beantrage eine kurze Unterbrechung. Miss Clark braucht eine Pause.«

»Stattgegeben. Die Verhandlung wird für fünfzehn Minuten unterbrochen.«

Tom half ihr auf die Beine und bugsierte sie durch eine Seitentür in ein kleines Besprechungszimmer, wo sie auf einen Stuhl sank. Er setzte sich neben sie und fragte: »Was haben Sie, Kya? Was ist los?«

Sie barg das Gesicht in den Händen. »Wie können Sie das fragen? Ist das nicht offensichtlich? Wie soll das ein Mensch durchhalten? Ich bin zu schwach, zu müde, um da zu sitzen. Muss ich denn dabei sein? Kann der Prozess nicht ohne mich weitergehen?« Sie fühlte sich zu nichts anderem mehr in der Lage, wünschte sich nichts sehnlicher, als in ihre Zelle zurückzukehren und mit Sunday Justice auf ihrem Bett zu liegen.

»Nein, leider nicht. Bei einem Mordprozess verlangt das Gesetz Ihre Anwesenheit.«

»Und wenn ich nicht kann? Wenn ich mich weigere? Das Schlimmste, was sie machen können, ist, mich ins Gefängnis zu stecken.«

»Kya, so ist das Gesetz. Sie müssen teilnehmen, und außerdem ist es besser für Sie, wenn Sie dabei sind. Geschworenen fällt es leichter, einen abwesenden Angeklagten schuldig zu sprechen. Aber, Kya, es wird nicht mehr lange dauern.«

»Das tröstet mich nicht, verstehen Sie denn nicht? Was danach kommt, ist noch schlimmer als das hier.«

»Das wissen wir nicht. Und bedenken Sie, wenn es nicht so läuft, wie wir hoffen, können wir Berufung einlegen.«

Kya antwortete nicht. Der Gedanke an eine Berufung belastete sie noch mehr, wieder ein unfreiwilliger Marsch durch andere Gerichtssäle, noch weiter von ihrem Zuhause entfernt. Wahrscheinlich in irgendeiner Großstadt. Unter einem Himmel ohne Möwen. Tom ging aus dem Raum und kam mit einem Glas süßem Eistee und einer Packung salziger Erdnüsse zurück. Sie nippte an dem Tee, lehnte die Nüsse ab. Wenige Minuten später klopfte der Gerichtsdiener an die Tür und führte sie zurück in den Saal. Kyas Verstand blendete die Wirklichkeit zeitweise aus, bekam nur Bruchstücke der Zeugenaussage mit.

»Sheriff Jackson«, sagte Tom, »die Anklagevertretung behauptet, dass Miss Clark sich spätabends aus ihrem Motel geschlichen hat und vom Three Mountains Motel zum Busbahnhof gegangen ist, wofür sie mindestens zwanzig Minuten gebraucht hätte. Dann soll sie um 23.50 Uhr den Nachtbus von Greenville nach Barkley Cove genommen haben. Der Bus hatte aber Verspätung, sodass sie frühestens um 1.40 Uhr in Barkley angekommen sein kann. Dann ist sie angeblich von der Bushaltestelle in Barkley zum Pier gelaufen – drei bis vier Minuten –, mit ihrem Boot zu der Bucht in der Nähe des Feuerwachturms gefahren – mindestens zwanzig Minuten –, zum Turm gegangen, weitere acht Minuten, im Stockfinstern hinaufgeklettert, sagen wir, vier bis fünf Minuten. Sie soll die Gitterluke geöffnet haben, ein paar Sekunden, dann auf Chase gewartet haben – keine zeitliche Schätzung möglich –, und das alles dann noch mal in umgekehrter Reihenfolge.

Dieser Ablauf hätte mindestens eine Stunde und sieben Minuten gedauert, und das, ohne die Zeit einzurechnen, die sie möglicherweise auf Chase gewartet hat. Aber der Bus zurück nach Greenville, den sie hätte nehmen müssen, fuhr nur fünfzig Minuten nach ihrer Ankunft ab. Somit liegt eines klar auf der Hand: Sie hatte gar nicht genug Zeit, um dieses angebliche Verbrechen zu begehen. Ist das zutreffend, Sheriff?«

»Der Zeitplan wäre sehr knapp gewesen, das stimmt. Aber sie könnte von ihrem Boot zum Turm und wieder zurück gerannt sein, sie könnte hier und da eine Minute eingespart haben.«

»Eine Minute hier und da genügt aber nicht. Sie hätte volle zwanzig Minuten zusätzlich benötigt. Mindestens. Wie hätte sie zwanzig Minuten einsparen sollen?«

»Nun ja, vielleicht hat sie nicht ihr Boot genommen. Vielleicht ist sie von der Haltestelle auf der Main Street über den Sandweg zum Turm gerannt. Dann wäre sie sehr viel schneller gewesen als mit dem Boot.« Eric Chastain saß auf seinem Platz am Tisch der Staatsanwaltschaft und funkelte den Sheriff erbost an. Er hatte die Geschworenen davon überzeugt, dass Kya genug Zeit gehabt hatte, um das Verbrechen zu begehen und den Bus nach Greenville zu erwischen. Sie mussten nicht groß überzeugt werden. Außerdem hatte er einen erstklassigen Zeugen, den Krabbenfischer, der ausgesagt hatte, dass er Miss Clark in ihrem Boot auf dem Weg zum Turm gesehen hatte.

»Haben Sie irgendwelche Beweise dafür, dass Miss Clark auf dem Fußweg zum Turm gelaufen ist, Sheriff?«

»Nein. Aber es ist eine gute Theorie.«

»*Theorie!*« Tom wandte sich an die Geschworenen. »Sie hatten genug Zeit für *Theorien*, bevor Sie Miss Clark verhaftet haben, bevor Sie sie zwei Monate im Gefängnis festhielten. Tatsache ist, Sie können nicht beweisen, dass Sie den Fußweg genommen hat, und die Zeit hätte nicht ausgereicht, um mit dem Boot zum Turm zu fahren. Keine weiteren Fragen.«

Chastain begann sein Kreuzverhör mit der Frage: »Sheriff, ist es richtig, dass das Meer vor Barkley Cove starke Strömungen sowie Rippströmungen und Sogkräfte aufweist, die sich auf die Geschwindigkeit eines Bootes auswirken können?«

»Ja, das stimmt. Alle Einheimischen wissen das.«

»Jemand, der sich darauf versteht, derartige Strömungen zu nutzen, hätte sehr schnell mit dem Boot vom städtischen Pier zum Turm fahren können. In einem solchen Fall wäre es durchaus möglich, beim Hin- und Rückweg zwanzig Minuten einzusparen. Ist das richtig?« Chastain war ungehalten, weil er noch eine weitere Theorie vorstellen musste, aber er brauchte nun mal eine plausible Erklärung, mit der er die Geschworenen auf seine Seite ziehen konnte.

»Ja, das ist richtig.«

»Danke.« Sobald Chastain sich vom Zeugenstand abwandte, stand Tom erneut auf.

»Sheriff, ja oder nein, haben Sie irgendeinen Beweis dafür, dass es in der Nacht vom 29. auf den 30. Oktober Strömungen, Rippströmungen oder starke Winde gab, die es ermöglicht hätten, schneller per Boot von Barkley Cove zum Feuerwachturm zu kommen, oder aber irgendeinen Beweis dafür, dass Miss Clark zu Fuß zum Turm gelaufen ist?«

»Nein, aber ich bin sicher, dass es – «

»Sheriff, es spielt keine Rolle, wessen Sie sich sicher sind oder nicht. Haben Sie irgendeinen Beweis dafür, dass es in der Nacht des 29. Oktober 1969 starke Strömungen gab?«

»Nein, hab ich nicht.«

53
MISSING LINK

1970

Am nächsten Morgen hatte Tom nur noch einen einzigen Zeugen. Sein letzter Trumpf.

Er rief Tim O'Neal auf, der seit achtunddreißig Jahren mit seinem Kutter in den Gewässern vor Barkley Cove Krabben fischte. Er war fast fünfundsechzig Jahre alt, groß, aber beleibt, hatte volles braunes Haar mit nur wenigen grauen Strähnen, aber einen fast weißen Vollbart. Er galt allgemein als wortkarg und ernst, ehrlich und liebenswürdig, ein Mann, der stets Türen für Ladys aufhielt. Der perfekte letzte Zeuge.

»Tim, ist es richtig, dass Sie in der Nacht vom 29. auf den 30. Oktober letzten Jahres etwa zwischen 1.45 und 2.00 Uhr mit Ihrem Schiff Barkley Cove ansteuerten?«

»Ja.«

»Zwei Ihrer Crewmitglieder, Mr Hal Miller, der hier als Zeuge ausgesagt hat, und Mr Allen Hunt, der eine eidesstattliche Erklärung unterzeichnet hat, behaupten beide, dass sie etwa zu der angegebenen Zeit gesehen haben, wie Miss Clark in ihrem Boot an

Barkley Cove vorbei Richtung Norden fuhr. Sind Ihnen diese Aussagen bekannt?«

»Ja.«

»Haben auch Sie zum selben Zeitpunkt und am selben Ort dasselbe Boot gesehen, das sowohl Mr Miller als auch Mr Hunt gesehen haben?«

»Ja.«

»Und stimmen Sie mit den Aussagen der beiden überein, dass in dem Boot Miss Clark gesessen hat, die in nördlicher Richtung fuhr?«

»Nein.«

»Warum nicht?«

»Es war dunkel. Der Mond ging erst später auf. Und das Boot war zu weit weg, um es halbwegs sicher erkennen zu können. Ich kenne jeden hier in der Gegend, der diese Art Boot hat, und ich hab Miss Clark schon oft gesehen und immer sofort gewusst, dass sie es war. Aber in jener Nacht war es einfach zu dunkel, um das Boot zu erkennen oder wer drin saß.«

»Danke, Tim. Keine weiteren Fragen.«

Eric Chastain trat nah an den Zeugenstand heran. »Tim, selbst wenn Sie weder das Boot identifizieren konnten noch, wer darin saß, räumen Sie ein, dass in der Nacht, in der Chase Andrews am Feuerwachturm zu Tode kam, ein Flachbodenboot mit ungefähr derselben Größe und Form wie das von Miss Clark etwa um 1.45 Uhr in Richtung des Turms unterwegs war?«

»Ja, ich kann bestätigen, dass das Boot eine ähnliche Form und Größe hatte wie das von Miss Clark.«

»Vielen Dank.«

Tom erhob sich, blieb hinter seinem Tisch stehen und fragte: »Tim, nur zur Klarstellung: Sie haben ausgesagt, dass Sie Miss Clark im Laufe der Jahre viele Male in ihrem Boot gesehen haben, dass es Ihnen aber in jener Nacht unmöglich war zu erkennen, ob es sich bei dem Boot um das von Miss Clark handelte oder ob es von Miss Clark gesteuert wurde. Richtig?«

»Richtig.«

»Und können Sie uns sagen, ob in dieser Gegend viele Boote unterwegs sind, die dieselbe Größe und Form wie das Boot von Miss Clark haben?«

»Oh ja, sie fährt einen der verbreitetsten Bootstypen überhaupt. Es gibt hier jede Menge Boote, die genauso aussehen wie ihres.«

»Die Person, die Sie in jener Nacht an der Ruderpinne des Bootes gesehen haben, hätte also irgendeine x-beliebige Person in einem ähnlichen Boot gewesen sein können?«

»Jawohl.«

»Danke. Euer Ehren, die Verteidigung ruft keine weiteren Zeugen auf.«

Richter Sims sagte: »Wir machen zwanzig Minuten Pause. Die Verhandlung ist unterbrochen.«

Für sein Schlussplädoyer hatte Eric Chastain eine Krawatte mit breiten goldenen und dunkelroten Streifen gewählt. Es herrschte gespannte Stille im Zuhörerraum, als er zur Geschworenenbank schritt und vor dem Geländer stehen blieb, um die Geschworenen ganz bewusst nacheinander anzusehen.

»Verehrte Geschworene, Sie sind Angehörige einer Gemeinde, Bürger einer stolzen und einzigartigen Stadt. Im vergangenen Jahr haben Sie einen Ihrer Söhne verloren. Einen jungen Mann, einen strahlenden Hoffnungsträger Ihres Heimatortes, dem ein langes Leben an der Seite seiner schönen …«

Kya konnte ihn kaum verstehen, während er erneut schilderte, wie sie Chase Andrews ermordet hatte. Sie hatte die Ellbogen auf den Tisch gestützt, das Gesicht in den Händen, bekam nur Bruchstücke seines Plädoyers mit.

»… zwei in dieser Gemeinde bekannte Männer haben Miss Clark und Chase im Wald gesehen … haben gehört, dass sie *Ich bring dich um!* gesagt hat … Fasern einer roten Wollmütze auf seiner Jeansjacke … Wer sonst hätte dieses Halsband entfernen sollen … Sie wissen, dass diese Strömungen und Winde die Geschwindigkeit extrem erhöhen können …

Aufgrund ihres Lebensstils wissen wir, dass sie durchaus fähig ist, nachts mit dem Boot unterwegs zu sein, im Dunkeln auf den Turm zu steigen. Es passt alles perfekt zusammen. Alles, was sie in jener Nacht getan hat, ist glasklar. Sie können und müssen die Angeklagte des vorsätzlichen Mordes für schuldig befinden. Danke, dass Sie Ihre Pflicht tun.«

Richter Sims nickte Tom zu, der aufstand und zur Geschworenenbank ging.

»Verehrte Geschworene, ich bin in Barkley Cove aufgewachsen, und als ich noch jünger war, sind mir die Schauermärchen über das Marschmädchen zu Ohren gekommen. Ja, sprechen wir's aus. Wir haben sie Marschmädchen genannt. Viele tun das heute noch. Manche haben getuschelt, sie wäre halb Wolf, halb Mensch oder der Missing Link zwischen Affe und Mensch. Ihre Augen würden im Dunkeln glühen. Aber in Wahrheit war sie nur ein verlassenes Kind, ein kleines Mädchen, das sich allein im Sumpf durchschlug, hungrig und frierend, und wir haben ihr nicht geholfen. Mit Ausnahme von Jumpin', einem ihrer ganz wenigen Freunde, hat keine unserer Kirchengemeinden oder Bürgergruppen ihr Nahrung oder Kleidung angeboten. Stattdessen haben wir sie abgestempelt und abgelehnt, weil wir dachten, sie wäre anders als wir. Aber, Ladys und Gentlemen, haben wir Miss Clark ausgeschlossen, weil sie anders war, oder wurde sie anders, weil wir sie ausgeschlossen haben? Ich denke, hätten wir sie in unsere Mitte aufgenommen, dann wäre sie heute eine von uns. Hätten wir ihr Nahrung gegeben, Kleidung und Zuwendung, hätten wir sie in unsere Kirchengemeinden und Häuser eingeladen, wären wir heute nicht so voreingenommen ihr gegenüber. Und ich glaube, sie würde heute nicht hier sitzen, als Angeklagte eines Verbrechens.

Die Aufgabe, über diese scheue, abgelehnte Frau zu urteilen, ruht auf Ihren Schultern, aber Ihr Urteil muss sich auf die hier vor Gericht dargelegten Fakten stützen, nicht auf Gerüchte oder Gefühle aus den letzten vierundzwanzig Jahren.

Was sind die unstrittigen Fakten?« Wie schon beim Staatsanwalt bekam Kya auch diesmal nur Fetzen von dem mit, was Tom sagte. »… die Anklagevertretung hat noch nicht mal den Beweis erbracht, dass es sich tatsächlich um Mord handelt und nicht einfach um einen tragischen Unfall. Keine Mordwaffe, keine Spuren an Chase Andrews' Körper, die darauf hindeuten, dass er gestoßen wurde, keine Zeugen, keine Fingerabdrücke …

Eine der wichtigsten bewiesenen Tatsachen ist Miss Clarks hieb- und stichfestes Alibi. Wir wissen, dass sie in der Nacht, in der Chase starb, in Greenville war … keine Beweise, dass sie sich als Mann verkleidete, mit dem Bus nach Barkley fuhr … Tatsächlich konnte die Anklagevertretung nicht nachweisen, dass sie in jener Nacht überhaupt in Barkley Cove war, konnte nicht nachweisen, dass sie am Feuerwachturm war. Ich wiederhole: Es gibt keinen einzigen Beweis dafür, dass Miss Clark auf dem Feuerwachturm war, dass sie in Barkley Cove war, dass sie Chase Andrews getötet hat.

… und der Kapitän, Mr O'Neal, der seit achtunddreißig Jahren auf seinem Kutter Krabben fischt, hat ausgesagt, dass es zu dunkel war, um das Boot eindeutig zu erkennen.

… Fasern an seiner Jacke, die sich schon seit vier Jahren dort befunden haben können … Das sind unbestrittene Fakten …

Keiner der Zeugen der Anklage konnte mit Sicherheit sagen, was er gesehen hat, nicht ein einziger. Dagegen ist sich jeder Zeuge der Verteidigung hundertprozentig sicher …«

Tom schwieg einen Moment, dann sah er die Geschworenen eindringlich an. »Die meisten von Ihnen kenne ich recht gut, und ich weiß, dass Sie jedwede früheren Vorurteile gegen Miss Clark außer Acht lassen werden. Obwohl sie nur einen Tag in ihrem Leben zur Schule ging – weil die anderen Kinder sie schikaniert haben –, hat sie sich selbst gebildet und wurde eine bekannte Naturkundlerin und Autorin. Wir haben sie das Marschmädchen genannt. Heute gilt sie in vielen wissenschaftlichen Institutionen als Marschexpertin.

Ich glaube, Sie sind in der Lage, all die Gerüchte und Schauermärchen unberücksichtigt zu lassen. Ich glaube, Sie werden Ihr Urteil aufgrund der Fakten fällen, die Sie in diesem Gerichtssaal gehört haben, und nicht aufgrund der falschen Gerüchte, die Ihnen jahrelang zu Ohren gekommen sind.

Es wird Zeit, dass wir dem Marschmädchen endlich Gerechtigkeit widerfahren lassen.«

54
UND UMGEKEHRT

1970

Tom deutete auf die zusammengewürfelten Stühle in einem kleinen Besprechungszimmer und forderte Tate, Jodie, Scupper und Robert Foster auf, Platz zu nehmen. Sie setzten sich an den rechteckigen Tisch, auf dem viele Kaffeetassen dunkle Ringe hinterlassen hatten. Der blätterige Putz der Wände war in zwei Grüntönen gestrichen: die obere Hälfte lindgrün, die untere dunkelgrün. Ein dumpfer Geruch – von den Wänden ebenso wie von der Marsch – lag in der Luft.

»Sie können hier warten«, sagte Tom, als er die Tür hinter sich schloss. »Den Flur runter, gegenüber vom Büro des Assessors, steht eine Kaffeemaschine, aber der Kaffee ist die reinste Plörre. Der vom Diner ist ganz gut. Mal sehen, es ist jetzt kurz nach elf. Vielleicht können wir später zusammen was essen.«

Tate trat ans Fenster, das mit einem Gitter aus weißen Stäben gesichert war, als hätten andere Leute, die auf einen Urteilsspruch gewartet hatten, einen Fluchtversuch unternommen. Er fragte Tom: »Wo haben sie Kya hingebracht? In ihre Zelle? Muss sie da allein warten?«

»Ja, sie ist in ihrer Zelle. Ich gehe jetzt zu ihr.«

»Was meinen Sie, wie lange werden sich die Geschworenen beraten?«, fragte Robert.

»Das lässt sich unmöglich sagen. Wenn man denkt, es geht schnell, brauchen sie Tage, und umgekehrt. Wahrscheinlich haben die meisten von ihnen ihre Entscheidung bereits getroffen – und nicht zu Kyas Gunsten. Falls ein paar Geschworene Zweifel haben und den anderen klarmachen wollen, dass die Schuld nicht eindeutig bewiesen ist, haben wir eine Chance.«

Sie nickten stumm, geschockt von dem Wort *eindeutig*, als wäre Schuld bewiesen worden, nur eben nicht hundertprozentig.

»Okay«, sagte Tom. »Ich gehe jetzt zu Kya und mache mich dann an die Arbeit. Ich muss den Berufungsantrag vorbereiten und schon mal eine Eingabe formulieren, dass der Prozess aufgrund von Verfahrensmängeln wegen Voreingenommenheit der Geschworenen für ungültig erklärt werden muss. Bitte vergessen Sie nicht, falls Kya schuldig gesprochen wird, ist das nicht das Ende der Fahnenstange. Keineswegs. Ich werde immer mal wieder hereinschauen, und ich gebe auf jeden Fall Bescheid, wenn es irgendwas Neues gibt.«

»Danke«, sagte Tate und schob dann nach: »Bitte sagen Sie Kya, dass wir hier sind und auch mit ihr zusammen warten würden, wenn sie möchte.« Und das, obwohl sie in den letzten Tagen niemanden außer

Tom hatte sehen wollen und seit zwei Monaten fast gar keinen Besuch erlaubt hatte.

»Klar. Das mach ich.« Tom ging.

Jumpin' und Mabel mussten zusammen mit den wenigen anderen Schwarzen draußen auf dem Platz zwischen Palmettos und Sägegras auf das Urteil warten. Gerade als sie bunte Quilts auf dem Boden ausbreiteten und Wurstsandwiches aus Papiertüten nahmen, setzte ein Regenschauer ein, und sie suchten eilig Schutz unter dem Vordach der Tankstelle Sing Oil. Mr Lane schrie, dass sie draußen warten müssten – was sie schon seit hundert Jahren wussten – und ja nicht anderen Kunden im Weg stehen sollten. Einige Weiße waren auf einen Kaffee in den Diner oder das Dog-Gone gegangen, andere drängten sich unter bunten Regenschirmen auf der Straße zusammen. Kinder spielten in den plötzlich entstandenen Pfützen und aßen Schokoriegel, wie auf einem Volksfest.

Gestählt durch Millionen Minuten, die sie allein verbracht hatte, dachte Kya, sie wüsste, was Einsamkeit ist. Ein Leben lang hatte sie den alten Küchentisch betrachtet, leere Zimmer, endlose Weiten aus Meer und Gras, hatte niemanden gehabt, mit dem sie die Freude über eine gefundene Feder oder ein gelungenes Aquarell hätte teilen können. Hatte den Möwen Gedichte aufgesagt.

Doch nachdem Jacob scheppernd ihre Zelle abgeschlossen hatte, den Gang hinunter verschwunden war und die schwere Tür mit einem endgültigen dumpfen Schlag zugezogen hatte, senkte sich eine kalte Stille auf sie herab. Nach ihrem eigenen Mordprozess auf das Urteil zu warten, brachte eine ganz andere Art von Einsamkeit mit sich. Die Frage, ob sie leben oder sterben würde, war nicht die vordringlichste in Kyas Kopf, sie versank vielmehr hinter einer größeren Angst vor Jahren allein ohne ihre Marsch. Ohne Möwen, ohne Meer, an einem sternenlosen Ort.

Die nervigen Zellengenossen am Ende des Ganges waren freigelassen worden. Sie vermisste ihr unaufhörliches Gequassel schon fast – eine menschliche Präsenz, ganz gleich wie unbedeutend. Jetzt war sie allein in diesem langen Zementtunnel aus Schlössern und Gittern.

Sie wusste, wie groß die Vorurteile gegen sie waren und dass ein schnelles Urteil bedeuten würde, dass die Geschworenen sich kaum untereinander beratschlagt hatten, was wiederum den Schuldspruch bedeuten würde. Wundstarrkrampf kam ihr in den Sinn – das gekrümmte, gequälte Leben der Verdammten.

Kya überlegte, die Holzkiste unter das Fenster zu schieben und nach Raubvögeln über der Marsch Ausschau zu halten. Stattdessen blieb sie einfach sitzen. In der Stille.

Zwei Stunden später, um ein Uhr nachmittags, öffnete Tom die Tür zu dem Raum, wo Tate, Jodie, Scupper und Robert Foster warteten. »Also, es gibt was Neues.«

»Was denn?« Tate riss den Kopf hoch. »Doch nicht schon das Urteil?«

»Nein, nein. Nicht das Urteil. Aber ich glaube, es ist eine gute Neuigkeit. Die Geschworenen haben das Gerichtsprotokoll von den Aussagen der Busfahrer angefordert. Das zeigt, dass sie wenigstens gründlich nachdenken und nicht ein vorschnelles Urteil fällen. Die Busfahrer sind natürlich entscheidend, und beide haben ausgesagt, dass Kya nicht in ihren jeweiligen Bussen gesessen hat, und bei den Verkleidungen waren sie sich auch nicht sicher. Wir müssen abwarten, aber es ist ein Hoffnungsschimmer.«

»Ein Schimmer ist besser als nichts«, sagte Jodie.

»Es ist schon nach Mittag. Gehen Sie doch ruhig rüber zum Diner. Ich verspreche, sobald irgendwas passiert, hole ich Sie.«

»Lieber nicht«, sagte Tate. »Da drüben reden bestimmt alle darüber, dass sie schuldig ist.«

»Verstehe. Dann lasse ich Ihnen von meiner Sekretärin ein paar Hamburger holen. Was meinen Sie?«

»Das wäre nett, danke«, sagte Scupper und zog ein paar Dollar aus seinem Portemonnaie.

Um 14.15 Uhr kam Tom erneut, um ihnen mitzuteilen, dass die Geschworenen die Aussage des Gerichtsmediziners angefordert hatten. »Ich bin unsicher, ob das positiv für uns ist oder nicht.«

»Verdammt!«, fluchte Tate. »Das hält doch kein Mensch aus!«

»Versuchen Sie, sich zu entspannen. Es könnte noch Tage dauern. Ich halte Sie auf dem Laufenden.«

Um vier Uhr nachmittags öffnete Tom erneut die Tür. Er sah ernst und angespannt aus. »Gentlemen, die Geschworenen sind zu einem Urteilsspruch gekommen. Der Richter ruft alle zurück in den Gerichtssaal.«

Tate stand auf. »Was heißt das jetzt? Dass es so schnell gegangen ist?«

»Komm schon, Tate.« Jodie fasste ihn am Arm. »Gehen wir.«

Auf dem Gang schlossen sie sich dem Strom von Leuten an, die Schulter an Schulter von draußen hereindrängten und kalte Luft, den Geruch von Zigarettenrauch, regennasse Haare und feuchte Kleidung mitbrachten.

Es dauerte keine zehn Minuten, bis der Gerichtssaal voll war. Viele bekamen keinen Sitzplatz mehr und mussten auf dem Gang oder den Eingangsstufen stehen bleiben. Um 16.30 Uhr führte der Gerichtsdiener Kya zu ihrem Platz. Zum ersten Mal stützte er sie am Ellbogen ab, und sie wirkte tatsächlich so, als würde sie andernfalls zusammenbrechen. Sie hielt die

Augen starr auf den Boden gerichtet. Tate beobachtete jedes Muskelzucken in ihrem Gesicht. Er musste schwer gegen ein Gefühl von Übelkeit anatmen.

Miss Jones, die Protokollführerin, trat ein und ging zu ihrem Platz. Dann kamen die Geschworenen nacheinander herein, feierlich und düster wie ein Beerdigungschor. Nur Mrs Culpepper sah zu Kya hinüber. Die anderen blickten stur geradeaus. Tom versuchte, ihre Mienen zu deuten. Aus dem Zuschauerraum war kein einziges Hüsteln oder Füßescharren zu hören.

»Erheben Sie sich.«

Richter Sims' Tür ging auf, und er nahm auf dem Richterstuhl Platz. »Bitte setzen Sie sich. Vorsitzender, trifft es zu, dass die Geschworenen zu einem Urteil gelangt sind?«

In der ersten Reihe stand Mr Tomlinson auf, ein stiller Mann, dem das Schuhgeschäft Buster Brown gehörte. »Das sind wir, Euer Ehren.«

Richter Sims sah Kya an. »Die Angeklagte möge sich bitte zur Urteilsverkündung erheben.« Tom berührte Kya am Arm und half ihr dann auf.

Tate legte eine Hand auf das Geländer, so nah, wie er Kya nur kommen konnte. Jumpin' griff nach Mabels Hand und hielt sie fest.

Niemand im Raum hatte je ein derartiges kollektives Herzklopfen erlebt, diese geteilte Atemlosigkeit. Augen huschten hin und her, Hände schwitzten. Hal Miller, der Krabbenfischer, zermarterte sich das Gehirn, redete sich immer wieder ein, dass er tatsächlich Miss Clarks Boot in jener Nacht gesehen hatte. Aber was, wenn er sich geirrt hatte? Die meisten starrten nicht auf Kyas Hinterkopf, sondern hielten die Augen auf den Boden gerichtet, die Wände. Es schien, als wartete nicht Kya, sondern die Stadt auf das Urteil, und nur wenige empfanden die wollüstige Freude, die sie sich von diesem Moment versprochen hatten.

Der Gerichtsdiener ließ sich von dem Vorsitzenden, Mr Tomlinson, einen Zettel geben und reichte ihn an den Richter weiter. Der faltete ihn auseinander, las ihn mit ausdrucksloser Miene. Dann nahm der Gerichtsdiener den Zettel erneut entgegen und gab ihn Miss Jones, der Protokollführerin.

»Liest das jetzt endlich mal einer vor?«, zischte Tate.

Miss Jones stand auf, wandte sich Kya zu, faltete den Zettel auseinander und las: »Wir, die Geschworenen, befinden Miss Catherine Danielle Clark des Mordes an Mr Chase Andrews für nicht schuldig.« Kya knickten die Knie ein, und sie setzte sich. Tom ebenso.

Tate blinzelte. Jodie atmete geräuschvoll ein. Mabel schluchzte. Der Zuschauerraum war wie erstarrt. Sie hatten wohl nicht richtig gehört. »Hat sie nicht schuldig gesagt?« Das Geraune wurde rasch lauter, steigerte sich zu wütenden Fragen. Mr Lane rief: »Das is nich in Ordnung.«

Der Richter ließ seinen Hammer knallen. »Ruhe! Miss Clark, die Geschworenen haben Sie von der Anklage freigesprochen. Sie dürfen gehen, und ich entschuldige mich im Namen des Staates North Carolina für Ihre zweimonatige Untersuchungshaft. Geschworene, wir danken Ihnen, dass Sie sich die Zeit genommen und dieser Stadt gedient haben. Die Verhandlung ist geschlossen.«

Eine Schar Leute umringte Chases Eltern. Patti Love weinte. Sarah Singletary blickte ebenso finster wie alle anderen, musste sich aber eingestehen, dass sie kolossal erleichtert war. Miss Pansy hoffte, dass niemand mitbekam, wie sich ihre Kiefermuskulatur entspannte. Eine einzelne Träne rann Mrs Culpepper über die Wange, und dann glitt der Hauch eines Lächelns über ihr Gesicht, weil die kleine Schulschwänzerin mal wieder in die Marsch entkommen konnte.

Weiter hinten stand eine Gruppe von Männern in Latzhosen. »Die Geschworenen haben einiges zu erklären.«

»Kann Eric nich auf Verfahrensmängel plädieren? Damit das Ganze noch mal wiederholt wird?«

»Nee. Schon vergessen? Keiner kann zweimal für denselben Mord angeklagt werden. Die is frei. Jetzt kann ihr keiner mehr was.«

»Der Sheriff hat Eric die Tour vermasselt. Hat sich dauernd widersprochen, ohne Sinn und Verstand. Mal die eine, mal die andere Theorie.«

»Hat sich aufgespielt, als wär das hier *Rauchende Colts.*«

Aber dieser kleine erboste Trupp löste sich schnell auf. Einige gingen nach draußen, sagten, sie hätten viel Arbeit aufzuholen und dass der Regen eine schöne Abkühlung gebracht hatte.

Jodie und Tate waren durch die Holzschranke nach vorne zum Tisch der Verteidigung gestürmt. Scupper, Jumpin', Mabel und Robert folgten ihnen und bildeten einen Kreis um Kya. Sie berührten sie nicht, standen aber nah bei ihr, während sie reglos dasaß.

Jodie sagte: »Kya, du kannst wieder nach Hause. Soll ich dich hinfahren?«

»Ja, bitte.«

Kya stand auf und dankte Robert dafür, dass er den weiten Weg von Boston hergekommen war. Er lächelte. »Jetzt vergessen Sie diesen ganzen Unsinn einfach und widmen sich wieder Ihrer wunderbaren Arbeit.« Sie berührte Jumpin's Hand, und Mabel zog sie an ihren weichen Busen. Dann drehte Kya sich zu Tate um. »Danke für die Sachen, die du mir gebracht hast.« Sie wandte sich Tom zu, und ihr fehlten die Worte. Er schloss sie einfach in die Arme. Dann sah sie Scupper an. Sie war ihm nie vorgestellt worden, erkannte aber an seinen Augen, wer er war. Sie nickte ihm ein stummes Dankeschön zu, und zu ihrer Überraschung legte er eine Hand auf ihre Schulter und drückte sie sanft.

Dann folgte sie zusammen mit Jodie dem Gerichtsdiener zur rückwärtigen Tür des Gerichtssaals, und als sie an der Fensterbank vorbeikam, hob sie die Hand und berührte den Schwanz von Sunday Justice. Der Kater ignorierte sie, und sie bewunderte ihn dafür, wie fabelhaft er vortäuschen konnte, keine Verabschiedung zu brauchen.

Als die Tür aufging, spürte sie den frischen Hauch des Meeres im Gesicht.

55
GRÄSER

1970

Der Pick-up rumpelte vom Asphalt auf den sandigen Weg in die Marsch, und Jodie sprach leise auf Kya ein, sagte, sie bräuchte nur ein wenig Zeit, dann würde es ihr wieder gut gehen. Sie betrachtete das Schilf und die Silberreiher, die Kiefern und Tümpel, die draußen vorbeizogen. Reckte den Hals, um zwei planschende Biber zu beobachten. Wie eine Seeschwalbe, die bei ihrem jährlichen Vogelzug zehntausend Meilen zurückgelegt hat, um zu ihrem heimatlichen Strand zurückzukehren, pochte ihr das Herz vor freudiger Sehnsucht nach zu Hause.

Sie nahm Jodies Geplapper kaum wahr. Wünschte, er würde schweigen und der Wildnis in seinem Innern lauschen. Dann würde er vielleicht verstehen.

Ihr stockte der Atem, als Jodie um die letzte Kurve des gewundenen Weges bog und die alte Hütte in Sicht kam, wie sie unter den Eichen auf sie wartete. Über dem rostigen Dach schwankte Spanisches Moos sacht im Wind, und in der schattigen Lagune balancierte der Reiher auf einem Bein. Sobald Jodie angehalten hatte, sprang Kya heraus und lief in die Hütte, berührte das

Bett, den Tisch, den Ofen. Jodie hatte sich gedacht, was sie als Erstes würde tun wollen, und eine Tüte mit Brotkrümeln auf die Arbeitsplatte gestellt, und als hätte Kya einen Energieschub bekommen, rannte sie damit zum Strand. Tränen strömten ihr übers Gesicht, als die Möwen von allen Seiten angeflogen kamen. Rotklecks landete und trippelte mit wippendem Kopf um sie herum.

Sie sank zitternd auf die Knie, umringt von wild flatternden Vögeln. »Ich hab die Leute nie um irgendwas gebeten. Vielleicht lassen sie mich jetzt in Ruhe.«

Jodie brachte ihre wenigen Habseligkeiten ins Haus und goss Tee in der alten Kanne auf. Er setzte sich an den Tisch und wartete. Schließlich hörte er die Verandatür aufgehen, und als sie in die Küche trat, sagte sie: »Oh, du bist noch da.« Natürlich war er noch da – sein Pick-up stand unübersehbar draußen.

»Bitte setz dich doch mal, ja?«, sagte er. »Ich möchte mit dir reden.«

Sie setzte sich nicht. »Mir geht's gut, Jodie. Ehrlich.«

»Heißt das, du willst, dass ich gehe? Kya, du warst zwei Monate allein in einer Zelle, hast gedacht, die ganze Stadt ist gegen dich. Du hast fast jeden Besuch abgelehnt. Ich verstehe das, wirklich, aber ich finde nicht, dass ich jetzt fahren und dich allein lassen sollte. Ich würde gern ein paar Tage bei dir bleiben. Ist das okay?«

»Ich hab fast mein ganzes Leben allein verbracht, nicht bloß zwei Monate! Und ich hab nicht *gedacht*, dass die ganze Stadt gegen mich ist, ich hab's *gewusst.*«

»Kya, lass nicht zu, dass dich diese schreckliche Geschichte noch weiter von den Menschen entfernt. Es war eine qualvolle Erfahrung, aber jetzt ist vielleicht die beste Gelegenheit für einen Neuanfang. Der Freispruch ist vielleicht ihre Art, dir zu sagen, dass sie dich akzeptieren werden.«

»Die meisten Menschen müssen nicht erst von einer Mordanklage freigesprochen werden, damit man sie akzeptiert.«

»Ich weiß, und du hast allen Grund der Welt, die Menschen zu hassen. Ich kann das gut verstehen, aber …«

»Genau das begreift einfach keiner.« Sie wurde lauter. »Ich hab die Menschen nie gehasst. *Sie* haben *mich* gehasst. *Sie* haben *mich* ausgelacht. *Sie* haben *mich* verlassen. *Sie* haben *mich* verhöhnt. *Sie* haben *mich* überfallen. Und es stimmt. Ich habe gelernt, ohne sie zu leben. Ohne dich. Ohne Ma! Ohne irgendwen!«

Er wollte sie in den Arm nehmen, aber sie wich jäh zurück.

»Jodie, vielleicht bin ich gerade einfach nur müde. Ehrlich gesagt, ich bin völlig erschöpft. Bitte, ich muss das alles – den Prozess, die Haft, *die Furcht davor, hingerichtet zu werden* – allein verarbeiten, wie ich immer alles allein bewältigen musste. Ich weiß nicht, wie man sich trösten lässt. Ich bin sogar zu müde für dieses Gespräch. Ich …« Ihre Stimme verstummte.

Sie wartete seine Antwort nicht ab, sondern ging aus der Hütte und in den Eichenwald. Er folgte ihr nicht, weil er wusste, dass es sinnlos wäre. Er würde warten. Am Tag zuvor hatte er Lebensmittel in die Hütte gebracht – bloß für den Fall eines Freispruchs –, und jetzt machte er sich daran, Gemüse für ihr Lieblingsessen zu schnippeln: selbst gemachte Hühnerpastete. Aber als die Sonne unterging, ertrug er den Gedanken nicht, sie auch nur eine Minute länger von ihrer Hütte fernzuhalten, also ließ er die fertige, blubbernde Pastete auf dem Herd stehen und ging zur Tür hinaus. Kya war zum Strand gegangen, und als sie seinen Wagen langsam den Weg hinunterfahren hörte, rannte sie nach Hause.

Der Duft von goldbraunem Teig erfüllte die Hütte bis unters Dach, aber Kya hatte trotzdem keinen Hunger. In der Küche holte sie ihre Farben hervor und plante ihr nächstes Buch über die Gräser der Marsch. Die meisten Menschen nahmen Gräser nur wahr, um sie zu mähen, niederzutrampeln oder zu vergiften. Sie schwang den Pinsel wild über die Leinwand, die Farbe so dunkel, dass sie eher schwarz als grün war. Düstere Bilder entstanden, vielleicht sterbende Wiesen unter Gewitterwolken. Es war schwer zu sagen.

Sie ließ den Kopf sinken und schluchzte. »Warum bin ich jetzt wütend? Warum jetzt? Warum war ich so gemein zu Jodie?« Sie glitt schlaff zu Boden wie eine Stoffpuppe. Weinend rollte sie sich klein zusammen und wünschte, sie könnte sich an das einzige Wesen kuscheln, das sie je so akzeptiert hatte, wie sie war. Aber der Kater war weit weg im Gefängnis.

Kurz vor Einbruch der Dunkelheit ging Kya zurück zum Strand, wo die Möwen sich putzten und für die Nacht niederließen. Kya watete in die Brandung hinein. Muschelscherben und Stücke von Krebspanzern, die zurück ins Meer gezogen wurden, streiften ihre Zehen. Sie bückte sich und hob zwei Silbermöwenfedern auf, genau so welche wie die, die Tate zwischen zwei Seiten von *S* in dem Lexikon gesteckt hatte, das er ihr vor Jahren zu Weihnachten geschenkt hatte.

Sie flüsterte ein Gedicht von Amanda Hamilton:

Du bist zurückgekommen
Hast meine Augen geblendet
Wie das Gleißen der Sonne auf dem Meer.
Sobald ich mich frei fühle
Malt der Mond dein Antlitz ans Fenster.
Wann immer ich dich vergesse
Erblickt mein Herz deine Augen und steht still.
So lebe wohl
Bis du das nächste Mal kommst.
Bis ich dich endlich nicht mehr sehe.

Am nächsten Morgen setzte Kya sich vor Tagesanbruch in ihrem Verandabett auf und sog die satten Düfte der Marsch tief in sich ein. Als erstes Licht in die Küche drang, machte sie sich ein Frühstück aus Maisgrieß, Rühreiern und Brötchen, leicht und fluffig, wie Ma sie gebacken hatte. Sie aß alles auf. Dann, als die Sonne aufging, lief sie zu ihrem Boot und tuckerte über die Lagune, tauchte die Fingerspitzen in klares, tiefes Wasser.

Während sie durch die Kanäle fuhr, begrüßte sie die Schildkröten und Silberreiher, reckte die Arme hoch über den Kopf. »Ich werde den ganzen Tag sammeln, alles, was ich will«, sagte sie. Insgeheim hoffte sie, dass sie vielleicht Tate sehen würde. Vielleicht arbeitete er in der Nähe, und sie würde ihn zufällig treffen. Sie könnte ihn in ihre Hütte einladen, um die Hühnerpastete zu essen, die Jodie gebacken hatte.

Keine Meile entfernt watete Tate durch niedriges Wasser und sammelte Proben in kleinen Reagenzgläsern. Bei jedem Schritt, jedem Eintauchen seiner Hand breiteten sich kleine Kräuselwellen rings um ihn aus. Er hatte vor, in der Nähe von Kyas Hütte zu bleiben. Vielleicht würde sie mit dem Boot in die Marsch fahren, und sie würden sich treffen. Falls nicht, würde er abends zu ihr rausfahren. Er hatte sich noch nicht überlegt, was er zu ihr sagen würde, aber eine Möglichkeit wäre, sie mit einem Kuss zur Vernunft zu bringen.

In der Ferne erklang das wütende Dröhnen eines Motors, greller und sehr viel lauter als das eines normalen Bootes – übertönte die leisen Geräusche der Marsch. Er lauschte dem Lärm, der sich in seine Richtung bewegte, und plötzlich kam eins von diesen neuen Propellerbooten, von denen er noch keins gesehen hatte, mit ungeheurem Tempo in Sicht. Es glitt und flog über das Wasser, sogar über die Gräser, verspritzte hinter sich einen gischtenden Fächer. Stieß ein Geräusch wie zehn Sirenen aus.

Das Boot pflügte über Büsche und Gräser hinweg, änderte jäh seinen Kurs über die Marsch und raste quer über den breiten Wasserarm. Fisch- und Silberreiher krächzten alarmiert. Drei Männer standen am Steuer, und als sie Tate erblickten, drehten sie in seine Richtung. Er erkannte Sheriff Jackson, dessen Deputy und einen anderen Mann.

Das auffällige Boot sank etwas tiefer, als es langsamer wurde und näher glitt. Der Sheriff schrie Tate etwas zu, aber selbst mit den Händen hinter den Ohren und weit vorgebeugt konnte der ihn bei dem Krach nicht verstehen. Sie steuerten noch näher an ihn heran, bis das Boot neben Tate dümpelte und Wasser ihm bis zu den Oberschenkeln schwappte. Der Sheriff bückte sich zu ihm runter, rief etwas.

Nicht weit entfernt hatte auch Kya das seltsame Boot gehört, und als sie in die Richtung fuhr, sah sie, dass es auf Tate zuhielt. Sie ging in einem Dickicht in

Deckung und beobachtete, wie er die Worte des Sheriffs aufnahm, dann fast reglos dastand, den Kopf senkte und die Schultern hängen ließ, als würde er kapitulieren. Selbst aus dieser Entfernung sah sie die Verzweiflung in seiner Haltung. Der Sheriff rief erneut etwas, und schließlich hob Tate den Arm und ließ sich vom Sheriff ins Boot ziehen. Der andere Mann sprang ins Wasser und kletterte in Tates Forschungsschiff. Mit gesenktem Kinn, Blick nach unten gerichtet, stand Tate zwischen den beiden Uniformierten, als das Boot wendete und durch die Marsch zurück in Richtung Barkley Cove raste, während der andere Mann ihnen in Tates Schiff folgte.

Kya blickte ihnen nach, bis beide Boote hinter einer mit Seegras bewachsenen Landspitze verschwanden. Warum hatten sie Tate abgeholt? Hatte das irgendwas mit Chases Tod zu tun? Hatten sie ihn festgenommen?

Ein wilder Schmerz durchfuhr sie. Endlich, nach all den Jahren, gestand sie sich ein, dass die Aussicht, Tate zu sehen, die Hoffnung, um eine Flussbiegung zu kommen und ihn durch das Schilf hindurch zu beobachten, sie seit ihrem siebten Lebensjahr jeden Tag hinaus in die Marsch gezogen hatte. Sie kannte seine Lieblingslagunen, wusste, welche Pfade durch unwegsame Sümpfe er bevorzugte. Immer war sie ihm in sicherer Entfernung gefolgt. War herumgeschlichen, hatte Liebe gestohlen. Sie nie mitgeteilt. Du kannst nicht verletzt werden, wenn du jemanden von der anderen Seite einer Flussmündung aus liebst. Sie hatte ihn die ganze Zeit zurückgewiesen, aber nur überlebt, weil er irgendwo in der Marsch war, auf sie wartete. Und jetzt wäre er vielleicht nicht mehr da.

Sie starrte dorthin, wo der Lärm des seltsamen Bootes allmählich verklang. Jumpin' wusste alles – er würde wissen, warum der Sheriff Tate mitgenommen hatte und was sie dagegen machen könnte.

Sie warf ihren Motor an und brauste mit Vollgas los.

56
DER NACHTREIHER

1970

Der Friedhof von Barkley Cove erstreckte sich unter Tunneln aus dunklen Eichen. Spanisches Moos hing in langen Vorhängen herab, schuf höhlenartige Schutzräume für alte Grabsteine – hier die sterblichen Überreste einer Familie, dort ein Eigenbrötler, keine erkennbare Ordnung. Knorrige Wurzeln hatten Grabsteine gesprengt und zu buckeligen namenlosen Formen verfremdet. Denkmäler des Todes, von Elementen des Lebens auf bloße Stümpfe reduziert. In der Ferne sangen das Meer und der Himmel zu heiter für diesen ernsten Ort.

Gestern hatte es auf dem Friedhof von Einheimischen gewimmelt, wie von unermüdlichen Ameisen, darunter die Fischer und Ladenbesitzer, und sie alle waren gekommen, um Scupper zu beerdigen. Die Menschen standen bedrückt in schweigenden Grüppchen zusammen, während Tate zwischen vertrauten Nachbarn und unvertrauten Verwandten umherging. Seit der Sheriff ihn in der Marsch aufgesucht hatte, um ihm zu sagen, dass Scupper gestorben war, bewegte und verhielt sich Tate nur noch wie gelenkt – durch eine Hand am Rücken, einen sanften Stoß in die Seite. Er erinnerte sich an nichts von allem und war heute noch einmal zum Friedhof gegangen, um Abschied zu nehmen.

Monatelang hatte er sich nach Kya verzehrt, dann immer wieder versucht, sie im Gefängnis zu besuchen, und währenddessen kaum Zeit mit Scupper verbracht. Schuldgefühle und Reue nagten an ihm. Wäre er nicht so mit seinem eigenen Herzen beschäftigt gewesen, hätte er vielleicht bemerkt, dass Scuppers kurz davor war zu versagen. Vor ihrer Festnahme hatte Kya Anzeichen gezeigt, dass sie sich ihm wieder öffnen würde – hatte ihm ein Exemplar ihres ersten Buches geschenkt, war auf sein Boot gekommen, um durch das Mikroskop zu schauen, hatte gelacht, als sie einander die Mütze zuwarfen –, doch sobald der Prozess begann, hatte sie sich mehr denn je zurückgezogen. Das Gefängnis konnte so eine Wirkung haben, dachte er.

Selbst jetzt, während er zu dem frischen Grab ging, einen braunen Plastikkasten in der Hand, ertappte er sich dabei, dass er mehr an Kya dachte als an seinen Vater, und machte sich deswegen Vorwürfe. Er gelangte zu dem aufgeworfenen Erdhügel unter den Eichen mit dem weiten Meer im Hintergrund. Das Grab lag neben dem seiner Mutter. Das seiner Schwester war auf der anderen Seite, alle drei umschlossen von einer niedrigen Mauer aus Naturstein und Mörtel mit darin eingebetteten Muscheln. Für ihn selbst war noch genug Platz übrig. Er hatte überhaupt nicht das Gefühl, seinen Dad hier zu spüren. »Ich hätte dich einäschern lassen sollen, wie Sam McGee«, sagte Tate und lächelte beinahe. Dann blickte er zum Ozean und hoffte, dass Scupper dort, wo er jetzt war, ein Schiff hatte. Einen roten Kutter.

Er stellte den Plastikkasten – einen batteriebetriebenen Plattenspieler – neben dem Grab auf die Erde und legte eine Schellackplatte auf. Der Tonarm wackelte, sank dann nach unten, und die silberne Stimme von Miliza Korjus erhob sich über die Bäume. Tate setzte sich zwischen das Grab seiner Mutter und den mit Blumen bedeckten Hügel. Es war sonderbar, aber die frisch aufgeworfene Erde roch eher nach einem Anfang als nach einem Ende.

Mit gesenktem Kopf bat er seinen Dad laut um Vergebung dafür, dass er so wenig Zeit mit ihm verbracht hatte, und er wusste, dass Scupper ihm verzieh. Tate erinnerte sich daran, was für seinen Vater ein echter Mann gewesen war: einer, der weinen kann, ohne sich zu schämen, Gedichte und Opernmusik im Herzen spürt und tut, was notwendig ist, um eine Frau zu schützen. Scupper hätte verstanden, warum man seiner Liebe auch durch Schlamm folgt. Tate blieb eine ganze Weile dort sitzen, eine Hand auf seiner Mutter, die andere auf seinem Vater.

Schließlich strich er ein letztes Mal über das Grab, ging zurück zu seinem Wagen und fuhr zu seinem

Boot, das am Pier lag. Er würde wieder arbeiten, sich in wimmelnde Lebensformen vertiefen.

Auf dem Pier kamen einige Fischer auf ihn zu, und er blieb verlegen stehen, nahm ihre ebenso verlegenen Beileidsbekundungen entgegen.

Mit gesenktem Kopf, fest entschlossen abzulegen, ehe ihn noch jemand ansprach, stieg er auf das Achterdeck seines Kajütboots. Doch ehe er sich hinters Steuer setzte, bemerkte er eine blassbraune Feder auf dem Sitzkissen. Er sah sofort, dass es die weiche Brustfeder eines Nachtreiherweibchens war, eines langbeinigen scheuen Wesens, das tief in der Marsch lebt, allein. Und jetzt lag da diese Feder, viel zu nah am offenen Meer.

Er schaute sich um. Nein, sie konnte unmöglich hier sein, nicht so nah an der Stadt. Er ließ den Motor an, fuhr in südlicher Richtung auf die offene See hinaus und schließlich in die Marsch.

Er brauste so schnell durch die Kanäle, dass niedrige Äste gegen das Boot klatschten. Die aufgewühlte Heckwelle schwappte ans Ufer, als er in Kyas Lagune fuhr und sein Boot neben ihrem vertäute. Rauch stieg aus dem Schornstein der Hütte, wogend und frei.

»Kya«, rief er. »Kya!«

Sie öffnete die Verandatür und trat unter die Eiche. Sie trug einen langen weißen Rock und einen hellblauen Pullover – die Farben von Flügeln –, und ihr Haar fiel ihr über die Schultern.

Er wartete, bis sie bei ihm war, dann umfasste er ihre Schultern und zog sie an seine Brust. Nach einem Moment schob er sie von sich weg.

»Ich liebe dich, Kya, das weißt du. Das weißt du schon lange.«

»Du hast mich verlassen, wie alle anderen«, sagte sie.

»Ich werde dich nie wieder verlassen.«

»Ich weiß«, sagte sie.

»Kya, liebst du mich? Du hast es mir nie gesagt.«

»Ich habe dich immer geliebt. Sogar als Kind – in einer Zeit, an die ich mich nicht erinnere – habe ich dich schon geliebt.« Sie neigte den Kopf.

»Schau mich an«, sagte er zärtlich. Sie zögerte, das Gesicht abgewandt. »Kya, ich muss sicher sein, dass Schluss ist mit dem Weglaufen und Verstecken. Dass du ohne Angst lieben kannst.«

Sie hob das Gesicht und sah ihm in die Augen, dann führte sie ihn durch den Wald zu der Eichenlichtung, dem Ort der Federn.

57
LEUCHTKÄFER

Die erste Nacht schliefen sie am Strand, und am nächsten Tag zog er zu ihr in die Hütte. Packte innerhalb eines Gezeitenwechsels seine Sachen ein und wieder aus. Wie die Geschöpfe, die im Sand leben.

Als sie am späten Nachmittag an der Wasserlinie entlanggingen, nahm er ihre Hand und sah sie an. »Willst du mich heiraten, Kya?«

»Wir sind verheiratet. Wie die Gänse«, sagte sie.

»Okay. Damit kann ich leben.«

Jeden Morgen standen sie bei Tagesanbruch auf. Tate machte Kaffee, und Kya briet Maisküchlein in Mas alter Eisenpfanne – schwarz und verbeult – oder kochte Maisgrieß und Eier, während die Sonne allmählich über der Lagune aufging und der Reiher einbeinig im Nebel posierte. Sie befuhren Mündungsarme, wateten durch Wasserwege und glitten schmale Flüsse entlang, sammelten Federn und Amöben. Abends ließen sie sich in ihrem alten Boot treiben, bis die Sonne unterging, schwammen dann nackt im Mondschein oder liebten sich in Betten aus kühlem Farn.

Das Archbald-Labor bot Kya einen Job an, aber sie lehnte ab und schrieb weiter ihre Bücher. Sie und Tate ließen erneut den Handwerker kommen, und er baute hinter der Hütte ein Labor und ein Atelier für Kya – aus unbehandeltem Holz, handbehauenen Balken und Wellblech für das Dach. Tate schenkte ihr ein Mikroskop und baute Arbeitsplatten, Regale und Schränke für ihre Sammlung. Ablagen für Instrumente und Zubehör. Dann renovierten sie die Hütte, ließen ein neues Schlafzimmer und ein Bad anbauen, das Wohnzimmer erweitern. Kya bestand darauf, die Küche so zu belassen, wie sie war, und die Außenwände nicht zu streichen, sodass die Hütte zwar jetzt eher ein richtiges Zuhause war, aber von außen weiterhin verwittert und echt wirkte.

Von einem Telefon in Sea Oaks aus rief sie Jodie an und lud ihn zusammen mit seiner Frau Libby auf einen Besuch ein. Zu viert erkundeten sie die Marsch und gingen angeln. Als Jodie eine große Brasse aus dem Wasser zog, jubelte Kya: »Guck bloß mal. Die is so groß wie Alabama!« Sie brieten Fisch und Maisklößchen »dick wie Gänseeier«.

Kya fuhr in ihrem ganzen Leben nie wieder nach Barkley Cove, sondern verbrachte die meiste Zeit allein mit Tate in der Marsch. Die Leute sahen sie bloß als eine ferne Silhouette, die durch Nebel glitt, und im Laufe der Jahre wurden die Rätsel ihrer Geschichte zu einer Legende, die im Diner wieder und wieder über Buttermilchpfannkuchen und Hamburgern erzählt wurde. Die Theorien und Spekulationen, wie Chase Andrews gestorben war, nahmen kein Ende.

Nach einiger Zeit waren sich fast alle darin einig, dass der Sheriff Kya nicht hätte festnehmen sollen. Es gab schließlich keine handfesten Beweise gegen sie, und es war nicht mal klar, ob überhaupt ein Verbrechen vorlag. Es war wirklich grausam gewesen, ein scheues Naturkind so zu behandeln. Hin und wieder nahm ein neuer Sheriff – Jackson wurde nicht wiedergewählt – die Akte zur Hand und stellte ein paar Nachforschungen zu anderen Verdächtigen an, aber es kam nie viel dabei heraus. Im Laufe der Jahre wurde der Fall selbst langsam zur Legende. Und obwohl Kya die Verachtung und das Misstrauen ihr gegenüber nie ganz vergessen konnte, breitete sich allmählich eine stille Zufriedenheit, fast so etwas wie Glück, in ihr aus.

Kya lag eines Nachmittags auf dem weichen Waldboden bei der Lagune und wartete auf Tate, der unterwegs war, um Proben zu sammeln. Sie atmete tief ein in dem Wissen, dass er immer wiederkommen würde, dass sie zum ersten Mal in ihrem Leben nicht allein zurückbleiben würde. Sie hörte das tiefe Brummen seines Boots, das den Kanal heraufkam, konnte das leise Grollen durch den Boden spüren. Sie setzte sich auf, als sein Boot durchs Schilf brach, und winkte ihm. Er saß am Steuer und winkte zurück, lächelte aber nicht. Sie stand auf.

Er legte an dem kleinen Steg an, den er gebaut hatte, und ging auf sie zu.

»Kya, es tut mir so leid. Ich habe eine traurige Nachricht. Jumpin' ist letzte Nacht im Schlaf gestorben.«

Schmerz presste ihr das Herz zusammen. Alle anderen, die sie verlassen hatten, waren freiwillig gegangen. Das hier war anders. Keine Ablehnung, sondern wie der Rotschwanzbussard, der sich zum Himmel aufschwang. Tränen rannen ihr über die Wangen, und Tate schloss sie in seine Arme.

Tate und fast jeder in der Stadt nahmen an Jumpin's Beerdigung teil. Kya nicht. Aber hinterher ging sie zu Jumpin's und Mabels Haus, mit ein paar längst überfälligen Gläsern Brombeermarmelade.

Am Zaun blieb Kya stehen. Freunde und Verwandte standen in dem unbefestigten Hof, der blitzsauber gefegt war. Einige unterhielten sich, einige lachten über alte Geschichten von Jumpin', und einige weinten. Als sie das niedrige Tor öffnete, drehten sich alle zu ihr um und traten dann beiseite, um sie durchzulassen. Mabel, die auf der Veranda gestanden hatte, eilte auf Kya zu. Sie umarmten einander, wiegten sich hin und her, weinten.

»Bei Gott, er hat dich geliebt wie seine eigene Tochter«, sagte Mabel.

»Ich weiß«, sagte Kya, »und er war mein Pa.«

Später ging Kya zu ihrem Strand und verabschiedete sich in ihren eigenen Worten, auf ihre eigene Weise von Jumpin'.

Und als sie in Erinnerung an Jumpin' am Wasser

entlangspazierte, kamen ihr Gedanken an ihre Mutter in den Sinn. Als wäre Kya wieder das kleine sechsjährige Mädchen, sah sie Ma in ihren alten Krokoschuhen den Sandweg hinuntergehen, durch die tiefen Furchen stolpern. Aber in dieser Version blieb Ma am Ende des Weges stehen und drehte sich um, hob die Hand und winkte zum Abschied. Sie lächelte Kya zu, bog auf die Straße und verschwand im Wald. Und diesmal war es endlich in Ordnung.

Ohne Tränen oder Vorwurf flüsterte Kya: »Mach's gut, Ma.« Sie dachte kurz an die anderen – Pa, ihren Bruder, ihre Schwestern. Aber sie hatte zu wenig Erinnerung an diese vergangene Familie, um von ihr Abschied zu nehmen.

Auch dieser Kummer verblasste, als Jodie und Libby zwei Kinder bekamen – Murph und Mindy –, mit denen sie Kya und Tate mehrmals im Jahr besuchten. Endlich war wieder eine Familie um den alten Ofen versammelt, und auf dem Tisch standen Mas Maisküchlein, Rührei und gebackene Tomaten. Aber diesmal gab es dazu Lachen und Liebe.

Barkley Cove veränderte sich im Laufe der Jahre. Ein Mann aus Raleigh baute dort, wo gut hundert Jahre lang Jumpin's windschiefer Laden gestanden hatte, eine piekfeine Marina, mit leuchtend blauen Sonnensegeln über den Liegeplätzen für die Yachten. Bootsbesitzer die Küste rauf und runter steuerten Barkley Cove an und zahlten 3,50 Dollar für einen Espresso.

Auf der Main Street schossen kleine Straßencafés mit bunten Sonnenschirmen und Kunstgalerien mit Seelandschaften wie Pilze aus dem Boden. Eine Lady aus New York eröffnete einen Souvenirladen, in dem alles angeboten wurde, was die Einheimischen nicht brauchten, aber jeder Tourist unbedingt haben musste. In fast jedem Geschäft gab es extra einen Tisch mit Büchern von *Catherine Danielle Clark – einheimische Autorin – preisgekrönte Biologin*. Maisgrieß wurde auf den Speisekarten als »Polenta mit Pilzsoße« angeboten und kostete sechs Dollar. Und eines Tages spazierten einige Ladys aus Ohio in die Dog-Gone Beer Hall, ohne zu ahnen, dass sie die ersten Frauen waren, die durch diese Tür kamen. Sie bestellten sich pikante Garnelen in Pappschiffchen und Bier, das jetzt frisch gezapft wurde. Erwachsene beiderlei Geschlechts und jeder Hautfarbe dürfen jetzt durch diese Tür kommen, aber das Verkaufsfenster, das in die Außenwand gebaut worden war, damit Frauen vom Bürgersteig aus bestellen konnten, gibt es noch immer.

Tate arbeitete weiter in dem Forschungslabor, und Kya veröffentlichte noch sieben weitere preisgekrönte Bücher. Und obwohl ihr viele Auszeichnungen verliehen wurden – einschließlich der Ehrendoktorwürde von der University of North Carolina in Chapel Hill –, lehnte sie sämtliche Einladungen ab, in Universitäten und Museen Vorträge zu halten.

Tate und Kya hätten gern eine Familie gegründet, blieben aber kinderlos. Die Enttäuschung band sie noch enger aneinander, und sie waren selten länger als ein paar Stunden am Tag voneinander getrennt.

Manchmal ging Kya allein zum Strand, und wenn der Sonnenuntergang den Himmel färbte, spürte sie die Wellen in ihrem Herzen schlagen. Sie griff hinunter und berührte den Sand, reckte die Arme dann hinauf zu den Wolken. Spürte die *Bindung*. Nicht die Art von Bindung, von der Ma und Mabel gesprochen hatten – Kya hatte nie einen Kreis enger Freundinnen gehabt und auch nicht die Art von Bindung, die Jodie beschrieb, denn sie hatte keine eigene Familie gegründet. Ihr war klar, dass die Jahre der Isolation ihr Verhalten beeinflusst hatten, bis sie anders wurde als andere Menschen, aber sie hatte ihre Einsamkeit nicht frei gewählt. Das meiste, was sie wusste, hatte sie von der Natur gelernt. Die Natur hatte sie genährt, gelehrt und beschützt, als niemand sonst das tun wollte. Falls ihr fremdartiges Verhalten Konsequenzen nach sich zog, dann waren diese ebenfalls Äußerungen dessen, was das Leben im Kern ausmachte.

Dank Tates inniger Zuneigung erkannte sie schließlich, dass menschliche Liebe mehr ist als die bizarren Paarungskämpfe der Geschöpfe in der Marsch, aber das Leben lehrte sie auch, dass in den Windungen des genetischen Codes der Menschheit noch immer uralte, für das Überleben wichtige Gene in mancherlei unerwünschten Formen fortbestehen.

Kya genügte es, Teil dieser natürlichen Sequenz zu sein, unwandelbar wie die Gezeiten. Sie war mit ihrem Planeten und seinem Leben auf eine Weise verbunden, wie das nur wenige Menschen sind. Fest in seiner Erde verwurzelt. Kind dieser Mutter.

Mit vierundsechzig Jahren war Kyas Haar weiß wie der Sand geworden. Eines Tages war sie mal wieder zum Sammeln in die Marsch gefahren und abends nicht zurückgekehrt. Also machte Tate sich auf die Suche nach ihr. Als die Dämmerung einsetzte, kam er um eine Biegung und sah ihr Boot in einer Lagune treiben, die von himmelhohen Ahornbäumen umstanden war. Kya war nach hinten gesunken, ihr Kopf ruhte auf dem alten Rucksack. Tate rief leise ihren Namen, und als sie sich nicht bewegte, rief er ihn lauter, schrie dann. Er ging an ihrem Boot längsseits und stolperte unbeholfen ins Heck. Er streckte seine langen Arme aus, fasste sie an den Schultern und schüttelte sie sacht. Ihr Kopf fiel weiter zur Seite. Ihre Augen waren blicklos.

»Kya, Kya, nein. Nein!«, schrie er.

Noch jung, noch immer schön, war ihr Herz einfach stehen geblieben. Sie hatte lange genug gelebt, um zu sehen, dass die Weißkopfseeadler zurückkamen; für Kya war das lange genug. Tate schloss sie in die Arme und wiegte sie vor und zurück, weinend. Er wickelte sie in eine Decke und zog sie in ihrem alten Boot durch das Labyrinth aus Bächen und Flussarmen zurück in ihre Lagune, ein letztes Mal vorbei an den Reihern und Hirschen.

Und ich verberg sie im Wald, wo Zypressen stehn
Wenn der Tod kommt und will sie mir nehmen.

Er erhielt eine Sondergenehmigung, sie auf ihrem eigenen Land zu beerdigen, unter einer Eiche mit Blick aufs Meer, und die ganze Stadt kam zur Beisetzung. Kya wäre fassungslos gewesen, hätte sie die langen Schlangen von langsam dahinschreitenden Trauernden gesehen. Natürlich kamen Jodie mit seiner Familie und Tates gesamte Verwandtschaft. Einige wenige nahmen bloß aus Neugier teil, doch die meisten Menschen kamen aus Achtung davor, wie sie jahrelang allein in der Wildnis überlebt hatte. Einige erinnerten sich noch an das kleine Mädchen in einer viel zu großen, schäbigen Jacke, das am Pier anlegte und barfuß zum Lebensmittelladen ging, um Grieß zu kaufen. Andere kamen, weil Kyas Bücher ihnen die Augen dafür geöffnet hatte, wie die Marsch das Land mit dem Meer verbindet und dass alle drei untrennbar zusammengehören.

Mittlerweile verstand Tate, dass der Name, den ihr die Leute in der Stadt verpasst hatten, nicht boshaft gemeint war. Nur wenige werden zur Legende, deshalb verwendete er ihn auch für die Inschrift auf ihrem Grabstein:

CATHERINE DANIELLE CLARK
»KYA«
DAS MARSCHMÄDCHEN
1945–2009

Nach ihrer Beerdigung, als sich endlich alle verabschiedet hatten, ging Tate in Kyas Labor hinter der Hütte. Sorgfältig etikettierte er Proben. Die Sammlung, über fünfzig Jahre hinweg gewachsen, war die umfangreichste ihrer Art. Kya hatte darum gebeten, dass sie dem Archbald-Labor zur Verfügung gestellt werden sollte, und irgendwann würde er das auch tun, aber der Gedanke, sich jetzt schon davon zu trennen, war ihm unerträglich.

Wieder zurück in der Hütte – wie Kya sie immer genannt hatte –, spürte Tate, dass die Wände ihren Atem verströmten, die Bodenbretter so unverkennbar ihre Schritte flüsterten, dass er ihren Namen rief. Dann lehnte er sich schluchzend an die Wand. Er nahm ihren alten Rucksack und drückte ihn sich an die Brust.

Von der Stadtverwaltung war Tate gebeten worden, nach Kyas Testament und Geburtsurkunde zu suchen. In dem alten hinteren Schlafzimmer, das einst ihren Eltern gehört hatte, durchstöberte er den Schrank und fand ganz unten, fast versteckt unter ein paar Decken,

Schachteln mit Erinnerungsstücken aus ihrem Leben. Er nahm sie heraus, stellte sie auf den Boden und setzte sich dazu.

Ganz behutsam öffnete er die alte Zigarrenkiste, mit der die große Sammelleidenschaft begonnen hatte. Die Kiste roch noch immer nach süßem Tabak und kleinem Mädchen. Zwischen einigen Vogelfedern, Insektenflügeln und Samenkörnern war das Töpfchen mit der Asche des Briefes ihrer Mutter und ein Fläschchen Revlon-Nagellack, zartrosa. Die Andenken eines Lebens. Die Steine ihres Bachs.

Zuunterst lag die Besitzurkunde für das Land. Kya hatte es zum Naturschutzgebiet erklären lassen und somit vor der Erschließung geschützt. Zumindest dieser kleine Teil der Marsch würde unberührt bleiben. Aber Tate fand kein Testament oder private Dokumente, was ihn nicht überraschte. An so etwas hatte Kya nie gedacht. Tate hatte vor, seinen Lebensabend in ihrer Hütte zu verbringen, wusste, dass sie es so gewollt hätte und dass Jodie nichts dagegen haben würde.

Als er später am Tag, die Sonne versank bereits hinter der Lagune, einen Maisbrei für die Möwen anrührte, schaute er zerstreut zu Boden. Plötzlich legte er den Kopf schief, als ihm zum ersten Mal auffiel, dass das Linoleum nicht bis unter den Holzstapel neben dem alten Ofen reichte. Kya hatte selbst im Sommer dafür gesorgt, dass das Feuerholz immer hoch gestapelt war, aber jetzt war der Vorrat geschrumpft, und Tate bemerkte eine Ritze im Bodenbrett. Er räumte die noch verbliebenen Scheite beiseite und entdeckte eine kleine Klappe im Sperrholz. Als er sich hinkniete und die Klappe langsam öffnete, kam darunter ein Hohlraum zwischen den Balken zum Vorschein, der einen alten verstaubten Pappkarton enthielt. Er nahm ihn heraus und fand darin etliche Briefumschläge mit den Initialen *A. H.* darauf und ein kleines Kästchen. Tate öffnete die Umschläge nacheinander und zog seitenweise Gedichte von Amanda Hamilton hervor, der Heimatdichterin, die schlichte Verse in Lokalzeitungen veröffentlicht hatte. Tate hatte ihre Lyrik nie sonderlich geschätzt, aber Kya hatte alles, was sie von ihr fand, ausgeschnitten und verwahrt, und diese Umschläge hier enthielten zahllose Gedichte von ihr. Manche waren vollständig, doch die meisten unvollendet, mit durchgestrichenen Zeilen und einigen Wörtern am Rand in der Handschrift der Dichterin verbessert – *Kyas Handschrift*.

Amanda Hamilton *war* Kya. Kya war die Dichterin.

Fassungslosigkeit machte sich auf Tates Gesicht breit. Sie musste die Gedichte über Jahre hinweg in den rostigen Briefkasten gesteckt und an die Lokalzeitungen geschickt haben. Sicher verborgen hinter einem Pseudonym. Vielleicht ein Versuch, sich mitzuteilen, ihre Gefühle nicht immer nur den Möwen zu offenbaren. Ihre Worte in die Welt zu entlassen.

Er überflog einige der Gedichte. Die meisten drehten sich um die Natur oder die Liebe. Eines steckte ordentlich gefaltet allein in einem Umschlag. Er zog es heraus und las:

Leuchtkäfer

Ihn anzulocken war so leicht
Wie rote Rosen senden.
Doch wie Leuchtkäferzeichen luden sie ein
Ein Leben zu beenden.

Eine letzte Berührung
Unvollendet.
Der letzte Schritt, eine Falle.
Er stürzt hinab, hinab.
Die Augen noch auf mich gerichtet
Bis sie eine andere Welt erblicken.

Ich sah die Veränderung.
Erst eine Frage
Dann eine Antwort.
Schließlich ein Ende.

Und Liebe wandelt sich zu dem
Was sie war, bevor sie begann.

A. H.

Noch immer auf dem Boden kniend, las Tate das Gedicht erneut. Er drückte sich das Blatt aufs Herz, das ihm in der Brust hämmerte. Er sah aus dem Fenster, vergewisserte sich, dass niemand den Weg heraufkam – wer hätte da kommen sollen und warum? Aber nur, um sicher zu sein. Dann öffnete er das Kästchen, wusste, was er darin finden würde. Da, sorgsam auf Watte ausgebreitet, lag das Muschelhalsband, das Chase getragen hatte bis zu der Nacht, in der er starb.

Tate setzte sich an den Küchentisch, brauchte lange, um den Gedanken zuzulassen, stellte sich vor, wie sie nachts im Bus saß, eine günstige Strömung erwischte, ihren Zeitplan auf den Mond abstimmte. In der Dunkelheit leise Chases Namen rief. Ihn nach hinten stieß. Dann im Schlamm am Fuß des Turms hockte, Chases Kopf anhob, schwer im Tod, um ihm das Halsband abzunehmen. Ihre Fußabdrücke verwischte, keine Spuren hinterließ.

Er zerbrach Zunder in kleine Stücke, um Feuer in dem alten Ofen zu machen, und verbrannte die Gedichte, Umschlag für Umschlag. Vielleicht hätte er nicht alle verbrennen müssen, vielleicht hätte er nur das eine vernichten sollen, aber er konnte nicht mehr klar denken. Die alten vergilbten Blätter loderten hoch auf und verglühten. Er nahm die Muschel von dem Lederriemen, warf das Leder ins Feuer und schloss die Klappe im Boden.

Dann, es war schon fast dunkel, ging er zum Strand

und blieb auf einem Bett aus weißen Bruchstücken von Mollusken und Krebspanzern stehen. Für einen kurzen Moment starrte er Chases Muschel in seiner offenen Hand an, dann ließ er sie fallen. Sie verschwand zwischen zahllosen anderen, die genauso aussahen. Die Flut kam, und eine Welle umspülte seine Füße, nahm Hunderte Muschelschalen mit zurück ins Meer. Kya hatte zu diesem Land und diesem Wasser gehört; jetzt würden sie sie wieder aufnehmen. Ihre Geheimnisse still bewahren.

Und dann kamen die Möwen. Sie hatten ihn erblickt und kreisten über seinem Kopf. Riefen. Riefen.

Schließlich brach die Nacht an, und Tate ging zurück in Richtung Hütte. Aber als er die Lagune erreichte, verharrte er unter dem niedrigen Blätterdach und beobachtete Hunderte Leuchtkäfer, die ihre Lockzeichen tief in die dunklen Weiten der Marsch sandten. Bis dahin, wo die Flusskrebse singen.

DANKSAGUNG

Meinem Zwillingsbruder Bobby Dykes danke ich aus tiefstem Herzen für den immensen Zuspruch und Rückhalt, den er mir mein Leben lang geboten hat. Ein großes Dankeschön geht an meine Schwester Helen Cooper, die immer für mich da war, und an meinen Bruder Lee Dykes, der an mich geglaubt hat. Ich bin meinen lebenslangen Freunden und meiner Familie unendlich dankbar für ihre standhafte Unterstützung, für ihren Zuspruch und für das gemeinsame Lachen: Amanda Walker Hall, Margaret Walker Weatherly, Barbara Clark Copeland, Joanne und Tim Cady, Mona Kim Brown, Bob Ivey und Jill Bowman, Mary Dykes, Doug Kim Brown, Ken Eastwell, Jesse Chastain, Steve O'Neil, Andy Vann, Napier Murphy, Linda Denton (auch für das Pferd und die Skiausflüge), Sabine Dahlmann und Greg und Alicia Johnson.

Für die kritische Lektüre des Manuskripts danke ich: Joanne und Tim Cady (Mehrfachlektüre!), Jill Bowman, Bob Ivey, Carolyn Testa, Dick Burgheim, Helen Cooper, Peter Matson, Mary Dykes, Alexandra Fuller, Mark Owens, Dick Houston, Janet Gause, Jennifer Durbin, John O'Connor und Leslie Anne Keller.

Ich danke meinem Agenten Russell Galen dafür, dass er Kya und die Leuchtkäfer geliebt und verstanden hat, und für seine begeisterte Entschlossenheit, diese Geschichte in die Welt zu bringen.

Mein Dank geht an G. P. Putnam's Sons für die Veröffentlichung meines Buches. Ich bin meiner Lektorin Tara Singh Carlson unendlich dankbar für ihre große Unterstützung, die wunderbare Redaktion und ihren Weitblick in Bezug auf meinen Roman. Außerdem danke ich Helen Richard, ebenfalls bei Putnam, für ihre unermüdliche Hilfe.

Und ein ganz besonderes Dankeschön geht an Hannah Cady für ihren fröhlichen Beistand bei den eher prosaischen und groben Arbeiten – wie die Lagerfeuer – beim Schreiben eines Romans.

* EDITORISCHE NOTIZ

Die Autorin verwendet im Original den Begriff *colored*, der sich am ehesten mit dem Wort *Farbige* übersetzen lässt. Die Herkunft aus der historischen Rassentheorie führt jedoch dazu, dass er selbst im Kontext eines Romans, der zu der Zeit spielt, als dieser Begriff gebräuchlich war, nicht verwendet werden sollte.

Alle im Roman zitierten Gedichte sind von den Übersetzern ins Deutsche übertragen worden.